W0345686

Noire

CASCO BAY

William G. Tapply

CASCO BAY

Roman

Traduit de l'américain
par François Happe

Gallmeister

Titre original : *Gray Ghost*

ISBN 978-2-35178-018-3
ISSN 1952-2428

1

IL ÉTAIT TROIS HEURES MOINS CINQ lorsqu'une sonnerie se déclencha dans la tête de Stoney Calhoun, cinq minutes avant celle du réveille-matin, bien inutile, posé près de son lit. L'horloge interne de Calhoun ne lui avait jamais fait défaut, pourtant il n'arrivait pas encore à lui faire entièrement confiance.

Il resta allongé un instant, regardant par la fenêtre en direction des bois et du ciel. Les étoiles brillaient tout là-haut, au-delà des pins, et des nuages en forme de cigares glissaient sur la lune gibbeuse de septembre. Dans quelques jours, ce serait la pleine lune d'équinoxe.

Son regard se fixa sur les branches des pins. Pas une aiguille ne frémissait. Pas la moindre brise. Avec un peu de chance, cela ne changerait pas dans les prochaines heures, ce serait le calme plat dans la baie et ils trouveraient du poisson près de la surface. Le tassergal et le bar rayé avaient commencé leur migration vers le sud. Ils étaient rapides et imprévisibles, et parfois ce foutu océan semblait totalement vide de poissons. Mais quand on tombait dessus, ils étaient d'une voracité sauvage et ne se faisaient pas prier pour avaler une mouche ramenée par petites secousses à la surface.

Bien sûr, un ciel limpide et pas de vent à Dublin ne signifiait pas nécessairement un ciel limpide et pas de vent sur Casco Bay. Tout de même, c'était bon signe.

Calhoun alluma la lumière près de son lit. Ralph Waldo, son épagneul breton, était roulé en boule et pesait de tout son poids contre la hanche de son maître. Calhoun lui gratta les côtes.

— Alors, mon vieux, lui dit-il, tu veux venir à la pêche ?

"Pêche" était l'un de ces mots magiques qui provoquaient chez Ralph une réaction immédiate. Il leva la tête d'un coup, dressa les oreilles et plongea son regard dans celui de Calhoun pour s'assurer que ce n'était pas une blague de mauvais goût.

— Alors, debout, dit Calhoun. Faudrait pas trouver M. Vecchio déjà en train de nous attendre au ponton. Kate n'aime pas que le client arrive avant le guide.

Ralph bâilla et se glissa hors du lit. Il s'étira et fila vers la porte en trottinant.

Calhoun se leva, alluma quelques lumières et fit sortir le chien. Après avoir branché la cafetière électrique, il trouva la station de musique classique de Portland et alla s'habiller dans la chambre. Il aimait la musique bien fort. Pour lui, la musique n'était pas qu'un simple fond sonore, elle méritait qu'on l'écoute, même avec une seule oreille valide.

Calhoun s'aperçut qu'il était en train de fredonner avec la radio, mais il n'arrivait pas à mettre un nom sur le compositeur. Peut-être bien Sibelius. C'était une symphonie riche et mélodieuse comme il les aimait, et il était presque sûr qu'il l'avait connue autrefois.

Il enfila un vieux jean, une chemise de flanelle et ses Topsiders. Il fit entrer Ralph pour lui donner son déjeuner. Pendant que le chien mangeait, Calhoun mit dans sa glacière les sandwichs jambon-fromage qu'il avait préparés la veille au soir avec du pain noir, quelques barres Hershey, des pommes et une demi-douzaine de bouteilles d'eau glacée. Les bouteilles d'eau avaient une double utilité : on pouvait les boire, et en attendant, elles gardaient la nourriture au frais.

Il y avait pas mal de guides qui emportaient de la bière pour leurs clients, mais pas Calhoun. Il n'en voyait pas la raison. On peut boire de la bière à n'importe quel autre moment.

Il remplit une thermos de café, s'en versa une grande tasse pour la route, claqua de la langue en direction de Ralph et sortit avec la glacière. Il la hissa à l'arrière de son pick-up avant d'ouvrir la portière pour que Ralph grimpe sur le siège passager.

Calhoun rentra éteindre toutes les lumières et la musique. Il resta un instant sur sa terrasse, les yeux levés vers le ciel noir et étoilé, heureux d'habiter cette cabane isolée dans les bois. De légers nuages se rassemblaient vers l'est, ce qui pouvait signifier un temps couvert sur la côte. Il flottait dans l'air une odeur de frais et de pureté qui s'ajoutait à la senteur des pins. Derrière la cabane, au bas de la pente, Bitch Creek gargouillait sur les rochers et le gravier. Une autre musique à laquelle Calhoun était attentif.

Deux hiboux s'interpellaient dans les bois. Hou-ou-hou-ou. Il y en avait un derrière la cabane, et la réponse venait du côté de la route.

Calhoun mit les mains en porte-voix et lança son propre cri de hibou. Hou-ou-hou-ou. Ce qui leur cloua le bec. Il sourit en songeant à ces oiseaux en train de se demander d'où pouvait bien venir ce troisième individu, cette espèce de hibou mêle-tout qui faisait le malin.

Il vérifia l'attache de la remorque, s'assura que tout l'équipement était correctement arrimé et que le moteur était bien fixé, puis il grimpa à côté de Ralph. Après avoir mis le contact, il retrouva Sibelius à la radio et entrouvrit la vitre du chien.

— Allez, en route pour la partie de plaisir, dit-il.

Ralph, lui, ne dit rien. Il était prêt à partir.

Calhoun mâchonna un doughnut et sirota son café tout en suivant ses phares sur la route déserte en direction de l'est. Ralph était debout sur son siège, la truffe dans l'entrebâillement de la vitre. Sibelius emplissait la cabine.

Calhoun se sentait toujours particulièrement alerte et vertueux quand il prenait la route dans l'obscurité, avant l'aube. Les routes étaient désertes et aucune lumière ne brillait aux fenêtres des maisons et des stations-service éparpillées tout le long du chemin. Moi, je suis éveillé, se disait Calhoun, et vous tous, vous êtes toujours endormis. J'ai déjà commencé à vivre cette journée. J'ai une longueur d'avance sur vous.

Il y avait des passages de romans et d'essais, parfois même des poèmes entiers, qui restaient gravés dans la mémoire de Calhoun et lui encombraient le cerveau. À l'instant, il se souvenait d'un truc que Thoreau avait dit. "Le matin, qui est le moment le plus mémorable de la journée, est l'heure de l'éveil. C'est alors que la somnolence est la plus faible en nous, et, l'espace d'une heure, au moins, s'éveille une partie de nous-mêmes qui, tout le reste du temps, sommeille."

Il faisait encore sombre quand il arriva à la rampe de mise à l'eau d'East End. Calhoun ne portait pas de montre. La plupart du temps, il ne voyait pas l'utilité de savoir quelle heure il était, mais en cas de besoin il était toujours capable de le déterminer, soit en fonction de la position du soleil ou de la lune, soit simplement grâce à la qualité de la lumière ou de l'obscurité. À cet instant, d'après son horloge interne, il était à peu près quatre heures un quart. M. Vecchio était censé arriver à quatre heures et demie. La marée serait haute vers sept heures. Une marée du matin idéale pour les bars rayés. Le soleil se lèverait un peu après six heures un quart. Calhoun aimait être en mer environ une heure et demie avant le lever du jour.

Il y avait déjà quelques camions garés sur le parking avec leur remorque vide – des pêcheurs encore plus vertueux que Calhoun et qui avaient déjà pris la mer. Ou alors, ils y étaient restés toute la nuit. Il y avait des types qui faisaient ça, des *chunkers**, en général, et des pêcheurs à la traîne, et puis aussi ceux qui utilisaient des anguilles comme appâts. Tous ces types-là, c'est du gros qu'ils attrapaient.

Après avoir fait marche arrière dans l'eau avec la remorque, il alla décrocher son bateau – un Lund Alaskan de dix-huit pieds en aluminium – et l'amarra, puis il gara le camion. Il fit sortir Ralph et traîna le matériel jusqu'au bateau. Quelques lampes installées au sommet de grands poteaux baignaient le parking et le ponton d'une lueur orangée diffuse. Au-delà, c'était l'obscurité la plus complète. On ne pouvait même pas voir l'horizon où le soleil était censé se lever dans deux heures. Ici, sur la côte, le brouillard humide était dense et sentait l'algue, il n'y avait ni lune ni étoiles pour éclairer le ciel. Quelque part au loin, une corne de brume beugla. À part cela, tout était calme, sombre et silencieux.

Ralph ne quittait pas du regard quelques cormorans immobiles en haut des piliers. Lorsqu'il eut décidé que ces oiseaux n'étaient pas des perdrix et, par conséquent, ne méritaient pas son attention, il se dirigea vers le ponton, reniflant les algues, les palourdes et les merdes de mouette. Il leva la patte sur la base des piliers, avant de sauter dans le bateau et de s'allonger dans le fond en essayant de se faire le plus discret possible, au cas où Calhoun changerait d'avis et l'exilerait dans le camion.

* Les *chunkers* sont des pêcheurs qui accrochent à leurs hameçons des morceaux de poisson, voire de viande. (Toutes les notes sont du traducteur.)

Calhoun n'avait nullement l'intention de partir sans Ralph. Ralph était de bonne compagnie dans un bateau et il adorait la pêche.

Calhoun assembla trois cannes, fixa les moulinets, monta les lignes et les mouches – une Gurgler en mousse jaune sur la soie de huit flottante pour la surface, une Clouser Minnow fauve et blanc sur la soie de neuf plongeante pour les profondeurs, et une grosse Deceiver, blanc et vert chartreux, sur la soie de neuf intermédiaire, avec un bas de ligne en acier, au cas où ils trouveraient du tassergal. Il écrasa l'ardillon avec une pince d'électricien et affûta les pointes des hameçons avec une lime. Il s'assura que les cirés et les gilets de sauvetage étaient bien rangés dans les casiers étanches. Il abaissa le moteur hors-bord Honda de quarante chevaux, le démarra, écouta son ronronnement régulier et fiable, puis il l'arrêta. Il essaya ensuite le moteur de pêche électrique.

Tout fonctionnait parfaitement.

Juste à ce moment-là, des phares balayèrent le ponton. Calhoun se dit qu'il devait être quatre heures vingt-cinq : son client était pile à l'heure. Il sortit du bateau et remonta jusqu'au parking pour accueillir Paul Vecchio, avec qui il allait partager son bateau, son chien, ses coins à bars favoris, ses zones de remous et ses endroits marécageux pendant les six prochaines heures. Il s'agissait là d'une expérience intime, et pour Calhoun, tomber sur un client sympathique était de la plus haute importance. S'il le trouvait plein de suffisance, dénué d'humour ou autoritaire, Calhoun devenait taciturne et sarcastique. Avec un client comme ça à bord, il restait à l'écart de ses coins de pêche favoris.

Kate n'arrêtait pas de lui dire qu'il ferait bien de changer d'attitude ; elle avait probablement raison. Mais ça allait contre sa nature, et il n'y mettait pas beaucoup du sien, alors il espérait que ce Paul Vecchio serait sympathique. Tout ce que Kate lui avait dit à son sujet, c'est qu'il était professeur d'histoire à Penobscot College, à Augusta. Il avait écrit quelques livres et était un pêcheur expérimenté, bien qu'il n'ait pas fait beaucoup de pêche en mer.

Calhoun connaissait quelques écrivains. Des rêveurs, selon lui, cyniques et étonnamment peu communicatifs, ce qui lui convenait parfaitement d'ailleurs. Les gros bavards et le bateau de Stoney Calhoun n'allaient pas bien ensemble.

Que ses clients ne soient pas doués lui était égal. Bien sûr, il était toujours agréable d'avoir un bon pêcheur à bord, mais Calhoun aimait tout autant partager ses connaissances avec quiconque était conscient d'en avoir besoin et se montrait désireux d'apprendre.

Le temps qu'il remonte la rampe de mise à l'eau jusqu'au parking, l'homme venait déjà à sa rencontre. Dans la lumière orangée diffuse, Calhoun vit qu'il était grand et élancé, avec un visage allongé et plissé, une barbe poivre et sel. Il portait une casquette de baseball des Red Sox, un jean et une chemise de flanelle verte. Il avait à la main deux étuis de canne à mouche en aluminium et portait en bandoulière un sac à équipement noir.

— Monsieur Calhoun ? lança-t-il.

— Monsieur Vecchio ?

L'homme fit un signe de la main et s'avança vers lui. Calhoun estima qu'il avait la cinquantaine.

— Alors je vous appelle Monsieur le professeur ? demanda Calhoun.

— Je vous en prie, appelez-moi Paul, dit-il. De toute façon, je ne suis pas vraiment professeur. Rien qu'un modeste adjoint.

— Adjoint ? demanda Calhoun. C'est quoi, ça ?

Vecchio répondit en souriant :

— Un enseignant dans un collège universitaire qui a intérêt à avoir une autre source de revenus.

— Modeste, reprit Calhoun. Votre autre source de revenus, c'est quoi, si je puis me permettre ?

— J'ai écrit quelques bouquins, dit-il avec un haussement d'épaules.

— De quoi ça parle ?

— Des récits historiques. Pour grand public. Des bouquins que des gens pourraient avoir vraiment envie de lire. J'en ai fait un sur les batailles de sous-marins au large de la Nouvelle Angleterre pendant la Seconde Guerre mondiale ?

Il avait donné une tournure interrogative à sa phrase.

Calhoun répondit d'un sourire. Il n'en avait pas entendu parler.

— Ils en ont fait un film sur la chaîne PBS, et ils l'ont même publié en livre de poche, ajouta Vecchio. (Il fit un geste du revers de la main.) Je vais pas vous embêter avec ça. Mais, bon, les droits d'auteur me permettent de rester un professeur-adjoint exploité et d'aller à la pêche une fois de temps en temps.

— Faudra que je vérifie de plus près, dit Calhoun qui, une fois de plus, se mit à penser à tout ce qu'il ne savait pas, mais qu'il avait dû savoir autrefois, avant d'être frappé par la foudre.

Paul Vecchio lui tendit la main.

— Bon Dieu, ça fait un moment que j'attends ça.

— Ouais. Moi aussi, dit Calhoun en empoignant la main tendue. Une main forte et rugueuse, pas du tout le genre de main auquel on s'attend chez un professeur de collège universitaire, même si c'est un modeste adjoint.

— Appelez-moi Stoney, poursuivit-il. Prêt pour le rock'n'roll ?

— Je suis resté éveillé toute la nuit, je n'ai pas arrêté d'y penser, dit Vecchio. Excité comme un gosse. Je n'ai pas fermé l'œil un instant, littéralement. C'est pas souvent que j'ai l'occasion d'aller à la pêche.

— J'peux pas promettre qu'on attrapera quelque chose, le prévint Calhoun. Mais j'suis presque sûr qu'on va s'amuser, rien qu'à essayer.

— C'est pour ça qu'on dit pêcher, et non pas attraper. Ça me convient très bien, répondit Vecchio avec un sourire.

Calhoun décida sur-le-champ qu'il trouvait cet homme-là sympathique. Il n'ignorait pas que les jugements à l'emporte-pièce et les premières impressions étaient censés être peu fiables, mais il se fiait aux siens, et il se trompait rarement. Ce n'était pas seulement le sourire franc de Vecchio, ni cette sorte de sautillement qu'il avait en marchant, ni le fait qu'il aimait la pêche, même si tout cela s'inscrivait dans la colonne des plus pour Calhoun.

Non, c'était plus que cela. Stoney Calhoun sentait les gens. C'était un don – à faire froid dans le dos, parfois. Comme s'il pouvait entrer dans leur tête et savoir ce qu'ils ressentaient. Quand quelqu'un mentait, dissimulait ou ne disait pas toute la vérité, ou jouait simplement au poseur, Calhoun devenait nerveux, mal à l'aise.

— J'ai des cannes toutes prêtes, dit Calhoun. Bien sûr, si vous préférez utiliser les vôtres…

— Non, c'est parfait, l'interrompit Vecchio. Utilisons les vôtres. Je savais pas très bien ce qu'il fallait apporter.

— Autre chose, dit Calhoun. Il y a des règles dans ce bateau.

— J'ai rien contre les règles, dit Vecchio avec un haussement d'épaules. C'est votre bateau, après tout.

— Bon, alors, qu'est-ce que vous trimballez dans ce sac ?

— Ça ?

Vecchio tapota sur le sac accroché à son épaule.

Cela ressemblait à un sac de marin en miniature, avec sur le côté des lettres brodées : L.L. BEAN.

— J'ai un coupe-vent, poursuivit-il, un appareil photo, une pince, un couteau à poisson, deux ou trois boîtes de mouches. Une paire de chaussettes de rechange. Un écran solaire, une crème anti-moustique. Ça pose un problème ? demanda-t-il en haussant les épaules.

— Nan. Vous montez vos mouches vous-même ?

— Je suis pas très doué, mais ça me détend, dit Vecchio avec un sourire.

— Moi aussi, dit Calhoun. On pourra essayer vos mouches, si vous voulez, une fois qu'on aura vu à quoi ils mordent.

— C'est sympa d'attraper du poisson avec des mouches qu'on a montées soi-même, remarqua Vecchio.

— Des appareils électroniques ? demanda Calhoun. Sur mon bateau, toutes ces saletés de téléphones, beepers, ordinateurs portables ou de poche, GPS, tout ça c'est interdit.

Vecchio fourra la main dans la poche de son pantalon et en sortit un téléphone.

— Le GPS, je comprends, dit-il. N'importe qui pourrait repérer vos coins secrets.

Puis, avec un sourire, il ajouta :

— Je crois que je comprends tout le reste aussi. Ah, ces maudits gadgets ! Incompatibles avec la pêche à la mouche. Ça vous dérange si je prends l'appareil photo ?

— J'ai rien contre les appareils photo, dit Calhoun. Mais laissez cette saleté de téléphone.

Vecchio retourna à sa voiture, ouvrit le hayon arrière et y fourra ses étuis de cannes à pêche. Puis il alla à la portière avant et se pencha à l'intérieur un instant pour ranger son téléphone. Il rejoignit Calhoun et tous deux se dirigèrent vers le bateau.

Vecchio ne sembla pas surpris de trouver un épagneul breton orange et blanc étendu sur le fond, et Ralph ne sembla pas surpris quand ce grand type sauta à l'intérieur. Vecchio caressa la tête de Ralph et Ralph renifla la main de Vecchio : tout était en ordre.

— Paré ? demanda Calhoun.

Vecchio mit son petit appareil photo dans sa poche et rangea son sac L.L. Bean dans le compartiment étanche sous le siège central. Puis, après s'être assis à l'avant, il lança :

— Paré, Capitaine !

Calhoun mit le moteur en marche et se dirigea lentement dans le brouillard et l'obscurité, entre les bouées qui marquaient le chenal. Ici et là surgissait la silhouette d'un bateau de pêche au homard ou d'un voilier amarré, et par-dessus le ronronnement atténué du moteur leur parvenaient un cliquetis de gréement et le cri rauque d'une mouette.

Assis à l'avant, Vecchio sirotait une tasse de café. Il ne posait pas beaucoup de questions et n'essayait pas non plus d'entretenir la conversation, ce qui était un sacré soulagement. Kate avait dû préparer le client à cette matinée dans son bateau. Quelque chose du genre : "Calhoun déteste le bavardage. Si vous commencez à lui poser des questions personnelles, il va se refermer comme une huître. Et il est pas vraiment du genre à se laisser impressionner, alors inutile de vous vanter de vos réussites. Par contre ça ne le dérange pas de parler de pêche et de chiens. C'est à peu près tout."

Quand ils furent sortis du port, Calhoun mit les gaz, la proue du Lund se souleva, puis retomba, et le bateau fila en rasant la surface lisse de l'eau. Vecchio se retourna sur son siège en désignant du doigt les îles qu'ils laissaient derrière eux, et Calhoun, essayant de se faire entendre dans le vrombissement du moteur, lui hurla leur nom. Great Diamond. Peaks. Long. Little et Great Chebeague. Pour les plus petites, il se contenta de hausser les épaules. Il supposait qu'elles avaient toutes un nom, mais il ne les connaissait pas.

Au bout de cinq ou six minutes, Calhoun coupa le moteur. Tandis que le bateau glissait sur son erre, il enleva de son support la canne équipée de la soie plongeante et donna un coup avec le scion sur l'épaule de Vecchio.

— On a un joli petit remous là-bas, devant. Grimpez sur la plate-forme et lancez votre Clouser dedans deux ou trois fois, pour voir s'il y a du monde.

Le remous en question était une zone située entre deux petites îles où les hauts-fonds et les rochers canalisaient les courants sur une barre de sable à la marée montante. L'endroit n'avait rien de secret chez les habitués de Casco Bay, mais il n'y avait personne, ce matin, et on y trouvait souvent quelques poissons. Paul Vecchio se débrouillait plutôt bien avec la lourde soie plongeante et sa Clouser aux yeux de plomb. Le type qui savait lancer ça savait lancer n'importe quoi. Il déposa sa mouche au bord du courant et, maintenant le bout de la canne abaissé, commença à la ramener à lui par secousses.

Après cinq ou six tentatives sans la moindre touche, Calhoun lui dit :

— Essayez de la lancer de l'autre côté et laissez le courant la faire tourner. Gardez seulement la ligne tendue et suivez-la avec la canne.

Vecchio suivit son conseil et, au troisième lancer, la ligne se tendit et la canne se courba.

— J'en ai un, grogna-t-il. (Calhoun perçut la jubilation dans sa voix.) On dirait un gros.

Au bout de quelques minutes, il ramena le poisson au flanc du bateau et Calhoun se pencha pour l'attraper par la mâchoire inférieure. Un bar rayé de soixante ou soixante-cinq centimètres ; pas mal, mais rien de particulier. Il enleva la Clouser, dont il avait écrasé l'ardillon, de la gueule du poisson et le laissa glisser dans l'océan.

— Combien il faisait ? demanda Vecchio.

— Soixantes centimètres, à peu près. Correct.

— J'aurais bien fait une photo.

— Désolé, dit Calhoun. Je crois qu'on ferait mieux d'en attraper un plus gros.

Ils continuèrent à pêcher dans le remous pendant encore une dizaine de minutes sans la moindre touche, alors Vecchio rembobina et Calhoun fit repartir le moteur.

Ils essayèrent une pointe rocheuse de l'autre côté de Great Chebeague, sans résultat. Ils trouvèrent quelques bars rayés en train de tournoyer et de faire des clapotis dans un marécage herbu près de Cliff Island et Paul Vecchio en prit trois ou quatre petits en surface avec la Gurgler, avant que les poissons disparaissent.

Ils croisèrent dans les parages pendant quelques minutes encore, et puis, huit cents mètres vers l'est, là où l'horizon prenait une teinte argentée à travers le brouillard, Calhoun repéra une nuée d'oiseaux. Il mit les gaz. En s'approchant il vit les éclaboussures et les clapotis provoqués par le carnage juste au-dessous des oiseaux. Un épais banc de petits poissons, des aloses, probablement, s'était fait coincer, et il se faisait dévorer par des prédateurs. Des tassergals, pensa Calhoun, mais il y avait sûrement quelques bars rayés aussi. Parfois, de gros bars femelles rôdaient à quelques mètres sous les bancs de tassergals et de bars plus petits, qui croquaient les sardines ou les aloses à la surface, en attendant que les petits morceaux de chair ensanglantés descendent jusqu'à elles. Ces vieilles roublardes futées n'avaient plus qu'à ouvrir la gueule.

Paul Vecchio, debout dans le bateau, mitraillait avec son petit appareil numérique.

— Regardez-moi ça, répétait-il. Mais regardez-moi ça ! Putain ! C'est terrible. Ah, ça c'est du spectacle !

— Vous êtes ici pour le spectacle ou pour pêcher ? demanda Calhoun. Allez, attrapez une canne et au boulot !

Il tendit à Vecchio la canne avec le bas de ligne en acier et la Deceiver.

— Laissez-la plonger un peu avant de commencer à ramener.

Il y avait de l'adrénaline dans l'air. Des mouettes et des hirondelles de mer qui piquaient en hurlant. Des petits poissons affolés qui sautaient au-dessus de l'eau. Des tassergals et des bars en maraude qui les engloutissaient. Et puis aussi, bien sûr, le pêcheur et son guide, excités, et prédateurs eux aussi. Calhoun sentit son pouls s'accélérer.

Paul Vecchio se mit à lancer. C'était mou, il s'appliquait trop et sa mouche n'allait pas assez loin.

Calhoun ne dit rien et, au bout de quelques minutes, Vecchio trouva le bon rythme et déposa la Deceiver au beau milieu de la pagaille sanglante.

Pendant environ une demi-heure, il ramena un poisson à chaque lancer. Calhoun et Vecchio ne parlaient pas beaucoup. Quand les poissons s'éloignèrent, Calhoun mit en marche le petit moteur de pêche et les rattrapa. Vecchio grognait et riait, tout en jurant de plaisir. Les tassergals faisaient une belle taille – de dix à douze livres, de gros carnassiers puissants aux dents redoutables – et il y avait aussi deux ou trois bars rayés de soixante centimètres.

Quand Vecchio se calma enfin un peu, Calhoun lui dit :

— Laissez votre mouche plonger en comptant jusqu'à dix avant de commencer à la ramener. Les plus rusées de nos grosses mémères aiment bien traîner en dessous de cette agitation, elles laissent les petits mecs se taper tout le boulot à la surface et donner de grands coups de gueule dans le banc d'aloses, et elles cueillent les morceaux qui descendent jusqu'à elles.

— Ça pourrait faire une bonne métaphore, répondit Vecchio.

— Une métaphore ? J'essaie simplement de vous dire comment attraper un gros poisson.

— Les plus gros sont des femelles, alors ?

— Généralement. Les plus malins, en tout cas. Et ça, c'est pas censé être une métaphore non plus.

Vecchio lança loin, laissa plonger en comptant jusqu'à dix, puis commença à ramener par petites secousses. Et là, il accrocha quelque chose de vraiment lourd.

Après avoir bataillé un quart d'heure, Vecchio amena jusqu'au bord le poisson que Calhoun tira dans le bateau.

— Un bar. Une grosse femelle, dit-il en la mesurant. Quatre-vingt-quinze centimètres. Pas vraiment un poisson qu'on garde, mais un joli morceau tout de même.

— Je l'aurais pas gardé de toute façon, répondit Vecchio. Un poisson comme ça, ça doit continuer à faire des petits. C'est le plus gros que j'ai jamais attrapé avec une canne à mouche. Merci, Capitaine, ajouta-t-il avec un sourire.

Avec l'appareil numérique, Calhoun prit quelques photos de Vecchio exhibant sa grosse prise. Puis ils la remirent à l'eau.

Vecchio se laissa tomber sur le siège.

— Vous m'avez épuisé, Stoney. Si on faisait un petit break ? Faut que je me dégourdisse les jambes, que je pisse un coup. Le temps d'une bonne tasse de café et mon rythme cardiaque sera peut-être revenu à la normale.

— Nan, fit Calhoun en secouant la tête. Pas encore. Ces poissons vont pas rester ici à nous attendre. Règle de Stoney : ne jamais abandonner des poissons en train de bouffer. Le Bon Dieu vous a donné une quéquette, c'est pour pouvoir pisser par-dessus bord.

Cela fit sourire Vecchio.

— Ne vous gênez pas, dit Calhoun, ça ne va pas choquer Ralph.

— Allez, mon vieux, laissez-moi respirer, répondit Vecchio.

— Vous vous êtes levé avec les hiboux, vous m'avez engagé pour vous amener jusqu'ici… pour quoi faire ? Vous trouver un bon coin pour pisser un coup ?

Vecchio sourit.

— Juste une minute. Faut que je dégourdisse tous ces vieux muscles.

Ne discute pas avec le client, Kate n'arrêtait pas de lui dire. *C'est lui qui paie. Donne-lui ce qu'il demande.*

— OK, se résigna Calhoun avec un haussement d'épaules. Je vais vous déposer quelque part et vous pourrez pisser un coup. Perdez pas trop de temps.

Pendant qu'ils suivaient l'attaque des poissons, le soleil avait percé l'horizon. Maintenant sa lumière filtrait à travers le mélange de brume et de brouillard humide. Aussi loin que l'œil portait, la mer était plate. Les îlots rocheux qui parsemaient la baie n'étaient que des masses grises bosselées.

Vecchio se retourna, souleva le couvercle du siège central et attrapa son sac, puis il reprit sa position, regardant vers l'avant. Le dos tourné vers Calhoun, il fouilla dans le sac qu'il avait posé sur ses genoux, et en sortit finalement un flacon d'écran solaire. Il en fit gicler un peu dans sa main et s'en mit sur le visage et le cou en frottant, sans cesser de regarder l'océan et les îles autour de lui. Il se retourna, le flacon d'écran solaire à la main.

— Vous en voulez un peu, Stoney ?

Calhoun secoua la tête.

— Vous devriez toujours en mettre, dit Vecchio.

— Je sais, dit Calhoun. La couche d'ozone et tout le bordel. J'en ai. Et j'm'en mets.

— OK, très bien.

Vecchio rangea son flacon, tira la fermeture à glissière du sac, qu'il remit dans le compartiment étanche. Après avoir regardé tout autour pendant quelques minutes, il demanda :

— Alors, vous me déposez où ?

— Au premier endroit où c'est possible de débarquer, dit Calhoun.

— Sur cette île, là-bas ? dit Vecchio en montrant sur la gauche l'une des plus grosses masses bosselées.

— C'est OK pour moi.

Calhoun démarra le moteur et se dirigea à petite allure vers l'île. Il y avait une anse abritée où il avait repéré une petite étendue de sable. À part ça, la côte n'était qu'un amas de rochers.

— Elle a un nom, cette île ? demanda Vecchio.

— Elle a un nom indien, mais j'arrive pas à le prononcer, répondit Calhoun. Les gens dans le coin, ils l'appellent Quarantine Island. Et moi, en tant que guide de l'État du Maine qui connaît son boulot, je peux vous raconter l'histoire, si vous avez envie de l'entendre.

Vecchio se retourna sur son siège en souriant :

— Bien sûr que je veux l'entendre. Moi, en tant qu'écrivain, j'adore les histoires.

— Ce n'est pas une histoire réjouissante.

— Trop tard pour me dire ça, répliqua Vecchio. Je veux quand même l'entendre.

Calhoun ralentit. Ils avançaient à peine.

— Pendant l'épidémie de grippe, à l'époque de la Première Guerre mondiale, commença-t-il, le gouvernement a construit une sorte de centre d'accueil ici, sur cette île. Me demandez pas pourquoi celle-là. Je suppose que c'est parce qu'elle est complètement perdue, et qu'il n'y a que des rochers et qu'elle peut servir à rien. (De la main il balaya la baie.) Ces îles, ils les appellent les Calendar Islands. Vous savez pourquoi ?

Vecchio secoua la tête en souriant.

— Quelqu'un s'est dit qu'il y avait autant d'îles dans Casco Bay que de jours dans le calendrier. Et je crois bien que si vous y mettez les rochers qui sont découverts à marée basse, on n'est pas loin du compte. Bon, ils ont construit cette sorte d'hôpital ici, sur Quarantine Island, pour les immigrants qui arrivaient en Amérique. Ils les gardaient ici avant de les laisser mettre le pied sur le continent. Tous ceux qui d'après eux pouvaient avoir la grippe, ou bien qui pouvaient avoir été en contact avec un malade – ou, comme c'est probable, ceux dont ils n'aimaient pas l'allure tout simplement –, ils les envoyaient ici. Hommes, femmes, vieillards, même les bébés. Des Italiens, pour la plupart. C'étaient des religieuses catholiques qui s'occupaient de cet établissement. Elles ne soignaient pas les gens avec des médicaments, c'était pas vraiment un hôpital. Elles les gardaient là, juste pour qu'ils n'aillent pas contaminer les citoyens américains. Bon, une nuit, en février 1918, l'établissement a été détruit par un incendie et tout le monde est mort. Les religieuses, les enfants, tout le monde. À peu près deux cents personnes. Ils n'avaient pas d'équipement pour lutter contre l'incendie, bien sûr. Ils n'ont rien pu faire. Entre le feu et le froid terrible, personne n'a survécu.

— Mais c'est horrible, dit Vecchio.

— Et c'est pas tout, continua Calhoun. Pendant la guerre, il y avait un puissant courant patriotique conservateur, les préjugés contre les immigrants étaient forts, et à cela il fallait ajouter la panique provoquée par la grippe. Et puis il y avait ce besoin qu'ont les gens un peu frustes de trouver un responsable pour tout ce qui va mal. On a suspecté quelques bons citoyens de l'État du Maine d'être venus en barque cette nuit-là avec des torches pour mettre le feu à l'établissement. On n'a jamais rien pu prouver. Officiellement, ce fut un incendie accidentel. (Calhoun se tut un instant.) Aujourd'hui, les gens d'ici disent que parfois, les nuits d'hiver, quand le vent ne souffle pas trop fort sur la baie, si on se trouve sur une des îles avoisinantes, ou sur un bateau, on peut encore entendre les hurlements, les pleurs et les prières de tous ces pauvres gens en train de brûler.

Paul Vecchio avait le regard rivé sur Calhoun.

— Des fantômes, dit-il.

— Si vous y croyez, répondit Calhoun avec un sourire.

— Y a des moments, oui, dit Vecchio en hochant la tête.

Calhoun, qui avait déjà à son actif plusieurs rencontres avec des fantômes, se contenta de hausser les épaules.

— Vous voulez toujours aller à terre ici ?

— J'imagine que je n'aimerais pas trop ça la nuit, répliqua Vecchio, mais là, maintenant, j'ai une vessie qui ne peut plus attendre.

— J'peux pas aller plus vite, dit Calhoun. À moins que vous ne vouliez faire naufrage.

Lentement, il se faufilait parmi les gros rochers déchiquetés qui parsemaient l'anse. Avec la marée haute, ils étaient tapis juste sous la surface, prêts à déchirer la quille de n'importe quel bateau.

— Vous connaissez bien le coin, remarqua Vecchio. Moi, je n'aurais jamais vu ces rochers-là.

— On peut pas les voir avant d'être pile dessus, dit Calhoun. C'qui faut, c'est savoir qu'ils sont là.

Avec précaution, il dirigea le bateau sur le sable.

— Allez-y, sautez, dit-il. Tirez le bateau un peu plus et filez. Ralph va sûrement vouloir se joindre à vous.

Entendant cela, Ralph leva la tête, bâilla, se mit sur ses pattes et s'étira.

— Tu peux aller avec M. Vecchio, lui dit Calhoun. Va pisser un coup si tu veux, et reviens tout de suite, qu'on ne perde pas nos poissons.

Vecchio étira les bras, se plia en deux et fléchit les jambes deux ou trois fois. Puis il dit :

— Viens, Ralph, montre-moi le chemin.

Calhoun regarda son client et son chien grimper sur les rochers du rivage avant de disparaître dans les buissons. Dans une minute, ils tomberaient sur ce qui restait du bâtiment de quarantaine, sur la hauteur. Maintenant, ce n'était guère plus qu'un gros trou entouré de murs en béton avec quelques solives du plancher calciné encore en place. Le reste avait brûlé, pour ne laisser que des décombres, cette nuit de février 1918.

À chaque fois que Calhoun y pensait, ça lui donnait les chocottes.

Il se versa du café et s'assit dans son bateau. Ça avait été une bonne matinée, jusque-là. Ils avaient trouvé du poisson et ils en avaient attrapé quelques-uns. La mer était calme, le ciel couvert, le client compétent. Vecchio était de bonne compagnie dans un bateau, Ralph aussi, et Stoney Calhoun était content.

La marée commençait à descendre, et il se demandait où ils pourraient trouver du poisson avec le reflux quand Ralph arriva et escalada les rochers. Au lieu de sauter dans le bateau, il resta sur le rivage, les oreilles dressées et se mit à aboyer.

— Qu'est-ce qui se passe ? demanda Calhoun. Qu'est-ce que tu as fait de M. Vecchio ?

Ralph aboya de nouveau, regardant fixement Calhoun, puis il fit demi-tour et repartit en trottant dans les buissons.

Calhoun avait compris le message de Ralph. Eh merde, pensa-t-il. Y a tous ces poissons là-bas en train de nous attendre, et voilà qu'il vient d'arriver quelque chose à mon client.

2

CALHOUN SORTIT DU BATEAU et le tira plus haut sur le sable. La marée refluait déjà, donc il ne dériverait pas, mais il passa la bouline autour d'un rocher et l'attacha tout de même. Il n'avait aucune envie de rester coincé sur Quarantine Island en compagnie de fantômes, avec un problème et pas de bateau.

Il se fraya un chemin à travers les buissons, et après avoir grimpé une pente rocailleuse, il se trouva en vue du squelette calciné du vieux bâtiment de quarantaine. Au bout d'un moment, il repéra un morceau de la fourrure blanche et orangée de Ralph dans les hautes herbes. Il lança un cri, mais ce sacré clébard ne bougea pas d'un poil. Ça ne lui ressemblait pas.

En s'approchant, il vit que Ralph était assis à côté de Paul Vecchio avec cet air alerte qu'il prenait quand il avait repéré un tamia dans un mur de pierres. Vecchio, lui, était assis par terre, le dos contre un rocher, les bras croisés sur ses genoux et le menton appuyé sur ses bras. Calhoun éprouva un certain soulagement en voyant que son client avait l'air d'aller bien.

— Hé ! hurla Calhoun. Hé, Paul ! Tout va bien ?

Vecchio ne répondit pas. Il ne bougeait pas. Tout comme Ralph, il semblait hypnotisé, et tous deux avaient le regard fixé sur l'ouverture noircie de la cave.

Calhoun alla jusqu'à eux et s'accroupit près de Vecchio. Il porta son regard là où l'homme et le chien regardaient.

Ce qu'ils regardaient si intensément, c'était une grosse masse noire appuyée contre le mur extérieur des anciennes fondations.

Il fallut une bonne minute à Calhoun pour reconnaître ce qu'il avait sous les yeux.

Un corps humain.

Un cadavre noir comme du charbon, calciné, assis le dos contre le mur est du bâtiment, les mains reposant sur ses genoux, les jambes étendues devant lui et la tête inclinée en avant.

Vecchio, tournant les yeux vers Calhoun, murmura :

— Un fantôme.

— M'étonnerait, dit Calhoun…

Une faible odeur de chair pourrie flottait dans l'air humide.

— … je ne pense pas que les fantômes puent comme ça.

Il se releva et s'approcha pour voir de plus près. Le corps était brûlé, carbonisé, couvert de croûtes et boursouflé de la tête aux pieds. Quels que soient les vêtements qu'il avait portés, ils avaient complètement brûlé. On pouvait à peine distinguer les petits morceaux noirs à l'emplacement du nez et des oreilles. Il n'y avait plus de doigts. Seulement des moignons noirs, informes, au bout des bras.

Calhoun ne pouvait pas dire avec certitude si c'était un homme ou une femme, jeune ou vieux. À en juger d'après la taille du corps, il penchait pour un homme adulte.

Vecchio s'approcha et resta debout près de Calhoun. Il sortit son petit appareil numérique et prit quelques clichés. La lumière du flash clignota rapidement dans l'air brumeux.

— À votre avis, qu'est-ce qui s'est passé ? demanda-t-il.

— Ou bien il s'est fait brûler lui-même ou bien c'est quelqu'un d'autre qui l'a fait, dit Calhoun.

Vecchio hocha la tête, comme si Calhoun venait de dire quelque chose d'intelligent.

— On fait quoi ?

— Faut qu'on mette la main sur le shérif, répondit Calhoun. Je suppose que vous m'avez pas menti, et que vous n'avez pas apporté votre téléphone portable ?

Vecchio eut un bref sourire.

— Je l'ai laissé dans la voiture, comme vous me l'avez demandé.

— Alors faut qu'on rentre le chercher.

— Vous n'êtes pas censé avoir une radio à bord ?

— L'antenne est foutue, répondit Calhoun.

Inutile de dire à son client qu'il n'emmenait jamais de radio à bord. Il ne voyait pas pourquoi il éprouverait le besoin de parler à quelqu'un pendant qu'il pêchait, et il n'avait aucune envie que qui que ce soit essaie de lui parler.

Il claqua des doigts en direction de Ralph et repartit vers le bateau.

En faisant galoper à toute vitesse les quarante chevaux du moteur Honda, il leur fallut environ vingt minutes pour traverser la baie et atteindre le ponton, à Portland. D'après la hauteur du soleil dans le ciel, Calhoun se dit qu'il était un peu plus de sept heures et demie. Ils étaient restés trois heures sur l'eau, le temps d'attraper du poisson et de découvrir un cadavre. Une matinée pleine d'imprévus.

Il se demanda si Paul Vecchio écrirait une histoire là-dessus.

Il y avait d'autres pêcheurs et quelques guides en train de mettre leur bateau à l'eau, et Calhoun dut attendre un peu avant de trouver un endroit où accoster et attacher le sien.

— Allez me chercher votre téléphone portable, demanda-t-il à Vecchio.

Vecchio hocha la tête, sauta hors du bateau et partit au petit trot vers le parking.

L'un des autres guides, un type d'un certain âge du nom de Beaney, s'approcha et s'accroupit près du bateau de Calhoun.

— Tu remballes déjà, Stoney ?

— Nan, c'est mon type qu'a oublié quelque chose dans sa voiture, dit Calhoun.

— T'étais là pour la marée ce matin ?

Calhoun fit oui de la tête.

— C'était comment ?

— La marée montante, super. Très calme à l'étale. Dis, Beaney, ça fait un peu tard si tu veux que tes clients trouvent du poisson.

— J'ai des gens de la ville dans mon bateau, aujourd'hui, dit Beaney. (Il sourit d'un air entendu qui voulait dire "on est entre guides" et qui révéla à Calhoun ses chicots noircis.) Faut qu'y z'aient leurs heures de sommeil, sinon ça va pas. J' leur ai dit pas plus tard que cinq heures, mais tu sais comment ça se passe. Alors, où que tu les as trouvés, tes poissons ?

Calhoun fit un geste ample de la main, désignant l'ensemble de Casco Bay.

— Oh, là-bas, autour de ces îles, surtout. Mais je crois bien qu'ils n'y sont plus maintenant.

Beaney fronça les sourcils et se releva.

— Tu sais, y a pas beaucoup de secrets dans l'coin, Stoney.

Ça, c'est ce que tu crois, se dit Calhoun.

Vecchio revint en trottinant. Il tendit son téléphone à Calhoun qui était toujours assis dans son bateau avec Ralph.

Mentalement, Calhoun parcourut la liste des numéros qu'il avait en mémoire, trouva celui du domicile du shérif Dickman sous la lettre S, pianota sur le cadran, puis appuya sur la touche APPEL.

À la troisième sonnerie, une voix de femme répondit.

— Hé, Jane, c'est toi ? demanda Calhoun.

— Stoney Calhoun, dit-elle. Des ennuis, j'parie.

— Ouais. C'est moi. Faut que j'parle à ton homme.

— Il est au petit coin, dit-elle. Ça peut pas attendre ?

— Nan. C'est du sérieux.

— OK, si tu l'dis. Je vais te l'passer. Mais y va pas aimer ça. Ça va toi ?

— Ouais, ça va, et toi ?

— Ben, à part que j'dois supporter ce vieux grincheux de mari, ça irait plutôt bien. Bon, on y est. Bouge pas, je te l'passe.

Calhoun entendit Jane dire quelque chose et puis la voix du shérif :

— Nom de Dieu, Calhoun, qu'est-ce qui peut bien être sérieux au point de déranger un homme au beau milieu d'une importante transaction ?

Calhoun eut un petit rire et dit :

— Vraiment désolé.

Il détourna la tête. Il ne voulait pas que les autres guides et les pêcheurs qui s'affairaient tout autour sur le ponton entendent ce qu'il avait à dire.

— On a un cadavre sur les bras, shérif, dit-il tout bas. Ralph et mon client l'ont trouvé sur Quarantine Island, complètement brûlé, impossible à identifier. Il me semble pas qu'il soit mort de mort naturelle, mais bon, je suppose qu'il aurait aussi pu être frappé par la foudre. Je crois que tu ferais mieux de venir jeter un œil.

Le shérif Dickman resta silencieux un instant, puis il demanda :

— T'es bien sûr de tout ça, Stoney ?

— Putain, et comment que j'suis sûr !

— Parce que des fois, tu t'imagines des choses. Tu t' souviens quand Lyle…

— Je suis sûr de ce que j'ai vu, shérif.

Dickman poussa un soupir.

— Bon, je suppose que oui. T'en as parlé à quelqu'un d'autre ?

— Rien qu'à toi, dit Calhoun.

— T'es où, là ?

— À la rampe de mise à l'eau d'East End. Je t'attends. Je t'y conduirai, et tu verras par toi-même.

— Un cadavre, hein ? P'têt que j'devrais en informer la police de Portland.

— Tu crois pas que ça peut attendre ? dit Calhoun. Je pense pas que ce pauvre diable risque d'aller se balader quelque part avant un bon moment.

Le shérif hésita un instant, puis dit :

— OK, Stoney, faisons comme tu dis. Bouge pas. J'arrive dans un quart d'heure. Maintenant laisse-moi finir ce que j'avais commencé ici.

Calhoun coupa la communication et rendit le téléphone à Vecchio.

— J'ai amené des sandwichs, dit-il. Jambon-fromage.

— J'ai pas faim, répondit Vecchio en secouant la tête. Mais je dirais pas non à un peu de café.

Calhoun leur versa à chacun une bonne tasse de sa thermos Stanley, et ils attendirent au ponton tout en buvant leur café et en regardant les autres bateaux partir.

— Bon, j'imagine que la pêche, c'est fini pour aujourd'hui, non ? demanda Vecchio.

— J'sais pas, dit Calhoun. Ça dépend de combien de temps ça va prendre avec le shérif. Vous pouvez rester ici à nous attendre. Dès qu'on aura terminé là-bas, on pourra repartir à la pêche.

— C'est ma faute, dit Vecchio en secouant la tête. C'est moi qui ai insisté pour faire une pause. Si on ne s'était pas arrêtés à Quarantine Island…

— On a eu le meilleur de la matinée, dit Calhoun en haussant les épaules. Après, on aurait passé le reste de la journée à essayer de les trouver. Et vous vous seriez démoli le bras à lancer, et tout ça, pour quelques poissons de plus.

— Vous essayez de me consoler ?

— Non. Ça me viendrait pas à l'idée. Vous êtes libre de ressentir ce que vous avez envie de ressentir.

— Je vais vous payer maintenant, dit Vecchio avec un sourire. Combien j'vous dois ?

Il sortit son portefeuille de sa poche arrière. Calhoun remarqua qu'il était plein de billets.

— Vous me devez rien, dit-il en secouant la tête. On y retournera, on se fera une vraie sortie. On n'est pas restés assez longtemps ce matin pour que vous me deviez quelque chose.

— Bon Dieu, dit Vecchio. Je me suis jamais payé une aussi bonne partie de pêche.

— On recommencera, et vous me paierez à ce moment-là, dit Calhoun.

— Vous êtes sûr ?

— Sûr.

— Bon, dit Vecchio, alors merci bien.

Le Ford Explorer vert du shérif Dickman, avec l'insigne du Shérif du Comté sur la portière, se gara sur le parking environ dix minutes plus tard. Calhoun sortit de son bateau et remonta la rampe pour aller à sa rencontre.

Le shérif était un homme trapu et baraqué. Il avait le crâne dégarni et des yeux bleu pâle qui semblaient toujours s'amuser de quelque chose. Il portait son uniforme kaki avec son revolver sur la hanche et son chapeau à bords droits, et quand il traversa le parking avec Ralph trottinant à ses côtés, tous les guides et tous les pêcheurs se retournèrent pour le regarder.

Calhoun lui serra la main.

— Tu gardes le silence là-dessus, Stoney, lui dit le shérif. On n'a vraiment pas besoin de voir tous ceux qui ont un bateau ici rappliquer et envahir Quarantine Island.

— Garder le silence, c'est dans ma nature, répondit Calhoun.

Il fit demi-tour et descendit la rampe jusqu'à son bateau en compagnie du shérif.

Il présenta le shérif à Paul Vecchio qui était resté assis sur le siège avant et buvait son café. Le shérif serra la main de Vecchio et il lui dit :

— Vous êtes assis à ma place.

Vecchio lança un coup d'œil à Calhoun.

— Je pensais que je pouvais aller avec vous.

— C'est le shérif qui commande, fit Calhoun avec un haussement d'épaules.

— Désolé, dit Dickman en secouant la tête.

— J'aimerais vraiment y aller, dit Vecchio avec un sourire en direction du shérif. Je resterai à l'écart pour ne pas vous gêner, promis.

— Vous ne pouvez pas venir, lui dit Dickman.

Haussant les sourcils, Vecchio interrogea Calhoun du regard.

— C'est lui le boss, dit Calhoun en désignant le shérif de la tête.

— Ouais, mais c'est vous le capitaine du navire.

Vecchio souriait, mais Calhoun le sentait furieux.

— OK, alors disons-le comme ça, répondit Calhoun. Le capitaine vous donne l'ordre de débarquer.

— Ah, merde, c'est dommage, dit Vecchio.

Il sortit du bateau, puis le retint pendant que le shérif et ensuite Calhoun s'y installaient. Il lança à Calhoun :

— J'espère qu'on se fera une autre sortie.

— Je vous en dois une, dit Calhoun en mettant le moteur en marche. Passez-moi un coup de fil.

Il lui fit signe de la main, puis écarta le bateau du ponton, amena la proue face à la mer et prit la direction de Quarantine Island. En se retournant, il vit Paul Vecchio qui les regardait s'éloigner, les mains sur les hanches. Calhoun leva la main, mais Vecchio tourna simplement le dos et remonta la rampe d'un pas lourd pour rejoindre le parking.

Calhoun mit pleins gaz, suivant la carte qu'il avait en tête, sans s'écarter des chenaux entre les petites îles et en évitant les rochers et les barres de sable submergés.

Ralph était assis dans le fond du bateau, oreilles dressées et museau dans le vent, tandis que le shérif Dickman était assis à l'avant, face au large. Il tenait son chapeau à la main pour qu'il ne s'envole pas et le soleil du matin encore bas se reflétait sur son crâne dégarni.

En doublant Great Chebeague, le shérif pointa le doigt vers une nuée d'oiseaux au-dessus de la mer, sur la gauche. Calhoun et le shérif étaient déjà allés à la pêche plusieurs fois, pas en tant que guide et client, mais en tant qu'amis, et Calhoun savait que Dickman était un pêcheur enthousiaste et expérimenté, même si son épaule un peu abîmée lui rendait la pêche à la mouche tellement pénible qu'il pêchait généralement à la cuiller.

Quand Quarantine Island apparut devant eux, Calhoun ralentit et ils purent à nouveau se parler de façon audible.

— On y est, dit-il. Droit devant, c'est là qu'est le cadavre.

Le shérif se retourna vers Calhoun :

— T'arrête pas, fais le tour complet et reviens ici, dit-il.

— Comme tu veux, répondit Calhoun.

— Je veux juste m'assurer que personne ne nous a suivis, dit-il. S'il y a un cadavre ici…

— Pas *si*, il y en a *vraiment* un, l'interrompit Calhoun.

— C'est vrai, dit le shérif avec un sourire. Ce que je voulais dire, c'est que puisqu'on a ce cadavre ici, je ne veux pas qu'une foule de curieux vienne laisser des empreintes de pas et des emballages de Big Mac sur les lieux du crime.

Calhoun scruta l'océan.

— Je ne vois pas de bateau en train de nous suivre.

— C'est juste pour être sûr, insista Dickman, fais un tour complet.

Alors Calhoun fit ce que le shérif lui demandait. Il fit le tour de l'île lentement en essayant de repérer d'autres bateaux, mais il n'en vit aucun, et il obliqua vers le rivage, amenant le bateau sur la même petite plage de sable que celle où il avait déposé Vecchio une heure plus tôt.

Le shérif descendit et tira le bateau. Ralph sauta et fila vers l'endroit où il se souvenait avoir vu le corps.

Calhoun sortit du bateau, qu'il amarra à un rocher, et dit :

— C'est par là.

Ils se frayèrent un passage dans les broussailles, grimpèrent sur les rochers, et Calhoun put montrer au shérif la croûte noircie du corps appuyé sur l'ancien mur de béton.

Dickman s'approcha, se pencha sur le cadavre et l'examina un instant. Puis il se redressa, lâcha un soupir avant de retourner auprès de Calhoun.

— Bon, dit-il. Eh bien, c'est effectivement un cadavre qu'on a là. (Calhoun sourit.) Désolé d'avoir eu un doute, Stoney.

— T'avais une bonne raison, j'dirais.

Le shérif haussa les épaules.

— Je ferais mieux de protéger le périmètre et de prévenir les flics de Portland de ce qui nous arrive. Considérant qu'il s'agit d'un crime et que c'est ici qu'il a eu lieu.

— Oh oui, c'est bien les lieux du crime, dit Calhoun. Mais tu trouveras rien.

Le shérif lança un regard de travers à Calhoun, puis il sortit son téléphone portable et appela.

Calhoun s'assit sur un rocher. Ralph le rejoignit et se coucha près de lui.

Quand le shérif eut terminé, il vint s'asseoir près de Calhoun.

— Tu as déjà cherché des indices ? C'est ça que tu voulais dire ?

— Je ne cherchais pas vraiment, répondit Calhoun. J'ai seulement remarqué, sans y penser vraiment. Il n'y a pas d'empreintes de pas, à part les miennes et celles de Vecchio. Tu ne trouveras pas de mégots de cigarettes, pas de morceau de tissu, pas de trace de peinture sur les rochers. Ce qui n'a pas été brûlé a été emporté par la pluie. Mais je reconnais que j'ai comme qui dirait évité de regarder ce cadavre de trop près. T'as remarqué quelque chose, toi ?

Le shérif secoua la tête.

— Faut reconnaître que c'est difficile de regarder, dit-il. D'après l'odeur, ça fait bien quelques jours qu'il est mort.

Calhoun hocha la tête.

— J'dirais plutôt deux semaines, répondit-il.

— Tu dis ça d'après l'odeur ?

Calhoun resta silencieux.

— Il s'est pas immolé par le feu, poursuivit le shérif. On a bien un meurtre là.

— Ça m'en a tout l'air, dit Calhoun.

— Parce que ?

— Parce que cet homme n'est pas venu ici tout seul, précisa Calhoun. Il n'y a pas de bateau amarré et à la boutique on l'aurait entendu dire, si quelqu'un avait trouvé un bateau à la dérive dans Casco Bay ces deux dernières semaines. Quarantine est trop éloignée de n'importe quelle autre île pour que quelqu'un puisse s'y rendre à la nage, sans compter qu'il aurait fallu nager avec un bidon de vingt litres d'essence. D'ailleurs, y a pas de bidon d'essence vide dans le coin. Donc, j'en conclus que quelqu'un l'a amené ici, et cette personne, quelle qu'elle soit, l'a au moins aidé à faire ça, puis elle est repartie avec le bidon. Plus vraisemblablement, on l'a amené ici contre sa volonté et on a mis le feu à ce pauvre diable. (Calhoun se tut un instant.) Ce qui veut dire qu'il y avait deux autres personnes avec lui.

Le shérif acquiesça.

— Deux, répéta-t-il.

— Tu vois ce que je veux dire ? demanda Calhoun.

— J'écoute.

— Une pour mener le bateau, dit Calhoun, et une pour s'occuper de ce malheureux.

— Si on considère que notre cadavre n'avait aucune envie de se voir transformer en brochette, dit le shérif.

— Si on considère qu'il a été assassiné, tu veux dire, corrigea Calhoun. Je ne considère pas, je le sais.

— Tu le sais.

— Je le sais.

— C'est ton foutu sixième sens ?

Calhoun haussa les épaules.

— C'est la seule explication sensée, quand on y réfléchit. Si tu veux te suicider, tu vas pas t'asperger d'essence et allumer une allumette sans avertir qui que ce soit, ou sans laisser un message. Les gens qui s'immolent par le feu, c'est pour dire quelque chose de particulier. Si tu veux dire quelque chose de particulier, tu vas pas le faire sur une île déserte. Et si tout ce que tu veux, c'est mettre fin à tes jours, tu te tires une balle dans la tête ou tu avales des pilules ou tu sautes du haut d'un pont.

Le shérif eut un sourire.

— Quoi d'autre, Stoney ? Tu sais qui a fait ça ? Tu as résolu cette affaire à ma place ?

Calhoun secoua la tête.

— Tu penses comme un flic, tu sais ça ?

— Je crois bien, oui. Je crois que je devais être une sorte de flic.

— Avant...

— Tu veux dire avant d'être frappé par la foudre et que tout soit effacé de mon cerveau ?

Du revers de la main, Calhoun écarta ce sujet.

— Tout ce que j'peux te dire avec certitude, c'est que je suis plus flic, et je ne veux plus en être un. Tout ce que je veux, c'est rester avec mon chien, dormir dans ma petite cabane dans les bois, écouter le chant des oiseaux et le gargouillement de ma rivière, fendre du bois pour l'hiver, et peut-être aller à la pêche de temps en temps.

— Alors qu'est-ce que ça te fait, Stoney ? Avoir cette mémoire qui ne se souvient que des cinq ou six dernières années ?

— Oh, je fais aller, dit Calhoun en haussant les épaules. Je peux pas comparer avec autre chose. J'ai pas vraiment envie d'en parler. C'est pas un sujet très intéressant.

Dickman hocha la tête.

— Désolé, je voulais pas être indiscret. (Il se mit debout.) Redescendons au bateau. La police de Portland ne devrait plus tarder.

En moins d'une demi-heure, Quarantine Island fut envahie de bateaux, de flics du comté, de flics de l'État du Maine, de photographes et d'experts légistes. Le médecin légiste du comté était une jeune femme, vêtue d'un pantalon de toile, d'un T-shirt bleu et de tennis blanches. Elle trimballait un sac noir comme les médecins en avaient autrefois, et elle avait l'air de trouver tout cela amusant. Grande et dégingandée, elle arborait une tignasse rousse et un sourire cynique. Son nom était Surry, docteur Surry, mais Calhoun entendit des gens l'appeler Sam.

Calhoun s'assura que le shérif Dickman avait quelqu'un pour le ramener, puis, accompagné de Ralph, il rentra et regagna le ponton où il mit le bateau sur la remorque et se rendit à la boutique de Kate.

Dans son esprit, c'était toujours la boutique de Kate, alors qu'ils s'étaient associés à parts égales l'année précédente. Ils avaient du mal à faire mieux que rentrer dans leurs frais. Calhoun, lui, se fichait pas mal de ne pas se faire un paquet de fric, mais il tenait à ce que la boutique marche bien parce que c'était important pour Kate.

Quand il entra, elle était derrière le comptoir, en pleine discussion avec un couple de clients, un homme aux cheveux blancs et une femme beaucoup plus jeune qui semblait s'intéresser aux chemises. Le regard de Calhoun rencontra celui de Kate. Elle leva les yeux vers la pendule au mur, fronça les sourcils, puis retourna à sa conversation avec les clients.

Comme à chaque fois qu'il voyait Kate, Calhoun sentit sa gorge se nouer. Il n'arrivait plus à avaler. Pour lui, Kate Balaban était la femme la plus belle, la plus désirable et carrément la plus sexy qu'il ait jamais connue, et il ne pouvait pas la regarder sans éprouver un petit pincement de peur et d'inquiétude. Il savait qu'il ne méritait pas l'amour d'une femme comme elle, et il s'imaginait qu'un de ces jours, elle lui dirait qu'elle ne l'aimait plus.

Calhoun ressortit et s'assit dans l'un des fauteuils à bascule sous la véranda. Ralph trouva un coin de soleil près de lui, s'étendit de tout son long et s'endormit.

Peu après, les clients quittèrent la boutique, portant des sacs en plastique. Un instant plus tard, Kate vint le rejoindre. Elle portait un short, une chemise sans manches et des sandales. Sa longue tresse de cheveux noirs lui arrivait presque à la taille. Elle l'avait attachée avec un ruban rose.

Kate Balaban était à moitié Indienne Penobscot. Elle avait une mâchoire carrée, des yeux noirs et des pommettes hautes et, quand arrivait septembre, ses longues jambes et ses bras musclés, ses épaules et la peau satinée de son visage, brunis par le soleil, avaient pris une teinte cuivrée.

Elle lui coupait le souffle, tout simplement.

Kate se laissa tomber dans le fauteuil à bascule près de Calhoun et lui tendit un Coca. Pour elle, c'était un Coca Light.

— Je savais pas que c'était une sortie d'une demi-journée qui était prévue avec M. Vecchio, dit-elle. Je croyais que tu avais prévu de pêcher toute la journée. C'est encore parce que tu en as eu marre de te faire chier dans ton bateau avec un client qui ne te plaisait pas que tu t'es tiré si tôt ?

Calhoun but une gorgée de Coca.

— J'ai trouvé Vecchio très bien, répondit-il. C'est un type sympa. On a passé un bon moment.

Kate se tourna vers lui pour le regarder.

— Alors quoi, bordel, Stoney ? Tu peux pas faire des trucs comme ça. Comment veux-tu qu'on s'en tire si tu n'es pas sympa avec les clients, merde ?

— Mais j'ai été sympa avec lui. Il a voulu faire une pause au beau milieu d'une attaque de gros poissons. Il a dit qu'il avait besoin de s'étirer les jambes et de pisser un coup, et j'ai à peine discuté.

— Vous vous êtes arrêtés de pêcher au milieu d'une attaque ?

— J'ai juste essayé de satisfaire le client, dit Calhoun.

Kate secouait la tête.

— Tu sais, parfois...

— Vecchio a attrapé le plus beau bar de sa vie, dit-il. Une bonne grosse mémère de quatre-vingt-quinze centimètres sur mon ruban. Elle rôdait sous une bande de bars rayés et de tassergals qui dévoraient un banc d'aloses, et elle a avalé la Clouser de Vecchio quand il l'a laissée plonger jusqu'à elle. Il était vraiment content, apparemment.

— Et puis vous avez arrêté de pêcher ?

— Tu ferais mieux de parler de ça avec le shérif, dit Calhoun.

Elle tourna la tête vers lui.

— Qu'est-ce que c'est encore que cette connerie ?

— Vecchio est tombé sur un cadavre sur Quarantine Island, chérie, et le shérif Dickman a insisté pour que je l'emmène là-bas afin qu'il puisse y jeter un coup d'œil.

Kate eut un mouvement de recul de la tête et regarda Calhoun.

— C'est encore une de tes histoires, Stoney ?

— Nan, dit-il en souriant.

— Bon, alors, tu me racontes ?

— Pas maintenant. C'est toute une histoire, et là, y faut que je donne un coup de jet à mon bateau. Pourquoi tu viendrais pas à la maison ce soir, je ferai griller des steaks et j'te raconterai tout ça.

— Peut-être que je viendrai, peut-être que je viendrai pas, dit-elle. Et je t'ai déjà dit cent fois, ne m'appelle pas "chérie" dans la boutique.

— Désolé.

Kate secoua la tête.

— T'es pas un homme facile à aimer, Stoney Calhoun.

— Rien de ce qui est facile n'a de valeur, répliqua-t-il.

Kate roula des yeux.

— Je vais décongeler deux steaks, ajouta-t-il, juste au cas où.

3

L'OBSCURITÉ S'ÉTAIT PEU À PEU INFILTRÉE dans les bois de pins qui entouraient la cabane de Calhoun. Assis sur sa terrasse, il écoutait la rivière à truites en contrebas gargouiller sur son lit de gravier, faire des tourbillons et glouglouter en frappant les butées de granit de l'ancien pont calciné. Quelques chauves-souris voletaient çà et là, gobant au vol les derniers moustiques de l'été. La lune, presque pleine, était orangée, derrière les quelques nuages qui traversaient le ciel. Les hiboux s'appelaient et se répondaient.

Calhoun était avachi dans un fauteuil, les pieds posés sur la balustrade, sirotant une tasse de café. La soirée était fraîche, et il portait une veste en laine polaire. Ralph était étalé sur la terrasse près de lui et, après une journée encore bien remplie, ronflait doucement.

Calhoun attendait l'arrivée de Kate. Il l'espérait. Parfois elle venait, parfois elle ne venait pas. Elle ne promettait jamais, et il savait qu'il valait mieux ne pas avoir de trop grands espoirs. Ils avaient un mode de fonctionnement que la plupart des gens auraient trouvé particulier, pour ne pas dire carrément bizarre.

Pour commencer, Kate était mariée. Son mari s'appelait Walter et, à leur manière, Kate et Walter s'aimaient.

Kate n'était pas du genre à tromper son mari, et Calhoun n'était pas non plus du genre à avoir des relations secrètes avec une femme mariée, quel que soit l'amour qu'il éprouvait pour elle.

Walter était atteint de sclérose en plaques. Cela faisait plusieurs années qu'il était dans un fauteuil roulant. Personne ne guérit de cette maladie. Parfois on se stabilise pendant un bon moment, mais tôt ou tard, la maladie finit par s'aggraver. L'issue est toujours fatale. Walter le savait, et il ne le prenait pas particulièrement avec philosophie.

Quand Calhoun avait compris qu'il aimait Kate – il s'en était rendu compte dans l'heure qui avait suivi leur première rencontre – il avait bien essayé de ne pas y prêter attention. Une femme mariée était une femme mariée, il n'y avait pas à sortir de là en ce qui le concernait. Mais à sa grande surprise, Kate lui avait rapidement avoué qu'elle l'aimait aussi, et cela n'avait pas été sans jeter la confusion dans son esprit. Il avait dit à Kate qu'il valait mieux tout oublier, mais elle lui avait répondu qu'elle allait en parler à Walter, qu'il soit d'accord ou pas.

Il n'était pas d'accord, mais il savait que ce n'était pas cela qui allait arrêter Kate. Alors il avait insisté pour être présent quand elle parlerait à son mari.

Cette conversation avait été une sorte de soulagement pour Walter. Il était handicapé et plein d'amertume, mais il aimait suffisamment Kate pour souhaiter qu'elle ait une vie heureuse et épanouie. Trouvant Calhoun sympathique et tout à fait respectable, il leur donna sa bénédiction et les incita à s'aimer totalement.

Calhoun et Kate l'avaient assuré qu'ils feraient en sorte que personne ne le sache, mais Walter leur avait répondu que garder le secret serait impossible. Tôt ou tard, les gens l'apprendraient. Il ne demandait qu'une seule chose : quand cela arriverait, les gens devaient bien savoir que Walter était au courant et que tout ce que Kate et Calhoun faisaient, ils le faisaient avec son consentement.

Et donc, certains soirs, après avoir préparé Walter pour la nuit, Kate venait rejoindre Calhoun dans sa cabane. Ils mangeaient et discutaient en riant, puis ils écoutaient de la musique et faisaient l'amour.

Parfois elle restait toute la nuit, et le matin, ils prenaient leur café sur la terrasse et se promenaient dans les bois.

Parfois elle ne restait qu'une heure ou deux. Mais Calhoun lui était reconnaissant pour chaque minute qu'elle lui donnait.

Et parfois, il l'attendait et avait l'impression qu'il allait exploser s'il ne pouvait pas caresser sa peau, sentir ses cheveux et goûter sa bouche, mais elle ne venait pas.

Il essayait de ne jamais l'attendre. Il essayait d'être surpris à chaque fois que le Toyota de Kate débouchait en cahotant sur le long chemin de terre, annoncé par le bruit de ferraille que faisait son hayon arrière, et il essayait de ne pas être déçu quand cela n'arrivait pas. Quand on n'attend rien, on ne risque pas d'être déçu.

Mais pour Stoney Calhoun, une nuit sans Kate était une nuit décevante.

Il avait parsemé deux épaisses pièces de bœuf de sel kasher, de poivre fraîchement moulu et d'un peu de romarin. Il avait fait cuire à demi une poignée de pommes de terre rouges de la taille d'une balle de golf, les avait enduites d'huile d'olive avant de les envelopper dans du papier d'alu. Il avait émincé de la laitue dans un bol en bois, et par-dessus il avait tranché un concombre, une tomate et un oignon rouge. Il avait allumé le barbecue pour que le charbon ait le temps de se transformer en braises blanches. Il avait trouvé une station NPR qui diffusait du jazz et du blues toute la nuit, et il avait ouvert les fenêtres de la cuisine pour que la musique se répande sur la terrasse.

Et il s'était assis là pour boire tranquillement son café. Et attendre Kate.

Sept ans plus tôt, environ, Stonewall Jackson Calhoun avait été un homme complètement différent. Le Stoney Calhoun d'aujourd'hui, l'homme qui vivait seul dans une cabane de deux pièces que son ami Lyle et lui avaient construite au milieu des bois, dans la commune de Dublin, dans l'État du Maine, l'homme qui était associé à parts égales avec Kate Balaban dans un petit commerce d'articles de pêche à Portland, l'homme qui aimait très exactement une seule personne dans le monde entier – il en avait aimé deux, avant que le jeune Lyle se fasse assassiner –, ce Stoney Calhoun-là n'avait aucun souvenir de l'ancien Calhoun. Ils étaient de parfaits étrangers l'un pour l'autre.

Le peu que Calhoun savait de son ancienne personnalité lui avait été raconté par les psys de l'hôpital militaire, et il n'était même pas sûr qu'ils lui aient dit la vérité.

Ils lui avaient dit qu'il avait été frappé par la foudre, et il avait effectivement une cicatrice rouge en zigzag sur l'épaule gauche qui semblait le confirmer. La foudre l'avait plongé dans un coma qui avait duré un mois. D'après ce qu'ils lui avaient dit, la décharge avait effacé sa mémoire, exactement comme une soudaine surtension électrique effacerait le contenu d'un disque dur sur un ordinateur. Elle l'avait aussi rendu sourd de l'oreille gauche et avait légèrement perturbé la chimie de son cerveau, entraînant une intolérance totale à l'alcool, mais ni l'une ni l'autre de ces séquelles ne constituait un véritable handicap pour lui. Il avait une oreille droite qui entendait parfaitement, et puis le café et le Coca étaient des stimulants chimiques qui lui convenaient très bien.

L'Homme au Costume – un type grisâtre, sans signe particulier, envoyé par un quelconque service gouvernemental pour le surveiller – venait de temps à autre s'enquérir de ce dont Calhoun pourrait se souvenir de sa vie passée, et il avait toujours l'air soulagé, quoiqu'un peu sceptique, lorsque Calhoun lui disait qu'il ne se souvenait toujours de rien.

L'Homme au Costume aimait appâter et taquiner Calhoun avec des bribes d'informations sur l'endroit d'où il venait, le genre d'homme qu'il avait été. Bien sûr, Calhoun était curieux de savoir, mais il essayait de n'en rien laisser paraître devant l'Homme au Costume.

Stoney Calhoun considérait son ancien moi comme une abstraction, rien de plus. Ça l'intéressait, mais c'était quelqu'un d'autre.

Pour lui, il était clair que ses rêves et ses cauchemars ramenaient à la surface des images de son ancienne vie. Généralement, elles étaient bizarrement déformées et proprement terrifiantes. Et parfois, un mot, un arôme ou quelques notes de musique faisaient resurgir une image familière ou une émotion déjà ressentie de façon si intense qu'il lui fallait s'asseoir, fermer les yeux et respirer à fond.

La première fois qu'il prit en main une canne à mouche, après son arrivée dans le Maine, Calhoun sentit qu'il avait été un bon lanceur. Le mouvement, le rythme, la sensation de la soie dans sa main, la flexion de la canne dans son poignet, tout était encore ancré dans la mémoire de ses muscles. Il découvrit qu'il savait se servir d'un fusil, descendre une rampe de mise à l'eau en marche arrière avec une remorque à bateau, réparer un hors-bord, s'approcher sans bruit d'un cerf dans les bois, monter une mouche à la perfection, repérer le grain du bois dans une grosse bûche pour la fendre d'un seul coup de hache.

Il savait lire et écrire, faire des additions et des soustractions. Il était capable de traduire le français.

Il savait manier des outils, poser une canalisation, installer une clôture. Il avait construit sa cabane dans les bois. Il avait l'impression qu'il savait jouer du violoncelle ou de la clarinette. Un beau jour, il aurait l'un de ces instruments entre les mains, et alors, il saurait comment s'en servir. Et il n'arrêtait pas d'apprendre des choses comme ça sur lui-même.

Il se souvenait de tout depuis le moment où il s'était réveillé dans cet hôpital de Virginie. Son cerveau était encombré d'images. Elles étaient nettes, précises, et il pouvait les trier et trouver celles qu'il cherchait, et ensuite il pouvait les étudier et voir les moindres détails. Il pouvait dessiner le visage d'un homme d'après l'image qu'il avait en mémoire, et ce qu'il dessinait ressemblait très exactement à l'image dans sa tête.

Il avait aussi découvert qu'il savait se battre à mains nues, et qu'il n'éprouvait aucune gêne quand il était contraint de le faire.

À son arrivée dans le Maine, Calhoun avait dévoré une volumineuse anthologie de littérature américaine, espérant naïvement que les histoires, les poèmes et les essais l'aideraient à rassembler les morceaux de son passé. En fait, il savait qu'il en avait lu un grand nombre auparavant. Thoreau, Emily Dickinson, Whitman, Frost, Hemingway, Poe. Quand il les lisait, c'était comme s'il savait à l'avance ce qu'ils allaient dire.

Pourtant, ces morceaux ne formaient pas un tout cohérent. Toutes ces histoires, toutes ces images oniriques, ces fragments évanescents de souvenirs et ces flashs de déjà-vu lui remplissaient le cerveau, mais tout cela ne lui donnait pas un passé.

Stonewall Jackson Calhoun était né dans cet hôpital militaire, sept ans plus tôt. Quand il en était sorti, il était cet homme de trente-deux ans qui repartait à zéro.

Et aujourd'hui, il n'avait que sept ans de vrais souvenirs. Il se souvenait de chaque poisson attrapé, de chaque conversation qu'il avait eue, de chaque visage qu'il avait vu, de chaque chant d'oiseau entendu.

Maintenant, il pouvait s'asseoir dehors sur sa terrasse, attendre Kate en cette soirée de septembre, et revivre la première fois où ils avaient fait l'amour. Il pouvait se repasser la scène en temps réel ; chaque mot qu'ils avaient prononcé, chaque murmure, chaque rire, chaque respiration, le parfum des cheveux de Kate, le goût de la peau de Kate, la tendre égratignure des ongles de Kate sur son dos, la morsure des dents de Kate, l'étau des jambes de Kate se refermant autour de ses hanches, la façon dont la langue de Kate suivait la forme de sa cicatrice sur son épaule.

Il pouvait revivre non seulement cette première fois, mais aussi chacune des autres fois depuis.

Maintenant, comme pour compenser ces trente-deux années perdues, les sept dernières remplissaient son cerveau. Il se souvenait de tout, il n'oubliait rien.

Restait encore à décider si c'était une bénédiction ou une malédiction.

Il n'était pas loin de minuit quand Calhoun tendit la main pour gratter les oreilles de Ralph et dit :

— Bon, elle ne viendra pas ce soir.

Il rentra dans sa cabane, ouvrit le frigo, prit l'un des sandwichs qu'il avait faits pour Vecchio le matin et le mangea au-dessus de l'évier.

Il enveloppa les steaks et les pommes de terre dans du papier d'alu, mit la salade dans un sac en plastique et remit le tout au frigo.

Il remplit la cafetière électrique pour le lendemain matin.

Il sortit sur la terrasse et pissa par-dessus la balustrade.

Puis il alla se coucher.

Le lendemain à l'aube, Calhoun et Ralph étaient assis sur des rochers au bord de Bitch Creek, là où la rivière faisait une boucle au sortir des bois, passait sous le pont calciné, et s'étalait en un petit plan d'eau courbe contre la pente derrière la cabane.

Ralph regardait fixement une truite qui gobait tout un tas de minuscules éphémères dans le tourbillon derrière un rocher, juste à côté de l'endroit où ils étaient assis. Les flancs de la truite étaient orangés, avec des taches pourpres comme des gouttes de sang frais. Le poisson ne faisait pas plus de vingt centimètres de long, mais il était plein de vivacité et d'agressivité, prêt à frayer et impatient. Calhoun se dit que c'était une véritable merveille que cette petite truite de rivière, une truite indigène, vivant et se reproduisant ici dans le petit ruisseau derrière sa cabane, au milieu des bois du Maine. Elle descendait des truites qui étaient restées là après la disparition des glaciers, il y a des milliards d'années. Une sorte de petit miracle.

Il y avait un peu plus d'un an, Stoney Calhoun était venu ici avec Kate et Ralph, portant l'urne qui contenait les cendres de Lyle McMahan. Lyle avait tout juste vingt-six ans, il était diplômé de l'Université et, pour la chasse et la pêche, c'était un guide de premier ordre. C'était Lyle qui avait raconté l'histoire de Quarantine Island à Calhoun. Un jour de juin, il s'était trouvé au mauvais endroit au mauvais moment et quelqu'un lui avait tiré dessus et il était mort. C'était le meilleur ami de Calhoun – son seul ami en fait, mis à part Kate et le shérif Dickman –, et Calhoun n'était pas encore parvenu à atténuer le sentiment de culpabilité qu'il éprouvait pour avoir envoyé Lyle au mauvais endroit*. Lyle n'avait plus de famille, c'est pourquoi Calhoun s'était chargé de ses cendres.

Au lever du jour, par un matin brumeux du mois de juin, ils avaient vidé l'urne dans Bitch Creek, lui avaient dit adieu et que Dieu te garde, et ils avaient regardé les cendres de Lyle tourbillonner et être emportées par le courant. Calhoun se plaisait à penser qu'une partie de son ami était retombée sur le fond et était restée là, dans le petit plan d'eau, juste en aval des butées de l'ancien pont, vivant dans une éternelle harmonie avec les truites indigènes, tandis que d'autres parties de lui avaient dérivé dans tout le réseau des ruisseaux et rivières qui allaient se jeter dans l'océan Atlantique. C'étaient des endroits que Lyle connaissait, qu'il comprenait, qu'il aimait.

À chaque fois qu'il se sentait troublé, ou triste, ou simplement songeur, Calhoun descendait avec Ralph jusqu'à leur rivière, il s'asseyait sur un rocher et pensait à Lyle. Il supposait que c'était juste son imagination, ou peut-être prenait-il ses désirs pour des réalités, mais il lui arrivait parfois d'entendre la voix de Lyle qui lui pardonnait, et cela le réconfortait.

La tasse de Calhoun était vide, il songeait à remonter à la cabane pour la remplir lorsqu'il entendit la plainte d'un moteur à haut régime dans le chemin plein d'ornières qui menait chez lui. Dans sa mémoire,

* Voir *Dérive sanglante*, du même auteur, également aux éditions Gallmeister.

il passa en revue le dossier bruits et reconnut la tonalité de ce moteur particulier. C'était l'Explorer vert du shérif Dickman.

Le bruit du moteur s'amplifia puis stoppa. Un moment plus tard, le shérif se tenait en haut de la pente, la main en visière pour apercevoir Calhoun et Ralph.

Calhoun lui fit signe et se leva.

— Verse-toi du café, dit-il. Je te rejoins sur la terrasse.

Ralph se mit à escalader la pente. Calhoun le suivit d'un pas lourd. Quand il arriva en haut, le shérif Dickman était affalé dans un des fauteuils, une tasse de café posée près de lui. Il portait son uniforme kaki. Son chapeau était posé sur la table, et Ralph était étendu par terre à côté de lui.

— B'jour, dit Calhoun.

— B'jour, Stoney, dit le shérif.

— J'imagine que c'est pas une visite de politesse.

Le shérif fit un petit mouvement de tête.

— J'ai bien peur que non.

Calhoun hocha la tête.

— Je reviens tout de suite.

Il alla dans la cuisine, se reversa du café, revint sur la terrasse et s'installa dans l'autre fauteuil.

— OK, dit-il. Bon, vas-y. T'as identifié le corps ?

— Non. Brûlé au point d'être non identifiable, comme on dit. (Le shérif poussa un soupir.) Son visage n'était plus que du charbon de bois. Et y avait plus de doigts pour nous donner des empreintes.

— Il doit bien y avoir des personnes portées disparues dans vos dossiers, avec qui vous pourriez comparer, dit Calhoun. Utiliser le dossier dentaire, ou quelque chose de ce genre.

— Aucun homme adulte n'a été porté disparu au cours des deux dernières semaines, dit le shérif.

— Mais il pourrait être d'ailleurs, répondit Calhoun. Il est pas nécessairement du coin. Ou il pourrait avoir disparu depuis un an.

— Tu as raison, Stoney. Le problème, c'est qu'on ne sait pas qui il est. (Le shérif prit une gorgée de café.) Le nouveau légiste du comté – tu sais la femme médecin, le Dr Surry, la rousse – elle estime que la mort de ce pauvre bougre remonte à une semaine, dix jours maxi.

— Quand tu vas trouver des suspects, dit Calhoun, ça va pas être commode de vérifier les alibis. Ça fait une foutue différence – entre une semaine et dix jours. Ça fait un sacré bout de temps à justifier.

Le shérif acquiesça.

— La première chose à faire, c'est de l'identifier, et là, on est un peu coincés, sauf si on avait des dossiers dentaires auxquels on pourrait comparer la bouche de cet individu.

Calhoun observait le shérif tandis qu'il parlait. Il remarqua que le genou de son ami tremblotait et que son regard se perdait dans les bois de pins derrière la cabane, évitant de croiser le sien.

— Le docteur n'a rien remarqué d'autre ? demanda Calhoun.

Le shérif, regardant toujours au loin, fit oui de la tête. Il resta silencieux un instant. Puis il se tourna vers Calhoun.

— Ses mains et ses pieds avaient été attachés avec du ruban adhésif renforcé. Sa gorge avait été tranchée, d'une oreille à l'autre.

— Ça colle pas tout à fait avec l'hypothèse de l'immolation par le feu pour raison politique, dit Calhoun.

— Non, dit le shérif. Pas vraiment. (Il hésita un instant.) Il y avait autre chose encore.

Calhoun attendit.

Le shérif s'éclaircit la gorge.

— Son… euh, son pénis avait été coupé, Stoney, et on le lui avait enfoncé dans la bouche.

— Nom de Dieu, dit Calhoun.

— Comme tu dis.

— Bon, dit Calhoun. Ça m'fait rudement plaisir que t'aies fait tout ce chemin jusqu'ici pour me dire ça, shérif. Ça me réjouit, tu peux pas savoir. De quoi partir du bon pied pour la journée, pas de doute.

— Je me suis dit que t'aurais envie de savoir.

— Pourquoi ?

Le shérif secoua la tête.

— Dis-moi ce que tu penses de tout ça, Stoney.

— Bon, voyons, dit Calhoun. Ils emmènent cet homme sur l'une des îles les plus éloignées de Casco Bay, ficelé avec du ruban adhésif renforcé, ils l'exécutent, ils lui coupent la quéquette pour la fourrer dans sa bouche et puis ils l'aspergent de – quoi ? De l'essence ?

Dickman haussa les épaules.

— Pas sûr, mais quelque chose comme ça.

— Ils l'imbibent tellement d'essence, poursuivit Calhoun, que lorsqu'ils y mettent une allumette, ses vêtements, son visage et ses doigts sont complètement carbonisés, ce qui signifie probablement qu'ils ne veulent pas que vous puissiez l'identifier. Ils l'installent sur le côté est de l'île pour que le feu ne puisse pas être vu du continent. Ou peut-être qu'ils n'ont pas fait ça la nuit. De toute façon, Quarantine Island est un endroit où personne n'a de raison d'aller, donc ils ne voulaient pas que le corps soit retrouvé rapidement. (Il s'arrêta un instant pour mettre de l'ordre dans ses pensées.) Et pourtant, ils veulent nous dire quelque chose.

— Son… euh, son pénis, avança le shérif.

Calhoun acquiesça.

— Bien sûr. Ça, plus le fait de le brûler et de le laisser là. C'est facile de ligoter un corps avec des chaînes et une ancre, de le balancer par-dessus bord et de laisser les homards se débrouiller avec, si on ne veut pas qu'il soit retrouvé. Ces types, ils veulent le beurre et l'argent du beurre : ils veulent nous dire quelque chose, mais ils ne veulent pas se faire prendre.

— Mais l'histoire du pénis ? demanda le shérif. Sûrement qu'ça a à voir avec ce qu'ils veulent nous dire, mais comment tu vois ça ?

— Une fois que vous aurez identifié le corps, que vous saurez qui il est, alors vous aurez une idée plus précise. Peut-être que c'était un type qui s'envoyait la femme d'un autre. Peut-être que c'était un homosexuel qui a fait des avances à celui qu'il fallait pas. Peut-être que c'est une femme qui déteste les hommes qui a fait ça. Ou peut-être que le pénis coupé en dit plus sur celui qui a tué ce pauvre bougre que sur sa victime. Il est encore trop tôt pour émettre des hypothèses sur cette histoire de pénis. Ça risquerait de t'envoyer dans une mauvaise direction, tu vois ?

Le shérif hochait la tête.

— Ça, c'est sacrément bien raisonné, Stoney.

— Vous avez trouvé beaucoup d'indices sur les lieux du crime ?

Le shérif eut un rire bref.

— Non. Tu avais raison. Y avait rien.

Calhoun prit une gorgée de café.

— Est-ce que tu t'attends à des problèmes de juridiction dans cette affaire ?

Le shérif roula des yeux.

— C'est déjà le bordel. Les flics municipaux, le shérif du comté, les flics de l'État. Je m'attends à avoir plus de concurrence que de coopération.

— Et qu'est-ce que vous faites au sujet des médias ?

— La police de l'État a organisé une conférence de presse et a fait une déclaration, et tel que je te connais, j'suis sûr que t'en as pas entendu parler.

— Putain, j'espère que mon nom n'a pas été cité.

Le shérif sourit.

— Pas vraiment. Ils ont simplement dit que le corps avait été trouvé par un pêcheur, sans préciser davantage. Tu ne fais pas partie de cette histoire.

— Bordel, sûrement pas !

Le shérif sourit à nouveau.

— Ils n'ont pas mentionné le pénis de la victime, ni qu'il a eu la gorge tranchée, ce qui rend l'histoire beaucoup moins intéressante pour les médias qu'elle ne le serait sinon, bien que le fait qu'il ait été carbonisé soit déjà suffisamment intéressant.

— Donc, quand les dingues vont surgir d'un peu partout pour s'accuser du meurtre…

— Exactement, dit le shérif. S'ils ne parlent pas de la gorge tranchée, ni du pénis sectionné, on saura qu'ils racontent des bobards.

— Vous espérez que quelqu'un va entendre les informations et va venir signaler la disparition d'un homme, et que ça vous aidera à savoir qui il est.

— C'est le but. (Il eut un bref sourire.) Pour sûr, ça serait pas mal si on pouvait donner sa photo aux journalistes de la télé, mais étant données les circonstances, on a décidé qu'il valait mieux pas. (Le shérif posa ses avant-bras sur la table et se pencha vers Calhoun.) Tu as déjà fait ça auparavant, Stoney. Tu sais comment ça fonctionne.

Calhoun haussa les épaules.

— On voit ça au cinéma, à la télé, dans tous ces foutus romans policiers. Tout le monde sait comment ça fonctionne.

Le shérif regardait Calhoun avec un petit sourire autour des yeux.

— Qu'est-ce qu'il y a ? demanda Calhoun. Tu me regardes avec un drôle d'air.

— Je pense que tu sais.

— Allez, crache le morceau, shérif.

Il hocha la tête.

— OK. Voilà. J'ai besoin de ton aide dans cette affaire.

Calhoun secoua la tête et balaya l'air d'un revers de main.

— Pas moi, shérif.

— Stoney, dit le shérif, t'as pas idée de toutes les conneries que j'ai entendues.

Calhoun sourit.

— Oh mais si, j'me doute bien.

— Terroristes islamistes, dit le shérif, le Ku Klux Klan, des skinheads nazis, des révolutionnaires communistes. (Il sourit.) Des lesbiennes, nom de Dieu. (Il secoua la tête.) Le pénis semble avoir été circoncis, c'est suffisant pour que l'un des inspecteurs particulièrement brillants de notre police d'État décide que tout ça, c'était une affaire d'antisémitisme. De toute façon, ils semblent tous plus intéressés à faire valoir leurs hypothèses de complots favorites qu'à analyser et interpréter les indices et, bordel de merde, c'est très décourageant. (Il agrippa le poignet de Calhoun.) Je veux que tu m'aides, Stoney. Tu penses juste. Tu sais analyser les choses. Tu sais rester objectif. Tu remarques tout et tu te souviens de tout. T'es intelligent comme pas deux, tu es discret et surtout, j'ai confiance en toi. J'ai besoin de toi. Qu'est-ce que t'en dis ?

Pensif, Calhoun prit une longue gorgée de café. Puis il reposa sa tasse sur la table près du chapeau du shérif.

— Je sais pas ce que j'étais avant, dit-il, mais je sais ce que je suis maintenant. Je suis un guide de pêche. C'est ça que j'sais faire, et c'est tout ce que j'veux être. J'ai un chien qui m'aime, une femme qui m'aime. J'ai ma petite cabane dans les bois, et j'ai ma rivière à truites, là derrière. Tout ça me satisfait pleinement, shérif. On m'a donné l'occasion de recommencer ma vie, et je me dis que c'est pas un cadeau ordinaire. Y a des tas de choses que je sais pas, mais y en a une que je sais : j'aime cette vie. Chaque minute qui passe, je l'apprécie. Je n'ai pas d'ennuis qui vaillent que je me plaigne, et je n'ai pas l'intention de faire quoi que ce soit pour changer ça. Cette vie me semble bien fragile. J'ai l'impression que j'ai bien de la veine de la vivre, et si je fais une bêtise, elle va exploser en mille morceaux. Je ne veux pas que ça arrive. Tu comprends ?

Le shérif Dickman chercha quelque chose dans la poche de son pantalon et posa un étui en cuir sur la table, près de la tasse à café de Calhoun.

— Prends ça, dit-il.

Calhoun secoua la tête.

— Je sais ce que c'est que ce truc, et je n'en veux pas.

Le shérif ouvrit l'étui d'un geste et le poussa vers Calhoun. À l'intérieur, il y avait un insigne.

— Il est à toi, dit-il. Je veux que tu sois mon adjoint. Aide-moi dans cette affaire. Tu peux continuer à faire le guide et à vivre ta putain de vie parfaite. Je veux seulement pouvoir m'entretenir avec toi, éventuellement te demander de venir avec moi fouiner çà et là, de temps en temps.

— Je sais, tu penses que je devrais me sentir honoré et flatté, dit Calhoun, mais c'est pas le cas. Moi, ça me rend nerveux et mal à l'aise que tu me demandes ça. J'peux pas te dire pourquoi exactement. Je dis pas que c'est rationnel, mais ça m'est pénible et je peux pas faire comme si de rien n'était.

Il tendit la main, referma l'étui et le repoussa.

— Tu es un ami, un vrai, dit-il au shérif, et j'espère sincèrement que tu continueras à être mon ami. Mais je ne veux pas de ton foutu insigne, et je ne veux pas être ton foutu adjoint. Je ne veux pas traîner partout avec toi pour mener ton enquête, et si tu estimes que tu dois être furieux contre moi et cesser de me considérer comme ton ami, c'est pas ça qui va changer quoi que ce soit. J'veux bien qu'on discute de temps en temps, j'veux bien te dire ce que je pense, tant que tu prends pas ça trop au sérieux. Possible que j'étais une sorte de flic avant. J'en suis presque sûr. Mais maintenant je ne le suis plus, et je ne veux plus l'être. Voilà, c'est tout ce qu'y a à dire.

Le shérif regarda Calhoun pendant un moment, puis il hocha la tête. Il se baissa pour gratter le sommet du crâne de Ralph. Enfin il se leva, reprit l'insigne de shérif-adjoint et le remit dans sa poche. Il remit son chapeau, l'ajusta et baissa les yeux vers Calhoun.

— Tu me déçois beaucoup, Stoney Calhoun.

— Je te comprends, dit Calhoun en hochant la tête.

— Et je dirais que je ne sais plus très bien ce que ça signifie, qu'on soit amis, dit le shérif. Je t'ai demandé de m'aider, Stoney, et crois-moi, demander une faveur à quelqu'un comme toi, c'est pas la chose la plus facile au monde. Et tu as refusé, et même si j'imagine que je dois respecter tes raisons, des amis, c'est fait pour s'entraider. À mon avis, c'est ça que ça veut dire, être amis.

Calhoun haussa les épaules.

— À mon avis à moi, dit-il, les amis ne demandent pas à leurs amis de faire des choses qui vont contre leur nature.

— Si, ils le font quand ils ont vraiment besoin d'aide et que leurs amis ne leur proposent pas spontanément de leur donner un coup de main.

Le shérif fit demi-tour, descendit l'escalier et grimpa dans son 4 × 4.

Calhoun se tenait à la balustrade et fit un signe pour dire au revoir quand l'Explorer vert s'engagea dans le chemin.

Le shérif ne passa pas la main par la fenêtre pour lui répondre.

4

ILS N'AVAIENT PAS DE SORTIES PROGRAMMÉES ce jour-là. C'était le deuxième mercredi de septembre, et Calhoun ne comprenait pas. Septembre était le meilleur mois de l'année pour attraper à la mouche un gros bar rayé sur la côte du Maine. En août, il était difficile de trouver du poisson, mais Kate et lui avaient des clients tous les jours. On avait l'impression que la plupart des gens arrêtaient d'aller à la pêche après Labor Day*. Ils avaient un effort à faire en matière de communication auprès du public ; Kate parlait d'engager quelqu'un pour créer un site web, et même si les connaissances de Calhoun en marketing n'allaient pas très loin, il pensait que cela ne pouvait être que bénéfique pour les affaires.

Il arriva à la boutique avec Ralph vers neuf heures, et un peu plus tard deux représentants en électronique de Boston entrèrent pour avoir recours à ses lumières. Ces types achetèrent une poignée de mouches en échange de quelques tuyaux, une forme de courtoisie que Calhoun aurait bien aimé trouver plus souvent chez les pêcheurs. Il étala une carte topographique sur le comptoir, et il était en train de leur montrer où ils pouvaient mettre leur bateau à l'eau sur le Kennebec et les endroits où ça pourrait mordre pendant la marée de l'après-midi, quand Kate fit son apparition.

Les deux hommes se retournèrent pour la regarder. Ce qui fit sourire Calhoun. Kate portait un T-shirt rose, un jean délavé parfaitement ajusté, des sandales en cuir, et elle avait mis un vernis rouge sur ses ongles de pied, ainsi qu'une touche de rouge à lèvres rose. Sa chevelure noire tombait devant ses épaules en deux longues tresses. Un homme ne pouvait pas faire autrement que s'interrompre, quelle que soit son activité, pour regarder Kate Balaban.

* La fête du travail, célébrée aux États-Unis le premier lundi de septembre.

Elle lança un large sourire en direction des deux clients, ainsi qu'un "B'jour, Stoney", et disparut dans l'arrière-boutique qui lui servait de bureau. Ralph, qui était étendu près de la porte d'entrée, se leva et la suivit.

Après le départ des clients, Calhoun alla se resservir une tasse de café. Kate était assise à son bureau et, lunettes posées bas sur le nez, fixait l'écran de son ordinateur en fronçant les sourcils. Ralph était blotti près d'elle.

Calhoun s'assit sur la chaise à côté de Kate.

— Tout va bien, chérie ?

Elle hocha la tête, les yeux toujours rivés sur l'écran.

— Si on gagnait plus d'argent, ça irait mieux, mais, oui, bien sûr, tout va bien. Pourquoi ?

— Tu fronces les sourcils.

— J'imagine que j'ai souvent les sourcils froncés ces temps-ci.

Elle enleva ses lunettes et se tourna vers lui.

— Faut que je te parle, Stoney.

Il se cala dans sa chaise.

— Vas-y.

Elle secoua la tête.

— Non, pas maintenant. Pas ici. Tu m'as parlé de steaks, hier. Je suppose que tu as tout mangé, hein ?

— Non. Y sont toujours là. Les pommes de terre et la salade aussi.

— Bon, on va voir ce qu'on peut faire pour ce soir, alors.

Elle lui fit un rapide sourire, remit ses lunettes et se retourna vers son ordinateur en fronçant les sourcils.

Calhoun savait qu'il valait mieux ne pas lui poser de questions.

Ce fut un mercredi matin comme tous les autres à la boutique. Le représentant de Loomis passa leur présenter la collection de printemps de cannes à mouche, et il laissa quelques modèles pour que Calhoun et Kate puissent les essayer. Trois ou quatre clients vinrent acheter des mouches et jeter un coup d'œil aux soldes de fin de saison. Le téléphone sonna plusieurs fois. Un type de Concord, New Hampshire, voulait des renseignements sur une sortie guidée, mais il n'était pas encore prêt pour arrêter une date.

Kate passa l'essentiel de son temps derrière son bureau à envoyer des e-mails et à régler des factures.

Vers midi, Calhoun retourna la voir.

Elle tapota sur quelques touches, enleva ses lunettes, leva les yeux vers lui et demanda :

— Qu'est-ce qu'il y a, Stoney ?

— Je me suis dit que je pourrais aller chercher des sandwichs. Qu'est-ce qui te ferait plaisir ?

— Rien. Faut que je rentre à la maison dans une minute. Peut-être que je ne reviendrai pas de la journée. Ralph et toi, vous pouvez vous occuper de la boutique cet après-midi, n'est-ce pas ?

— Bien sûr qu'on peut. (Il hésita un instant.) T'es sûre que tout va bien, Kate ?

— Tu m'as déjà posé la question. Tu devrais aller chercher ton sandwich. J'attends, je partirai quand tu seras revenu.

Le soleil était tombé derrière la colline. Calhoun était assis sur la terrasse et écoutait la musique qui montait de Bitch Creek. Il buvait une tasse de café et attendait Kate. Ralph avait eu son dîner et roupillait tout près de lui. Des chauves-souris et des hirondelles passaient comme des flèches devant la maison. Les hiboux s'appelaient et se répondaient. Les braises rougeoyaient dans le barbecue.

Tout bien considéré, tout était pour le mieux.

Calhoun entendit le grondement du pick-up de Kate avant même qu'elle ne quitte la route pour prendre le chemin de terre à huit cents mètres de là. Il posa sa tasse sur la table. Ralph dressa la tête, bâilla, puis il se leva et se mit à agiter son bout de queue.

Kate se gara à côté du bateau de Calhoun sur sa remorque. Quand elle descendit et apparut dans la lumière qui éclairait la cour, il dut avaler sa salive plusieurs fois. Elle portait une robe orange pâle qui lui tombait sur les chevilles et lui moulait le buste avant de s'évaser sur ses hanches. Elle avait tiré ses cheveux en arrière en une longue queue-de-cheval qu'elle avait attachée avec un ruban assorti à la robe.

Elle regarda vers la terrasse. Calhoun se leva et lui adressa un signe de la main. Elle lui fit un large sourire qui révéla la blancheur de ses dents.

— Hé, dit-elle.

— Hé.

Ralph dévala les marches et se précipita sur elle, frétillant de tout son arrière-train. Elle se baissa pour lui frotter les oreilles. Puis ils montèrent ensemble les marches de la terrasse.

Kate portait à son cou un collier d'argent incrusté de turquoises. Les longues boucles qui pendaient de ses oreilles, ainsi que son lourd bracelet, étaient également en argent et turquoise. Elle alla directement vers Calhoun, lui passa les bras autour du cou, l'embrassa sur la joue et se serra contre lui.

— Je suis désolée, Stoney, murmura-t-elle.

— Désolée pour quoi, chérie ?

— J'ai été plutôt hargneuse, ces temps-ci. C'est pas que je ne t'aime pas. J'espère que tu sais ça.

— Ça fait quand même plaisir à entendre.

Elle s'écarta, le regarda droit dans les yeux un instant, puis sourit et posa sa bouche sur celle de Calhoun. Quand ils se séparèrent, elle murmura :

— Il en est où, ce charbon ?

— Va falloir le laisser brûler encore un peu, dit Calhoun. Ça sera pas prêt avant une heure au moins.

— Bon, dit-elle, c'est parfait. Je n'ai pas envie d'attendre.

Elle le prit par la main et le conduisit jusqu'à la chambre.

Ils étaient assis sur la terrasse, sous le ciel étoilé de septembre. Ils avaient fait l'amour, puis ils avaient mangé les steaks avec les pommes de terre et la salade. Ralph, qui avait eu sa part de déchets de viande, était sous la table, étalé sur le flanc. La lune était apparue au-dessus de la colline et Calhoun n'aurait pu concevoir un sentiment de bien-être plus complet.

Kate avait enfilé un pantalon de survêtement appartenant à Calhoun et l'un de ses sweat-shirts. Ses cheveux défaits retombaient sur ses épaules. Pour lui, c'était la plus belle femme du monde. Elle était installée dans un des fauteuils, les pieds posés sur la balustrade et dégustait un Jack Daniel's. Calhoun, lui, avait une tasse de café à la main.

— Tu as assez mangé, chérie ? demanda-t-il.

— Trop. Je suis rassasiée.

Un moment plus tard, il dit :

— Le shérif Dickman est venu me voir ce matin.

— Au sujet de ce cadavre carbonisé que vous avez trouvé ?

Il acquiesça.

— Il voulait m'engager comme adjoint, pour l'aider dans cette affaire.

— Tu lui as dit quoi ?

— Je lui ai dit : hors de question.

Kate resta silencieuse un instant, puis elle demanda :

— Comment ça se fait ?

— Ça m'a mis mal à l'aise. Dès qu'il a parlé de ça, j'ai senti mon estomac se nouer. (Il haussa les épaules.) Élucider des meurtres, c'est le boulot du shérif, pas le mien. Cette affaire n'a rien à voir avec moi. J'ai l'impression que si je fourrais mon nez là-dedans, tout s'écroulerait.

— Faut faire ce que tu penses juste de faire.

— J'aime la vie que je mène, dit-il. C'est tout, je ne veux surtout rien y changer.

Kate leva les yeux vers le ciel et parut étudier les étoiles.

— Tu peux pas empêcher les choses de changer, Stoney.

Il hocha la tête.

— Je sais cela.

— Quoi que tu fasses, il y a toujours quelque chose qui arrive.

— Tu penses que j'aurais dû prendre ce foutu insigne ?

— Tu dois faire ce que tu estimes juste de faire.

— Eh bien, c'est ce que j'ai fait. Et maintenant le shérif est furieux contre moi.

— Ça lui passera. (Elle tendit la main au-dessus de la table et la posa sur la sienne.) Je t'ai dit qu'il fallait que je te parle.

Il sourit.

— Je me souviens que tu as dit cela. J'imagine que j'espérais que ça n'avait pas d'importance et que tu avais oublié.

— Ça a de l'importance. (Elle but une gorgée de son verre.) C'est au sujet de Walter.

Calhoun attendit la suite.

— Il n'ira jamais mieux.

— C'est une terrible maladie, dit Calhoun. J'ai de la peine pour lui.

— Je l'ai conduit dans une clinique, à York. Cet après-midi. Je l'ai laissé. Il ne reviendra plus jamais à la maison. Son état ne peut qu'empirer.

Il prit sa main dans la sienne.

— Je suis désolé, chérie.

Elle s'éclaircit la gorge.

— J'ai l'impression de l'avoir abandonné. Je me dis que si je l'avais aimé davantage, j'aurais jamais fait ça. Je l'aurais jamais confié à des étrangers.

— Mais tu l'aimes beaucoup, dit Calhoun. Walter le sait bien.

— Il dit qu'il le sait. (Elle leva son regard vers lui. Des larmes brillaient dans ses yeux.) Je me demande s'il a raison, Stoney. Tu vois ce que je veux dire ?

— Peut-être que tu ferais bien de m'expliquer clairement, chérie.

— Je ne peux pas m'empêcher de penser que si je… si je ne t'aimais pas comme je t'aime…

— Walter sera mieux dans cette clinique, dit Calhoun. Et ça n'a rien à voir avec toi et moi.

— Bien sûr, dit-elle. C'est Walter qui m'a dit qu'il était temps pour lui d'y aller. Mais, tu vois, c'est pas pour ça que je me sens mieux.

— C'est dur, dit-il. Tu t'y feras.

— Il va sûrement pas… mourir avant longtemps.

Kate pleurait carrément maintenant. Les larmes roulaient sur ses joues.

Calhoun, comme d'habitude, ne savait pas quoi dire. Il la regarda simplement pendant un instant, de l'autre côté de la table, puis il lui dit :

— Viens ici, chérie.

Kate se leva de son fauteuil, fit le tour de la table et s'assit sur les genoux de Calhoun. Elle mit ses bras autour de son cou et enfouit son visage au creux de son épaule.

— J'ai tant de peine, murmura-t-elle.

Il la serra fort, sans rien dire.

— Et donc, poursuivit-elle après un moment, j'ai décidé que je ne pouvais plus venir te voir ici.

Calhoun sentit un glaçon lui transpercer le cœur. Il glissa la main sous le sweat-shirt de Kate et lui caressa le dos, sentant sous ses doigts la douceur et la fermeté des muscles. Il se rendit compte qu'elle tremblait.

— Tu comprends, Stoney ?

Il hocha la tête. Il n'était pas sûr de sa voix, il préférait éviter de dire quelque chose.

— Ça ne me semblerait pas bien, enchaîna-t-elle. Comme toi, avec l'insigne d'adjoint. Il y a des choses, ça ne sert à rien d'essayer de les analyser. Il faut suivre son cœur.

Calhoun s'éclaircit la gorge.

— Tu n'as pas à donner d'explications. Je te comprends.

Elle tourna la tête et l'embrassa très fort sur la bouche. Puis elle se leva de ses genoux. Debout à côté de lui, dans son survêtement trop large, elle le regarda. Son visage était mouillé de larmes.

— Je vais partir, maintenant, Stoney. Avant de perdre tout mon courage.

Il leva les yeux vers elle et hocha la tête.

Elle fit demi-tour, descendit quelques marches, puis s'arrêta pour le regarder.

— C'est tout ce que tu as à dire ? demanda-t-elle.

— Qu'est-ce que tu veux dire ?

— Au sujet de ce que je viens de te dire. Tu n'as pas d'opinion ?

— Que veux-tu que je te réponde ?

— Tu pourrais… tu pourrais me dire que j'ai tort. Tu pourrais discuter. Tu pourrais montrer ton émotion. Tu pourrais… te battre pour ce que tu désires. (Elle pleurait toujours. Ou peut-être qu'elle s'était arrêtée, puis avait recommencé.) Tu penses que je fais ce qu'il faut faire ?

— Je suis tout à fait certain que tu y as beaucoup réfléchi, Kate. Personne ne peut dire ce qui est bien. Comme tu l'as dit, tu suis ton cœur et tu fais ce que tu estimes être le mieux.

— Ça t'est égal ?

Calhoun secoua la tête.

— C'est pas une vraie question, hein ?

Kate lui sourit à travers ses larmes.

— Il n'y en a pas deux comme toi, Stoney Calhoun.

Elle se retourna et descendit les marches.

Calhoun se leva pour la suivre.

Au bas des marches, Kate s'arrêta et le regarda.

— Ne descends pas, Stoney. S'il te plaît. Reste là où tu es, et fais-moi signe quand je partirai.

— Bien sûr, dit-il. Entendu.

Elle s'essuya les yeux avec son poignet.

— Je te verrai demain, à la boutique.

— Je serai là.

— On est toujours associés, n'oublie pas.

Il hocha la tête.

— Associés. Et comment.

Elle grimpa dans son pick-up, fit demi-tour et s'engagea dans le chemin.

Calhoun leva la main et Kate lui fit un appel de phares.

Il resta sur la terrasse jusqu'à ce que le bruit du Toyota se soit évanoui au loin. Il ramassa les couteaux et les fourchettes, les assiettes et les verres sur la table, et les porta dans la cuisine.

Calhoun était de retour sur la terrasse et buvait son café à petites gorgées en regardant les étoiles et en écoutant du blues à la radio. Cela faisait à peu près une heure que Kate était partie et déjà il se sentait seul et abandonné. Il se demandait comment il allait faire pour travailler à ses côtés, sachant qu'elle ne voulait plus qu'ils soient autre chose que des associés.

Ralph, qui savait sentir les humeurs de Calhoun, s'était roulé en boule juste à ses pieds pour essayer de le réconforter.

Quand il entendit le moteur rétrograder sur la route à à huit cents mètres, puis s'engager sur son chemin de terre, il espéra que c'était Kate qui revenait pour lui dire qu'elle avait changé d'avis, ou bien le shérif qui venait lui dire qu'il avait eu tort de se fâcher et qu'il souhaitait redevenir son ami.

Mais les oreilles de Calhoun lui dirent que ce n'était ni le pick-up de Kate, ni l'Explorer du shérif. C'était cette foutue Audi. Ce qui signifiait que l'Homme au Costume était de retour.

Calhoun alla chercher sa Remington calibre 12 à chargeur automatique qui était accrochée à l'intérieur, s'assura qu'elle était chargée avec du petit plomb de 8 et retourna sur la terrasse.

L'Audi se gara près du bateau de Calhoun, là où Kate s'était garée plus tôt. Les phares s'éteignirent, la portière du conducteur s'ouvrit et l'Homme au Costume en descendit. Il leva les yeux vers la terrasse, se protégea les yeux de la lumière des projecteurs qui éclairaient la cour et lança :

— Tu peux baisser ce foutu fusil, Stoney, je ne viens pas te voler.

— Tirez sur tous les intrus, dit Calhoun. C'est vous qui m'avez donné ce conseil.

— Et il est sacrément bon, ce conseil, répondit l'Homme au Costume. Sauf que moi, je ne suis pas un intrus. Je suis ton ami.

— Mon ami, dit Calhoun. Pas vraiment. Bon, allez, montez. Il n'est pas encore minuit. Une bonne heure pour rendre une petite visite.

L'homme portait un costume gris, une chemise bleu pâle avec une cravate bleu foncé et des chaussures noires bien cirées. Il portait toujours un costume, généralement gris, comme tout le reste de l'individu. Gris, pas de particularités, absolument rien à en retenir. Il n'avait jamais mentionné son nom à Calhoun et Calhoun ne voulait pas laisser entendre qu'il éprouvait le moindre intérêt pour cet homme en le lui demandant. Pour lui, ce n'était que l'Homme au Costume. Il débarquait aux moments les plus inattendus depuis que Calhoun était venu habiter au milieu des bois du Maine. Sa mission était toujours la même : essayer de savoir ce dont Calhoun se souvenait de sa vie d'avant ce jour où la foudre s'était abattue sur lui.

Calhoun avait su des choses – des secrets, probablement, des informations précieuses, importantes – et l'employeur de l'Homme au Costume, quel qu'il soit, ne tenait pas à ce que Calhoun s'en souvienne.

Se souvenir pouvait être dangereux.

Le fait est qu'il ne se souvenait de rien, mais l'Homme au Costume lui avait fait comprendre que même si quelque chose de son passé lui revenait subitement en tête, il aurait tout intérêt à ne pas en faire état.

Et donc, à chaque fois que l'Audi se garait dans la cour de Calhoun, ils faisaient tous deux leur petit numéro : le visiteur demandait à Calhoun ce dont il se souvenait, et Calhoun lui répondait qu'il ne se souvenait de rien, et l'autre ne savait jamais s'il mentait ou s'il disait la vérité. Calhoun était d'avis que l'Homme au Costume supposait toujours qu'il mentait, mais il n'allait jamais plus loin.

Quand ce type était venu lui rendre visite pour la première fois, Calhoun avait menacé de lui tirer dessus, et il était au moins à moitié sérieux. L'idée même qu'il existait quelqu'un tel que l'Homme au Costume l'avait effrayé et mis hors de lui. Mais rapidement, la Remington calibre 12 était devenue une sorte de plaisanterie entre eux.

Non pas que Calhoun lui faisait confiance, ou qu'il le trouvait particulièrement sympathique. L'Homme au Costume travaillait pour le gouvernement. Il savait tout de la vie oubliée de Calhoun. Il utilisait ce qu'il savait pour appâter ou bousculer Calhoun, qui se protégeait en faisant comme si tout cela n'avait aucun rapport avec lui.

Le type monta les marches et s'installa dans le fauteuil où Kate s'était assise à peine une heure plus tôt.

— C'est qui, ça ? demanda-t-il.

— Qui ça, qui ?

— La musique. Au piano.

— Oscar Peterson. Tout le monde connaît Oscar Peterson.

L'Homme au Costume haussa les épaules.

— C'est chouette.

D'un coup de menton il désigna la tasse de Calhoun sur la table.

— Tu bois quoi ?

— Du café. Vous en voulez ?

— Non. Tu as un Coca ?

Calhoun alla à l'intérieur et raccrocha le fusil aux patères sur le mur. Puis il sortit une canette de Coca du frigo et revint la poser sur la table devant l'Homme au Costume.

— Merci, Stoney.

Il l'ouvrit, en avala une gorgée, la reposa et fixa son regard sur Calhoun.

— Alors…

— Je ne me souviens de rien.

L'Homme au Costume hocha la tête.

— OK.

— Bon, vous pouvez y aller maintenant. Moi, je vais me coucher.

— Y a rien que tu aimerais savoir ? demanda l'Homme au Costume. De ta vie d'avant, je veux dire ?

— Non. J'ai tout ce qu'y me faut, dit Calhoun en secouant la tête.

L'Homme au Costume sourit.

— J'ai cru comprendre que tu avais eu euh… un peu de stress, récemment.

Putain de merde, comment a-t-il fait pour être au courant aussi vite au sujet de Kate ? se demanda Calhoun. Le salaud avait une façon de s'insinuer dans la vie de Calhoun, de savoir des choses qui ne le regardaient absolument pas.

— Bordel, vous parlez de quoi, là ?

— Du shérif Dickman. Il a besoin de toi. Il t'a demandé ton aide, et tu l'as envoyé sur les roses. Pourquoi cela, Stoney ?

— C'est pas vos oignons.

— Bien sûr. Tu as absolument raison à ce sujet. Pourtant, je ne comprends pas. Il y a un type assassiné, la gorge tranchée, brûlé et mutilé, ce qui est quand même foutument intéressant, et tu as la possibilité de donner un coup de main, d'aider un ami, d'aider la société dans laquelle tu vis, et tu refuses. C'est pas ce que j'appelle être un bon citoyen.

— Je ne m'intéresse pas aux types assassinés, répondit Calhoun, qu'ils soient brûlés et mutilés ou pas. Et je me fiche pas mal d'être un bon citoyen ou pas. Et je me fiche pas mal que vous compreniez ou pas. Et ça m'emmerde que vous fourriez votre nez partout comme ça.

L'Homme au Costume secoua la tête.

— Tu me déçois, par moments, Stoney.

— Vous décevoir est vraiment le dernier de mes soucis.

Calhoun leva les yeux vers les étoiles un instant, puis il regarda son visiteur.

— Vous êtes en train de me dire que je devrais accepter d'être l'adjoint du shérif ? C'est pour ça que vous êtes venu ? Pour me dire ça ?

— J'ai été un peu surpris, c'est tout. Je n'aime pas être surpris. Je pensais que tu sauterais sur l'occasion, en quelque sorte, et tu ne l'as pas fait. Cela me donne à penser que je ne te comprends pas.

Calhoun haussa les épaules.

— Ce cadavre carbonisé, c'est pas mes oignons, c'est pas parce que c'est moi qui l'ai trouvé.

— Personne n'est une île, Stoney.

— Nom de Dieu, vous allez vous mettre à chanter ?

L'Homme au Costume sourit.

— Tu pourrais être utile au shérif. Ce serait bon pour toi. Tu as des talents, tu sais. Tu ne devrais pas les gaspiller.

— J'ai des talents, c'est vrai, répondit Calhoun. Je sais diriger un bateau dans le brouillard. Je peux sentir les tassergals à un kilomètre. Je peux lancer une ligne à mouche complète d'un seul revers. Et si vous ne foutez pas le camp d'ici, vous allez voir comment je sais me servir de ce calibre 12.

L'Homme au Costume leva les deux mains.

— Tu feras ce que tu veux. Je le sais parfaitement. Ce que je dis seulement, en tant qu'ami, c'est que tu devrais réfléchir à nouveau à cette collaboration avec le shérif. Penses-y, c'est tout.

— Si je dis OK, vous partirez ?

— Bien sûr.

— OK. Je vais y penser.

L'Homme au Costume vida son Coca et se leva. Il tendit la main.

— Alors, tope là.

Calhoun lui serra la main.

— Sage décision, Stoney.

— J'ai seulement dit que j'allais y penser, je n'ai pas dit que j'allais le faire.

— Mais tu vas y penser, dit l'Homme au Costume, parce que, quoi que tu sois par ailleurs, tu es un homme de parole.

— Je ne crois pas que je vais changer d'avis.

— Oh, moi je crois que si.

L'Homme au Costume se baissa, caressa Ralph qui sommeillait sur la terrasse, puis il se redressa et descendit l'escalier pour rejoindre sa voiture.

Calhoun ne prit même pas la peine de lui adresser un signe quand il fit demi-tour et reprit le chemin de terre.

Calhoun ouvrit la boutique à huit heures trente le lendemain matin. Il avait laissé Ralph à la maison, où il pourrait aboyer en direction des tamias et dormir sur la terrasse. Ralph devenait agité s'il devait passer toute la journée enfermé dans la boutique. Kate devait guider et, à part quelques clients, Calhoun avait une journée tranquille devant lui pour écouter la radio, monter des mouches et réfléchir à certaines choses.

Un peu après trois heures de l'après-midi, Kate gara son camion avec le bateau sur la remorque sur le parking du magasin.

Calhoun sortit pour l'aider à descendre le bateau et à décrocher la remorque du pick-up.

Il lui demanda comment ça s'était passé.

Bien, lui dit-elle. Ils avaient attrapé du poisson. Les clients avaient l'air contents. Quelque chose de nouveau à la boutique ?

Rien de spécial, répondit Calhoun.

Et puis des clients arrivèrent et Calhoun alla s'occuper d'eux.

Kate nettoya son bateau au jet, puis entra dans la boutique. Elle s'installa à son bureau et alluma son ordinateur.

À cinq heures, Calhoun alla lui dire qu'il partait.

Elle leva les yeux, sourit et lui dit bonsoir.

Toi aussi, répondit-il.

Associés. Ça allait prendre un certain temps pour s'y faire, il en avait l'impression.

Quelque chose ne tournait pas rond. Il le sentit au moment où il quitta la route pour emprunter son chemin. Il ne savait pas ce que c'était, et il ne savait pas non plus d'où lui venait cette sinistre sensation de malaise. Mais il l'avait déjà ressentie avant, et il savait qu'il pouvait s'y fier.

Donc, au lieu de continuer à rouler sur le chemin bosselé jusqu'à sa cabane, il se gara sur le côté, dans les buissons. Il sortit, prit sa carabine de chasse calibre 30-30, une Winchester modèle 94 à levier, derrière le siège, engagea d'un coup sec une cartouche dans la chambre et se mit en marche. Il avançait lentement, tenant sa carabine obliquement devant lui, prenant soin de ne pas casser une brindille ou agiter une branche. Quand il arriva en vue du dernier virage avant sa cabane, il quitta le chemin et se glissa dans les bois.

Il décrivit un arc de cercle qui l'amena derrière sa maison. Il s'arrêta un instant derrière les buissons qui bordaient son terrain. Il ne vit aucun mouvement, mis à part le bruissement des feuilles dans la brise. Il n'entendit aucun bruit, mis à part le croassement d'un corbeau au loin. Il ne sentit aucune odeur, mise à part celle des aiguilles de pin.

Il se faufila dans les bois jusqu'en face de sa cabane, et c'est à ce moment-là qu'il vit un véhicule inconnu garé dans la zone de retournement, près de son bateau. C'était un petit 4 × 4 vert, un Subaru Forester. Calhoun fit appel à cette partie de son cerveau qui se souvenait de tous les véhicules qu'il avait remarqués au cours des six dernières années, puis il passa en revue toutes les images de ces véhicules, et il identifia celui-ci. Il l'avait vu quelques jours auparavant seulement, sur le parking près du ponton, à Portland. Le parking était faiblement éclairé et Calhoun n'y avait pas consciemment prêté attention, mais le 4 × 4 était bien là, et le souvenir en était net et précis.

Cette voiture était celle de Paul Vecchio, le professeur d'histoire de Penobscot College, l'homme que Calhoun avait emmené pêcher, l'homme qui avait découvert le corps calciné sur Quarantine Island.

Il prit la carabine à canon court comme un pistolet, le canon posé sur son épaule, et, sortant du bois, il appela :

— Hé, Paul !

Et là, il se passa deux choses inquiétantes.

Premièrement, Vecchio ne répondit pas.

Deuxièmement, Ralph ne dévala pas les marches de la terrasse et il ne sortit pas du bois pour lui faire la fête, ce qu'il faisait habituellement sans qu'on ait besoin de l'appeler quand Calhoun rentrait à la maison.

Calhoun appela à nouveau :

— Monsieur Vecchio ? Paul, vous êtes là ?

Et puis :

— Ralph, t'es où, bon Dieu ?

Aucun des deux ne se manifesta.

Calhoun monta sur la terrasse, avançant sur la pointe des pieds sans faire de bruit, tenant la carabine à deux mains, prêt à faire feu.

Quand il vit Paul Vecchio, il abaissa son arme.

Vecchio était assis dans le fauteuil où Kate, ainsi que l'Homme au Costume, s'étaient assis la veille.

Sauf que les yeux de Vecchio étaient à moitié fermés, et sur sa poitrine luisait une tache rouge. Et, de toute évidence, il était mort.

5

POSANT LA CARABINE SUR LA TABLE, Calhoun s'approcha de Vecchio. Le sang qui tachait le devant de sa chemise bleu pâle était sombre et avait l'air poisseux. Il semblait y avoir trois blessures, deux en haut du côté droit de la poitrine et l'autre plus bas, au milieu du ventre. Les deux dans la poitrine avaient provoqué l'essentiel de l'hémorragie. Calhoun était incapable de dire de quelle taille étaient les trous sous la chemise de Vecchio.

Il s'accroupit de façon à ce que ses yeux soient au même niveau que ceux de Paul Vecchio. Même dans la mort, le professeur semblait être un homme modéré et amical. On aurait dit qu'il regardait Calhoun du coin de l'œil, entre ses paupières mi-closes, et un côté de sa bouche s'était plissé en une esquisse de sourire, comme s'il venait de faire une sorte de plaisanterie et attendait que Calhoun se mette à rire.

Il se souvint comment Vecchio s'était mis à pousser des cris et à hurler, comment il avait crié sa joie, quand ils avaient trouvé les bars et les tassergals en train de dévorer le banc d'aloses. C'était le genre d'homme à embrasser la vie, entreprenant et plein d'ardeur.

Maintenant il était là, affalé dans le fauteuil de Calhoun, immobile comme une pierre. Ses yeux pétillants étaient troubles. Son sourire s'était figé sur son visage.

L'enfoiré.

Calhoun poussa un soupir et se redressa. S'il ne pouvait sauver la vie de Vecchio, peut-être pouvait-il le venger.

Et si quelque chose était arrivé à son chien…

Il alla à la balustrade et appela Ralph en hurlant.

Il attendit. Hurla à nouveau.

Mais où était donc ce chien ?

Sans même réfléchir à ce qu'il faisait, Calhoun examina les lieux du crime. Il regarda sur la terrasse s'il y avait des douilles, ou n'importe quoi d'autre pouvant servir d'indice. Tout ce qu'il trouva qui n'y était pas le matin quand il était parti, c'était un flacon d'écran solaire en plastique violet près du fauteuil où était assis Vecchio. On aurait dit qu'il était tombé de sa main quand il avait été abattu. Calhoun se souvint que Vecchio était un accro de l'écran solaire.

Il se garda bien de toucher quoi que ce soit, même ce flacon d'écran solaire tombé par terre. Il continua à chercher des douilles sur la terrasse et ne trouva rien, ce qui signifiait que, ou bien le tireur les avait ramassées, ou bien il avait utilisé un revolver.

Il descendit de la terrasse et regarda en dessous, au cas où l'une des douilles serait tombée entre deux planches. Rien. Puis il examina le parking. Il n'avait pas grand espoir d'y découvrir des traces de pneus, ni des empreintes de pieds. Ça faisait une semaine qu'il n'avait pas plu, et le sol était dur et sec, et de toute façon, il y avait eu pas mal de trafic chez Calhoun ces temps-ci. Le shérif, Kate, l'Homme au Costume, Calhoun lui-même, avec son camion et son bateau sur la remorque, et puis maintenant Vecchio.

Pourtant, Calhoun regarda attentivement, divisant mentalement la zone en quadrants et passant chacun d'eux au peigne fin.

Il ne remarqua rien.

Ensuite il retourna sur la terrasse et pénétra à l'intérieur de la maison. Il jeta un coup d'œil partout, ne touchant à rien, comparant ce qu'il voyait avec les images de chaque pièce telles que sa mémoire les avait enregistrées quand il était parti le matin même.

Il en conclut que personne n'était entré dans sa cabane.

Il songea à chercher des indices dans la Subaru de Vecchio, mais il y renonça. Il se dit qu'il ferait mieux de laisser cela à la police.

À en juger par la taille des ombres et la couleur du ciel, il estima qu'il était environ sept heures moins dix. Le shérif était probablement rentré chez lui maintenant, mais étant donné que Calhoun avait refusé de devenir son adjoint et de l'aider dans son enquête, ça lui faisait bizarre de l'appeler à son domicile. On peut appeler un ami chez lui pour n'importe quelle raison, même pour parler boulot. Quand on n'est plus amis, on ne fait pas ça.

Alors il prit le téléphone sans fil dans la cuisine et appela le bureau du shérif. Comme il s'y attendait, il eut la permanence téléphonique. Il donna son nom et son numéro de téléphone à l'employée et l'assura que c'était une urgence.

Elle lui répondit que le shérif le rappellerait aussitôt.

Il alla sur la terrasse avec le téléphone et le posa sur la table. Il s'approcha de la balustrade et appela Ralph à nouveau. Le fait même qu'il soit obligé de l'appeler était déjà inquiétant. Il n'était jamais nécessaire d'appeler Ralph. À chaque fois que Calhoun rentrait de la boutique ou d'une journée passée à guider, quelle que soit l'heure, Ralph était toujours là, sortant des bois en trottinant ou descendant de la terrasse, son moignon de queue tout frétillant, et il venait pour qu'on le gratte derrière les oreilles ou qu'on lui caresse le ventre. Ralph venait inspecter tout véhicule qu'il entendait se garer dans la cour, et il venait toujours quand on l'appelait.

Paul Vecchio était mort sur sa terrasse, et c'était très inquiétant. Mais Ralph Waldo avait disparu et, pour Calhoun, c'était encore pire.

Il essaya de se rassurer en se disant qu'au moins il n'avait pas trouvé le cadavre de Ralph, alors qu'il avait celui de Vecchio.

Le téléphone sonna environ cinq minutes après sa conversation avec la permanence téléphonique. Il décrocha :

— Shérif ? C'est toi ?

— C'est moi, répondit le shérif, qui n'avait pas l'air plus joyeux que ça. De quoi s'agit-il ?

— J'ai un homme mort assis sur ma terrasse. C'est Paul Vecchio, le type que j'avais emmené à la pêche l'autre matin.

— Celui qui a trouvé le corps sur Quarantine Island ?

— Ouais, celui-là.

— T'es sûr qu'il est mort ?

— Il a trois balles dans le corps. Deux dans la poitrine, une dans le ventre. Je dirais que ça fait quelques heures qu'il est mort.

Le shérif poussa un soupir.

— OK, on arrive tout de suite. Tu connais la routine. Ne touche à rien. Essaie d'empêcher Ralph de mettre la pagaille sur les lieux du crime.

— Ça, c'est l'autre chose, dit Calhoun. Ralph n'est plus là.

Le shérif marqua une hésitation, puis demanda :

— Plus là ? Comment ça, plus là ?

— Je veux dire que Ralph a disparu. Je l'ai laissé ici ce matin, et maintenant il n'est plus là.

— T'es sûr ?

— Je suis quand même bien placé pour le savoir.

— C'est vrai, excuse-moi. Qu'est-ce que tu…

— J'ai regardé partout et je n'ai rien trouvé comme indice, sauf si on compte un flacon d'écran solaire qui ne m'appartient pas. Rien au sujet de ce qui est arrivé à Vecchio et rien au sujet de Ralph.

— Désolé pour Ralph, dit le shérif, mais j'imagine qu'il va revenir. Ralph est un chien plein de ressources. Il est probablement parti dans les bois chasser les perdrix.

— J'ai un mauvais pressentiment, shérif. J'espère vraiment que tu as raison.

Le shérif Dickman resta silencieux un instant. Puis il dit :

— C'est pas facile de rester furieux contre un homme comme toi, Stoney, mais j'ai bien l'intention de continuer à l'être. J'espère sincèrement que Ralph n'a rien, mais je dois d'abord me concentrer sur cet homme mort chez toi. Bouge pas, je serai là dans pas longtemps.

Il raccrocha.

Calhoun prépara la cafetière et la mit en marche, puis il retourna sur la terrasse et appela Ralph.

Ralph ne se montra pas.

Au bout d'un moment, Calhoun rentra et se versa une tasse de café. Il repartit avec sur la terrasse, s'assit sur le fauteuil à côté de Vecchio, repensa à cette bonne matinée de pêche qu'ils avaient passée ensemble juste deux jours avant, et attendit le shérif.

L'obscurité sortait lentement des bois pour envahir la clairière qui entourait la maison de Calhoun. Une à une, les étoiles se mettaient à clignoter. Deux ou trois chauves-souris s'étaient détachées des arbres pour venir chasser les moustiques. Les hiboux s'appelaient et se répondaient.

C'était l'heure du repas du soir pour Ralph.

Sirotant sa tasse de café, Calhoun tenait compagnie à Paul Vecchio et essayait de ne pas se faire de souci au sujet de Ralph. Au bout d'un moment, il entendit l'Explorer du shérif s'engager dans le chemin de terre. Une minute plus tard, il vit des phares sortir des bois en cahotant et percer l'obscurité qui s'épaississait. Puis le shérif s'arrêta, se gara près du camion de Calhoun et descendit. Il portait son uniforme, chapeau à bords plats et tout le reste, et il avait à la main une grosse torche, modèle spécial police.

Il monta les marches de la terrasse, fronça les sourcils en direction de Vecchio, mort sur sa chaise et, se tournant vers Calhoun, lui demanda :

— C'est toi qui l'as tué, Stoney ?

Calhoun roula les yeux.

— T'es vraiment obligé de poser cette question ?

— C'est ton camion qui est garé à l'autre bout du chemin, non ?

— Ouais.

— Pourquoi il est là-bas ?

— C'est là que je l'ai laissé.

Le shérif poussa un soupir.

— Là, tu vois Stoney, j'essaie d'être patient. Alors, pourquoi tu l'as laissé là-bas ?

— J'avais un mauvais pressentiment.

— Un mauvais pressentiment.

Calhoun hocha la tête.

— Quel genre de mauvais pressentiment ?

Calhoun haussa les épaules.

— Le genre de mauvais pressentiment qu'on a quand on sait qu'il y a quelque chose de désagréable qui nous attend, mais on ne sait pas quoi.

Le shérif eut un bref sourire.

— Et en raison de ce mauvais pressentiment, tu as décidé de ne pas faire tout le chemin jusqu'ici en camion, donc tu es descendu et tu es venu jusqu'à ta cabane en douce. Tu as fait le tour par les bois, c'est ça ?

— C'est ça.

Du doigt il montra la carabine de Calhoun sur la table.

— Tu l'as apportée avec toi.
— Oui.
— Tu la gardes dans ton camion ?
Calhoun fit oui de la tête.
— Derrière le siège avant.
— Qu'est-ce que tu as vu en arrivant ici ?
Calhoun désigna Vecchio de la tête.
— Rien d'autre ?
— Juste M. Vecchio. Et ce flacon d'écran solaire, là.
Il tendit le doigt vers le flacon violet.
— C'est pas le tien ?
Calhoun secoua la tête.
— Tu l'as pas touché, hein ?
— Non, bien sûr.
— Et Ralph ? demanda le shérif. Il est revenu ?
Calhoun secoua à nouveau la tête.
— Écoute, dit-il, je suis vraiment désolé de t'avoir laissé tomber.
Le shérif fit un signe du revers de la main.
— T'en fais pas pour ça.
— Le fait est, dit Calhoun, que pour quelqu'un qui est furieux contre moi et qui ne veut plus être mon ami, c'est vachement sympa de t'inquiéter de mon chien avant même de t'intéresser de près au corps de ce pauvre homme.
— C'est un brave chien, dit le shérif. J'aime bien Ralph. Dommage que je puisse pas en dire autant de son maître.
— Oui, dit Calhoun. Mais il n'est plus là.
— Il va revenir.
— Il a jamais fait ça avant. L'heure de son repas est passée.
Le shérif s'approcha de Vecchio. Tout en regardant le corps, il tira une paire de gants en latex de sa poche et les enfila en les faisant claquer. Puis il alluma sa torche et la braqua sur Vecchio. Il se pencha tout près de l'homme mort, examinant le visage, puis les blessures à la poitrine et au ventre, et enfin les mains, posées sur les genoux.
Sans se retourner, le shérif dit :
— Je boirais bien un peu de café.

Calhoun alla à l'intérieur, versa une tasse de café et l'apporta dehors. Il la posa sur la table.

— Voilà ton café, shérif.

— Merci, marmonna le shérif.

Calhoun s'assit à la table et l'observa.

Au bout de deux minutes, le shérif se redressa, enleva ses gants et les fourra dans sa poche. Il s'assit à la table et prit une gorgée de café.

— À quelle heure tu as quitté la boutique cet après-midi, Stoney ?

— Un peu après cinq heures.

— Kate était avec toi ?

— Ouaip. Elle était encore là quand je suis parti.

— Et t'es arrivé ici vers quelle heure ?

— Ça prend une heure, à cinq minutes près. Pourquoi ? Vecchio est mort depuis combien de temps ?

Le shérif haussa les épaules.

— Pas si longtemps que ça. Quelques heures tout au plus.

— Tu penses que je suis rentré chez moi et que je l'ai tué ?

— Pourquoi tu aurais fait ça ?

— Tu vois bien, dit Calhoun, c'est pas moi.

— Ce que je voulais dire, dit le shérif, c'est est-ce que tu as quelque chose qui ressemble à un mobile dont je devrais être informé ?

Calhoun secoua la tête.

— Je ne l'ai rencontré que cette fois-là. On a fait une bonne partie de pêche. Je le trouvais sympa. Je ne l'ai même pas laissé me payer parce qu'on a dû s'arrêter très tôt. À cause de ce bon Dieu de cadavre sur Quarantine Island.

— Donc vous n'avez eu ni désaccord, ni dispute ?

Calhoun secoua la tête.

— Tu penses que je te mens ?

— Non, pas du tout. Pas moi. Mais je peux pas parler à la place de ceux qui vont pas tarder à arriver. (Il sortit son téléphone portable.) Je ferais mieux de signaler ça.

Il pianota un numéro, parla un instant, puis referma vivement le portable et prit une autre gorgée de café.

— Police de l'État ?

Le shérif acquiesça.

— Et tout le tintouin. Inspecteurs. Police scientifique. Médecin légiste. Tout ce que tu veux. Ils vont s'amener.

Calhoun désigna Vecchio d'un signe de tête.

— Tu veux qu'on en discute un peu ?

— Avec toi ? (Le shérif secoua la tête.) Pourquoi je le voudrais ?

— Écoute, dit Calhoun, je t'ai expliqué pourquoi j'ai refusé. Ç'aurait été plus facile de dire oui tout simplement.

— Alors tu mérites une médaille pour avoir renoncé à la facilité ? demanda le shérif.

— Je savais pas que tu pouvais être sarcastique, shérif.

— Je savais pas qu'un ami pouvait me cracher au visage.

Calhoun hocha la tête.

— Y a eu des changements depuis notre dernière conversation.

— Trouver un homme assis sur sa terrasse avec trois balles dans le corps, ça n'arrive pas tous les jours, dit le shérif.

— Y a eu d'autres changements aussi, dit Calhoun. L'autre jour, je t'ai dit à quel point je trouvais parfaite la vie que je menais et, bordel de merde, j'imagine que je me suis porté la poisse en disant ça, parce que maintenant, j'en suis loin, de la perfection.

Le shérif le regarda en plissant les yeux.

— C'est en rapport avec la disparition de Ralph ?

Calhoun haussa les épaules.

— Bien sûr, mais c'est aussi en rapport avec Kate. Et avec le fait que tu m'as demandé de t'aider et que j'ai refusé parce que je ne pensais qu'à moi au lieu de prendre en considération ce que cela signifiait d'être ton ami. Surtout, j'imagine que c'est en rapport avec ce cadavre ici sur ma terrasse. Toi et moi, on sait bien que ce n'est pas une coïncidence. Il y a un lien avec le corps calciné qu'on a trouvé sur Quarantine Island. (Il poussa un long soupir.) De toute façon, je crois que je me suis conduit comme un con. Et je le regrette. Je n'aime pas ne plus être ton ami.

Le shérif Dickman hocha la tête.

— C'est vrai que tu peux être con parfois. Pour ça au moins, t'as raison.

Calhoun lui tendit la main.

Le shérif l'empoigna.

— Content d'être à nouveau ton ami, Stoney, mais je ne peux pas t'engager.

— Parce que je suis suspect ?

— Que tu sois mon suspect ou non, dit le shérif, les autres vont tous te regarder de travers, quoi que je dise.

— J'ai rien à cacher, alors j'ai pas à m'en faire. Écoute. Je veux pas être ton adjoint. J'ai pas envie d'aller fouiner partout avec toi. Ça, ça n'a pas changé. Mais je veux être ton ami, alors si tu veux qu'on en discute…

— OK, pourquoi pas. (Le shérif enleva son chapeau et le posa sur la table.) Faisons comme ça. Réfléchissons un peu à ce que nous avons là. (Il se passa la paume de la main sur son crâne dégarni.) Nous avons M. Vecchio ici, dans ton fauteuil, et il me semble que c'est là qu'il était assis quand il a été abattu.

— Du fait qu'il n'y a pas de sang sur les marches ou sur le plancher.

— Exact. Donc la question est…

— Pourquoi était-il ici ? l'interrompit Calhoun.

Le shérif haussa les sourcils.

— À toi de me le dire, dit-il.

Il attrapa sa tasse, but une gorgée de café et la reposa.

— Je ne l'attendais pas, dit Calhoun. Il n'a jamais appelé, ni dit qu'il allait venir. J'ignorais même qu'il savait où j'habitais.

— Alors pourquoi est-il venu ? demanda le shérif.

— Je ne sais pas, dit Calhoun en haussant les épaules.

— Suppose qu'il soit venu contre sa volonté.

— Dans ce cas, dit Calhoun, il a dû y avoir plus d'un tueur. Un pour conduire leur voiture et repartir d'ici après, et un dans le véhicule de Vecchio, qu'ils ont laissé ici.

— Si Vecchio est venu te voir, alors il a pu y avoir un seul tireur qui l'aurait suivi. Vecchio est monté sur ta terrasse pour t'attendre et le tireur s'est amené et il l'a flingué.

— Si ça c'est passé comme ça, dit Calhoun, Vecchio devait connaître le type.

Le shérif acquiesça.

— Il était assis ici, et il a regardé le tueur venir jusqu'à lui et lui tirer dessus.

— Comme s'il n'avait pas été surpris de le voir. (Calhoun hésita.) Comme s'ils avaient prévu de se rencontrer ici, peut-être.

Le shérif hocha la tête.

— Hmm. Intéressant. (Il regarda en l'air un instant.) La grande question, c'est : Pourquoi ?

— Pourquoi tuer Vecchio, tu veux dire ? Ou pourquoi auraient-ils voulu se rencontrer ici ?

Le shérif haussa les épaules.

— Les deux.

— Tu me demandes à moi ?

— Je te demande d'envisager des hypothèses, dit le shérif.

— En ce qui concerne leur intention de se rencontrer ici, dit Calhoun, je sèche. Je veux dire, la seule raison de faire ça, c'est s'ils avaient voulu me parler, et je ne vois pas pourquoi. Il semble plus probable que Vecchio soit venu ici pour me voir, qu'il ait décidé d'attendre sur la terrasse que je rentre à la maison, et l'autre type l'a suivi.

Le shérif hocha la tête.

— Alors pourquoi aurait-on voulu tuer cet homme ?

— Eh bien, dit Calhoun, c'était un écrivain. Il est tombé par hasard sur un cadavre sur Quarantine Island. Peut-être qu'il a fait des recherches et qu'il a fini par comprendre quelque chose et…

— Et le tueur a eu vent de ses soupçons…

— Et il l'a suivi jusqu'ici et l'a abattu.

— Pour le faire taire, dit le shérif. Donc, peut-être que Vecchio était venu pour te dire ce qu'il avait compris au sujet de ce cadavre.

— Pourquoi aurait-il fait ça ? dit Calhoun. Je veux dire, pourquoi moi ? Je ne l'ai rencontré que cette fois-là. C'est pas comme si on était les meilleurs amis du monde.

— Eh bien, dit le shérif, l'autre possibilité, c'est que le tireur – ou les tireurs – l'ont amené ici, chez toi, précisément pour le tuer.

— Si c'est le cas, répondit Calhoun, ça signifie qu'ils en ont après moi.

— Ou alors ils se sont simplement dit qu'ils pouvaient te coller ça sur le dos.

— La façon dont je vois les choses, dit Calhoun, pour que je fasse un bon suspect, il faudrait que j'ai eu les moyens, le mobile et l'occasion de tuer cet homme. Que les trois soient réunis.

Le shérif haussa les épaules.

— Je te l'ai déjà dit, Stoney. Je ne te considère pas comme suspect.

Calhoun se leva, alla jusqu'à la balustrade et regarda partout dans la clairière. Il espérait voir Ralph arriver en trottinant dans la zone éclairée par les projecteurs.

— Il va revenir, dit le shérif.

— Bon Dieu, j'espère que tu ne te trompes pas.

— D'une façon ou d'une autre, Stoney, tu es impliqué dans tout ça, dit le shérif au bout d'un moment.

— Parce que le corps de Vecchio se trouve ici.

— Oui.

— C'est pas ça qui m'emmerde le plus.

À cet instant, Calhoun entendit une sirène au loin. Le bruit se fit de plus en plus fort et bientôt il distingua nettement quatre véhicules différents se rapprochant sur la route, puis il les entendit ralentir et, l'un après l'autre, s'engager dans son chemin de terre.

— Voilà la cavalerie, dit-il.

— Ça va être une sacrée ménagerie ici, dit le shérif. Essaie de bien te tenir.

Les phares s'approchèrent en dansant à travers les arbres et quatre véhicules débouchèrent dans la clairière devant la maison et se garèrent en épi. Il y avait trois 4 × 4 de couleur sombre et une voiture de patrouille de la police de l'État. Une radio crépitait à l'intérieur d'un des véhicules.

Calhoun resta à la balustrade de la terrasse pour regarder les différents agents de la police criminelle descendre de voiture. Il reconnut la grande femme rousse, le Dr Surry – le médecin légiste qu'ils appelaient Sam. Elle trimballait son vieux sac noir démodé, celui qu'elle avait sur Quarantine Island. L'un des inspecteurs de la police de l'État ainsi que deux autres de la police scientifique, qui s'étaient occupés du corps de Quarantine Island, étaient également là. Les trois autres – un Asiatique avec trois appareils photo autour du cou, un barbu avec une cravate et une veste en tweed, et un agent en uniforme de la police de l'État – lui étaient inconnus.

Calhoun n'oubliait jamais un visage.

Le shérif lui dit :

— Vaut mieux que tu viennes avec moi.

Calhoun suivit le shérif. Ils descendirent les marches pour se rendre à l'endroit où les véhicules étaient garés.

Les autres se rassemblèrent autour d'eux en une sorte de demi-cercle.

— Voici M. Calhoun, dit le shérif. C'est chez lui ici. C'est lui qui a trouvé le corps, là-haut.

Du pouce il indiqua la terrasse par-dessus son épaule.

Le flic en uniforme s'approcha de Calhoun.

— Suivez-moi, s'il vous plaît.

Calhoun jeta un regard en direction du shérif qui lui fit oui d'un petit signe de tête. Alors Calhoun suivit le flic jusqu'à la voiture de police.

Le flic ouvrit la portière arrière.

— Asseyez-vous, s'il vous plaît.

— Mon chien a disparu, dit Calhoun. Je préférerais rester à l'extérieur pour qu'il puisse me voir. Je vais pas me sauver, craignez rien.

— Asseyez-vous, dit le flic.

— Au moins, ouvrez cette satanée fenêtre, que je puisse parler à mon chien s'il me cherche.

Le flic hocha la tête. Il était rasé de près, avait des yeux bleus, une mâchoire carrée, une dentition parfaite. Calhoun se demanda si la police de l'État recrutait ses flics en fonction de leur degré de ressemblance avec le rôle.

Calhoun s'installa sur le siège arrière. Un grillage métallique le séparait du siège avant. Le flic s'assit derrière le volant et fit descendre à moitié les vitres arrière. Quand il ressortit de la voiture, les portières se verrouillèrent dans un petit bruit sec.

Le flic s'appuya sur le côté de la voiture de patrouille. Tous les autres s'étaient rassemblés autour du shérif. C'était lui qui semblait parler le plus. Calhoun ne pouvait pas entendre ce qui se disait. Ils devaient tous être en train de parler tranquillement de lui.

Quelques minutes plus tard, le Dr Surry monta sur la terrasse avec son sac noir. Le jeune Asiatique avec les trois appareils autour du cou la suivit. Le shérif et l'un des autres individus se dirigèrent vers le Subaru de Vecchio. Il y avait deux ou trois autres véhicules garés entre la voiture de patrouille et le Subaru, et Calhoun ne pouvait pas voir ce qu'ils y faisaient, mais ils devaient l'examiner en espérant y trouver des indices.

Les autres, qui étaient restés près des véhicules, discutaient entre eux et fumaient des cigarettes ou des cigares en faisant passer le poids de leur corps d'un pied sur l'autre.

Quinze ou vingt minutes s'écoulèrent ainsi. Les flashs des appareils photo faisaient des éclairs sur la terrasse. Puis le Dr Surry et l'Asiatique redescendirent. Ils parlèrent avec les autres quelques instants. Le docteur s'approcha de la voiture de police.

— Laissez-le sortir, dit-elle au flic. Je veux lui parler.

Le flic déverrouilla les portières avec sa clé à télécommande. Puis il fit le tour et vint ouvrir la portière de Calhoun.

Calhoun sortit et regarda tout autour, espérant voir Ralph, mais Ralph n'était nulle part.

Le shérif conduisait deux agents à la terrasse. Deux ou trois autres examinaient les environs avec des torches.

Le médecin s'approcha et tendit la main.

— Monsieur Calhoun, dit-elle, je suis Samantha Surry, médecin légiste. On m'appelle Sam.

Calhoun lui serra la main. Elle avait une poignée de main ferme, comme celle d'un homme.

— Enchanté de faire votre connaissance, docteur.

Elle avait l'arête du nez éclaboussée de taches de rousseur. Ses yeux étaient discrètement maquillés, ce qui lui allait bien. Elle esquissa un sourire timide, comme si elle partageait un secret intime avec Calhoun.

— Allons nous asseoir, dit-elle.

Elle fit demi-tour et alla à l'autre bout du terrain qui servait de parking, là où Calhoun et Lyle avaient autrefois roulé quelques énormes rochers pour faire de la place avant de construire la cabane, et elle s'assit sur l'un d'eux. Elle posa son sac noir par terre à côté d'elle. Elle portait un pantalon noir et un sweat-shirt à capuche gris. Ses cheveux roux emmêlés étaient noués à l'arrière avec quelque chose qui ressemblait à un lacet. Elle ne portait aucun bijou.

Calhoun s'assit près d'elle.

Elle leva les yeux vers le flic qui les avait suivis et se tenait là, au repos, tout en les surveillant.

— Monsieur l'agent, est-ce que vous voudriez bien vous écarter un peu ?

Il haussa les épaules et retourna à sa voiture de patrouille.

Elle se tourna vers Calhoun.

— Votre chien a disparu, hein ?

Il hocha la tête.

— Ça ne lui ressemble pas.

— J'espère qu'il va revenir, dit-elle. J'aime bien les chiens. J'en ai un aussi. Un petit épagneul qui s'appelle Quincy. Comme ce vieux docteur dans la série télé. Il est très bien pour la bécasse.

— Vous chassez ? demanda Calhoun.

Elle hocha la tête.

— Un peu. Quand j'ai le temps. Des oiseaux surtout. La grouse, la bécasse, le canard. Quincy adore rapporter les canards. Quel genre de chien vous avez ?

— Ralph est un épagneul breton, dit Calhoun.

Il lui vint à l'esprit que le Dr Surry essayait de le mettre à l'aise pour qu'il ne soit pas sur ses gardes quand elle lui poserait des questions habiles, mais il s'en fichait pas mal. Il aimait bien parler avec elle, et il avait été sur ses gardes toute sa vie durant.

— C'est un chien d'arrêt, poursuivit-il. Sacré chasseur. C'est sa vie. L'odeur des oiseaux et la nourriture. Je ne l'emmène pas assez souvent.

Elle lui toucha le bras.

— Il va revenir. (Elle s'éclaircit la gorge.) J'ai quelques questions à vous poser.

Calhoun hocha la tête.

— Est-ce que vous avez touché le corps ?

— Non.

— Vous n'avez même pas touché sa peau ou le sang ?

— Non. Je sais qu'il ne faut pas faire ce genre de choses.

— Vous ne lui avez pas fait les poches ?

— Bien sûr que non.

Elle hocha la tête.

— Mais vous le connaissiez, non ?

— Je l'ai emmené à la pêche, il y a deux jours.

— Quand vous avez trouvé ce cadavre sur Quarantine Island.

— C'est ça.

— Vous avez une idée sur ce qu'il avait dans ses poches, ce jour-là ?

Calhoun réfléchit une seconde.

— Il avait un téléphone portable, un appareil photo, des clés de voiture et un portefeuille. À en juger par l'épaisseur, il devait avoir une grosse somme d'argent sur lui.

— Ce flacon violet d'écran solaire, c'est à vous ?

— Non. Vecchio se mettait de l'écran solaire. J'imagine que c'est à lui.

Le Dr Surry prenait des notes dans un petit carnet.

— Le téléphone et l'appareil photo, dit-elle, vous avez eu l'impression qu'il les avait généralement sur lui ?

— Le téléphone, dit-il. Il l'avait dans la poche de son pantalon. Pas l'appareil photo. Je ne l'ai pas laissé emporter son téléphone sur mon bateau. Pourquoi ? Il ne les a plus sur lui ?

Elle pencha la tête pour le regarder.

— L'inspecteur Gilsum pense que c'est vous qui avez fait le coup, vous savez.

— Gilsum ?

— L'inspecteur de la Criminelle de l'État.

— Eh bien, dit Calhoun, c'est pas moi.

— Le shérif se porte garant pour vous. J'ai confiance en son jugement, je n'en dirais pas autant de Gilsum. Ce qui l'intéresse, c'est la solution de facilité. J'essaie seulement de vous expliquer pourquoi je ne devrais en principe répondre à aucune de vos questions.

— Ça n'a pas tellement d'importance, docteur. Simple curiosité.

Elle sourit. Quand elle souriait ses yeux se plissaient, comme s'il y avait quelque chose qui l'amusait vraiment.

— Appelez-moi Sam, bon sang !

— OK, dit Calhoun en hochant la tête.

— Je ne suis que le légiste de garde de la région, dit-elle. Je m'amène, j'essaie de voir si le mort est vraiment mort, je fais un examen préliminaire et je fais mon rapport. Je suis pas flic. Je fais pas les autopsies, tous ces trucs-là. Je ne participe pas aux enquêtes de la police. Je fais seulement des rapports. Dans ma vraie vie, je travaille dans une clinique de Portland. (Elle eut un sourire.) Alors, vraiment, je me fiche pas mal qu'ils ne voient pas notre petite conversation d'un bon œil.

Calhoun sourit également.

— Alors, Vecchio n'a pas son téléphone sur lui, ni son appareil photo, hein ?

— Non. Ni son portefeuille, ni ses clés.

— Sa voiture est juste là, dit Calhoun. Il devait avoir ses clés sur lui.

— Elles ne sont pas dans ses poches, dit-elle. Ni dans sa voiture.

— Le tueur les a emportées, dit-il. Et le reste aussi, sans doute.

— Alors comme ça, il avait beaucoup d'argent sur lui ?

Calhoun hocha la tête.

— Il en avait l'autre jour, quand j'étais avec lui. Vous n'imaginez pas que c'est un simple vol, n'est-ce pas ?

— Pas vraiment, dit-elle. Ça n'aurait pas beaucoup de sens.

— Vous pensez qu'il a été tué juste là où il est assis ?

Elle acquiesça.

— La façon dont le sang s'est accumulé. La lividité cadavérique.

— Vous avez jeté un coup d'œil aux orifices des balles ?

Elle sourit à nouveau.

— C'est l'essentiel de mon travail. Examiner des orifices de balles, des crânes fracassés, des blessures par arme blanche. J'en arrive à cette hypothèse dingue que ce qui l'a tué, c'est une de ces trois balles.

— Est-ce que vous pouvez dire quel type d'arme l'a tué ?

— Pas ce calibre 30-30 que j'ai vu là-haut. J'en suis tout à fait sûre. Petit calibre. Je dirais un 22.

Elle haussa les sourcils en le regardant.

— Vous possédez un 22, Stoney ?

— Bien sûr. J'ai un colt Woodsman.

— Je vais en avoir besoin.

— Dans le tiroir près de l'évier, dans la cuisine, dit-il. J'imagine que tous ces experts là-haut sont tombés dessus à l'heure qu'il est. Donc vous pourrez extraire les balles du corps de Vecchio et les comparer à celles qui sortent de mon pistolet. Vous verrez que je ne l'ai pas tué.

— Pas moi, dit-elle. Mais les experts en balistique d'Augusta, eux ils peuvent, et je suppose que c'est ce qu'ils vont faire. Et c'est pour ça qu'ils vont avoir besoin de votre arme.

— Ils s'apercevront que l'on ne s'en est pas servi récemment.

Elle hocha la tête.

— Vous la récupérerez. Plus tard. (Elle referma son petit carnet et le rangea dans la poche de son sweat-shirt.) Faudra peut-être que je vous pose d'autres questions.

— OK. Pas de problème.

Elle lui fit un de ses sourires brefs et timides.

— Vous êtes guide de pêche, si j'ai bien compris.

— C'est ça.

— De la boutique d'articles de pêche de Kate Balaban.

— Ouaip.

— Et vous vivez ici. (D'un geste de la main elle désigna tout l'endroit, comprenant la cabane, le terrain et les bois.) Tout seul ?

Il hocha la tête.

— Moi et mon chien.

Elle sourit.

— C'est vraiment chouette.

— Sauf que Ralph n'est plus là.

— Je parie qu'il va revenir dès que tout ce ramdam sera terminé. (Elle posa la main sur le bras de Calhoun.) Je vous demande ça parce que je pourrais avoir besoin de savoir comment vous joindre.

— Si je ne suis pas ici ou à la boutique, c'est que je suis en vadrouille sur mon bateau. C'est tout.

— Peut-être qu'un jour vous m'emmènerez, dit-elle. Je ne suis pas très bonne avec une canne à mouche, mais j'adore la pêche.

— Pourquoi pas.

— Je suis sérieuse, dit-elle.

— Moi aussi.

— Bon.

Elle se leva, puis se baissa pour prendre son sac.

— Vous avez même un sac noir, remarqua Calhoun.

— Eh oui.

— Je ne savais pas que les médecins utilisaient encore ce genre de sac.

— Généralement les médecins ne font plus guère de visites à domicile, dit-elle. Vous n'avez pas besoin de trimballer vos instruments si vous ne voyez vos patients que dans votre cabinet.

— Et vous, vous vous déplacez ?

Elle sourit.

— Seulement quand il y a des cadavres. Le sac me vient de mon père. Il était médecin de campagne tout là-haut, à Presque Isle. Il faisait sa tournée avec son Oldsmobile, il allait voir les malades qui étaient trop pauvres pour venir jusqu'à son cabinet. Il a pris sa retraite il y a quelques années et il m'a fait cadeau de son sac. J'ai son stéthoscope dedans. Et aussi le maillet qu'il utilisait pour tester les réflexes.

Derrière elle, Calhoun vit deux des hommes venir vers eux. L'un d'eux était l'inspecteur Gilsum.

Le Dr Surry jeta un regard en arrière et dit à Calhoun :

— Je vous contacterai. Pour la partie de pêche. (Elle tendit la main et lui serra brièvement l'épaule.) Bien, dit-elle d'une voix suffisamment forte pour être entendue des deux hommes qui s'approchaient, j'en ai terminé pour l'instant. J'ai été enchantée de faire votre connaissance, monsieur Calhoun. Ne laissez pas ces enfoirés vous embêter plus que de raison.

— Je ne me fais pas trop de soucis, dit-il.

Elle lui tendit la main.

— J'espère que votre chien va revenir.

Calhoun serra la main tendue.

— Merci. Moi aussi.

Il vit le Dr Sam Surry arrêter les deux hommes qui s'approchaient de lui. Elle leur parla en coupant l'air du tranchant de la main, comme pour bien leur faire comprendre quelque chose, tandis que les deux types se balançaient d'une jambe sur l'autre, l'air gêné.

Il sentait encore la marque brûlante de ses doigts sur son épaule, là où elle l'avait serrée.

6

TANDIS QUE LE DR SURRY se dirigeait vers son véhicule, les deux hommes se retournèrent sur elle et la regardèrent attentivement. Puis le barbu dit quelque chose au type au coupe-vent, et ils se mirent à rire.

Ils s'avancèrent tous les deux jusqu'au rocher où Calhoun était assis et ils restèrent debout, le regard baissé vers lui. L'homme portant le coupe-vent bleu et le pantalon de toile dit :

— Monsieur Calhoun, je suis le lieutenant Gilsum. Je suis inspecteur à la Brigade criminelle de la police de l'État.

Gilsum était un type mastoc au visage rond, avec des lunettes rondes et une petite bouche méchante. Il avait plus l'air d'un banquier que d'un flic.

— Voici M. Enfield, dit-il en faisant un signe de tête en direction du barbu. L'adjoint du District Attorney du comté.

Aucun des deux ne montra la moindre intention de lui serrer la main, encore moins de donner son prénom, alors Calhoun ne bougea pas.

— Nous avons quelques petites questions à vous poser, dit Gilsum.

Il s'assit sur le rocher près de celui où était Calhoun, le même que celui où le Dr Sam Surry s'était assise. Enfield resta debout.

Gilsum tira un carnet de sa poche, l'ouvrit d'un seul geste, et l'étudia un instant.

— Il y a une carabine calibre 30-30 là-haut sur la terrasse, dit-il. C'est à vous ?

Calhoun fit oui de la tête.

— Pour la chasse au cerf ?

— J'imagine que ça pourrait l'être si je voulais chasser le cerf.

— Vous ne chassez pas ?

— Pas le cerf. Il y en a partout ici. Je pourrais leur tirer dessus depuis ma terrasse. Mais si je me mettais à faire ça, ils ne viendraient plus dans le coin.

— Vous aimez bien les voir dans le coin.

Calhoun haussa les épaules.

— Alors, que fait cette arme sur la table ? demanda Gilsum.

— C'est là que je l'ai posée quand je n'en ai plus eu besoin, dit Calhoun.

— Vous en avez eu besoin ?

— En fait, je n'ai pas eu à m'en servir, dit Calhoun.

Gilsum jeta un coup d'œil à Enfield, puis se retourna vers Calhoun.

— Pourquoi avez-vous pensé que vous pourriez en avoir besoin ?

— Quand je suis rentré chez moi après le travail ce soir, et que je me suis engagé dans le chemin, j'ai pensé que j'avais peut-être de la compagnie.

— Qu'est-ce qui vous a fait penser cela ?

— Juste un pressentiment.

— Un pressentiment.

Calhoun se dit que Gilsum était le genre de type qui avait dû être obèse et pas du tout sportif dans son enfance, et qui s'était probablement fait chahuter dans la cour de récréation par les autres élèves, et c'est pour ça qu'il avait décidé de devenir flic.

— C'est ça, dit-il. Un pressentiment.

— Quel genre de pressentiment ? demanda Gilsum.

— Je ne sais pas. Parfois j'ai des pressentiments, comme ça. Généralement je ne me trompe pas.

— Vous voulez dire, vous avez remarqué quelque chose ? Vous avez détecté une sorte d'indice ? Peut-être que vous avez senti l'odeur de la poudre brûlée, ou quelque chose ?

— Non, dit Calhoun. Juste un pressentiment.

— Vous accueillez souvent vos visiteurs avec une carabine de chasse ?

— Si je suis dans la maison, j'ai une Remington, calibre 12.

— C'est pas très hospitalier.

— Jusqu'à maintenant, je n'ai pas eu à tirer sur qui que ce soit.

Gilsum et Enfield échangèrent un regard.

— Peut-être, dit Gilsum, que vous feriez mieux de me dire ce qui s'est passé quand vous êtes rentré chez vous ce soir.

— Y a pas grand-chose à dire. Quand j'ai pris le chemin de terre, j'ai eu ce pressentiment, comme je vous l'ai dit. Donc j'ai pris ma carabine et je me suis faufilé sans bruit jusqu'ici, et c'est là que j'ai trouvé M. Vecchio, mort, dans le fauteuil.

— Votre carabine, elle était dans votre camion ?

Calhoun acquiesça.

— Derrière le siège avant.

— Vous vous déplacez avec une arme chargée ?

— La chambre est toujours vide. Il y a des balles dans le chargeur.

— C'est votre camion qui est garé dans les buissons près du chemin ? demanda Gilsum.

— J'ai essayé de bien me mettre sur le côté. Vous avez pu passer sans problème, non ?

Gilsum eut un bref sourire.

— Ça m'intéresse, monsieur Calhoun, ce… pressentiment, comme vous dites. Vous êtes sûr que vous n'aviez pas d'autre information qui vous a permis de penser que quelqu'un pouvait être là, à vous attendre, ou que vous pourriez trouver un cadavre chez vous ?

— J'en suis sûr, dit Calhoun.

— Des pressentiments comme ça, vous en avez souvent ?

Calhoun hocha la tête.

— De temps en temps.

— Vous décririez ça comment ?

— Mes pressentiments ? (Il eut une hésitation.) Je ne sais pas. Des pressentiments, c'est tout. D'abord, vous vous sentez un peu nerveux et tendu, et vous savez qu'il se passe quelque chose. Vous n'avez jamais eu ça ?

Gilsum haussa les épaules.

— Il faut y prêter attention, dit Calhoun.

— Donc, poursuivit Gilsum, en raison de ce… ce pressentiment, vous avez pris votre carabine, fait passer une cartouche dans la chambre, et vous vous êtes faufilé jusqu'à votre maison.

— C'est ça.

— Et qu'est-ce que vous avez vu ?

— Juste la voiture de M. Vecchio, et lui, assis là, avec des balles dans le corps.

— Vous n'avez rien vu d'autre ? Personne, ni aucun autre véhicule ?

— Non. Juste M. Vecchio et son véhicule.

— Est-ce que par hasard vous auriez ramassé des douilles ?

— J'ai regardé, dit Calhoun. J'ai rien vu, sauf l'écran solaire de M. Vecchio, et je n'y ai pas touché. Je n'aurais pas ramassé de cartouches vides non plus.

— Bien sûr que non.

Calhoun plissa les yeux en regardant Gilsum.

— Vous pensez que je l'ai flingué ?

— Pourquoi feriez-vous ça ?

Calhoun secoua la tête.

— Je ne le ferais pas. Je ne l'ai pas fait.

— Parlez-nous de cette dispute que vous avez eue avec lui.

— Quoi ? (Calhoun fronça les sourcils.) Je ne me suis jamais disputé avec M. Vecchio. On s'est très bien entendus.

— Au ponton, l'autre matin, dit Gilsum. Vous n'avez pas voulu le laisser monter dans votre bateau pour aller sur Quarantine Island. Ça ne lui a pas plu.

— C'est le shérif, pas moi. C'est lui qui a dit que M. Vecchio ne pouvait pas venir avec nous.

— C'est pas exactement ce qu'on nous a dit, monsieur Calhoun.

— Vous pensez qu'il est venu ici parce que nous n'avons pas voulu le laisser venir en bateau avec nous, et qu'il m'a tellement énervé que je lui ai tiré dessus ?

— C'est un scénario plausible, dit Gilsum.

— Sûrement pas, dit Calhoun. C'est carrément stupide. De toute façon, nous ne nous sommes pas disputés. Ça ne s'est pas passé comme ça.

Gilsum eut un bref sourire.

— Est-ce que vous lui avez fait les poches ?

— Le Dr Surry m'a déjà demandé ça. Je lui ai répondu que non.

— Est-ce que vous avez une idée de ce qu'il aurait pu avoir dans ses poches.

Calhoun haussa les épaules.

— Portefeuille. Téléphone portable. Clés de voiture. Les trucs habituels, je suppose.

— Vous savez ça comment ?

— Je ne le sais pas, dit Calhoun. Je sais que c'est ce qu'il avait dans ses poches le matin où je l'ai emmené à la pêche, c'est tout.

— Est-ce que vous connaissiez bien Paul Vecchio ? demanda Enfield, l'adjoint du District Attorney.

C'était la première phrase qu'il prononçait.

— J'ai passé deux ou trois heures dans un bateau avec lui, dit Calhoun. C'est tout. Il m'a semblé être un type sympa.

Enfield était trapu et avait l'air costaud. Il avait le nez pointu et des yeux soupçonneux.

— Et du poisson, vous en avez attrapé ? demanda-t-il.

— C'était pas mal.

— M. Vecchio, il était bon pêcheur ?

— Il s'est amélioré au bout d'un moment.

— Vous lui avez donné des indications, non ?

— Seulement quand il m'en a demandées.

— Comment êtes-vous entré en contact avec M. Vecchio ? demanda Enfield.

— Il a appelé la boutique, il a eu Kate, il a dit qu'il voulait aller pêcher. C'était mon tour, donc je l'ai pris.

— Il ne vous a pas demandé ?

— Je ne pense pas. Mais vous devriez voir Kate. C'est elle qui lui a parlé.

Enfield hocha la tête.

— Est-ce que M. Vecchio a mentionné des problèmes qu'il aurait pu avoir ? Des ennuis avec d'autres personnes ?

Calhoun secoua la tête.

— On a juste parlé pêche.

— Bon, dit Enfield, et comment cela se fait-il que vous vous soyez arrêtés sur Quarantine Island, ce matin-là ?

— J'ai déjà expliqué tout ça l'autre jour. Quand nous avons découvert ce cadavre carbonisé.

Enfield hocha la tête.

— Expliquez-le à nouveau, s'il vous plaît.

Calhoun haussa les épaules.

— M. Vecchio devait pisser un coup et il voulait se dégourdir les jambes. On avait trouvé des bars et ça avait bien marché. J'imagine qu'il a commencé à avoir des crampes.

— Oui, dit Enfield, mais pourquoi cette île-là en particulier ?

— Parce qu'elle était là, j'imagine.

— Il y en a plusieurs à cet endroit.

— Eh bien, dit Calhoun, vous avez raison. Je me souviens, M. Vecchio m'a montré cette île, Quarantine, et m'a posé des questions dessus. Je lui ai raconté l'histoire, et il m'a dit que c'était là qu'il voulait s'arrêter. C'était un écrivain. Je suppose qu'il s'intéressait à ce genre de choses.

Enfield hocha une nouvelle fois la tête, comme si ce qu'il venait d'entendre était important. Puis il se tourna vers Gilsum.

— Je n'ai plus de questions pour l'instant.

Gilsum secoua la tête.

— Moi non plus.

Il se leva, puis baissa les yeux vers Calhoun.

— On aura peut-être besoin de vous poser d'autres questions. Vous n'envisagez pas de partir quelque part ?

— Juste à la boutique. Probablement une ou deux sorties avec un client dans les jours qui viennent. Je serai dans le coin.

— J'ai cru comprendre que votre chien s'est enfui.

— Ralph ne s'enfuirait jamais, dit Calhoun.

— Je voulais dire, il a disparu.

Calhoun acquiesça.

— Bien, dit Gilsum, j'espère qu'il ne lui est rien arrivé.

— C'est pour ça que je me fais du mauvais sang, dit Calhoun.

Les deux hommes s'éloignèrent. Puis ils s'arrêtèrent et revinrent vers Calhoun.

— On essaie de garder ça secret, dit-il.

— Ça ? demanda Calhoun en désignant sa propriété d'un large geste de la main.

— Ce qui s'est passé ce soir.

— Bien, dit Calhoun.

— Alors, pas de confidences aux journalistes, dit Gilsum.

— Vous n'avez aucune inquiétude à avoir à ce sujet, dit Calhoun.

Un moment plus tard, une ambulance s'arrêta dans la clairière et deux hommes montèrent sur la terrasse. Au bout de quelques minutes, ils redescendirent les marches, faisant cahoter une civière sur laquelle était sanglé un grand sac en plastique. Les hommes roulèrent la civière jusqu'à l'ambulance, la replièrent pour la glisser à l'intérieur, puis ils claquèrent les portes et repartirent.

Calhoun resta assis sur son rocher pendant que les experts de la police scientifique entraient et sortaient de sa maison en toute hâte. Le flic en uniforme, appuyé sur le côté de sa voiture, l'observait plus ou moins, mais il n'insista pas pour que Calhoun retourne s'asseoir à l'arrière. Le Dr Surry était partie après sa conversation avec Calhoun. Gilsum et Enfield, ainsi que le shérif Dickman, étaient toujours dans la cour et discutaient. De temps à autre, l'un d'eux utilisait son téléphone portable. Deux ou trois fois, un expert sortit de la maison pour leur parler.

Tous ignoraient Calhoun, ce qui lui convenait très bien.

Calhoun se dit qu'il n'était pas loin de minuit quand ils se mirent tous à grimper dans leurs différents véhicules et à quitter les lieux.

Gilsum s'approcha de l'endroit où Calhoun était assis et lui dit :

— Vous pouvez rentrer maintenant.

— Je pensais que vous alliez mettre un ruban jaune, vous savez, celui qu'on met sur les lieux d'un crime, tout autour de ma maison pendant une semaine.

— Vous regardez trop la télé.

— En fait, je ne la regarde pas du tout, dit Calhoun. Si vous jetiez un coup d'œil à l'intérieur, vous verriez que je n'en ai même pas.

— Bon, quoi qu'il en soit, dit Gilsum, on a terminé.

Puis il s'installa dans la voiture de patrouille, le flic en uniforme se glissa derrière le volant et ils démarrèrent.

Le shérif fut le dernier à partir. Il semblait plutôt impatient d'y aller. Il n'avait pas grand-chose à dire, et Calhoun se demanda s'il n'avait pas changé d'avis et décidé qu'après tout Calhoun aurait très bien pu tuer Paul Vecchio.

Il se contenta de dire qu'il espérait que Ralph revienne et qu'ils allaient rester en contact.

Puis il partit et Calhoun resta seul.

Il monta sur la terrasse. Avec les projecteurs, l'endroit était éclairé comme en plein jour, et Calhoun remarqua que du sang noir s'était imprégné dans le bois du fauteuil où Paul Vecchio s'était assis. Il se demanda combien de temps il faudrait pour que la pluie fasse disparaître cette tache.

Son calibre 30-30 était sur la table, là où il l'avait laissé.

Il alla à la balustrade et appela Ralph.

Au bout d'un moment, il prit la Winchester et rentra. Les experts de la police scientifique avaient déplacé des chaises et laissé quelques tiroirs et portes de placards ouverts. À part cela, il n'y avait aucun signe montrant que des gens avaient fouiné partout ici.

Il ferma les tiroirs et les portes, remit les chaises à leur place. Puis il prit une pomme dans le frigo et une boîte de raisins secs dans un placard. Il se versa un verre d'eau et sortit prendre son repas à la table de la terrasse.

Toujours pas de Ralph.

Il rentra à la cuisine et prépara la cafetière électrique pour le matin. Puis il s'occupa du dîner de Ralph, lui versa de l'eau dans son bol et mit le tout sous la table de la terrasse, là où Ralph aimait manger.

D'après l'horloge interne de Calhoun, il était à peu près une heure un quart du matin. Il était censé arriver à la boutique avant neuf heures, pour l'ouverture. Il n'allait sûrement pas beaucoup dormir, mais il savait qu'il fallait tout de même essayer. Alors il alla chercher son sac de couchage dans le placard de sa chambre, attrapa un oreiller sur son lit, prit son calibre 30-30 et emporta le tout jusqu'à son pick-up. Il rangea la carabine derrière le siège, ouvrit le sac de couchage qu'il étala à l'arrière du camion, et s'y glissa, laissant le hayon baissé.

Il observa le ciel de cette nuit de septembre. Il savait qu'il devrait se sentir triste pour Paul Vecchio. Ce type lui avait semblé sympathique, intelligent, posé et amical, pas vraiment le genre d'homme qu'on s'attend à voir assassiner. Il était prof de fac, bordel, et il aimait la pêche.

Mais bon, c'était tout ce que Calhoun savait sur lui. Peut-être que c'était un dealer ou un pédophile. On ne sait jamais avec les gens.

Évidemment, il aurait ressenti davantage de peine pour Vecchio s'il n'y avait pas eu Ralph. Le souci qu'il se faisait pour son chien lui pesait comme une grosse boule dans l'estomac. La seule possibilité qu'il envisageait, c'était que ceux qui avait tué Vecchio avaient attrapé Ralph, mais il ne comprenait pas pourquoi ils auraient fait ça, ni comment ils auraient pu y parvenir. L'été précédent, un ennemi de Calhoun avait donné un coup de pied à Ralph et l'avait frappé avec la crosse d'un fusil, et depuis, il se méfiait des étrangers.

Peut-être qu'ils l'avaient tué, comme ils avaient tué Vecchio. Mais alors, pourquoi ne pas laisser son corps là où il était, comme ils avaient laissé Vecchio où il était assis ?

Le plus probable était que Ralph s'était sauvé en douce dans les bois quand Vecchio et celui ou ceux qui l'avaient tué s'étaient amenés. Calhoun espérait que c'était ça.

Il essaya de mettre de l'ordre dans les choses, d'analyser ce qu'il savait au sujet de Paul Vecchio et du meurtre, de déduire les relations qui pouvaient exister entre lui et le corps brûlé de Quarantine Island, mais il semblait s'être vidé de toute l'adrénaline et la caféine de la soirée, et il avait le cerveau trop embrumé pour penser clairement. Divers scénarios dansaient dans sa tête et il avait l'impression d'être tout près de mettre le doigt sur une idée bien particulière, mais il était incapable de mobiliser l'énergie nécessaire tout comme il était incapable de se concentrer sur une seule étoile dans le ciel.

Alors il laissa son esprit aller là où il voulait aller. Lui vinrent ainsi des scènes d'amour avec Kate, le goût qu'elle avait, son odeur, la douceur de sa peau. Ça s'était passé la nuit précédente, mais quand il se souvint que cela n'allait plus se reproduire, en tout cas pas avant longtemps, pas tant que Walter serait dans cette clinique, et peut-être plus jamais, il eut l'impression que cela s'était passé très longtemps auparavant.

Ses pensées le ramenaient sans arrêt à Ralph. Il éprouvait tellement de regrets qu'il avait envie de hurler, ou de pleurer, ou de se taper sur les doigts avec un marteau. Bordel de merde, pourquoi n'avait-il pas emmené Ralph avec lui au magasin ? Cela n'aurait rien changé au sort de Vecchio, mais au moins, Ralph serait là, avec lui.

Au bout d'un certain temps, ses idées s'effilochèrent, ses pensées se mêlèrent à ses rêves, et bientôt ce ne furent plus que des rêves.

Quand il se réveilla, le ciel était encore sombre et les hiboux s'interpellaient. Il avait une jambe engourdie et, quand il essaya de la remuer, il sentit quelque chose qui pesait dessus. Il tendit la main et rencontra le pelage de Ralph. Il lui frotta le dos et le chien se mit à frétiller contre lui. Calhoun marmonna :

— Hé, salut, vieux.

Il sentit la langue humide du chien lui lécher la main, et il se rendormit.

Quand il se réveilla, il était en train de rêver qu'un gros arbre lui était tombé sur l'arrière des jambes, le clouant au sol. Il était prisonnier, immobilisé, et il sentait sur son visage le souffle d'un gros animal, une sorte de loup qui montrait des dents humides et féroces. Calhoun essayait de hurler en direction de cette bête, mais les mots ne sortaient pas de sa gorge.

Il se força à se réveiller. Il était étendu sur le ventre, dans son sac de couchage, et il étreignait son oreiller. L'air froid de septembre était plein du gazouillis matinal des oiseaux, des centaines d'oiseaux, des dizaines d'espèces différentes, qui s'appelaient et se répondaient. Sans mélodie, sans rythme. Une vraie cacophonie.

Ralph était roulé en boule sur le sac de couchage, entre les jambes de Calhoun. Quand Calhoun essaya de se retourner, Ralph grogna et refusa de bouger.

Calhoun parvint finalement à dégager ses jambes autour du chien et à s'extraire du sac. Le ciel, après être passé par le violet, prenait une couleur d'étain. La plupart des étoiles s'étaient éteintes. Cinq heures trente, d'après l'horloge mentale de Calhoun. Heureusement qu'il n'avait pas besoin de beaucoup de sommeil.

Il descendit du camion, remonta à la cabane, mit la cafetière en marche et enfila un sweat-shirt. Quand il ressortit sur la terrasse, il vit que l'écuelle de Ralph était vide. Il la prit et alla la nettoyer, la remplit de pâtée pour chien et la reposa sur la terrasse.

Après s'être versé une tasse de café, il descendit la pente jusqu'à Bitch Creek. Là, il s'assit sur un rocher près du plan d'eau, en aval de l'ancien pont calciné, et observa une truite gober des éphémères ; il écouta la musique de la rivière, tout en buvant son café et en pensant à Lyle. C'est Calhoun qui avait découvert le corps sans vie de Lyle. Maintenant, il venait de découvrir celui de Vecchio. C'était comme une sorte de malédiction. C'était peut-être absurde, mais il se sentait responsable, dans les deux cas.

Quelque temps plus tard, Ralph descendit et s'installa près de lui.

Calhoun lui tendit sa tasse de café et Ralph y donna un coup de langue.

— Bon sang, t'étais où ? demanda-t-il.

Ralph leva la tête pour le regarder.

— Bon, dit Calhoun, recommence jamais ça.

Il se demanda si ce matin il allait voir des apparitions descendre le courant du ruisseau, ou sortir des bois comme des fantômes. Ça arrivait, parfois, et Calhoun les prenait au sérieux, il essayait de comprendre leurs messages.

Il n'y eut pas d'apparitions ce matin-là, alors, quand il eut fini son café, il remonta à la maison avec Ralph. Le chien mangea sur la terrasse pendant que Calhoun faisait marche arrière avec son camion jusqu'à la remorque à bateau pour l'accrocher.

Quand il retourna à la maison, il remarqua que son colt Woodsman de calibre 22 n'était plus dans le tiroir de la cuisine, mais la Remington était toujours sur ses crochets, près de la porte de derrière.

Il se doucha, s'habilla, remplit sa tasse de café et claqua des doigts pour appeler Ralph. Ils s'installèrent dans le camion, Calhoun au volant et Ralph sur le siège du passager, puis ils prirent la direction de la boutique, avec le bateau sur la remorque derrière.

C'était vendredi, au milieu du mois de septembre. Les estivants qui se pressaient dans la boutique entre Memorial Day* et Labor Day, pour examiner les vêtements, les livres et les souvenirs, avaient pratiquement disparu. En automne, la plupart des clients étaient des pêcheurs acharnés qui espéraient tomber sur l'arrière-garde des bars en pleine migration, et eux étaient plus intéressés par un renseignement ou un avis que par l'achat d'équipement. Généralement, ils se donnaient toutes les chances de recevoir un bon conseil en achetant une poignée de mouches. Très peu d'entre eux voulaient ou avaient besoin des services d'un guide. On arrivait à la fin de la saison, et Kate était déjà passée aux horaires d'hiver – fermé le lundi, ouvert de neuf heures à quatre heures du mardi au samedi, et de midi à quatre heures le dimanche.

Une fois, Calhoun avait essayé de lui parler de la possibilité de guider des parties de chasse au canard dans Casco Bay, pendant l'hiver. Il pourrait fabriquer des appeaux, repeindre son bateau couleur camouflage et installer des filets. Il pourrait construire des affûts sur quelques-unes des îles inhabitées où il savait pouvoir trouver des eiders, des macreuses et des canards à longue queue. Il pensait que ça serait amusant, et en même temps ils développeraient leur commerce.

Kate avait haussé les épaules. Il avait compris qu'elle avait la tête ailleurs, à cause de Walter, alors il avait laissé tomber, pour le moment.

Ils arrivèrent à la boutique vers neuf heures trente et Calhoun gara son camion avec le bateau sur le parking. Kate allait venir un peu plus tard. Jusqu'à ce moment-là, Calhoun et Ralph étaient à la barre. Il ouvrit le magasin, mit la cafetière en marche, vérifia les messages téléphoniques et les e-mails sur l'ordinateur, alluma la radio et la régla sur la station de musique classique NPR, puis il fit le tour de la boutique, remettant en place les articles exposés, vérifiant les bacs à mouches. La routine du matin.

Il n'espérait pas voir beaucoup de clients, et donc il décida de passer la matinée à monter des mouches. Ils avaient une commande régulière

* Le 30 mai : journée du souvenir en l'honneur des soldats morts pour la patrie.

de quelques types du Massachusetts qui voulaient tout un lot de mouches pour le saumon en rivière. Chaque printemps, à la fonte des glaces, ces types passaient trois à quatre semaines à pêcher le saumon dans les lacs Sebago et Moosehead et, à la fin de chaque saison de printemps, ils passaient commande de vingt-cinq douzaines de mouches de rivière. C'étaient des retraités, anciens médecins, avocats et banquiers, qui avaient formé leur propre club de pêche. Leur règlement stipulait qu'ils devaient pêcher le saumon à l'ancienne. Ils avaient des barques en bois et à rames. Pas de hors-bord. Ils utilisaient des cannes en bambou avec des lignes flottantes, et ils pêchaient exclusivement avec ces bonnes vieilles mouches du Maine en plume de marabout et poils de chevreuil, des mouches telles que la Chief Needahbah, la Edson Dark Tiger, la Golden Witch, la Hurricane, la Magog Smelt, la Nine-Three, la Supervisor ou la Warden's Worry.

Le boulot de Calhoun était de les approvisionner. Ils le laissaient décider quels modèles il voulait faire. Compte tenu du temps que ça demandait et du coût des matériaux, vendre trois cents mouches ne leur rapportait pas beaucoup d'argent – même s'ils les vendaient le double du prix de détail des mouches importées de Taïwan ou du Sri Lanka –, mais Kate disait que c'était un début. D'authentiques mouches de rivière du Maine, montées par un authentique guide du Maine, pouvaient leur assurer un créneau sur le difficile marché des mouches. Les types du Massachusetts aimaient beaucoup les mouches de Calhoun. Ils en parlaient aussi beaucoup autour d'eux.

Calhoun décida de monter un lot de Gray Ghost*. La Gray Ghost était peut-être la plus célèbre de toutes les mouches du Maine pour le saumon en rivière. Inventée en 1924, par Carrie Stevens, la légendaire monteuse de mouches du Maine, elle imite l'éperlan, l'appât le plus important dans la région des lacs Rangeley. Beaucoup de nouveaux matériaux pour mouches avaient fait leur apparition depuis 1924, et beaucoup de nouvelles mouches avaient été inventées, mais les Gray

* Gray Ghost : littéralement, fantôme gris.

Ghost attrapaient toujours du poisson, et Calhoun aimait ce sentiment de perpétuer une tradition qu'il éprouvait en les montant selon le schéma original de Mrs Stevens.

Kate arriva un peu après midi. Elle s'approcha de l'établi de Calhoun, posa une main sur son épaule et se pencha vers lui. Il sentit l'odeur familière de savon qui se dégageait d'elle. Elle regarda de près les Gray Ghost qu'il avait terminées et dit :

— Vraiment chouettes tes mouches, Stoney.

Il leva les yeux vers elle. Il espérait la voir en train de lui sourire. Il fut déçu.

— Merci, dit-il.

Kate se redressa et sa main quitta l'épaule de Calhoun.

— Bien, dit-elle, il faut que je finisse l'inventaire et que je me mette aux commandes d'hiver. Si tu as besoin de moi, je suis là, derrière.

Elle se dirigea vers son bureau, à l'arrière de la boutique.

Son parfum flotta un moment dans l'air après son départ, et Calhoun éprouvait une sensation de chaleur à l'endroit de son épaule où elle l'avait touché. Cela lui rappela ce qu'il avait ressenti sur la même épaule lorsque le Dr Surry l'avait serrée.

Kate se comportait bizarrement avec lui, elle était à la fois timide et très proche, embarrassée et agacée. Il se dit qu'elle devait être mal à l'aise au sujet de ce qui se passait avec Walter et de la façon dont elle avait décidé de s'éloigner de Calhoun.

Son intention était de la laisser décider. Si elle voulait parler, il serait heureux de parler avec elle. Si elle voulait dîner avec lui à un moment ou un autre, très bien. Si elle changeait d'avis et voulait faire l'amour avec lui, il n'en ferait pas toute une histoire. Il n'aimait pas ce qui s'était passé. Cela lui faisait comme un trou dans le cœur. Mais c'était Kate qui avait un problème, pas lui, et il ne se sentait pas le droit d'être malheureux ou en colère. Tout ce qu'il avait à faire, c'était attendre qu'elle y voie plus clair.

Il passa l'après-midi à monter des mouches, écouter de la musique et parler avec les rares clients qui entrèrent dans la boutique. Vers quatre heures et demie, Kate sortit de son bureau et dit :

— J'ai vu que tu avais ton bateau avec toi.

— Je me suis dit que je pourrais faire une petite sortie de quelques heures, profiter de la marée du soir, essayer de me vider la tête.

Elle sourit.

— Tu as besoin de te vider la tête ?

Il s'aperçut qu'il ne lui avait pas dit qu'il avait trouvé Vecchio en rentrant chez lui.

— Y a eu un peu d'animation hier soir, dit-il.

Elle le regardait en fronçant les sourcils.

— Je peux lire les soucis sur ton visage, Stoney. Qu'est-ce qui est arrivé ?

Alors il lui raconta. Une version simplifiée : juste la découverte du corps de Vecchio, les balles, la police et tous les experts chez lui. Il ne lui dit pas que Ralph s'était enfui et à quel point cela l'avait inquiété, ni qu'il avait dormi dans son camion.

Quand il eut fini son histoire, Kate le regarda un instant. Puis elle dit :

— Qu'est-ce que tu vas faire ?

Il haussa les épaules.

— Je crois bien que je vais aller pêcher.

— Eh bien, dit-elle, bonne pêche.

7

LORSQUE CALHOUN MIT SON BATEAU à l'eau à la rampe d'East End, la marée était déjà pratiquement au plus haut, et le soleil était bas et rouge dans le couchant. La brise de l'après-midi s'était calmée et la mer dans Casco Bay était plate et figée.

Calhoun zigzagua lentement entre les bouées et les bateaux amarrés avant d'accélérer une fois sorti du port. Il voulait mettre de la distance entre le continent et lui. Il n'avait pas de destination particulière, et bien qu'il eût emporté ses cannes à pêche et son équipement, cela lui était égal de trouver du poisson ou pas. Il éprouvait seulement le besoin de s'éloigner de tout, et la meilleure façon qu'il connaissait était de prendre son bateau et de partir sur l'océan, seul.

Bon, Ralph était avec lui, mais les chiens – même un chien comme Ralph –, ça ne comptait pas. Un chien, ça n'a pas d'exigences, ça ne suit pas de programme, ça ne se vexe pas, ça n'utilise pas son amour comme une arme. C'étaient les gens et leurs petites affaires égoïstes et compliquées qu'il voulait fuir.

Il suivit le même itinéraire que celui qu'il avait suivi avec Vecchio, coupant entre les îles Peaks et Great Diamond, puis passant près de Long Island et Great Chebeague vers l'endroit où la baie s'ouvrait sur le grand large. Il n'aperçut que deux ou trois voiliers dans le lointain, l'endroit était aussi solitaire qu'on pouvait raisonnablement l'espérer.

Quand il sentit qu'il pouvait respirer à fond, il mit le moteur au ralenti et continua à petite vitesse, bougeant à peine, se dirigeant plus ou moins vers la zone proche de Quarantine Island où Vecchio et lui étaient tombés sur l'attaque des poissons prédateurs quelques jours plus tôt.

Le soleil avait maintenant disparu derrière le continent, l'orange de l'occident pâlissait et virait au jaune. L'orient était noir violacé. Une légère brume se levait de l'eau sombre et lisse comme un miroir. Dans le ciel, quelques étoiles s'étaient mises à scintiller.

Ralph était assis sur le siège avant, à l'affût de rassemblements d'oiseaux et d'attaques de poissons, mais, d'un bout de l'horizon à l'autre, il n'y avait rien de tel en vue. L'océan était mort.

Calhoun enfila une veste de laine polaire pour se protéger de l'humidité et du froid de cette soirée de septembre.

Quand il comprit qu'il ne repérerait ni oiseau ni poisson, Ralph se laissa glisser du siège et s'allongea dans le fond du bateau.

Ils continuèrent à avancer très lentement tandis que le ciel passait du violet au noir et que la brume devenait brouillard, éteignant les étoiles. Peu après, il vit la silhouette ramassée des rochers de Quarantine Island se découper juste devant eux.

Calhoun coupa le moteur. Le silence soudain lui bourdonna dans les oreilles un instant. Puis il entendit le glas de la cloche d'une bouée lointaine qui résonnait dans le brouillard. Le bruit se répercutait interminablement sur l'eau couverte de brume.

Un chien aboya sur l'une des îles. Ralph leva la tête, dressa les oreilles et huma l'air un instant. Puis il eut l'air de hausser les épaules et se rendormit.

Tout ce que Calhoun voulait, c'était un peu de paix. Il essaya de se vider l'esprit, mais des regrets, à propos de Kate, de Vecchio et du shérif ne cessaient de l'assaillir, et il ne pouvait pas non plus se libérer de cette terrible sensation dans l'estomac apparue quand il avait cru ne plus jamais revoir Ralph. Il se rappela qu'il s'était endormi à l'arrière de son camion ; il se rappela comment ses pensées troubles s'étaient mêlées à ses rêves troubles, et il se rappela qu'au milieu de ce chaos mental il y avait eu une autre sorte de pensée, quelque chose de plus analytique et objectif, sur lequel il avait été incapable de mettre le doigt.

À cet instant, cette même pensée commença de se manifester à nouveau aux abords de sa conscience. Il essaya d'en préciser les contours, de la fixer et de la voir clairement, mais elle lui échappait comme un grain de poussière dans le coin de l'œil ; vous pouvez faire tourner vos yeux tant que vous voulez, il reste à la périphérie de votre vision et vous ne pouvez jamais le regarder directement.

Au bout de quelques minutes, Calhoun laissa cette pensée se glisser furtivement dans son subconscient. Il se dit qu'elle reviendrait, et peut-être que la prochaine fois il pourrait mettre le doigt dessus.

Alors qu'ils étaient là, sur l'eau, dans le brouillard, Calhoun se rendit compte qu'il y avait un autre bruit. D'abord, il perçut un faible gémissement, plein de mélancolie, qui augmenta, se transformant en une déchirante lamentation, avant de retomber et de mourir. Et le même bruit se fit entendre, comme une réponse venant d'une autre direction. C'était un bruit humain, sans paroles, rien qu'une émotion brute, pure, un bruit infiniment tragique. Calhoun sentit sa gorge se nouer.

Il ferma les yeux et laissa les modulations des lamentations le submerger et, dans son esprit, une image commença à se former, comme une photographie apparaît dans le bac d'une chambre noire. Il vit une silhouette, une femme, debout sur un rocher, les bras levés et sa longue robe grise flottant autour d'elle. Il comprit que c'était une religieuse dans son habit gris. Un capuchon lui couvrait la tête et elle avait le visage levé vers le ciel ; elle gémissait et se lamentait – un fantôme gris qui en appelait à Stoney Calhoun.

Dans son esprit, il vit l'hôpital de Quarantine Island en flammes, des flammes orangées, chargées de suie, qui trouaient le noir de cette nuit d'hiver, et il vit les visages d'une centaine de malheureux massés à l'intérieur, des hommes, des femmes, des enfants, pris au piège, les yeux affolés, les mains levées en un geste d'imploration horrifiée et incrédule, et il vit les religieuses dans leur habit gris, agenouillées et priant, la tête inclinée, les mains jointes sous le menton, et il vit, impuissant, les flammes les engloutir tous…

Quand il ouvrit les yeux, les gémissements s'étaient évanouis, et il se demanda s'il les avait véritablement entendus, ou si tout cela n'avait été que le grésillement d'un nouveau court-circuit dans un cerveau qui n'était plus fiable depuis qu'il avait été endommagé par la foudre, sept ans auparavant.

Ralph était pelotonné dans le fond du bateau.

— T'as entendu ça, vieux ? dit Calhoun.

Ralph ouvrit les yeux, regarda Calhoun, laissa échapper un profond soupir et se rendormit.

Calhoun continua à dériver dans le brouillard, épais et silencieux, mais il n'entendit plus les appels des fantômes gris.

Au bout d'un moment, il mit le moteur en marche et fit demi-tour pour reprendre la direction du port. Il n'était pas sûr d'avoir correctement interprété le message des religieuses en gris, mais maintenant, au moins, il pensait savoir ce qu'il était censé faire.

Il était près de onze heures lorsque Calhoun gara sa remorque sur son emplacement près de la cabane, la décrocha, nettoya le bateau au jet et donna à manger à Ralph. Il se dit qu'il devrait attendre le lendemain matin pour appeler le shérif à son bureau.

Puis il se rappela qu'ils étaient amis à nouveau, et donc il pouvait bien le réveiller.

C'est Jane qui répondit après quatre ou cinq sonneries.

— Mmm, marmonna-t-elle. Mais qui peut bien appeler à une heure pareille ?

— C'est Stoney Calhoun, m'dame, dit-il, et je suis vraiment désolé de te réveiller.

— Stoney Calhoun, dit-elle. J'aurais dû m'en douter.

— Oui, m'dame. Faut que je parle à ton homme un instant, si ça te dérange pas.

— Tu as un autre cadavre pour lui, Stoney ?

— Non, m'dame.

— S'il te plaît, arrête de m'appeler "m'dame".

— Désolé. Je peux lui parler ?

— Moi, je veux bien. Quitte pas.

Calhoun attendit un instant.

— Bon Dieu, Stoney, dit le shérif au bout du fil. Je dormais. J'ai pas beaucoup dormi la nuit dernière.

— Moi non plus. J'ai dormi dans mon camion.

— Ralph ?

— Il est rentré.

— J'suis bien content.

— Merci. Moi aussi. Écoute, shérif. Je veux bien prendre cet insigne d'adjoint, si tu veux toujours me le donner.

— Ah bon ?

— Ouaip.

— Qu'est-ce qui t'a fait changer d'avis ?

Calhoun eut une petite hésitation. Il ne pensait pas que le shérif pourrait comprendre cette histoire de religieuses en gris en train de l'appeler sur Quarantine Island.

— J'ai un peu réfléchi, c'est tout.

— Bon, dit le shérif. Bien. C'est bien. Tu peux m'être utile, c'est sûr. Je passerai te voir dans la matinée. Tu seras là ?

— Je serai là. Je ne dois aller à la boutique que l'après-midi.

— Dors un peu, Stoney.

— J'vais essayer. Toi aussi.

— Ben, j'me débrouillais pas mal, dit le shérif, avant ton appel.

Calhoun était derrière la cabane, en train de fendre du bois, quand il entendit l'Explorer s'arrêter dans la cour. Ralph, qui était étalé à côté de lui et le regardait transpirer, se dressa sur ses pattes et alla à la rencontre du shérif.

Un instant plus tard, Ralph revint, puis le shérif apparut. Il était en civil. Il portait un jean, une chemise à carreaux et une casquette des Red Sox pour couvrir son crâne dégarni. Les bras croisés sur sa poitrine et un sourire amusé aux lèvres, il regarda Calhoun poser une bûche en équilibre sur la grosse souche de chêne qu'il utilisait comme billot et la fendre d'un coup de hache en faisant voler les deux moitiés de chaque côté.

Le T-shirt de Calhoun dépassait de sa poche de derrière. Il s'en servait pour essuyer la sueur sur son visage et sa poitrine.

— Fendre du bois de chauffage, dit le shérif, voilà un bon exercice. Comment on dit, déjà ? Ça vous réchauffe plusieurs fois : d'abord vous l'coupez, puis vous l'fendez, puis vous l'empilez, puis vous l'trimballez. Et tout ça avant même de le faire brûler.

— C'est bien vrai, dit Calhoun en hochant la tête.

— C'est le genre de boulot qui aide à penser.

— Ça m'aide à ne pas penser, dit Calhoun. On va s'prendre un café.

Ils montèrent sur la terrasse. Le shérif s'assit à la table. Calhoun alla dans la cuisine et ressortit un moment plus tard avec deux grandes tasses de café. Il en posa une près du coude du shérif et s'assit en face de lui.

Le shérif prit la tasse, en but une gorgée et dit :

— Allons-y. (Il extirpa de sa poche de pantalon l'étui en cuir qui contenait l'insigne d'adjoint et le posa sur la table, près du coude de Calhoun.) Faut que je te fasse prêter serment.

— Je t'écoute, dit Calhoun.

— J'ai oublié d'apporter la formule, dit le shérif avec un sourire. Ça fait si longtemps que j'ai pas fait ça que je me souviens plus ce que je suis censé dire.

— Moi, Stonewall Jackson Calhoun, je jure solennellement de faire respecter toutes les lois de l'État du Maine qui me semblent sensées, dit Calhoun. Je jure de faire ce que tu me demandes de faire, pourvu que ça soit pas trop stupide. Je jure que si, à tout moment, tu veux que je démissionne, je donnerai ma démission sans faire d'histoires. Je jure que pour l'essentiel je te dirai la vérité. Je jure de ne pas être d'accord avec toi quand je te trouverai stupide. Je jure que si tu me demandes mon opinion, je te la donnerai, même si je pense que ça peut te blesser. (Il haussa les épaules.) Bon, j'ai tout dit, hein ?

— J'aurais dû prendre ça par écrit, dit le shérif. Ce serment est bien meilleur que le texte officiel. Je te nomme solennellement, par conséquent et nonobstant, mon adjoint, que Dieu nous vienne en aide. OK ?

— Bien sûr, dit Calhoun, OK.

— Alors, au boulot.

Le shérif sortit un morceau de papier plié de sa poche de chemise et le regarda.

— Voici tout ce que je sais sur Paul Vecchio à ce jour, dit-il. Il était professeur-adjoint d'histoire à Penobscot College, à Augusta, depuis douze ans. Il enseignait la culture américaine et il faisait un cours sur le New Deal. Il a écrit deux ou trois bouquins qui lui rapportaient un peu. Il a grandi dans le Rhode Island, il a étudié à l'Université du Maine, à Orono, il a obtenu son doctorat à l'Université du Michigan. Il vivait dans la ville de Sheepscot.

— C'est juste à l'ouest d'Augusta, non ? dit Calhoun.

Le shérif acquiesça.

— Oui, il y a deux petites villes entre les deux, au sud-ouest. Vecchio est divorcé, il a eu un enfant, une fille, adolescente, qui vit avec sa mère, l'ex-femme de Vecchio, en Californie. Quelques PV pour excès de vitesse sur l'autoroute du Maine, et c'est tout.

Il tendit le morceau de papier à Calhoun.

— Prends ça, Stoney. Il y a son adresse dessus.

Calhoun prit le papier et y jeta un œil, enregistrant ainsi une photo du document dans son cerveau – une photo qu'il pourrait revoir à chaque fois qu'il voudrait la consulter. Il n'avait plus besoin du papier, mais il le replia et le fourra tout de même dans sa poche de chemise. Il ne voulait pas avoir l'air de frimer.

— Donc, nous ne savons pas grand-chose sur Vecchio, dit-il.

Le shérif secoua la tête.

— Pratiquement rien.

— Et ce flic de la police de l'État, Gilsum ? demanda Calhoun. Il est sur l'affaire, non ?

— Eh bien, dit le shérif, Gilsum se voit plus comme un administratif que comme un policier. Il se croit trop important pour aller sur le terrain, interroger des suspects et chercher des indices. Lui, son truc, c'est déléguer, désigner, coordonner et, en général, laisser les autres faire le vrai boulot. Gilsum est un politicard. Il cherche à se faire nommer chef de la police quelque part.

— Alors, cette affaire, elle est pour toi ?

— Elle est pour nous deux, Stoney. Celle-là et celle de Quarantine Island. Je suis sous les ordres de Gilsum, et cet adjoint du District Attorney, Enfield, il arrête pas de m'emmerder. Mais on a les deux affaires. Toi et moi.

— Rien que nous ?

Le shérif roula des yeux.

— Pas vraiment. Ce sont de grosses affaires, Stoney. Il y a des tas de gens dessus, et je soupçonne fort que quand on aura avancé et qu'on aura peut-être un bon suspect, Gilsum reprendra les choses en main. En attendant, il veut qu'on travaille dessus, et Bon Dieu, c'est ce qu'on va faire.

Calhoun sourit.

— Bon, mais espérons que tous ces gens ne vont pas nous gêner. Alors, tu veux commencer où ? Dis-moi ce que tu veux que je fasse.

— Considérant le serment que tu viens de t'inventer, dit le shérif, j'ai pas vraiment envie de te donner des ordres. Mais je pense qu'il faut en savoir plus sur Vecchio, et si tu es d'accord…

Calhoun hocha la tête.

— Je suis d'accord. Pourquoi je ferais pas un saut à Sheepscot, pour fouiner un peu, voir ce qu'il y a à voir.

— C'est ce que je pensais. (Le shérif prit un autre morceau de papier dans sa poche et le donna à Calhoun.) L'itinéraire jusqu'à la maison de Vecchio. Ça vient de mon ordinateur.

Calhoun fourra le papier dans sa poche sans même le regarder.

— Bon, qu'est-ce que tu vas faire pendant que je vais être en train d'enquêter là-bas ?

— Moi ? dit le shérif. Putain de merde, Stoney, pourquoi tu crois que j'ai besoin d'un adjoint ? On est samedi. C'est mon jour de repos.

— Tu plaisantes, hein ?

Le shérif haussa les épaules.

— Malheureusement, oui. Je suis de garde au bureau, aujourd'hui. Si tout est calme, je m'amuserai un peu sur l'ordinateur, je verrai ce que je peux trouver. De nos jours, c'est dingue ce que tu peux apprendre sur une affaire rien qu'en restant assis à ton bureau. (Il finit sa tasse de café d'un coup, la reposa sur la table et se leva.) Dès que tu as terminé à Sheepscot, fais-moi savoir ce que tu as trouvé.

— Tu veux un rapport écrit ?

— C'est ce qui se fait habituellement, Stoney.

— On n'a pas parlé rémunération, dit Calhoun. Tu me paies combien ?

— Tu es adjoint volontaire. Je ne te l'avais pas dit ?

— Je ne suis pas volontaire pour faire de la paperasse.

Le shérif sourit.

— Tu peux faire tes rapports oralement, si tu préfères. (Il sortit de sa poche un petit téléphone portable qu'il posa sur la table, devant Calhoun.) T'as qu'à m'appeler.

Calhoun repoussa le téléphone.

— Je déteste ces choses-là.

— Je comprends, dit le shérif en hochant la tête. Mais il faut que tu le prennes. Je l'ai réglé pour qu'il vibre au lieu de sonner. Garde-le dans ta poche. Si tu sens un bourdonnement contre ta jambe, c'est que j'ai besoin de te parler. Personne d'autre n'a ce numéro, donc ce sera toujours moi. Regarde. (Le shérif prit le téléphone et montra une petite touche verte.) Si ça bourdonne, appuie sur cette touche et dis "Salut", et je te parlerai. Compris ?

— C'est pas que ça soit compliqué, dit Calhoun. C'est répugnant, c'est tout.

— Maintenant, dit le shérif, si tu as besoin de m'appeler, tout ce que tu dois faire, c'est appuyer sur ce bouton, là sur le côté, et mets-le devant ta bouche et dis "Dickman". Ensuite tu le mets à ton oreille et tu m'entendras dire "Salut Stoney, quoi de neuf ?". Quand tu auras fini de parler, appuie sur ce bouton rouge. T'as tout compris ?

— Nom de Dieu, murmura Calhoun.

— Et si tu veux appeler Kate ou quelqu'un d'autre, tout ce que tu as à faire c'est appuyer sur les chiffres et puis sur ce même bouton vert.

— J'sais pas si j'aurais pu trouver ça tout seul.

— Bon, quand tu en auras terminé à Sheepscot, dit le shérif qui ignorait ostensiblement les sarcasmes de Calhoun, appelle-moi pour me dire ce que tu as trouvé.

Calhoun prit le téléphone et le soupesa. Il était moins lourd que le petit canif qu'il avait dans sa poche de pantalon.

— OK, dit-il, on va essayer.

Le shérif chercha dans sa poche de chemise et en sortit une petite pile de cartes de visite.

— Tu en auras peut-être besoin, dit-il. C'est mon nom qu'est dessus, pas le tien. Au cas où quelqu'un aurait besoin de nous contacter.

Calhoun fourra les cartes dans son portefeuille.

— T'as pas d'autre équipement à me donner ? Matraque ? Menottes ?

— C'est tout pour l'instant, dit le shérif avec un sourire.

— J'te préviens, je porterai pas d'uniforme.
— Je m'en doutais un peu.
— Je préfère mourir que porter un chapeau comme le tien.
— De toute façon, ce chapeau a beaucoup plus d'allure sur ma tête qu'il n'en aurait sur la tienne.
Il tendit la main à Calhoun, qui la lui serra.
— Merci, Stoney.
Le shérif fit demi-tour et descendit l'escalier de la terrasse, puis il remonta dans son véhicule.
Calhoun le regarda s'éloigner et porta les tasses à l'intérieur.

Avec Ralph sur le siège passager, Calhoun remonta vers le nord en prenant les routes secondaires, évitant l'autoroute à péage, comme à chaque fois que c'était possible. Le paysage qui s'étalait au sud-ouest d'Augusta, la capitale de l'État, était une dentelle de lacs portant des noms indiens tels qu'Annabessacook, Maranacook ou Sabattus, ou encore Androscoggin. Ils étaient allongés et étroits, comme si un géant, ou un dieu, ou un grand esprit quelconque, avait griffé la partie supérieure de la Terre avec ses ongles. L'implacable mouvement des glaciers, se dit Calhoun, puisqu'il était question d'histoire. Aujourd'hui, en ce samedi matin de septembre inondé de soleil, la brise faisait onduler la surface des lacs qui scintillaient entre les arbres. La commune de Sheepscot s'étendait sur la Sheepscot River, à environ trente kilomètres au sud-ouest d'Augusta. En voiture, cela lui prit un peu plus d'une heure pour y aller de Dublin en suivant les instructions imprimées par le shérif avec son ordinateur.

Ces instructions le firent passer par le centre ville pour se rendre directement au domicile de Vecchio. C'était une petite maison verte en bois, vieille et pas très chic, mais bien entretenue, à l'écart de la route à deux voies, dans un bois de pins immenses.

Calhoun arrêta son camion devant l'entrée, dit à Ralph de rester assis, prit une torche dans la boîte à gants et sortit. Les pins s'élevaient au-dessus de la maison et la maintenaient dans l'ombre. Le terrain devant était tapissé d'une épaisse couche d'aiguilles de pins ; plutôt chouette pour celui qui rechigne à tondre et entretenir une pelouse.

Une remise sur le côté de la maison était pleine de bois de chauffage coupé et fendu. Près de la remise, un canoë en aluminium et un kayak étaient posés à l'envers sur des chevalets.

Calhoun essaya d'ouvrir la porte de devant, mais elle était fermée à clé. La porte de derrière aussi, mais il trouva une lucarne de cave qui n'était pas bloquée et qui s'ouvrit suffisamment pour lui permettre de se glisser à l'intérieur, les pieds en premier.

Il alluma sa torche. Les murs de la cave étaient en pierres brutes, le sol était en terre battue et le plafond, couvert de toiles d'araignées, était bas. Ça sentait la terre humide et le moisi. Dans un coin, une douzaine de boîtes en carton étaient empilées sur une plate-forme faite de parpaings et de bastaings. Il y avait un ballon d'eau chaude et une chaudière à mazout, également montés sur parpaings.

Puisqu'il était là, Calhoun ouvrit les boîtes en carton. Trois d'entre elles étaient remplies de vieux manuels scolaires déformés qui menaçaient de tomber en morceaux à cause de l'humidité. Il se dit qu'il pourrait apprendre quelque chose sur Paul Vecchio en étudiant le genre de livres qu'il gardait dans sa cave, par opposition avec ceux qu'il donnait ou qu'il mettait sur ses étagères. Mais il ne voyait pas très bien comment cette information pourrait les aider à comprendre qui lui avait tiré trois balles dans la poitrine.

Les autres boîtes contenaient les trucs habituels – un service de table, des ustensiles de cuisine, des vieux vêtements. Calhoun fouilla tous les cartons sans rien trouver d'intéressant.

Une volée de marches en bois très étroites menait au rez-de-chaussée. La porte donnait dans la cuisine. Du lino jaune par terre, un frigo blanc, une cuisinière électrique assortie, une table en pin bon marché et des chaises devant une fenêtre qui donnait sur les arbres, à l'arrière de la maison. Dans l'évier, il y avait deux tasses, une casserole sale pleine d'une eau mousseuse, quelques fourchettes et couteaux. Le frigo contenait un pack de six de bière blonde Samuel Adams, avec deux canettes en moins, deux bouteilles de vin blanc à moitié vides, une boîte d'œufs, un demi-pain aux douze céréales, des restes dans des boîtes en plastique, et puis, bien sûr, de la mayonnaise, de la moutarde, du ketchup et des cornichons.

Autrement dit, rien qui puisse indiquer à Calhoun qui avait tué Paul Vecchio ou pourquoi.

Les placards de la cuisine ne livrèrent rien de plus.

Il y avait une petite salle de séjour avec une télé et une chaîne stéréo et, comme on pouvait s'y attendre, des murs tapissés de livres – des romans américains, russes et anglais, des ouvrages sur l'art, l'histoire, la politique. Calhoun en ouvrit quelques-uns au hasard : presque chaque page comportait des notes ou des passages soulignés. Ces livres appartenaient à un homme d'une grande curiosité intellectuelle. Juste à côté du séjour, il y avait un petit bureau. Lui aussi était rempli d'étagères, avec le même genre de livres que dans le séjour. Un grand bureau en chêne était placé contre une fenêtre qui donnait sur des mangeoires à oiseaux accrochées à un fil tendu entre deux arbres. Sur le bureau, un téléphone et une lampe étaient branchés sur une prise anti-surtension. Il n'y avait rien d'autre, à part une corbeille métallique contenant quelques enveloppes ouvertes. Des factures à régler et des relevés de compte bancaire.

Calhoun jeta un coup d'œil aux relevés de compte. Pas de dépôts ou de retraits, ni de chèques qui puissent attirer son attention. Il feuilleta les dossiers dans les deux classeurs métalliques comportant chacun deux tiroirs qui se trouvaient de part et d'autre du bureau. Polices d'assurances. Relevés de plan de retraite complémentaire. Lettres et contrats d'éditeurs et de correcteurs. Photocopies de déclarations d'impôts. Anciens relevés bancaires et factures marquées "payé". Tout cela soigneusement classé, en tout cas pour ce qui était là. Vecchio mettait de l'ordre dans ses dossiers régulièrement. C'était un homme soigneux qui n'hésitait pas à se débarrasser de certaines choses.

Le lit, dans la chambre à coucher du fond, était défait, mais pas en désordre. Les vêtements étaient soigneusement accrochés dans la penderie. Les tiroirs de la commode étaient rangés. Un roman de Stephen King, confrère écrivain de Vecchio de l'État du Maine, était posé sur la table de chevet avec un marque-page qui indiquait qu'il venait de le commencer. Une petite photo encadrée était posée à côté du roman. On y voyait Vecchio – Calhoun supposa qu'il avait alors cinq ou six ans de moins – debout, un bras entourant une très jeune fille mince aux yeux foncés. Sa fille, fort probablement. Sur la photo, elle levait les yeux vers lui et elle riait.

Calhoun n'avait pas vu d'autre photo de ce genre dans toute la maison.

Tout ce qu'il apprit dans la salle de bains, c'était que Vecchio prenait des médicaments contre le cholestérol.

Une trappe dans le couloir devant la chambre donnait accès au grenier. Calhoun s'y hissa et braqua sa torche partout. Il n'y avait pas de plancher – que des poutres et des solives, l'isolation et les câbles électriques – et rien n'y était entreposé.

Il repassa partout, en regardant avec encore plus d'attention. Il fouilla dans tous les placards et les tiroirs de la cuisine ; il regarda dans le freezer, il enleva le couvercle de la chasse d'eau. Il se mit à quatre pattes pour regarder avec sa torche sous le lit, où il ne vit rien, à part une paire de vieilles pantoufles. Il fouilla parmi les chaussettes et les sous-vêtements dans la commode. Il ouvrit toutes les boîtes à chaussures dans la penderie. Il parcourut chaque feuille de papier dans les classeurs.

Tout le temps qu'il passa dans la maison de Vecchio, Calhoun prêta l'oreille aux bruits du dehors. Il savait comment s'en sortir si quelqu'un – un parent, par exemple, ou un ami, ou un flic du quartier – s'amenait. Il leur montrerait son insigne de shérif-adjoint tout neuf et tout brillant. Mais il espérait ne pas avoir à le faire.

Il passa presque trois heures dans cette maison, à la recherche d'indices, et il ne trouva rien qu'il puisse être tenté de ramener au shérif.

Ce qui, se dit-il, était en soi très significatif.

Il s'assura que les portes étaient bien verrouillées quand il sortit. Il alla à son pick-up et laissa sortir Ralph qui entreprit de renifler les buissons et de lever la patte sur ceux dont l'odeur lui convenait.

Quelque chose était en train de bourdonner contre sa jambe, comme si un bourdon excité s'était retrouvé coincé dans sa poche.

Puis il se souvint de ce foutu téléphone portable. Il le sortit, appuya sur le bouton vert et, le mettant à son oreille, dit :

— C'est toi, Shérif ?

— Qui veux-tu que ce soit, Stoney ? Comment ça s'est passé chez Vecchio ?

— Je viens juste de finir.

— Alors ?

— Alors, tu ferais bien de demander si ce Gilsum ou d'autres flics sont venus ici et ont emporté tout ce qui pouvait servir d'indice, parce qu'il n'y a rien ici.

— Rien ?

— Non. Des tas de trucs, mais aucun indice. Et au cas où tu aurais des doutes, je t'assure que j'ai été entraîné à fouiller une maison à la recherche d'indices. Je n'en ai pas le souvenir, mais je le sais. Je savais ce que je faisais quand j'étais à l'intérieur.

— Alors, t'en penses quoi ?

— J'en pense, dit Calhoun, que quelqu'un est passé avant moi. Vecchio était écrivain, non ? Il y a une prise anti-surtension sur son bureau, mais pas d'ordinateur. Pas d'ordinateur portable nulle part. Pas d'imprimante. Pas de disquettes, pas de CD, pas de modems, pas de disques durs externes. Pas de notes de recherches, pas de carnets remplis d'idées, pas de bandes ni de magnétophone. Rien.

— Hmm, fit le shérif. Je vais en parler à Gilsum.

— Vecchio n'avait pas ses clés de voiture, c'est bien ça ? Quand on l'a trouvé mort, je veux dire.

— C'est ça, pas de clés.

— Donc ceux qui l'ont flingué ont pu prendre ses clés, venir chez lui pour tout nettoyer.

Le shérif resta silencieux un moment.

— Ça, c'est bien pensé, Stoney. C'est comme le chien qui n'a pas aboyé. Qu'il n'y ait pas d'indices là où il devrait y en avoir, c'est déjà un indice en soi. (Il hésita un instant.) Donc, peut-être que Vecchio était sur quelque chose qui concernait ce corps calciné. Peut-être qu'il avait une information et qu'ils l'ont découvert, alors ils l'ont tué pour le faire taire, et ensuite ils sont allés chez lui avec ses clés pour récupérer tout ce qu'il aurait pu mettre par écrit. Des trucs sur son ordinateur, des carnets, et tout le reste. C'est ce que tu penses ?

— Tout à fait, dit Calhoun.

— J'vais vérifier auprès de Gilsum, dit le shérif. Écoute, Stoney. La raison de mon appel. Y a du nouveau ici, et j'ai besoin de toi.

— Je suis censé être à la boutique cet après-midi, shérif. Je peux pas faire faux bond à Kate. Ce boulot d'adjoint me rapporte pas assez pour que je puisse abandonner mon job ordinaire, tu sais.

— En fait, ça ne te rapporte rien du tout, dit le shérif. J'ai pris la liberté de parler à Kate. Je lui ai dit que j'avais besoin de toi cet après-midi, et elle a dit que ça lui était égal et que je pouvais bien disposer de toi.

— J'peux pas dire que ça fait plaisir à entendre, dit Calhoun.

— Je vois ce que tu veux dire. Elle a dit qu'elle appellerait cet étudiant pour donner un coup de main.

— Adrian, dit Calhoun. Il est allé faire ses études dans une université au Massachusetts, et maintenant il peut pas trouver un vrai boulot.

— Ouais, celui-là, dit le shérif. Bon, donc on se retrouve à la boutique. Tu pourras voir avec Kate et on laissera ton camion.

— J'ai Ralph avec moi.

— Amène-le. Ou laisse-le à la boutique.

— Je vais l'amener, dit Calhoun. J'ai pas envie de le laisser, où que ce soit. Tu veux pas me dire ce qu'il y a de nouveau ?

— Probablement rien, dit le shérif. Mais il faut que je vérifie. Et si c'est vraiment quelque chose, je veux pas me retrouver là-bas tout seul. Tu comprends ?

— Tu veux dire que t'as la frousse ?

— Non, dit le shérif. Je veux dire que je veux pas faire n'importe quoi sur les lieux d'un crime.

8

L'EXPLORER DU SHÉRIF ÉTAIT GARÉ sur le parking quand Calhoun arriva à la boutique. Il se rangea à côté, puis il entra avec Ralph.

Adrian, l'étudiant, était derrière le comptoir et parlait avec deux jeunes femmes qui, selon Calhoun, étaient dans le magasin plus pour flirter que pour acheter des mouches ou des waders*. Adrian adressa à Calhoun un sourire stupide qui confirma ce qu'il pensait.

Le shérif était avec Kate dans l'arrière-boutique. Installée derrière son bureau, appuyée sur ses avant-bras, Kate parlait au shérif qui était assis en face d'elle sur la chaise en bois, sirotant sa canette de Coca.

Ils levèrent les yeux quand Calhoun entra.

— En train de parler de moi ?

— Tu nous prends la main dans le sac, dit le shérif.

— Ça doit être plutôt ennuyeux, dit Calhoun.

— Ça, tu l'as dit, répondit Kate.

Ralph alla vers elle et elle se pencha pour lui gratter les oreilles. Le shérif se leva de sa chaise.

— T'es prêt, Stoney ?

— C'est toi le boss. (Il se tourna vers Kate.) Ça ira ici, chérie ?

Il l'avait encore dit. Même quand ça allait bien entre eux, Kate n'aimait pas qu'il l'appelle "chérie" dans le magasin. Ça lui avait échappé, et il s'en voulut de l'avoir mise mal à l'aise.

Mais elle hocha la tête et lui fit un rapide sourire pour lui pardonner son petit faux pas.

— J'ai Adrian, dit-elle. Vous pouvez y aller, les gars, et attrapez-nous quelques méchants bandits.

Calhoun hésita, puis il fit demi-tour et sortit de la boutique.

* Les waders sont des pantalons de pêche étanches qui permettent d'entrer dans l'eau jusqu'à hauteur de poitrine.

Le shérif et Ralph le suivirent.

— On prend ton camion, dit le shérif, si ça ne te fait rien.

— On va les prendre par surprise, c'est ça, hein ?

— Exact.

Ils grimpèrent dans le pick-up de Calhoun. Ralph se glissa dans le petit espace derrière les sièges et s'installa de façon à pouvoir passer le museau dans l'entrebâillement de la fenêtre côté passager, par-dessus l'épaule du shérif.

Le shérif dit d'aller prendre la route 1, en direction de South Portland.

— Du neuf au sujet de Vecchio ? demanda Calhoun.

— Il a été tué par un 22, comme ça en avait l'air. Ils n'ont rien trouvé chez toi qui puisse servir d'indice. Pas de trace de pneus, pas d'empreintes de pas, pas de douilles. Le flacon d'écran solaire était à moitié plein. Seules les empreintes de Vecchio étaient dessus. Ce qu'il nous faut, c'est quelqu'un qui ait un mobile pour le tuer.

— Ne me regarde pas comme ça, dit Calhoun.

Le shérif tourna la tête pour le regarder et sourit.

Ils roulèrent un moment sans parler. Puis le shérif dit :

— Kate me semble un peu déprimée.

— Ça se comprend, dit Calhoun. Walter ne va pas bien.

— Ça la perturbe, la façon dont elle se comporte envers toi.

— Moi aussi, dit Calhoun.

Il espérait ne pas avoir à en parler davantage. Apparemment le shérif comprit le message, car ils firent le reste du trajet sans se dire grand-chose, excepté les instructions données par le shérif de temps en temps.

Ils traversèrent le pont du Veterans Memorial et après avoir passé quelques feux rouges, le shérif dit :

— Prends à gauche là, après le magasin de vins et spiritueux.

Calhoun tourna dans une rue étroite. Elle était bordée de petites maisons style ranch équipées de vasques pour oiseaux en béton sur les pelouses, et il y avait des tricycles et des vélos pour enfants dans les allées. La rue se terminait en cul-de-sac sablonneux avec des maisons de même style, mais encore plus petites.

Le shérif montra l'une d'entre elles.

— C'est celle-là.

Des coulées de rouille zébraient le revêtement extérieur en bardeaux blancs, et une antenne de télévision compliquée était plantée sur le toit. Deux gros réservoirs de propane étaient plantés à côté de la porte d'entrée. Au bord du terrain, il y avait une boîte à lettres noire, sans nom dessus.

Calhoun s'arrêta dans les ornières qui servaient d'allée et dit à Ralph de ne pas bouger. Il sortit avec le shérif.

Ils jetèrent un coup d'œil aux alentours.

— J'ai eu un appel de la fourrière ce matin, dit le shérif. Quelqu'un a signalé qu'un gros chien – un berger je crois qu'il a dit – traînait et renversait toutes les poubelles à la recherche de croûtes de pizzas, et se montrait menaçant pour les enfants. Ce chien appartient au type qui vit ici, dans cette maison. À la fourrière, ils voulaient convoquer le propriétaire, mais il était pas chez lui et les voisins ont dit que ça faisait un bout de temps qu'ils ne l'avaient pas vu.

Un pick-up Dodge mangé par la rouille était garé près de la maison. Dans ce qui se voulait le terrain de devant, un barbecue à charbon de bois, une tondeuse, ainsi que quelques pneus d'auto lisses étaient à moitié enfouis dans le gazon qui arrivait à mi-mollet et les mauvaises herbes fanées.

— Qu'est-ce qui est arrivé au chien ? demanda Calhoun.

— L'agent a fini par l'attraper, dit le shérif. Je suppose qu'il l'a emmené à la fourrière.

Ils firent lentement le tour du petit terrain sur lequel se tenait la maison. Derrière, il y avait une niche en bois, quelques poubelles en plastique, et une moto recouverte d'une bâche.

Tout à coup, le shérif s'arrêta.

— Écoute, dit-il.

Calhoun écouta. Il n'entendait rien.

— Quoi ? dit-il. Je n'entends que d'une oreille.

— À l'intérieur, dit le shérif. Des voix.

Calhoun s'approcha du mur de la maison, et là, il entendit quelque chose. Après avoir écouté un moment, il dit :

— C'est la télé. Il y avait de la musique, et puis il y a eu des applaudissements.

Le shérif hocha la tête.

— Allons voir qui est là.

Ils retournèrent devant. Quelques parpaings empilés servaient de perron. Le shérif s'avança dessus et, fermant le poing, frappa sur la moustiquaire en aluminium.

— Y a quelqu'un ? appela-t-il. C'est le shérif, ouvrez, s'il vous plaît.

Personne ne vint ouvrir. Le shérif frappa encore une fois, criant plus fort.

Il se tourna alors vers Calhoun, haussa les épaules, ouvrit la moustiquaire et essaya de tourner le loquet de la porte d'entrée.

La porte s'ouvrit. Le shérif passa la tête à l'intérieur, puis il la retira aussitôt.

— Bon Dieu, marmonna-t-il. Il fait plus de cinquante degrés là-dedans. Ça pue comme un dépôt d'ordures.

Ils entrèrent. À vue de nez, pour Calhoun, l'odeur était un mélange de nourriture pourrie, de lait tourné, de toilettes dont la chasse d'eau n'a pas été tirée, et de pièce non aérée.

— Y a pas de cadavre ici, si c'est à ça que tu penses, dit-il.

— J'y pensais un peu, dit le shérif. Tu sais à quoi ça ressemble, l'odeur d'un macchabée qu'est mort depuis un bon moment, j'suppose.

Calhoun haussa les épaules.

— Je crois bien que oui. J'en ai pas le souvenir précis, mais je sais que je suis déjà entré dans des maisons où il y avait de vieux cadavres, et je me souviendrais de cette odeur. Ici, c'est pas ça.

— Touche à rien, dit le shérif.

— Bordel, je le sais.

La porte d'entrée donnait directement dans la salle de séjour. Sur une table basse devant un vieux canapé sale, il y avait une bouteille de bière vide et une barquette de nourriture en aluminium à moitié vide – un de ces plats préparés qu'on met au micro-ondes, ça ressemblait à de la purée de pommes de terre avec de la sauce, des carottes en rondelles et une sorte de viande grise, du rôti cuit à la cocotte, peut-être bien, et le tout était maintenant recouvert d'une moisissure verte et duveteuse. Le canapé était en face de la télé qui diffusait une émission-jeu du genre questions-réponses. Par terre, à côté du canapé, il y avait un journal plié. Calhoun se baissa pour le regarder. La date remontait à deux semaines, le mercredi précédent.

— Stoney, dit le shérif, y a pas assez de place ici pour nous deux. Pourquoi tu vas pas m'attendre dehors ? J'en ai pour une minute à peine.

— C'est pas de refus, dit Calhoun. On a du mal à respirer ici.

— Si jamais je trouve quelque chose…

— Je comprends, dit Calhoun. Vaut mieux que t'aies pas un amateur comme moi dans les jambes qui vienne bousiller tes indices.

En sortant, Calhoun vit une grosse femme dans un jean coupé et un T-shirt serré, près de son camion, en train de parler à Ralph par la vitre à moitié baissée. Un bourrelet de graisse ressortait entre le bas de son T-shirt et le haut de son short.

— Faites attention qu'il ne vous morde pas, dit Calhoun.

Elle se retourna brusquement et Calhoun s'aperçut que ce n'était qu'une jeune fille, une adolescente, de quatorze ou quinze ans, d'après lui. Elle avait un casque de cheveux blonds et bouclés, coupés court, des yeux bleus très écartés et une petite bouche aux lèvres ourlées.

— Il a l'air gentil, dit-elle.

Calhoun sourit.

— Oui. Je plaisantais. Il s'appelle Ralph.

— Ralph, dit-elle. C'est un drôle de nom pour un chien. (Elle se tourna vers la vitre du camion.) Salut, Ralph.

— Je l'ai appelé comme ça en souvenir de Ralph Waldo Emerson, dit Calhoun.

— C'est qui ça ?

— C'était un philosophe.

— Jamais entendu parler, dit-elle en haussant les épaules.

Calhoun lui fit un sourire.

— J'm'appelle Stoney.

Elle lui tendit la main.

— J'm'appelle Mattie. J'habite en face.

Elle tendit le doigt vers une petite maison verte, style ranch, de l'autre côté du cul-de-sac.

— Vous cherchez Errol ?

— Celui qui vit ici ? demanda Calhoun, en désignant la maison derrière lui d'un coup de tête. Errol ? Errol comment ?

— Errol Watson, qu'y s'appelle, dit-elle. Ça fait un bon moment qu'il est pas rentré. Le type de la fourrière, il est venu et il a emmené Grunt.

— Grunt ?

— Son chien. Ma mère, elle a fini par appeler. Y fouillait nos poubelles, y grattait à la porte et hurlait toute la nuit.

— Errol, il est où, maintenant ? demanda Calhoun. Tu le sais ?

Elle secoua la tête.

— Errol et moi, on n'est pas vraiment copains. Ma mère, em'dit que j'dois l'éviter.

— Pourquoi ça ?

Elle haussa les épaules.

— J'sais pas. Elle aime pas beaucoup les mecs.

— Ta mère, elle est là ?

— Nan. Elle bosse. Elle nettoie les chambres, là-bas, au Ramada.

Le shérif sortit de la maison. Il resta un moment à la regarder, puis il vint vers le camion.

Calhoun le présenta à Mattie.

— Ton nom de famille, c'est quoi, Mattie ?

— Perkins, dit-elle. Vous êtes shérif ?

— Exact. Et lui, c'est mon adjoint.

— Mattie dit que l'homme qui vit ici s'appelle Errol Watson et que ça fait un bon moment qu'il est pas rentré chez lui, dit Calhoun. C'est sa mère qui a téléphoné au sujet du chien de Watson. Grunt.

Le shérif sourit.

— Grunt ?

— C'est le nom du chien, dit Calhoun.

— Qu'est-ce que tu sais au sujet de M. Watson ? demanda le shérif à Mattie.

— Rien. Ma mère, em'a dit de pas êt' aimable avec lui.

— Tu obéis toujours à ta mère ?

Elle roula les yeux.

— En général, oui, bien sûr. Errol, il est pas méchant, mais ma mère, elle plaisante pas là-dessus. Elle arrête pas de m'le répéter. T'approche pas de ce type-là, qu'elle dit, sinon c'est le fouet.

Mattie roula les yeux et sourit pour bien montrer qu'elle n'avait pas peur de sa mère.

Le shérif hocha la tête.

— Elle t'a déjà dit pourquoi elle insiste tant là-dessus ?

— Pas vraiment. Un jour, j'étais chez lui à le regarder réparer sa moto, et elle nous a vus et elle s'est mise à me hurler dessus. J'ai pas eu le temps de dire ouf, et v'là qu'elle appelle mon père, et lui, y débarque et y va hurler sur Errol. Mon père, pour hurler, y s'débrouille pas mal. On pouvait l'entendre dans tout le quartier. Depuis, Errol et moi, on s'évite.

— Ton père, il disait quoi ? demanda Calhoun.

— Surtout des gros mots. Vous voulez que j'les répète ?

— Non, dit Calhoun. C'est bon.

— Ton père, il s'appelle comment ?

— Lawrence. Mais tout l'monde l'appelle Perk.

— Il est où, en ce moment ? demanda le shérif.

— Il habite à Kittery, dit Mattie. Y bosse au chantier naval. Lui et ma mère, y sont divorcés.

— Qu'est-ce que tu sais sur Errol, demanda Calhoun.

— Pas grand-chose, dit-elle. La plupart du temps, il reste chez lui à regarder la télé et boire de la bière, j'suppose, ou alors il est dehors, là derrière, en train de réparer sa moto. Les seuls moments où on le voit, c'est quand il entre et sort. J'crois qu'il bosse dans une scierie.

— C'est lui qui conduit ce camion ?

Le shérif fit un signe de la main en direction du pick-up Dodge dans l'allée.

Elle hocha la tête.

— Et la moto ?

— J'l'ai jamais vu sortir avec, dit-elle. Je crois qu'il aime simplement bricoler dessus.

— Le pick-up, dit le shérif, quelqu'un s'en est servi, récemment ?

Mattie secoua la tête.

— Pas bougé d'là depuis une semaine, au moins.

Le shérif hocha la tête.

— Toi et Errol, vous avez parlé de quoi, le jour où il bricolait sur sa moto ?

— Pas grand-chose. J'lui ai posé des questions, mais y faisait comme si j'étais pas là.

— Il a des amis ? demanda le shérif. Des gens qui lui rendent visite ?

— J'me souviens pas avoir vu quelqu'un.

— Ça fait combien de temps que tu habites ici, Mattie ?

— Depuis fin juin, dit-elle. On a emménagé avec ma mère à la fin de l'école, on vient de Madrid.

Calhoun remarqua qu'elle prononçait le nom de Madrid avec l'accent sur la première syllabe, *Mad*-rid, ce qui lui rappela que son accent du Maine à lui, et sa manière de parler n'étaient pas naturels, il les avait acquis après coup, sinon il n'aurait probablement pas remarqué.

— M. Watson, il habitait déjà ici à ce moment-là ?

Elle fit oui de la tête.

— Et ta mère, elle s'appelle… ?

— Allison, dit Mattie.

— Elle a gardé son nom de femme mariée ?

Mattie hocha la tête.

— Allison Perkins. Les gens l'appellent Allie, en général.

Le shérif sortit son portefeuille et y prit deux cartes de visite qu'il tendit à Mattie.

— S'il te plaît, donnes-en une à ta maman quand elle rentrera, dit-il. Dis-lui qu'on voudrait bien savoir ce qui a pu arriver à M. Watson, et demande-lui de m'appeler. Et gardes-en une pour toi. Appelle-moi si tu repenses à quelque chose d'autre. OK ?

— Bien sûr, dit-elle.

— Et quand tu verras ton papa, dis-lui la même chose.

Mattie haussa les épaules.

— J'vais essayer de pas oublier.

— Merci, dit-il avec un sourire. (Puis, se tournant vers Calhoun.) Allons-y.

Ils repartirent vers le camion.

— Attendez, dit Mattie. J'repense à quelque chose. Vous m'avez demandé si Errol avait des amis ?

Ils se retournèrent.

— Exact, dit le shérif.

— J'sais pas si c'était vraiment un ami, dit-elle, mais y a un homme qu'est venu l'voir. Y a à peu près un mois, p'têt plus, cinq ou six semaines. Désolée, ça vient jus' de m'revenir.

— Qu'est-ce qui te revient ?

— Juste cette belle voiture qu'est arrivée, dit-elle avec un petit geste de la main, un homme en costume qu'est allé à sa porte. C'était, oh, après le dîner, y commençait à faire sombre. Ma mère, elle était au boulot.

— Tu l'as bien vu, cet homme ?

Elle fit non de la tête.

— Juste ses habits, on aurait dit qu'y venait direct de son bureau.

— Et sa voiture ? demanda le shérif. Quel genre ?

— J'connais pas bien les voitures. Elle avait l'air neuve, avec un toit ouvrant. Une berline. Rouge foncé.

Elle haussa les épaules.

— Rouge foncé, répéta le shérif.

— Un peu comme… bordeaux ? Voyez, c'que j'veux dire ?

Le shérif hocha la tête.

— Une grosse berline ? Moyenne ? Compacte ?

— Moyenne, j'dirais, répondit Mattie en faisant des vagues avec la main. Pas grosse comme ces vieilles Cadillac et Lincoln qu'on voit à la télé. Mais pas très petite non plus.

— Pourquoi tu as dit que tu pensais pas que c'était un ami ?

Mattie sourit.

— Une belle voiture comme ça ? Bien sapé ? C'est pas à ça qu'on s'attend pour un ami à Errol, c'est tout. P'têt que je me trompe.

— Il est resté combien de temps ?

— J'sais pas, dit-elle en secouant la tête. J'étais à la maison. J'ai seulement remarqué la voiture arriver et le type sortir.

— Il est entré ? Ils ont parlé ensemble ?

Elle secoua la tête.

— J'espionnais pas, sincèrement. J'ai juste jeté un coup d'œil par la fenêtre et j'ai remarqué cette voiture qui s'arrêtait devant la maison. La seule raison qui fait que j'ai fait attention, c'est qu'on n'a pas souvent des voitures comme ça dans le quartier. Plus tard, j'ai jeté un autre coup d'œil, elle était plus là.

— Combien de temps plus tard ?

— Deux heures, j'imagine, fit-elle dans un haussement d'épaules. Mais elle était peut-être partie depuis plus longtemps que ça.

— Ça nous est très utile, dit le shérif. Merci, Mattie. Si tu repenses à quoi que ce soit, t'hésites pas à m'appeler. Tu as ma carte.

— Bien sûr. Pas de problème.

Ils remontèrent dans le camion de Calhoun et firent signe à Mattie, puis le shérif dit à Calhoun de rentrer à la boutique.

— Tu ne voulais pas parler à d'autres voisins ? demanda Calhoun une fois qu'ils eurent repris la route 1.

— Non.

— T'as trouvé quelque chose d'intéressant à l'intérieur ?

Le shérif haussa les épaules.

— Il semblerait que Watson a été interrompu, poursuivit Calhoun. La télé en marche, son dîner pas fini.

— Faut un drôle de bonhomme pour bouffer une merde pareille, même à moitié, dit le shérif.

Calhoun sourit.

— Bon alors, tu me dis ce que tu en penses ?

— Pas tout de suite.

— J'suis ton adjoint, dit Calhoun. T'es censé partager.

Le shérif secoua la tête.

— Si je me trompe, dit-il, je veux pas que tu me prennes pour un idiot.

Quand ils arrivèrent à la boutique, ils entrèrent tous les trois. Ralph se roula en boule sur son vieux sweat-shirt dans le coin près de la porte. Adrian était toujours derrière le comptoir et Kate discutait avec un client devant le présentoir des cannes à mouche. Le shérif s'approcha d'elle, lui parla, puis il fit signe à Calhoun avec son doigt recourbé.

Calhoun suivit le shérif dans le bureau de Kate.

— Qu'est-ce qu'on fait ? demanda-t-il.

Le shérif s'assit sur le fauteuil de Kate et en régla la hauteur pour s'installer à l'ordinateur.

— Petite leçon. Regarde, dit-il.

— Ça m'intéresse pas d'apprendre tout ce charabia informatique, dit Calhoun. J'ai la tête déjà trop pleine.

— Eh bien, assieds-toi ici et tiens-moi compagnie, au moins.

Calhoun prit la chaise en bois en face de lui.

Le shérif pianotait sur le clavier, en marmonnant des "Hmm" et des "Ha", et au bout de quelques minutes "Je m'en doutais". Il releva la tête.

— Viens voir, Stoney. Regarde-moi ça.

Calhoun se leva et rejoignit le shérif derrière le bureau. Sur l'écran, il y avait la photo en couleurs d'un homme, visage mince, crâne dégarni et lunettes rondes. Il faisait dans les quarante ans, et puis Calhoun vit sa date de naissance : le 17/7/62. Lieu de résidence : Portland 04101. Pas d'adresse précise.

— Errol Watson ? demanda Calhoun.

— Lui-même.

— Une tête d'employé de banque.

Le shérif eut un rire bref qui ressemblait à un hennissement.

— Jette un coup d'œil.

Le shérif fit défiler l'écran et Calhoun vit une liste intitulée : "Condamnations". Errol Watson avait cinq condamnations – deux au titre de l'article 17A, paragraphe 253, "Agression sexuelle caractérisée", deux pour l'article 17A, paragraphe 254, "Sévices sexuels sur mineur", et une pour l'article 17A, paragraphe 255A, "Attouchements sexuels".

— Pas vraiment un type bien, dit Calhoun.

— Non. Je suis prêt à parier ma pension retraite qu'au moment où nous parlons M. Watson se trouve dans un tiroir de la morgue à Augusta, calciné au point d'en être non identifiable.

Calhoun se surprit à hocher la tête.

— Je ne parierais pas contre toi. Mais comment tu as fait ça ?

— Je t'avais dit de regarder et de prendre une petite leçon.

— Fais-moi juste un résumé.

Le shérif sourit et fit un geste de la main.

— J'ai eu une intuition, c'est tout.

— Un peu plus qu'une intuition, je parie.

— Oui, bien sûr, répondit le shérif. J'avais été frappé par deux ou trois détails, comme toi, probablement. Tout d'abord, le fait que notre cadavre avait eu la quéquette coupée et enfoncée dans sa bouche, ce qui suggérait qu'il pouvait être coupable de quelque chose en rapport avec le sexe. Deuxièmement, Mattie, là-bas, et sa mère qui a tellement insisté pour que la petite évite tout contact avec Errol Watson. Troisièmement, le fait que Watson soit parti soudainement, sans finir son dîner, laissant son chien dehors et la télé allumée. Et quatrièmement, son mode de vie, tout simplement. Solitaire. Désordonné. Sans but. Un homme qui a du mal à trouver sa place dans la société, qui n'avait pas d'amis ni de parents venant lui rendre visite, et qui s'en fichait de toute façon. (Il regarda Calhoun et secoua la tête.) Quoi qu'il en soit, en mettant tout ça ensemble, je me suis demandé si Errol Watson ne pouvait pas être lui-même un délinquant sexuel déjà condamné. Si c'était le cas, je savais qu'on le trouverait dans le fichier des délinquants sexuels. Donc je l'ai consulté sur internet, j'ai tapé son nom, et c'est comme ça que j'ai eu ce que tu peux voir maintenant.

— Aussi simple que ça, dit Calhoun.

— Ouaip. Aussi simple que ça. Tiens, vise un peu.

Le shérif tapa quelque chose et une page apparut sur l'écran, intitulée "Recherche dans le fichier des délinquants sexuels de l'État du Maine".

— OK, dit-il. Quand j'ai cherché, j'ai tapé le nom de Watson, mais on peut taper le nom d'une ville, aussi. Voyons Portland.

Il appuya sur une touche et une autre page apparut sur l'écran. Il fit dérouler une liste et cliqua sur "Portland". Presque instantanément, une liste alphabétique de noms avec des numéros de téléphone apparut.

— Et voilà, dit le shérif. Tous les délinquants sexuels qui habitent ou travaillent à Portland. C'est mis à jour régulièrement.

Il fit dérouler la liste numérotée.

Calhoun lut les noms qui apparaissaient sur le moniteur. Le dernier de la liste avait le numéro 129.

— Ça en fait des pervers sexuels pour une seule petite ville, dit-il.

— Et ça, ça n'est que ceux qui ont été jugés et condamnés, dit le shérif. La partie visible de l'iceberg, comme on dit.

— Trois femmes seulement.

Le shérif opina.

— Le pourcentage habituel. Les femmes font rarement l'objet d'accusations, et elles sont encore plus rarement condamnées. Ça veut pas dire qu'y a pas un paquet de femmes perverses par ici.

Calhoun hochait la tête.

— Donc, ces gens, dit-il, ces délinquants sexuels, n'importe qui peut voir qui ils sont, à quoi ils ressemblent, ce qu'ils ont fait, où ils vivent et où ils travaillent. Tout ce qu'il faut, c'est un ordinateur.

— Exact, dit le shérif. Cette information est publique, et ils essaient de faire en sorte que tout le monde y ait accès le plus facilement possible. L'idée, c'est que tout le monde sache qui sont ces salopards de prédateurs. (Il se remit debout.) Bon, maintenant, je vais me dépêcher de rentrer au bureau, voir ce que je peux trouver d'autre sur Errol Watson. Et je vais informer l'inspecteur Gilsum et le bureau du médecin légiste d'Augusta que nous avons peut-être identifié le corps. Ils peuvent disposer des dossiers dentaires de toute personne qui est allée en prison.

Le shérif repassa par la boutique et fit signe à Kate qui était au téléphone au comptoir. Elle lui fit signe également et fit à Calhoun un petit sourire rapide, plutôt convaincant autour de la bouche, mais qui avait bien du mal à aller jusqu'aux yeux.

— Je serai là demain, lui dit Calhoun.

— Si le shérif a besoin de toi…

— Je ne suis qu'un adjoint volontaire, merde, dit-il. J'ai des responsabilités. Je serai ici pour l'ouverture à midi, et je fermerai à quatre heures, et toi, tu ferais mieux de rester chez toi et te reposer un peu, pour une fois.

— Peut-être bien que c'est ce que je vais faire, dit Kate. Un petit break me ferait pas de mal.

— Je serai là, dit Calhoun. T'as pas à t'en faire.

Il lui fit un sourire et un petit signe de tête, puis il sortit en vitesse pour que Kate ne se sente pas obligée d'essayer de sourire à nouveau.

Le shérif était sur le parking, appuyé sur le côté de son Explorer. Quand Calhoun arriva à sa hauteur, il dit :

— On a fait du bon travail aujourd'hui, Stoney. Je pense qu'on fait une bonne équipe, pas toi ?

— On fait pas équipe, dit Calhoun. Toi, t'es le boss, et moi, je suis ton adjoint.

— C'est pas vraiment comme ça que je vois les choses.

— Moi, si, dit Calhoun. Et c'est comme ça que je veux que ce soit.

— Comme tu veux. Ça m'est égal, dit le shérif en haussant les épaules.

— Ces dossiers, dit Calhoun. Je veux dire, ceux de Watson. Ils devraient te dire qui était sa victime, non ?

— Sa ou ses victimes, au pluriel. Oui. (Le shérif sourit.) Tu penses à quelqu'un qui aurait un mobile pour lui trancher la gorge, lui sectionner la bite et lui mettre le feu.

— Eh bien, dit Calhoun, si un type forçait ma fille mineure, par exemple, à avoir un contact sexuel, et abusait d'elle sexuellement, se rendait coupable d'une agression sexuelle caractérisée sur elle, et même si j'ai du mal à imaginer ce à quoi correspondent vraiment ces crimes, il n'y a rien que je ne pourrais avoir envie de lui faire subir.

— Ou si tu le soupçonnais simplement d'avoir forcé ta fille à avoir un contact sexuel, dit le shérif. Ou même si tu le soupçonnais d'y avoir simplement pensé.

Calhoun hocha la tête.

— Tu penses à Mattie.

— Au père de Mattie. Lawrence Perkins, de Kittery.

— Ou même sa mère.

Le shérif haussa les sourcils.

— Toute personne sachant qui était Errol Watson fait un assez bon suspect, quand on y pense. (Il grimpa dans son Explorer, mit le moteur en marche et baissa la vitre.) Il nous reste tout de même à trouver le lien avec Vecchio, dit-il.

— S'il y en a un.

— Oh, dit le shérif, je suis sûr qu'il y en a un.
— Je travaille à la boutique demain après-midi.
— Je saurai te trouver si j'ai besoin de toi.

Calhoun se fit chauffer une boîte de haricots et un reste de steak pour son dîner. Ralph et lui mangèrent sur la terrasse. Pendant ce temps, le bleu du ciel tournait à l'étain, puis au violet, puis au noir, Bitch Creek gargouillait sur les rochers tout en bas derrière la maison, et les chauves-souris voletaient dans la clairière.

Il était dans la cuisine, en train de faire la vaisselle, quand il vit des phares transpercer les bois et s'arrêter devant la maison.

Il décrocha la Remington calibre 12 et sortit sur la terrasse juste à temps pour voir l'Homme au Costume descendre de son Audi. Celui-ci mit sa main en visière, leva les yeux, fit un signe et se mit à monter l'escalier.

Calhoun se tenait en haut des marches, le canon du fusil appuyé sur son épaule.

— Range-moi ça, Stoney, merde, dit l'Homme au Costume. Je viens en paix.

— Vous n'allez jamais nulle part en paix, dit Calhoun.

Mais il se tourna et posa le fusil contre le mur.

L'Homme au Costume alla s'asseoir dans un des fauteuils.

— Tu as du café chaud ?

Calhoun alla remplir deux tasses et les rapporta. Il en posa une sur la table près du type et garda l'autre entre ses deux mains. Il resta debout. Il se dit que s'il s'asseyait, il donnerait l'impression de goûter la compagnie de cet homme.

— Alors, qu'est-ce que vous voulez ? demanda-t-il.

— Je voulais te féliciter. Shérif-adjoint. Le premier pas dans ce qui promet d'être une longue et passionnante carrière de chasseur de criminels.

— Certainement pas, dit Calhoun.

— Je suis sérieux. Tu as fait le bon choix. Ça avance ?

— En quoi ça vous concerne ?

L'Homme au Costume sourit.

— Grande question, hein ? (Il se pencha en avant.) Stoney, j'aimerais pouvoir te parler en toute franchise. Vraiment. Peut-être qu'un jour je pourrai. Mais, pour l'instant, disons les choses comme ça. Tu enquêtes dans deux affaires de meurtre intéressantes. Tu te découvres, je n'en doute pas, des talents et des connaissances que tu ne soupçonnais pas avoir. Tu te souviens d'un peu plus de choses, tu en apprends un peu plus sur toi-même. Je me trompe ?

Calhoun secoua la tête.

— Je fais simplement ce que le shérif me dit de faire, c'est tout. Je lui sers surtout de chauffeur. Je n'ai pas conscience de posséder des connaissances ou des talents particuliers. Je lui donne seulement un coup de main. Il n'y a pas de quoi en faire tout un plat.

L'Homme au Costume sourit.

— Tu peux être franc avec moi, Stoney. Je suis ton ami.

Calhoun avait déjà joué ce numéro avec lui auparavant. Il n'avait aucune intention d'être franc.

— Je sais cela, dit-il. Je vous dis les choses telles qu'elles sont.

L'Homme au Costume regarda Calhoun fixement par-dessus le bord de sa tasse. Il en prit une gorgée, puis la reposa.

— Il y a beaucoup de choses sur toi-même que tu ne connais pas, Stoney, mais que moi je connais. Rappelle-toi, donnant-donnant.

— Mais je n'ai rien à vous donner, dit Calhoun. Désolé.

— Ta famille, poursuivit l'autre, comme si Calhoun n'avait rien dit. Ton éducation. Où tu as vécu. Ce que tu as fait. Tes points forts. Qui tu as aimé. Qui t'a aimé.

— Je me fiche de tout ça, dit Calhoun. J'ai l'occasion de recommencer ma vie, et ça se passe plutôt bien.

— C'est pas ce que j'ai entendu dire.

— Qu'est-ce que vous avez entendu dire ? demanda Calhoun sans avoir le temps de se contrôler.

L'Homme au Costume haussa les épaules.

— J'ai entendu dire que Kate t'avait largué, pour commencer.

— C'est pas vrai. (Il serra les mâchoires et prit une profonde inspiration.) Ce ne sont pas vos affaires, merde alors.

L'Homme au Costume ne répondit pas. Il finit sa tasse de café, la reposa et se leva.

— Peut-être que la prochaine fois que je passerai tu seras de meilleure humeur, Stoney.

— Épargnez-vous la peine de passer, dit Calhoun. Je suis de cette humeur à chaque fois que je vous vois.

— On n'a pas parlé de ta famille, récemment.

Calhoun savait bien que c'était comme ça que l'autre espérait le manipuler, mais il ne put s'empêcher de réagir.

— Quelle famille ?

— Eh bien, fit l'Homme au Costume, il m'est venu à l'esprit, par exemple, que tu aurais pu te demander si tu avais des enfants.

Calhoun serra les dents pour ne pas parler avant d'avoir pensé à ce qu'il allait dire.

— Je me fiche de tout ça, dit-il ensuite.

L'Homme au Costume sourit et hocha la tête.

— Bien. OK, Stoney. Une autre fois, peut-être.

Il descendit les marches et rejoignit son Audi, ouvrit la porte, leva les yeux en faisant un signe et monta dans sa voiture.

Calhoun le regarda s'engager dans l'allée jusqu'à ce que la lumière des phares cesse de clignoter entre les arbres et que le ronronnement du moteur de l'Audi se soit évanoui au loin.

Il savait que ça allait être dur de ne pas penser à d'éventuels enfants maintenant que l'Homme au Costume lui avait mis cette idée en tête.

Mais il avait bien l'intention d'essayer.

9

CALHOUN S'ÉVEILLA DANS UNE LUMIÈRE grise et une cacophonie de chants d'oiseaux s'infiltrant par la moustiquaire de la fenêtre de sa chambre. Une fois de plus, il avait mal dormi. La dernière fois qu'il avait dormi correctement, c'était plusieurs nuits auparavant, avec Kate près de lui, leurs jambes emmêlées, les cheveux de Kate dans son visage, la peau de Kate, lisse, contre la sienne.

C'était avant qu'elle lui dise qu'elle ne viendrait plus chez lui, avant que soit découvert le cadavre de Vecchio et avant que Ralph disparaisse.

Ses rêves, comme d'habitude, s'étaient évanouis trop rapidement pour qu'il puisse les fixer, et tout ce qui lui restait, c'était cette tristesse qui lui était familière, la vague certitude que les choses n'allaient pas bien. Il faisait souvent des rêves frappants, et il savait que s'il pouvait se les rappeler et les analyser, ils seraient comme une fenêtre donnant sur ce qui avait été sa vie avant qu'un éclair de dix mille volts ne vienne pulvériser tous ses souvenirs conscients.

Mais il ne pouvait jamais se les remémorer. Il avait tenté de se donner pour instruction de se réveiller au milieu d'un rêve, de façon à le mettre par écrit pour pouvoir l'analyser plus tard, et il avait réussi à le faire plusieurs fois, mais à la lumière crue et rationnelle du réveil, au matin, les notes prises n'avaient aucun sens. "Femme sans yeux agitant son chapeau dans ma direction", avait-il écrit une fois au sujet d'un rêve qui l'avait laissé complètement paniqué. Une autre fois : "Nu dans le désert entouré d'enfants avec des têtes comme des raquettes de tennis."

Les docteurs de l'hôpital militaire en Virginie lui avaient expliqué que les souvenirs des trente et quelques premières années de sa vie n'avaient pas véritablement disparu. Ils subsistaient dans des coins éloignés et mystérieux de son subconscient. Mais il y avait eu un court-circuit dans les câbles. Les connexions électroniques, le réseau de ganglions et de synapses qui permettaient aux pensées d'aller et venir entre les parties conscientes et inconscientes d'un esprit normal, avaient été grillés dans celui de Calhoun. Parfois se produisait une étincelle – un fragment de rêve, les paroles d'une chanson, une odeur particulière – et une impulsion déformée se frayait un chemin dans sa conscience, le mettant au défi d'y donner un sens, ce à quoi, jusqu'à présent, il n'avait pas trop bien réussi.

Donc, tout ce qui restait à Calhoun, c'étaient des rêves bizarres et rapidement oubliés, des flashs de déjà-vu et des apparitions. Et tout cela, c'était le don – et la malédiction – d'un cerveau frappé par la foudre, il l'acceptait comme sa propre version de la normalité.

Et puis un jour s'amenait l'Homme au Costume, laissant entendre que peut-être Calhoun avait des enfants, ou il avait un flash de déjà-vu particulièrement frappant, ou une religieuse en gris, morte depuis quatre-vingts ans, lui lançait des appels sur Quarantine Island, et même s'il ne pouvait pas comprendre ce que cela signifiait, ou si c'était un pur hasard dépourvu de sens, cela le rendait nerveux et déprimé – parfois seulement jusqu'à son réveil complet, parfois pour toute la journée.

Il espérait qu'aujourd'hui n'allait pas être une de ces journées-là.

Il se versa une tasse de café, descendit au bord de Bitch Creek et s'assit sur son rocher habituel. Ralph s'assit à côté de lui. Calhoun se mit à penser à Lyle, comme toujours quand il venait faire un tour près de Bitch Creek. Il se rappela qu'un jour Lyle était arrivé avec un petit chiot, un épagneul breton, et lui avait dit qu'un homme qui vit seul au milieu des bois a besoin de compagnie. Pour un type aussi jeune, il y avait beaucoup de sagesse en Lyle. Il lui manquait toujours autant.

Ils cherchèrent des truites en train de se nourrir, mais ce matin il n'y en avait pas. Il n'y avait pas de cadavres fantomatiques descendant le courant non plus, et cette chose mystérieuse qui taquinait la mémoire de Calhoun ces derniers temps ne se dévoila pas.

Ils rentrèrent à la maison. Après avoir rempli l'écuelle de Ralph, il se prépara une tartine de pain grillé avec du beurre de cacahuète. Ils mangèrent sur la terrasse, mais alors que le soleil se levait dans le bleu pur du ciel de septembre, le nuage de tristesse qui désespérait Calhoun ne se dissipait toujours pas.

Il passa la matinée à fendre du bois et à l'empiler et, peu à peu, l'exercice, répétitif, pénible, intense, lui vida la tête et apporta le calme dans son esprit.

Un peu avant onze heures, Calhoun et Ralph grimpèrent dans le camion et prirent la direction du magasin. Depuis Labor Day, c'était mort le dimanche, mais Kate tenait absolument à ouvrir tout de même quelques heures. Si on ferme la boutique quand les affaires sont au ralenti, disait-elle, les affaires iront encore plus mal. Elle avait sûrement raison. Et puis c'était elle le boss.

Donc, il ouvrit la boutique, mit la radio sur la station de musique classique, vérifia les messages dans la boîte vocale, fit du café, puis s'assit à son établi afin de monter d'autres mouches pour les types de Boston.

Kate avait installé l'établi au milieu du magasin, et elle encourageait Calhoun à monter des mouches à chaque fois qu'il n'était pas occupé à servir un client. Sa théorie était qu'un homme en train de monter des mouches constituait une attraction pour d'éventuels acheteurs qui entraient dans la boutique. En plus, cela leur donnait de quoi parler avec Calhoun qui, lui, n'avait aucun intérêt pour les conversations oiseuses avec des étrangers.

Un peu après deux heures, la clochette de la porte retentit. Calhoun leva les yeux. Une femme venait d'entrer.

Ralph se leva de l'endroit où il était couché, près de Calhoun, et alla vers elle en faisant frétiller son petit morceau de queue. Elle se mit à genoux sur le sol et baissa le visage pour que Ralph puisse le lécher. Il entendit la femme pousser des petits roucoulements et lui faire des mamours. Ralph ne se lassait jamais de ce genre d'attentions.

Tout d'abord, il ne la reconnut pas. Une longue tresse blond roux tombait à l'arrière d'une casquette des Boston Red Sox. Elle avait des tennis sales, un jean collant et un gilet de cuir sombre sur une chemise d'homme blanche qu'elle portait en tunique.

C'était le Dr Sam Surry, le médecin légiste. Elle ressemblait plus à une étudiante des Beaux-Arts qu'à un médecin.

Au bout d'un moment, elle se releva, lança un regard autour d'elle et repéra Calhoun. Elle sourit, lui fit signe et s'approcha, avec Ralph sur ses talons essayant de renifler ses bas de pantalons.

— Salut, dit-elle.

— Salut, vous. Et votre stéthoscope ?

Elle sourit.

— C'est Ralph, hein ?

Calhoun fit oui de la tête.

— Il est revenu. Je suis vraiment content. Je me faisais du souci pour lui. Vraiment.

Elle se pencha pour gratter le front de Ralph.

— C'est un gentil toutou. Il doit sentir Quincy sur mon pantalon.

Calhoun se souvint que Quincy était le nom de son épagneul.

— Ralph est chasseur de gibier à plume, dit-il. Il a un excellent odorat.

— Vous montez des mouches ? C'est génial. (Elle s'approcha et resta derrière lui.) C'est difficile d'imaginer un solide gaillard comme vous en train de fabriquer ces petites choses délicates avec des plumes, du fil et ces trucs duveteux.

— J'suis pas si solide que ça, dit Calhoun.

Elle posa la main sur son épaule, se penchant au-dessus de lui pour regarder ce qu'il faisait, et Calhoun eut l'impression que les doigts de la jeune femme le brûlaient, de la même façon qu'ils avaient laissé leur chaleur l'autre nuit, quand elle l'avait touché. Il sentait l'odeur de savon de ses cheveux.

— Vous donnez des leçons ? demanda-t-elle.

Sa bouche était toute proche de l'oreille de Calhoun.

— Kate et moi, on en a déjà parlé. Donner des cours de montage de mouches en hiver, quand c'est calme. Cela ferait venir du monde dans la boutique, ça nous ferait connaître, peut-être même que ça éveillerait des vocations de pêcheurs, qui deviendraient clients. C'est son idée, en tout cas. Je pense que ça vaut sûrement le coup d'essayer, bien que je ne sois pas sûr d'avoir la patience nécessaire. On essaiera peut-être cette année.

— Si vous le faites, dit-elle, je m'inscrirai. J'ai failli me spécialiser en chirurgie parce que j'aime faire du travail de précision avec les mains. Ça doit faire bien plaisir d'attraper du poisson avec des mouches qu'on a faites soi-même.

Calhoun hocha la tête.

— Ouaip. C'est sûr.

Il se demandait pourquoi le Dr Surry était venue à la boutique, mais il ne trouvait pas de manière polie de poser la question.

— Je parie que vous feriez un excellent professeur, dit-elle.

Elle avait toujours la main posée sur son épaule. Il se demanda si elle l'avait oubliée, ou si elle en était consciente autant que lui.

Il remua sur sa chaise, et finalement elle ôta sa main, au grand soulagement de Calhoun.

— On fait des soldes de liquidation de stock, dit-il au bout d'un moment. Cinquante pour cent sur tous les vêtements. Ou, si vous voulez, vous en avez deux pour le prix d'un. C'est comme vous préférez. On fait de la place pour les collections de l'année prochaine.

Cette façon un peu lourde de changer de sujet la fit sourire.

— Est-ce que les collections de l'année prochaine sont supérieures à celles de cette année ?

— Je suis la dernière personne à qui poser cette question. J'essayais juste de faire mon travail et de vous vendre une de ces satanées chemises.

— Est-ce que ce serait terrible si je n'achetais rien ?

— Vous n'êtes pas venue ici pour faire une affaire ?

— Non, dit-elle. Je suis venue vous voir. (Elle hésita un instant.) J'ai pensé que vous voudriez savoir qu'ils ont terminé les études balistiques, et que votre pistolet n'est pas l'arme qui a tué Vecchio.

— Je n'avais guère de doute à ce sujet, dit Calhoun.

— On devrait vous le rendre dans quelques jours.

Il hocha la tête.

— Très bien. C'est sympa d'être passée me le dire.

Elle haussa les épaules.

— J'étais dans le voisinage. J'ai pensé que vous aimeriez savoir que vous n'êtes plus suspect.

— Je me demandais vraiment si c'était moi qui avais fait le coup ou pas.

Cela la fit sourire.

— Du café ? dit-il.

Elle jeta un regard à sa montre, puis vers lui.

— OK, volontiers.

— Lait ? Sucre ?

— Noir, répondit-elle en secouant la tête.

Calhoun se leva, retourna à la cafetière et remplit deux grandes tasses, puis les rapporta à l'établi.

Le Dr Sam Surry avait à la main une des mouches de rivière qu'il avait montées l'autre jour. Elle la tenait en l'air, pour mieux l'observer à la lumière.

— C'est superbe, dit-elle. Une œuvre d'art.

— Celle-là, c'est une Gray Ghost.

— C'est bien trop joli pour être croqué par un vieux poisson.

Il lui tendit une tasse de café.

— Je vais en faire une pour vous, si vous voulez. Pour vous montrer comment c'est fait.

— J'aimerais beaucoup, dit-elle.

Elle tira une chaise près de lui et il se mit à monter une Gray Ghost pour elle. Il lui donna en détail le nom de chaque matériau utilisé, de chaque partie de la mouche, et il lui raconta que Mrs Carrie Stevens, qui avait inventé plusieurs Ghost – il connaissait la grise, la verte et la noire, mais il y en avait peut-être d'autres –, montait ses mouches sans étau, en tenant l'hameçon et en manipulant le fil et les matériaux avec ses doigts.

Il était en train de lisser les ailes et de surlier la tête quand tinta la clochette de la porte, et Kate fit son apparition. Elle jeta un coup d'œil autour d'elle et son regard s'arrêta sur Calhoun et le Dr Sam Surry assise près de lui. Elle haussa les sourcils, eut un bref sourire et s'approcha.

— Comment ça se passe, demanda-t-elle à Calhoun.

— Calme. (Il appliqua une goutte de colle sur la tête de la Gray Ghost.) Je te présente le Dr Surry, dit-il à Kate. C'est le médecin légiste dans l'affaire de M. Vecchio. (Puis, s'adressant à Sam Surry.) Voici Kate Balaban. C'est le boss. La propriétaire du magasin.

Kate adressa un rapide sourire au Dr Surry.

— Stoney et moi sommes associés, en fait, dit-elle.

— Il me montrait comment il monte une Gray Ghost, dit le Dr Surry.

— C'est un véritable artiste, dit Kate.

— Je pensais que tu prenais ta journée, dit Calhoun.

Kate hocha la tête.

— Je sais. Je viens chercher des choses dans le bureau. Je ne te dérangerai pas longtemps.

Elle disparut dans l'arrière-boutique qui lui servait de bureau et en ressortit au bout de quelques instants. Elle alla derrière le comptoir, fit quelque chose à la caisse enregistreuse, puis quitta le magasin en faisant un signe de la main.

— Kate est une femme spectaculaire, dit le Dr Surry.

— Sans aucun doute, dit Calhoun.

Le Dr Surry se leva.

— Bien, je crois que je dois y aller, dit-elle.

— N'oubliez pas votre mouche, dit Calhoun. (Il mit dans une enveloppe transparente la Gray Ghost qu'il avait montée pour elle.) Allez attraper quelque chose avec.

— Je crois que je vais la faire encadrer, dit-elle.

Elle se dirigea vers la porte.

Calhoun se leva et la suivit.

— Vous êtes sûre que ça ne vous intéresse pas, une jolie chemise Patagonia à moitié prix ?

— J'ai déjà une chemise, dit-elle en souriant. Merci pour la mouche. Si j'apprends du nouveau sur l'affaire, je vous le ferai savoir.

Elle lui fit un petit signe et sortit.

Calhoun la regarda s'éloigner et retourna s'asseoir à son établi. Il avait le sentiment d'avoir raté quelque chose entre Sam Surry et Kate Balaban, mais il décida de ne pas s'y attarder. Ça ne servait à rien d'essayer de comprendre les femmes.

Calhoun rangeait tous ses matériaux et s'apprêtait à fermer la boutique quand le shérif entra.

— T'es là pour acheter quelque chose, demanda Calhoun, ou pour le boulot ?

— Pour le boulot, j'en ai peur. Deux meurtres, Stoney. J'peux pas prendre ma journée, même si on est dimanche. Jane n'apprécie pas, mais qu'est-ce que tu veux que je fasse ?

— Emmène-la dîner.

Il opina.

— J'y ai pensé. On va essayer ce nouveau resto mexicain. J'te demanderais bien de venir avec nous, mais…

Calhoun sourit.

— Si tu le faisais, je serais pas assez bête pour accepter. Alors, quoi de neuf ?

— Je voulais juste te tenir au courant. Ils n'ont pas encore pu vérifier les dossiers dentaires, comme c'est le week-end et tout, mais la taille, l'âge et tout ce qui concerne ce cadavre carbonisé correspondent à ce qu'ils savent d'Errol Watson. Ce n'est pas une identification catégorique, mais tout concorde et je suis prêt à continuer dans cette direction. Il a fait quatre ans et demi de prison sur les sept qu'on lui avait collés pour attouchements sur une petite fille de douze ans, pour s'être exhibé devant elle et lui avoir montré des photos pornographiques. Libéré il y a un an et demi. J'ai les noms des parents de la victime, de l'adjoint du District Attorney qui a engagé les poursuites, et de l'avocat commis d'office qui l'a défendu. Je pense que nous devrions essayer de parler à tous ces gens.

— Nous ? dit Calhoun.

Le shérif fit oui de la tête.

— J'espère bien que tu viendras avec moi, Stoney. J'apprécierais d'avoir tes réflexions.

— Tu parles de demain ?

Le shérif acquiesça.

— Le plus tôt est le mieux. La boutique est fermée le lundi, si je me souviens bien.

Calhoun eut un mouvement d'épaules.

— Je n'ai rien de mieux à faire.

— Je veux aussi parler aux parents de Mattie Perkins, dit le shérif.

— Suspects, dit Calhoun.

— Bien sûr. Autre chose : Gilsum dit que ses flics ne sont jamais allés chez Vecchio. J'ai eu le sentiment qu'il n'y avait même pas pensé, bien qu'il ait dit qu'ils n'en avaient pas encore eu le temps.

— Tu lui as dit que j'y suis allé ?

— Fallait bien, dit le shérif. Fallait que je lui dise que tu travailles avec moi.

— Qu'est-ce qu'il a dit à ce sujet ?

— Rien. Je pense qu'il aurait bien aimé que tu fasses un bon suspect. Mais c'est pas le cas, et il le sait. Gilsum, c'est un pragmatique. Tout ce qu'il veut c'est que cette affaire soit résolue. Il se fiche pas mal comment.

— Donc, dit Calhoun, celui qui a tué Vecchio a pris ses clés et est allé chez lui à Sheepscot pour rafler son ordinateur portable et tout le reste.

— On ne sait pas, dit le shérif, mais c'est une hypothèse raisonnable.

— Une hypothèse raisonnable, répéta Calhoun. Tu parles comme un de ces foutus avocats.

Le shérif sourit et jeta un coup d'œil à sa montre.

— Jane m'attend. Je passe te prendre vers neuf heures demain matin ?

— Viens un peu plus tôt, dit Calhoun, on prendra un café.

De gros nuages noirs s'étaient accumulés bas dans le ciel, le lundi matin, quand Calhoun et Ralph descendirent au bord de Bitch Creek avec leur café. L'air était immobile et lourd. Il sentait l'humidité et l'humus, et de fines gouttelettes tombaient des arbres. Calhoun se demanda si une tempête d'équinoxe venant du nord-est allait éclater et arracher les feuilles des arbres, chasser la chaleur estivale, laissant derrière elle l'air frais et vif de l'automne. C'était la saison des tempêtes d'équinoxe – celles qui descendaient du nord-est et marquaient le passage de l'été à l'automne en Nouvelle-Angleterre.

Il devait y avoir les prévisions météo à la radio, mais à quoi bon ? On ne pouvait rien changer.

Il avait plu dans la nuit et les rochers au bord du ruisseau étaient humides. Calhoun et Ralph s'assirent tout de même dessus. La surface de l'eau était jonchée de feuilles de peuplier jaunes. Elles tourbillonnaient dans les remous comme de petits voiliers, s'amassant le long des berges, mais juste à la jonction des courants, là où le ruisseau se rétrécissait à cause des vestiges de l'ancien pont et où l'eau rapide venait se frotter contre l'eau plus lente, Calhoun repéra la ride d'une truite venant à la surface. Probablement pour gober quelques fourmis ou coléoptères emportés sur l'eau par le vent en même temps que les feuilles.

Il espérait que Lyle aimait l'idée d'avoir ses cendres mélangées à l'eau cristalline de Bitch Creek, avec les truites et les éphémères.

Au bout d'un moment, il entendit l'Explorer du shérif dans le chemin. Puis la portière claqua. Le shérif apparut en haut de la pente.

Calhoun fit mine de regarder son poignet là où il y aurait eu une montre s'il en avait porté une.

— OK, bordel, dit le shérif. Bon, j'ai vingt minutes de retard sur ce que j'avais dit. Si tu avais ce téléphone portable sur toi, comme je te l'ai demandé, tu saurais pourquoi. Maintenant je vais aller me verser du café, et puis je vais essuyer une chaise et m'asseoir sur ta terrasse, et plus tôt tu m'auras rejoint, plus tôt je t'aurai mis au courant et nous pourrons y aller.

Calhoun sourit. Le shérif avait l'air furieux. Il ne parlait pas autant, d'habitude.

— Allons-y, dit-il à Ralph.

Ralph grimpa la colline à toute vitesse et Calhoun le suivit. Quand il arriva sur la terrasse, le shérif y était assis, buvant son café, ses lunettes de lecture posées sur le bas de son nez, et il regardait un carnet qu'il avait mis sur le bras du fauteuil, tandis que Ralph était allongé près de lui.

Le shérif regarda par-dessus ses lunettes. Puis il sortit de sa poche de pantalon un fin cordon électrique avec une grosse prise carrée au bout. Il le posa sur la table.

— C'est pour recharger ton téléphone, dit-il. Faut qu'on puisse rester en contact, Stoney. Tu ne l'as pas perdu, au moins ?

— Je l'ai quelque part, dit Calhoun.

— J'ai essayé de t'appeler, il y a environ une heure. Pour te dire que j'allais être un peu en retard et te mettre au courant.

— Mets-moi au courant maintenant, dit Calhoun.

Le shérif baissa les yeux sur son carnet un instant.

— OK. Pour commencer, la raison de mon retard. J'ai eu le bureau du légiste d'Augusta. Ils ont établi que le dossier dentaire d'Errol Watson fait en prison correspond aux radios du cadavre trouvé sur Quarantine Island. Donc, nous avons là une identification indiscutable, ce qui constitue déjà une belle avancée. J'ai réussi à retrouver la trace de l'adjoint du District Attorney qui a engagé les poursuites contre Watson, un type du nom de Acworth, mais j'ai pas pu lui parler, dans la mesure où il réside actuellement dans un cimetière.

— Il est mort ? demanda Calhoun.

Le shérif acquiesça.

— Noyé, il y a trois ans. Accident de jet-ski.

— J'imagine que c'est pas lui qui a tué Errol Watson, alors, dit Calhoun.

— Non, dit le shérif, et c'est pas lui non plus qui va nous aider à trouver qui l'a fait. (Il regarda son carnet un instant.) J'ai rendez-vous avec l'inspecteur Gilsum cet après-midi.

Calhoun sentit un début d'affolement l'envahir.

— Un rendez-vous ? demanda-t-il.

— T'es pas invité, dit le shérif en riant. C'est juste moi et Gilsum, et peut-être Enfield. Gilsum tient à ce qu'il y ait de l'organisation et de la coordination dans cette affaire, et je suis tout à fait d'accord. Il a envoyé des inspecteurs de Portland interroger les voisins et les collègues de Watson, et tous ceux qu'ils peuvent trouver qui l'ont connu. Il a aussi demandé à quelques flics de la police de l'État, là-bas à Augusta, d'aller questionner les gens sur Vecchio. À ce stade, Gilsum traite les deux affaires, Watson et Vecchio, comme si elles étaient distinctes.

— C'est absurde, dit Calhoun. Il est évident…

— Ça fait rien, dit le shérif. L'essentiel, c'est que Gilsum ait un personnel compétent pour faire ce qui doit être fait, retrouver des gens, les interroger, et ça c'est bon pour nous, Stoney, parce que c'est nécessaire, mais c'est un travail de terrain terriblement ennuyeux et souvent improductif.

— Ça veut dire qu'ils vont suivre la piste Mattie Perkins ?

Le shérif secoua la tête.

— J'ai dit à Gilsum que nous avions déjà établi le contact avec cette famille, et que nous allions essayer de voir la mère de Mattie cet après-midi pour l'entendre nous-mêmes.

Calhoun hocha la tête.

— OK. C'est bien.

— J'ai aussi pris rendez-vous pour poser quelques questions à l'avocat commis d'office qui s'est occupé de Watson, dit le shérif. Un type qui s'appelle… (Il regarda son carnet en plissant les yeux.) Maxner. Otis Maxner. Il a son bureau à Westbrook. Il s'est spécialisé dans le droit immobilier, maintenant. Je lui ai parlé une minute au téléphone en venant ici. Il dit qu'il se souvient de l'affaire Watson. On est censés y être pour onze heures. Et après ça – vers midi et demi –, on va passer voir le juge Roper qui a présidé les débats. Il est à la retraite maintenant, il a dit qu'il serait à la marina et qu'on aurait intérêt à pas être en retard, parce qu'il part à la pêche. L'Honorable Juge Roper. Il a exercé pendant près de trente ans. Tu l'as déjà rencontré ? (Calhoun secoua la tête.) Sévère, mais juste, c'est sa réputation. Pas commode, le vieux salopard. Bon, qu'est-ce que tu penses de tout ça ?

Calhoun haussa les épaules.

— Ben, j'en pense que ça fait beaucoup de parlotte. T'as dit "pour commencer". Y a quoi d'autre au programme ?

— Je veux parler aux parents de la victime de Watson. Ils s'appellent Dunbar. Ils habitent à Biddeford.

— Tu as pris rendez-vous ?

— On va débarquer sans prévenir, dit le shérif, et on verra ce que ça donne. Ils travaillent tous les deux. Leur fille, la victime de Watson, n'est pas là, elle est à l'université. Ils ont aussi un fils adolescent, qui va au lycée. On va se présenter chez eux ce soir, à l'heure du dîner, et on va leur fourrer notre insigne sous le nez.

— Les déstabiliser, dit Calhoun. (Le shérif sourit.) Les prendre au dépourvu.

— Pour sûr.

— Sans leur laisser le temps de préparer leur histoire, poursuivit Calhoun. Tu vas traiter ces pauvres gens comme des suspects ?

— Tout le monde est un suspect possible, dit le shérif. Mais je pense que les parents d'une enfant agressée sexuellement auraient le meilleur mobile au monde pour couper la bite d'un type, tu crois pas ?

— Et je leur en ferais pas le reproche, dit Calhoun. Et l'enfant elle-même ?

— J'pense qu'elle aurait un bon mobile, dit le shérif, mais c'est quand même difficile de l'imaginer en train de faire ça.

— Elle est étudiante où ça ?

— En Californie, dit le shérif.

— Donc, on oublie cette idée.

Le shérif se mit debout.

— Alors, Stoney, qu'est-ce que t'en dis ?

— J'suis pas sûr de la raison pour laquelle tu veux que je te colle au train.

— T'as un bon détecteur pour tout ce qui n'est pas net, Stoney. Prêt pour le rock and roll ?

Calhoun se leva.

— C'est toi le shérif. Je ne suis que l'adjoint. Tu veux que je conduise ?

— Suis-moi, plutôt. On laissera mon véhicule à la boutique de Kate. Comme ça, on n'aura pas besoin de refaire tout le chemin jusqu'ici avant mon rendez-vous avec Gilsum.

— Ça me semble bien pensé, dit Calhoun. (Il se tourna vers Ralph qui sommeillait sur la terrasse à côté d'eux.) Et pourquoi tu ne vas pas dans le camion ?

Ralph leva la tête, regarda Calhoun et bâilla. Puis il se mit debout et descendit les marches en trottinant. Il s'arrêta pour lever la patte sur un buisson avant d'aller s'asseoir près du pick-up.

— T'es sûr que tu veux emmener Ralph ? demanda le shérif. Il va être enfermé dans le camion toute la journée.

— Ça lui est égal. Ralph aime rouler en voiture.

— J'suis pas sûr, Stoney, dit le shérif. Il serait sûrement plus heureux à rester à la maison, à courir partout et nager dans la rivière.

— Peut-être que lui serait plus heureux, dit Calhoun, mais pas moi. La dernière fois que je l'ai laissé à la maison, j'ai bien cru que je l'avais perdu.

10

Le cabinet de l'avocat Otis Maxner occupait le rez-de-chaussée d'une grande maison victorienne de couleur jaune dans Main Street, une rue qui longeait la Presumscot River au centre de Westbrook. Quand Calhoun et le shérif entrèrent, la secrétaire, une femme d'âge mûr au visage rond et au sourire très au point, leur demanda leur nom, puis, montrant les canapés et les chaises, leur suggéra de s'asseoir, le temps qu'elle fasse savoir à M. Maxner qu'ils étaient là.

— Nous avons rendez-vous à onze heures, dit le shérif. (Ostensiblement, il regarda sa montre.) Il est précisément onze heures.

— Je vais prévenir M. Maxner que vous êtes ici, monsieur, dit-elle. S'il vous plaît, installez-vous confortablement. Un café, pendant que vous attendez ?

— Nous ne voulons pas nous installer confortablement, dit le shérif. Nous ne voulons pas de café, et nous ne voulons pas attendre. Nous voulons parler à l'avocat. Nous avons rendez-vous avec lui à onze heures, et il est onze heures, et nous n'avons pas l'intention de rester là à attendre.

La secrétaire hochait la tête en souriant.

— Bien entendu, monsieur. Si vous voulez bien…

— Nous ne sommes pas des clients, poursuivit le shérif. Je suis shérif, et voici mon adjoint. Nous ne venons pas pour un conseil juridique. Le temps passé avec l'avocat ne sera pas facturé. Nous sommes ici parce que M. Maxner, qui est avocat, et donc auxiliaire de la justice, pourrait nous aider dans notre enquête, et, en ce qui me concerne, onze heures, ça signifie onze heures. (Il tourna le poignet et regarda sa montre.) Et il est maintenant onze heures une.

À aucun moment pendant l'assaut du shérif, le sourire de la secrétaire n'avait vacillé.

— Pas de café, donc, dit-elle quand il s'arrêta pour reprendre sa respiration. Je vais dire à M. Maxner que vous êtes là.

Elle prit son téléphone, parla à voix basse dedans, raccrocha et braqua à nouveau son sourire en direction de Calhoun et du shérif, et juste à ce moment-là, la porte derrière son bureau s'ouvrit.

Otis Maxner était un grand type mince, aux cheveux blond roux coupés court ; il avait la peau pâle et portait des lunettes rondes. Il était vêtu d'un pantalon de toile, d'un blazer bleu marine et d'une chemise bleue à rayures, sans cravate. Calhoun se dit qu'il ressemblait à un jeune étudiant, mais il devait avoir au moins la trentaine, s'il avait défendu Errol Watson six ans auparavant.

Il s'avança vers eux la main tendue.

— Otis Maxner, dit-il. J'espère que je ne vous ai pas fait attendre.

Le shérif et Calhoun lui serrèrent la main.

— Nous venons juste d'arriver, dit le shérif.

— Allons, dit Maxner, entrez dans mon bureau. Est-ce que Rita vous a proposé du café ?

— Tout à fait, dit le shérif. Nous avons refusé.

— De l'eau ? Un jus de fruits ?

— Merci, sans façon.

Ils suivirent Maxner dans un bureau spacieux qui avait dû être, selon Calhoun, un salon dans cette vieille maison victorienne. Il y avait une cheminée en briques dans un coin. La pièce avait un haut plafond et de grandes fenêtres. Le bureau de Maxner tournait le dos au mur, en face de l'entrée. Quatre chaises rembourrées étaient disposées autour d'une table basse ronde avec un plateau en verre, sous les fenêtres. De l'autre côté de la pièce, une longue table de conférence était bordée de chaises en bois avec un dossier droit.

Maxner désigna les chaises rembourrées. Calhoun et le shérif s'assirent.

— Vous êtes sûr que je ne peux rien vous offrir ? demanda Maxner.

— On a tout ce qui faut, dit le shérif. (Il sortit son carnet de sa poche de veste.) Asseyez-vous, s'il vous plaît.

Maxner s'assit, croisa sa cheville sur son genou et pinça le pli de son pantalon.

— Vous m'avez dit que vous vouliez parler de l'affaire Errol Watson.

— Tout ce que vous pouvez vous rappeler, dit le shérif en hochant la tête.

— Puis-je vous demander pourquoi ?

— Non.

Maxner sourit d'un air hésitant, comme s'il pensait que le shérif plaisantait. Puis il poursuivit :

— Qu'est-ce que Watson a encore fait ? (Le shérif ne répondit pas. Maxner sourit.) Je me suis juste dit : il a probablement été libéré maintenant, et donc il s'est encore mis dans les ennuis.

— Pourquoi pensez-vous cela ?

Maxner haussa les épaules.

— Le genre de crimes qu'il commet. Il ne peut pas s'en empêcher. Il est comme ça.

— Parlez-moi de l'affaire, monsieur Maxner, vous voulez bien ?

— Bien sûr. OK. (Maxner s'éclaircit la gorge.) À l'époque, j'étais commis d'office, tout frais sorti de la fac de droit, à la recherche d'un peu d'expérience et d'action, espérant me faire quelques relations. Je ne savais pas vraiment ce que je voulais faire, ni même si je voulais faire carrière dans le droit. Vous voyez, j'étais jeune, idéaliste, et défendre les indigents, faire en sorte que leurs droits soient respectés, ça me semblait être une bonne idée. (Maxner secoua la tête.) C'était avant que je commence à rencontrer mes clients. Des hommes qui battaient leur femme, des agresseurs sexuels d'enfants, des types qui braquaient des épiceries ouvertes la nuit, des conducteurs ivres, des dealers.

Calhoun remarqua que le shérif hochait la tête de temps en temps et souriait, encourageant Maxner à parler sans lui donner d'instructions ni réagir.

— Ce que j'essaie de dire, continua Maxner, c'est que l'idéalisme d'un avocat commis d'office est constamment mis à l'épreuve. C'est toujours plus sûr de présumer vos clients coupables ; de toute façon, ils vous mentent toujours. Généralement, ils sont coupables de choses vraiment horribles. Alors vous devez vous répéter que votre boulot, ce n'est pas de gagner le procès, c'est de vous assurer que l'accusation ne triche pas.

— Errol Watson, dit le shérif.

Maxner hocha la tête.

— Oui. Bien. Watson était l'un d'entre eux. Peut-être pas le plus méchant, pas le plus horrible des clients que j'ai eus, mais il en faisait partie, même si on n'aurait jamais dit, à le voir. Une allure très ordinaire. On ne le remarquait même pas. Il était employé dans une quincaillerie. Il portait une chemise avec son prénom cousu au-dessus de la poche. Errol. (Maxner sourit.) Il était accusé d'avoir montré des photos pornographiques à une enfant mineure, d'attentat à la pudeur, de l'avoir obligée à le caresser, et, euh… d'attouchements. Elle n'avait pas tout à fait douze ans, juste une enfant, elle était en cinquième, et ce que je redoutais, c'est que l'accusation la fasse témoigner, ce qui m'aurait obligé à lui faire subir un contre-interrogatoire.

— Ils ne l'ont pas fait ?

Maxner secoua la tête.

— Les parents n'ont pas voulu. Bon pour nous, mauvais pour eux. Sans son témoignage, c'étaient surtout des ouï-dire. Toutefois, je n'ai pas pu empêcher que ces photos cochonnes soient jointes au dossier comme pièces à conviction, et elles étaient plutôt accablantes. Watson aurait pu en prendre pour dix-huit ans – probablement qu'il aurait dû – et il n'a pris que sept ans. C'était il y a plus de six ans. Il est probablement sorti de prison maintenant. Sept, généralement, ça veut dire quatre effectives. J'ai fait du bon boulot pour lui. Sept ans, c'était beaucoup mieux que ce qu'il était en droit d'espérer. C'est pas qu'il ait été exactement reconnaissant, bien sûr. Lui, il pensait que j'aurais dû le faire acquitter. Il affirmait qu'il était innocent. Que ce n'était qu'un énorme malentendu.

Maxner regarda le shérif comme s'il s'attendait à un commentaire ou une question, ou peut-être des éloges.

Le shérif lui rendit simplement son regard, et au bout d'un instant, Maxner eut une sorte de rire et regarda par la fenêtre.

— Je ne suis pas sûr de pouvoir vous aider, shérif, dit-il. Vous ne m'avez pas dit pourquoi nous parlons d'Errol Watson. Je veux dire, ce n'est pas comme si je connaissais cet homme. Je l'ai simplement représenté cette fois-là, et j'ai eu des tas d'autres clients aussi.

— Vous semblez vous en souvenir plutôt bien, dit le shérif.

— Errol Watson, on l'oublie pas facilement.

— Y avait une chance qu'il soit innocent ? (Maxner roula les yeux.) Mais, dites-moi, un commis d'office n'essaie pas de négocier dans ce genre d'affaire, pour éviter le procès ?

— Si, bien sûr, dit Maxner. J'ai bien essayé. L'adjoint du District Attorney n'a rien voulu entendre. C'était avant le procès, il pensait encore qu'il allait avoir la victime à la barre et qu'il allait crucifier Watson. Quand les parents sont revenus sur leur décision, le procès était pratiquement terminé et le juge Roper a voulu qu'on poursuive jusqu'au bout.

Le shérif hocha la tête.

— Parlez-moi du procès.

— Voyant que nous ne pouvions pas parvenir à un arrangement, nous avons renoncé à notre droit à un procès avec jury. J'ai pensé que nous avions plus de chances en misant sur l'impartialité d'un juge, et il s'avère que j'ai eu raison. Inutile de le dire, je n'ai pas fait témoigner Watson. Un jury aurait interprété cela comme une preuve de culpabilité, et non comme l'exercice d'un droit de l'accusé, mais un juge ne fait pas cette erreur. En plus, bien sûr, les deux parents de la victime sont venus témoigner pour l'accusation, et l'émotion était à son comble. Ils auraient fait pleurer tout le jury. (Maxner émit un rire bref.) Même moi, ils m'ont pratiquement fait pleurer.

— L'essentiel de leur témoignage, c'était quoi ? demanda le shérif.

— La mère a parlé des cauchemars de leur petite fille, expliquant qu'elle refusait d'aller où que ce soit seule, qu'elle pleurait dès qu'elle voyait un inconnu. Le facteur, un livreur, ou juste quelqu'un dans la rue, elle se précipitait immédiatement dans sa chambre. Tous les hommes la rendaient malade. Elle ne pouvait même plus embrasser son père. Ils dépensaient des milliers de dollars en psychothérapie, sans en voir le bout, et ils avaient dû l'envoyer dans une école spéciale pour, euh… enfants perturbés. La mère faisait un bon témoin. Calme, s'exprimant bien, factuelle. Je lui ai fait subir un contre-interrogatoire, ça ne m'a mené nulle part, et je me suis dit que je faisais plus de mal que de bien à mon client, alors j'ai abrégé. Le père, c'était une autre histoire. Très émotif. À un moment, il s'est levé de sa chaise, le visage inondé de larmes, et il a pointé son doigt vers Watson et il a dit quelque chose du genre : s'il y avait une justice en ce bas monde, on le castrerait.

— Castrerait, répéta le shérif.

— Il n'a pas dit castrerait exactement. Vous voyez ce que je veux dire.

— Il a dit quoi, exactement ?

— Il a dit qu'on devrait lui couper son, euh, son pénis, et…

— Il a utilisé le mot pénis ? demanda le shérif.

— En fait, je crois que oui. Le juge a menacé de le faire expulser de la salle d'audience s'il n'arrivait pas à se maîtriser, ce que ce pauvre homme a réussi à faire rapidement, puis il s'est excusé. Je n'ai même pas procédé au contre-interrogatoire.

— Qui d'autre a témoigné ? demanda le shérif.

— Le psy de la petite, dit Maxner. Et aussi un médecin. Et puis quelqu'un qui avait vu Watson avec la petite fille l'après-midi du, euh… de l'agression présumée.

— Qui avez-vous fait venir à la barre ?

Maxner secoua la tête.

— Personne.

— Personne ? Pas de témoin de la défense ?

— Watson n'avait pas d'alibi, dit-il, et il n'avait aucun témoin de moralité à me suggérer. J'ai demandé un non-lieu pour insuffisance de preuves. Le juge, évidemment, a rejeté ma requête.

Le shérif lança un regard à Calhoun qui haussa les épaules. Il trouvait cela intéressant, observer comment travaillait le shérif.

— Qu'est-ce que vous pouvez nous dire d'autre sur cet homme ? demanda le shérif.

Maxner eut un geste d'impuissance.

— Je l'ai simplement défendu cette fois-là. Il est allé en prison. Fin de l'histoire.

— Bon, OK. Merci, monsieur Maxner. Merci pour votre coopération.

Le shérif se donna une tape sur les cuisses et se leva.

Calhoun se leva aussi, puis Maxner fit de même.

— Je suis très curieux, shérif, dit Maxner. Errol Watson, après tant de temps. Il est sorti et il a recommencé, c'est ça ?

— Effectivement, vous êtes curieux, dit le shérif. (Il lui tendit la main.) Merci beaucoup de nous avoir consacré un peu de temps.

Otis Maxner regarda le shérif et fronça les sourcils devant la main tendue, puis il la serra. Il serra ensuite la main de Calhoun et leur ouvrit la porte vers la salle d'attente où la toujours très souriante Rita les invita fermement à passer une bonne journée.

De retour au camion de Calhoun, ils laissèrent Ralph trottiner un peu et lever la patte sur quelques buissons. Calhoun vida une bouteille d'eau minérale Poland Spring dans le bol en plastique qu'il avait à l'arrière. Ralph lapa tout et partit à la recherche d'autres buissons à arroser.

Le shérif, appuyé sur le côté du camion, se tapait sur le côté de la jambe avec son chapeau.

— Castration, fit-il. Tu as entendu ce qu'il a dit, Stoney ?

— J'ai entendu.

— Tu penses ce que je pense ?

— Eh bien, dit Calhoun, ce qui vient évidemment à l'esprit, c'est que le père, M. – comment tu as dit qu'ils s'appelaient, les parents ?

— Dunbar, dit le shérif.

— M. Dunbar, dit Calhoun, a fait ce qu'il estimait devoir être fait à Errol Watson.

— Il l'a castré, dit le shérif. C'est ça qui vient immédiatement à l'esprit.

— Bien sûr, dit Calhoun, n'importe qui aurait pu effectuer cette opération. Dunbar a eu une bonne idée, et quiconque l'a entendu dire ça a sûrement été d'accord avec lui. En fait, tu n'aurais même pas eu besoin d'entendre le témoignage de ce malheureux pour trouver ça tout seul. C'est une question de logique.

— Quelqu'un ne s'est pas contenté d'avoir l'idée, dit le shérif. Il l'a fait. Et on pense à Dunbar en priorité, puisque non seulement il a exprimé l'idée au tribunal, mais il a aussi le genre de mobile qui peut vraiment devenir plus pressant avec le temps. Généralement, dans notre métier, ce qui est évident s'avère aussi être vrai.

— Je ne dis pas que Dunbar ne l'a pas fait, dit Calhoun. J'ai simplement dit que c'était assez évident.

— On va le voir ce soir, dit le shérif. (Il regarda sa montre.) Allons voir ce dont le juge se souvient sur cette affaire.

Calhoun suivit les instructions du shérif jusqu'au Yacht Club de Falmouth. Il se gara entre un 4 × 4 Lexus neuf et une Porsche à la capote baissée, puis, en compagnie de Ralph, il suivit le shérif à travers un terrain recouvert de coquillages concassés avant d'arriver à un ponton flottant.

Le shérif prit l'un des embranchements du ponton principal et s'arrêta devant un bateau de pêche à console centrale, le *Hard Time*. Un homme de petite taille, portant un T-shirt taché de cambouis et un jean large, était à genoux dans le bateau, en train de tripoter tout un tas de cannes à lancer.

— Monsieur le juge Roper, dit le shérif.

L'homme leva les yeux. Il avait environ cinq jours de barbe grise sur les joues et un bout de cigare éteint coincé entre les dents. Il fit oui de la tête.

— Shérif Dickman, dit-il, venez à bord.

Le shérif monta dans le bateau. Calhoun resta sur le ponton. Ralph se pelotonna près de lui sur les planches de bois chauffées au soleil.

Le juge fit un signe de tête à Calhoun.

— Gus Roper, dit-il en lui tendant une grande main osseuse.

Calhoun allongea le bras pour la serrer. La poigne du juge était vigoureuse.

— Stoney Calhoun, dit-il. (Il désigna Ralph du menton.) Et lui, c'est Ralph.

— Z'êtes l'adjoint de cet homme-là ?

— En quelque sorte.

Roper jeta un coup d'œil à sa montre, puis se tourna vers le shérif.

— Vous avez quinze minutes. Ensuite j'ai rendez-vous avec des tassergals. Vous m'avez parlé de l'affaire Errol Watson. Je me suis rafraîchi la mémoire après votre appel.

Le shérif opina.

— On a trouvé son corps. Gorge tranchée d'une oreille à l'autre, pénis sectionné et enfoncé dans la bouche. Le corps carbonisé, sur Quarantine Island.

Le juge hocha la tête.

— J'en ai entendu parler. Malheureusement, l'État du Maine désapprouve les juges qui infligent de tels châtiments, mais pas de doute, c'est efficace. Moi, tout ce que je peux faire, c'est les mettre en prison. Vous voulez savoir qui l'a tué, je suppose.

Le shérif fit oui de la tête.

— Vous avez tout un tas de suspects, dit le juge. À commencer par tous ceux dont il a agressé la fille ou la petite amie.

— On ne m'a parlé que de cette affaire-là.

— Il n'y a eu que cette affaire-là. Mais vous n'êtes pas assez naïf pour croire que c'était sa seule et unique agression, tout de même ?

— Je pense que non, dit le shérif. Mais nous ne connaissons que celle-là.

Roper hocha la tête.

— Bon, moi aussi. Je ne fais que suggérer.

— Bien. Qui pourrait en connaître d'autres ?

— Les victimes et leur famille, quels qu'ils soient. Watson lui-même.

— Je ne vois pas très bien à quoi ça peut me servir, ça, monsieur le juge.

— Moi non plus. C'est vous le shérif. Pour ce qui concerne cette affaire en particulier, vous comprendrez que je ne peux pas en dire plus que ce qui est dans le dossier. Les agressions sexuelles d'enfants étant ce qu'elles sont, c'était une affaire tout à fait banale, dit le juge en haussant les épaules.

— J'ai cru comprendre que le père de la victime s'était plutôt laissé emporter.

— J'ai dû le mettre en garde, dit le juge. C'était terriblement émouvant, mais tout à fait déplacé. Tout ça, c'est dans le dossier. Si vous cherchez un coupable idéal, vous ne pouvez pas vous tromper avec lui.

— Le père, dit le shérif.

Le juge Roper acquiesça.

Le shérif regarda Calhoun.

— Tu penses à autre chose, Stoney ?

— Et le D.A. ? demanda Calhoun.

— Je ne pense pas que ce soit lui, dit le juge, dans la mesure où il est mort depuis quelques années maintenant.

— Je comprends bien. Je voulais seulement dire, comment il a fait son travail ? Quelque chose donnerait à entendre qu'il a bâclé l'affaire ?

— Je ne vois pas pourquoi on penserait ça, dit Roper, mais je ne peux faire aucun commentaire là-dessus. Lisez le dossier et faites-vous votre opinion. Acworth était un D.A. inflexible, je peux vous le dire. Il y a des gens qui pensent que cet accident de jet-ski n'était pas un accident. Il s'est fait des tas d'ennemis. (Le juge ramassa ses cannes et les rangea sous les plats-bords.) Moi, j'ai fait ce que j'ai pu. J'ai jugé Watson coupable et je l'ai mis en prison. J'ai fait en sorte qu'à sa sortie il ait une cible dessinée dans le dos.

— Vous voulez parler du fichier des délinquants sexuels, dit le shérif.

— Ouaip. Et ça fait de toute personne ayant un ordinateur un suspect, vous ne pensez pas ? (Il regarda sa montre.) OK, le temps qui vous était imparti est écoulé, shérif. Autre chose ?

— Je pense pas. Si jamais quelque chose vous revient…

— Bien sûr. Je vous appellerai. Maintenant, virez votre cul de mon bateau que je puisse aller à la pêche. Ça fait pas mal de temps que j'attends la retraite, alors je vais pas la gâcher à ressasser de vieilles affaires, ou à m'étendre sur l'assassinat de types qui méritent de se faire assassiner.

Le shérif serra la main du juge Roper et sauta sur le ponton.

Le juge regarda Calhoun et porta son index au-dessus de son œil.

— Monsieur l'adjoint, dit-il.

— Ravi de vous avoir rencontré, monsieur le juge, dit Calhoun, qui se retourna et suivit le shérif jusqu'à son camion.

Une Golf Volkswagen marron toute cabossée, qui n'était pas là le samedi précédent, était garée devant la petite maison verte où habitait Mattie Perkins. Calhoun vint se ranger derrière la Golf.

Ils descendirent et allèrent à la porte d'entrée. Le shérif sonna et un instant plus tard la porte intérieure s'ouvrit et une femme apparut derrière la moustiquaire. Elle tenait une cigarette sur le côté de sa jambe, comme si elle essayait de la cacher. La fumée tourbillonnait à travers le grillage.

— Mme Perkins ? demanda le shérif.

— Oui, dit-elle, c'est moi, Allison Perkins. Et vous, à en juger d'après votre uniforme, vous êtes le shérif. Et vous, ajouta-t-elle en pointant en direction de Calhoun avec sa cigarette, vous devez être son adjoint. Vous avez déjà questionné ma fille, les gars. Et je dois vous dire que c'est beaucoup de ramdam pour un chien qui renverse les poubelles et hurle la nuit.

— On peut vous parler, m'dame ? demanda le shérif.

— Bien sûr.

D'une poussée elle ouvrit la porte grillagée et sortit. Elle portait un short, des sandales et un tricot sans manches. Elle avait des jambes et des bras musclés. Calhoun trouva qu'elle avait des yeux intelligents, et son sourire cynique lui plut.

— J'vous ferais bien entrer, ajouta-t-elle, mais c'est en plein désordre. Je fais les chambres au Ramada, et j'arrive pas à faire le ménage chez moi. Comme si nettoyer les chambres c'était une vraie profession. C'est d'Errol Watson que vous voulez parler, c'est ça ?

Le shérif fit oui de la tête.

— C'est ça.

— Pas de son chien, hein ?

Le shérif haussa les épaules.

— J'ai un préjugé, dit Allison Perkins. Il se trouve que je sais ce qu'il est, et j'ai une fille qu'est encore adolescente, et ça ne me plaît pas du tout d'avoir un type comme ça dans le quartier.

— Comment avez-vous découvert ça au sujet de M. Watson ? dit le shérif.

— C'est un voisin qui me l'a dit, et j'ai vérifié sur le site internet. C'est pas facile de savoir comment dire à votre fille que le type d'en face a été condamné pour agression sexuelle.

— Vous lui avez dit quoi ?

— Je lui ai simplement dit de l'éviter. Je ne lui ai pas dit pourquoi. Peut-être que j'aurais dû, je sais pas. Ils vous disent pas comment s'y prendre pour ces choses-là dans les manuels d'éducation des enfants. Alors je laisse Mattie croire que je suis tout simplement une mère poule, ce que j'ai toujours été, de toute façon, et elle le sait. Elle peut bien être furieuse contre moi, je m'en fiche, pourvu qu'elle fasse ce que je lui dis.

— Vous avez déjà parlé à M. Watson ?

— Vous voulez dire, au sujet de Mattie ? (Elle laissa tomber sa cigarette par terre et l'écrasa sous sa sandale.) Pas moi. Une fois, Mattie m'a désobéi. Je me suis aperçue qu'elle était allée chez lui. Elle m'a juré qu'elle l'avait seulement regardé bricoler sur sa moto. Je l'ai engueulée, mais ça m'a fait tellement peur que j'ai fait venir le père de Mattie pour, euh… qu'il explique notre point de vue à Errol Watson. Ça, c'est une chose que Lawrence Perkins sait faire : expliquer son point de vue. Bon, il trouve pas toujours les mots justes, faut dire, mais il se fait tellement bien comprendre que vous voyez tout de suite ce qu'il attend de vous, et ce qui vous attend si vous ne le faites pas.

Le shérif sourit.

— En d'autres termes, il hurle.

Allison Perkins hocha la tête.

— Hurle, jure et menace de vous casser la gueule, ce qui, entre autres choses, explique que nous soyons divorcés. Lawrence Perkins parvient toujours à faire entendre son message haut et fort. Très haut, et très fort.

— Il a menacé Errol Watson ?

— Évidemment. Vous pouvez demander à n'importe qui dans le voisinage, parce qu'il ne lui a pas vraiment parlé sur le ton de la confidence. Il lui a dit que s'il touchait notre fille, s'il lui disait bonjour, s'il la regardait seulement, lui, Lawrence Perkins, il reviendrait le voir, et quand il en aurait terminé avec lui, il ne repenserait plus jamais aux petites filles.

— Qu'est-ce qu'il voulait dire par là, demanda le shérif.

Elle haussa les épaules.

— Ça, faut lui demander à lui. Pour autant que je sache, Watson l'a pris au sérieux. Mattie dit qu'elle ne l'a même jamais revu depuis. On s'est dit qu'il se cachait chez lui, qu'il avait peur de se montrer.

— Vous vous souvenez quand cette, euh, conversation entre M. Perkins et M. Watson a eu lieu ?

— Un jour en juillet ? Quelques semaines après notre arrivée ici, c'était juste après la fin de l'année scolaire. (Elle regarda le shérif, puis Calhoun.) On habitait à Madrid, et j'ai perdu mon boulot. J'étais spécialisée dans l'apprentissage de la lecture à l'école élémentaire, ils avaient des problèmes financiers, alors ils ont supprimé mon poste. Quand vous êtes titulaire, ils peuvent pas vous virer sans motif, mais ils peuvent supprimer votre poste, et là, c'est tant pis pour vous. Je peux vous l'assurer, il n'y a pas beaucoup de travail pour une spécialiste de la lecture là-haut, dans ce coin de forêt du Maine, alors avec Mattie je suis descendue ici, à la ville, pour ce qu'elle vaut, espérant que je trouverais quelque chose. (Elle eut un rire bref.) Et je suis là, à nettoyer les chambres au Ramada, à envoyer mon CV partout en espérant obtenir des entretiens. J'ai un master, onze ans d'expérience, de bonnes références, et je change des draps et nettoie des toilettes pour gagner ma vie.

Calhoun remarqua que Allison Perkins prononçait "Madrid" comme l'avait fait Mattie, avec l'accent sur la première syllabe.

— Errol Watson, dit le shérif. Il n'a pas causé d'ennuis, alors ?

— Son chien, si, dit-elle. J'ai téléphoné parce qu'il renversait nos poubelles et qu'il hurlait toute la nuit. (Elle sourit.) J'ai pas le temps de dire ouf et j'ai un shérif et son adjoint à ma porte.

— Son chien seulement, alors ?

— Il n'y a eu que cette fois avec Mattie, et là, franchement, c'était sa faute à elle.

Allison Perkins sortit un paquet de cigarettes de la poche arrière de son short. Elle l'ouvrit d'un coup de pouce, en tira avec les lèvres une cigarette qu'elle alluma avec un briquet en plastique en détournant la tête pour ne pas envoyer la fumée en direction du shérif.

— Pour autant que je sache, dit-elle, Watson n'a rien fait de mal. Mattie a dit qu'il ne voulait même pas lui parler. Mais j'avais tout de même peur, sachant quel genre d'homme il est.

— Quand l'avez-vous vu pour la dernière fois, vous vous souvenez ? demanda le shérif.

Elle tira sur sa cigarette et regarda vers le ciel un instant.

— Je ne me souviens pas. Ça fait un moment. Quelques semaines, en tout cas. Comme je l'ai dit, après la confrontation avec mon ex, il s'est tenu à carreau. Et je peux vous dire que son chien nous embêtait depuis un bon bout de temps. J'ai dû appeler quatre ou cinq fois, avant que les agents de la fourrière viennent enfin. Pourquoi ? Il est arrivé quelque chose à Errol Watson ? Où est-il ?

— Et vos voisins ? demanda le shérif. Il y en a qui ont eu des, euh, confrontations, avec M. Watson ?

Allison Perkins haussa les épaules.

— Pas à ma connaissance. Je veux dire, ça ne m'étonnerait pas, mais je peux pas dire. Je ne vois pas beaucoup mes voisins. Je passe beaucoup de temps au travail. Je suis volontaire pour toutes les heures qu'ils peuvent me donner.

— Et Mattie ? dit le shérif. Elle s'est tenue à l'écart de lui ?

— Mattie est une enfant sage, dit-elle. De temps en temps, je lui demande. Je lui dis : "T'es allée chez M. Watson ?" ou bien : "T'as parlé à Errol Watson, récemment ?" Et Mattie me répond : "Non, pas depuis que tu m'as dit de ne pas le faire." Et je peux voir dans ses yeux qu'elle ne me ment pas, parce que je sais toujours quand elle me ment. Elle sait qu'elle ne peut pas me mentir, et elle n'essaie même plus, maintenant. Je dis : "Matilda Louise" – elle déteste ça quand je l'appelle par son nom complet comme ça –, je lui demande : "Tu as fumé ?" Et elle : "Comment tu sais ?" Et je lui donne une petite punition, mais je lui dis que ça serait bien pire si elle essayait de me mentir. (Elle sourit.) Enfin, bon, je crois vraiment qu'elle s'est tenue à l'écart de ce type, et lui aussi d'ailleurs, depuis cette fois-là. Mais ça ne me fait pas pour autant plaisir de l'avoir de l'autre côté de la rue.

— Des visiteurs ? demanda le shérif. Est-ce qu'il a des amis qui passent le voir, ou qu'il ramène chez lui ?

— Jamais remarqué, dit Allison Perkins. Je ne me souviens pas avoir remarqué une voiture inconnue garée en face, ni qui que ce soit entrer ou sortir. Ça veut pas dire que ça n'arrive jamais. Juste que j'ai jamais remarqué. (Elle regarda sa montre.) Faut que je sois au Ramada à trois heures, et avant ça, faut que je déjeune, que je prenne ma douche, que je mette mon uniforme, que je prépare le dîner de Mattie, alors…

— Mattie est à l'école ? demanda Calhoun.

Elle se tourna vers lui en souriant.

— Je ne savais pas que vous pouviez parler, monsieur l'adjoint.

— J'aime mieux pas, dit-il. Le shérif se débrouille mieux que moi pour ça.

— Oui, Mattie est à l'école. En quatrième. Une classe terrible pour les profs, soit dit en passant. Elle fait partie de l'équipe de hockey sur gazon, alors elle ne rentre pas avant l'heure du dîner. Ça ne me plaît pas trop, mais pour le moment on se débrouille comme ça. Je préférerais avoir un poste dans une école, je peux vous le dire.

— Vous pouvez nous dire comment on peut trouver votre mari ? demanda Calhoun.

— Mon ex-mari, dit-elle. Il travaille sur les moteurs de bateaux, au chantier naval Antrim, à Kittery.

11

CALHOUN DÉPOSA LE SHÉRIF À LA BOUTIQUE, où celui-ci avait laissé son véhicule, puis, emmenant Ralph avec lui, il poursuivit en direction de Kittery. Ça leur prit environ une heure par l'autoroute à péage, plus dix à quinze minutes pour trouver le chantier naval Antrim, situé sur les bords de la Piscataqua River, en face de Portsmouth.

Une clôture en grillage de trois mètres de haut, surmontée de fil barbelé, entourait le chantier naval qui semblait s'étendre sur plusieurs hectares. Cette zone clôturée était encombrée de toutes sortes de bateaux en cale sèche – canots automobiles, hors-bords, remorqueurs et vedettes, bateaux à voile et yachts, bateaux de pêche et bateaux à homards. Il y avait plusieurs grands bâtiments avec une toiture métallique, comme des hangars, et ici et là, la flèche d'une grue s'enfonçait haut dans le ciel. Dans la partie située le long de la rivière, Calhoun pouvait apercevoir des docks où d'autres bateaux étaient amarrés.

Il trouva la barrière ouverte, et il repéra une petite construction blanche avec un toit en zinc, un modèle réduit des grands hangars à bateaux, avec un panneau marqué BUREAUX sur le mur, près de la porte. Il se gara devant et entra.

À l'intérieur, les murs étaient doublés de panneaux en imitation bois. Ils étaient recouverts de photographies de bateaux. Une femme d'une trentaine d'années en T-shirt rose, assise derrière un bureau métallique en L, parlait au téléphone. Elle enfonçait le bout d'un crayon muni d'une gomme dans ses cheveux qui tiraient sur le roux. Son bureau était encombré de tas de documents, de catalogues et de chemises en papier kraft. Un ordinateur occupait le retour du bureau. Un gros ventilateur sur pied brassait un air chaud.

La femme haussa les sourcils en direction de Calhoun, lui fit un bref sourire et leva un doigt, puis elle se remit à fixer le plafond et poursuivit sa conversation. Pour autant qu'il pouvait en juger, elle essayait de convaincre un adolescent de faire ses devoirs avant de sortir avec ses copains.

Calhoun lui tourna le dos et regarda quelques-unes des photos de bateaux. Sur l'une d'entre elles, il reconnut le président Bush père, souriant sur la poupe d'un long hors-bord effilé. Il tenait une canne à pêche dans une main et un gros tassergal dans l'autre.

— Vous désirez ? demanda la jeune femme.

Calhoun se retourna.

— Vous avez bien un employé du nom de Lawrence Perkins, ici ?

Elle fronça les sourcils.

— Qui le demande ?

Il sortit de sa poche de pantalon l'étui qui contenait son insigne de shérif-adjoint et l'ouvrit.

— Affaire de police, dit-il. Je m'appelle Calhoun.

— J'espère que Perk n'a pas d'ennuis ? dit la femme en donnant à sa phrase un ton interrogateur.

— Je veux juste lui parler, dit Calhoun.

Elle pencha la tête et le regarda un instant, comme si elle pouvait lire quelque chose sur son visage. Puis elle dit :

— Je vous l'envoie.

Elle prit son téléphone, pianota sur quelques touches et dit :

— Y a un type ici qui veut parler à Perkins… je ne sais pas, Harry, mais… ouais, tout de suite. Bon. Merci. (Elle raccrocha.) Il arrive. Voyez ça avec lui dehors, d'accord ?

— Bien sûr, dit Calhoun. Merci.

Il sortit et s'adossa à son camion. Quelques minutes plus tard, il vit un grand type qui venait du côté de la rivière s'approcher d'un pas lourd. Il portait un T-shirt aux manches coupées, un jean large et une casquette de base-ball à l'envers. Il avait une épaisse barbe blonde et des boucles de cheveux fins et décolorés par le soleil dépassaient de sa casquette.

Lorsqu'il fut plus près, Calhoun vit que ses bras étaient énormes et que chaque biceps était couvert d'un tatouage très élaboré – sur le droit, un ange déployait ses ailes, et il y avait, au-dessous, le mot CIEL, tandis que sur le gauche, un diable tout rouge s'élevait au-dessus de grandes flammes avec, bien sûr, le mot ENFER.

L'homme fronça les sourcils en voyant Calhoun. Il s'essuyait les mains sur un chiffon qui semblait plein de cambouis. La transpiration dessinait un V sur le devant de son T-shirt.

— Vous voulez m'voir ?

— Monsieur Perkins ?

Il fit oui de la tête.

— Vous êtes qui ?

— Calhoun.

Il montra son insigne à Perkins.

Perkins y jeta un regard et haussa les épaules, comme s'il avait déjà vu des tas d'insignes dans sa vie.

— Qu'est-ce que j'ai encore fait ?

— Rien, que je sache, dit Calhoun. Je veux seulement vous poser quelques questions.

— C'est Allie qui vous envoie, hein ? demanda-t-il. Elle a dit que si j'étais encore en retard, elle irait se plaindre à la police. Je lui ai dit, j'fais de mon mieux. Je sais que j'ai des responsabilités.

Calhoun secoua la tête.

— C'est rien de tout ça, monsieur Perkins. Je veux juste vous interroger au sujet d'Errol Watson.

Perkins fronça les sourcils.

— Qui ça ?

— Errol Watson, dit Calhoun. Il habite en face de votre femme et votre fille.

— Ah, lui, dit Perkins. Allie n'est pas ma femme. On est divorcés. C'était son idée à elle, divorcer, mais j'suis quand même censé lui verser une pension pour l'enfant tous les mois.

— Tout ça ne me concerne pas, dit Calhoun. Parlez-moi de Watson.

— Vous voulez que j'vous dise quoi ? Un enfoiré de délinquant sexuel qui vit pratiquement à côté de ma petite, sans parler de mon ex-femme ? C'est pas normal. Des types comme lui, ils devraient pas les laisser sortir.

— Vous avez eu des mots avec lui, si je comprends bien, dit Calhoun.

— Des mots ? (Cela fit rire Perkins.) Je lui ai dit que si j'apprenais qu'il s'est approché de Mattie – ou d'Allie, d'ailleurs – s'il leur adressait la parole, ou même s'il les regardait, il le regretterait.

— Ça voulait dire quoi ?

— J'sais pas, dit Perkins. C'est juste ce que j'ai dit. J'crois bien que j'le tuerais. Pas vous ?

Calhoun sourit.

— La dernière fois que vous avez vu Errol Watson, c'était quand ?

— La première et dernière fois, dit Perkins. Allie m'appelle, c'était il y a deux mois, juste après qu'elle et Mattie ont déménagé à Portland, elle pleure, elle jure et elle bredouille, j'l'ai jamais connue aussi furieuse, j'peux à peine comprendre ce qu'elle raconte, elle me dit que ce tordu a essayé, j'sais pas, de séduire ma petite fille. J'ai sauté dans mon camion et j'y suis allé et j'ai fait ce que Allie m'a demandé.

— Elle vous a demandé de… quoi faire ? Le menacer ?

Il roula les yeux.

— Allie, c'est cette gentille petite maîtresse d'école, c'est ça, hein ? Vous la connaissez ?

— Je l'ai rencontrée, dit Calhoun.

— C'est une vraie casse-couilles, dit Perkins. J'veux dire, croyez-moi, elle aurait pu faire ça beaucoup mieux que moi, flanquer la trouille à ce Watson. Des fois elle vous fout les j'tons, croyez-moi. Je pense qu'elle a été déçue que j'lui hurle seulement dessus, à ce type.

— Elle attendait quoi ?

Il haussa les épaules.

— Avec elle, vous savez jamais. Tout c'que j'sais, j'peux faire n'importe quoi, c'est jamais bien, ou c'est pas assez.

— Vous voulez dire que la seule raison pour laquelle vous êtes allé trouver Watson, c'est que votre ex-femme vous l'a demandé ?

— Si elle m'avait pas appelé, j'aurais même pas su qu'il existait.

— Mais vous faisiez ça juste pour elle ?

— Pour elle ? Perkins se mit à rire. Pas vraiment. Pour moi aussi, mec. J'peux bien le dire, j'étais plutôt remonté. Penser que quelqu'un comme ça vit dans un… un quartier. J'ai dû me contrôler pour ne pas lui cogner dessus, à ce fils de pute.

— Et vous n'avez jamais revu Errol Watson depuis cette fois-là ?

— C'est ça. Juste cette fois-là.

— Vous avez parlé de lui avec votre ex-femme, depuis ?

Il secoua la tête.

— Je lui parle pas beaucoup en général. La plupart du temps, elle veut juste savoir où est sa pension alimentaire. C'est surtout de ça qu'on parle. Mais j'suis sûr que s'il y avait encore un problème avec ce Watson, elle me l'aurait dit.

— Et Mattie ? Vous lui parlez ?

— Bien sûr, dit Perkins. C'est ma petite fille. On se voit une ou deux fois par semaine, on va manger un sandwich aux palourdes et une glace, ou alors on va faire un tour en bateau, quelque chose comme ça. Je l'ai au téléphone, aussi.

— Est-ce qu'elle a mentionné Watson ?

Il secoua la tête.

— Nan. Elle n'a rien dit, et moi, j'ai rien demandé, bien sûr. Pour moi, c'est pas un sujet de discussion. J'veux même pas y penser. (Il regarda Calhoun.) Comment ça s'fait que vous posez des questions sur ce Watson ? Hé, il a rien fait à Mattie, hein ?

Calhoun secoua la tête.

— Rien de tout cela. (Il sortit son portefeuille et en sortit une des cartes de visite du shérif, qu'il donna à Perkins.) Si vous vous souvenez de quoi que ce soit d'autre au sujet d'Errol Watson, passez-nous un coup de fil.

Perkins prit la carte, la regarda et haussa les épaules, puis il la fourra dans sa poche de pantalon.

— Alors, c'est tout ?

Calhoun hocha la tête.

— C'est tout pour aujourd'hui. Merci de m'avoir consacré un peu de temps.

Lawrence Perkins hocha la tête :

— Pas de problème.

Il fit demi-tour et repartit de son pas lourd dans la direction d'où il était venu, ses gros bras se balançant de chaque côté comme des massues.

En rentrant à la maison, Calhoun prit un Coca dans le frigo et descendit à la rivière avec Ralph. Il faisait à peu près dix degrés de moins au milieu des pins, près de l'eau vive de Bitch Creek, qu'au chantier naval de Kittery. Ralph pataugeait dans le plan d'eau, en aval des butées de l'ancien pont ; il s'ébrouait et lapait de l'eau tout en nageant.

Calhoun sortit de sa poche de pantalon le téléphone portable du shérif, appuya sur le bouton sur le côté, dit "Dickman", et le porta à son oreille. Il entendit sonner cinq fois, puis la voix enregistrée du shérif dit : "Shérif Marshall Dickman. Laissez votre numéro et un bref message après le bip et je vous rappellerai."

Calhoun attendit le bip, puis dit : "C'est Calhoun. J'ai parlé avec Perkins, si tu veux que je te raconte. De toute façon, tu passes me prendre chez moi, non ? On pourra en parler à ce moment-là, je pense. Quelle heure ? Sept heures ?"

Il appuya sur le bouton rouge, puis s'assit sur son rocher, buvant son Coca, le téléphone à la main et attentif au gargouillement de Bitch Creek. Parfois, il imaginait entendre Lyle fredonner l'un de ses airs favoris des Beatles dans le murmure musical et rythmé du ruisseau.

Au bout de quelques minutes, Ralph sortit de l'eau, s'ébroua et vint s'asseoir près de Calhoun. Celui-ci, l'air absent, lui gratta le front. Il devait résister à l'envie d'utiliser le téléphone portable pour appeler Kate. Il n'avait qu'à composer son numéro, puis appuyer sur le bouton vert.

Ce n'était pas une conversation sérieuse sur l'amour, la loyauté, la responsabilité et la culpabilité qu'il recherchait. Il voulait simplement lui parler de son entretien avec Lawrence Perkins, lui dire que cet homme était séparé de sa femme et de sa fille, mais que, de toute évidence, il les aimait encore, lui dire qu'il avait arraché les manches de son T-shirt pour que l'on voie ces énormes tatouages apocalyptiques sur ses biceps gigantesques.

Il pensait que Kate aimerait ça. Ils parlaient toujours de ces choses-là, avant, des gens intéressants qu'ils rencontraient, des pêcheurs et des clients de la boutique, ou du banc de tassergals mélangés avec des bars rayés qu'elle avait repéré en train de dévorer des petits poissons près de l'embouchure de la Presumscot River, non loin de la conserverie de haricots B&M, et de ses tentatives avec les différentes mouches à sa disposition, sans la moindre touche, ou des types de Boston qui se renseignaient auprès de Calhoun sur l'achat d'une propriété tout là-haut, près de Moosehead, ils se racontaient des histoires sans importance, sachant ce qui allait amuser l'autre…

Il se leva et fourra le téléphone dans sa poche. Il lui était difficile d'imaginer une telle conversation avec Kate désormais. Il y avait trop de tension. Il se passait trop de choses. Lui, en tout cas, n'arrêtait pas de se demander si tout était vraiment terminé avec elle, si elle avait décidé qu'aimer Walter signifiait qu'en fin de compte elle ne pouvait pas aimer Calhoun, si, jamais plus, elle ne viendrait le retrouver chez lui le soir, dans sa robe tourbillonnante, parée de ses bijoux en turquoise.

Et si c'était le cas, qu'est-ce qu'il allait bien pouvoir faire tout le restant de sa vie ?

Quand vous avez l'esprit plein de pensées de ce genre, c'est difficile de raconter des histoires sur les tatouages d'un type.

Il était occupé à mélanger des croquettes avec une demi-boîte d'Alpo dans l'écuelle de Ralph, quand son pantalon se mit à vibrer. Cette fois, il ne lui fallut qu'une seconde pour comprendre que c'était son téléphone portable.

Il le sortit, appuya sur le bouton vert et dit :

— Hé, shérif, c'est toi ?

Il entendit le rire léger d'une femme.

— Non, Stoney. Désolée de vous décevoir. C'est Sam. Sam Surry.

Avant même d'avoir pu se contrôler, il répondit :

— Je ne suis pas déçu du tout. Comment vous avez eu ce numéro ?

— Je sors d'une réunion, dit-elle. Il y avait le shérif Dickman. J'ai dit que je devais vous parler, et il me l'a donné.

— Il l'a donné à qui d'autre ?

— Je ne sais pas. Vous êtes fâché ?

— Fâché ? Non.

— On dirait.

— Le shérif m'a dit qu'il serait le seul à m'appeler sur cette saloperie de téléphone, c'est tout. C'est pour ça que je ne m'attendais pas à quelqu'un d'autre.

— Bon, mais il ne faut pas lui en vouloir, dit-elle. J'ai dû l'amadouer pour lui soutirer ce numéro. C'est à moi qu'il faut en vouloir.

— Je ne lui en veux pas, dit Calhoun. Alors, qu'est-ce que vous voulez ?

À nouveau il l'entendit rire.

— Vous êtes plutôt abrupt, hein ?

— Vous voulez dire que je suis grossier ? C'était pas mon intention. Toutes mes excuses.

— Pas grossier, non. Vous êtes direct, et ça fait du bien. Ce que je voulais, c'était vous demander si je peux louer vos services pour m'emmener pêcher dans votre bateau.

— Bien sûr, dit Calhoun. Vous envisagez quoi ?

— J'envisageais, disons, une demi-journée ? Vous sortez votre bateau dans la baie et on voit si on peut attraper un poisson ? Vous faites ce genre de choses ? Je veux dire, une demi-journée ? C'est tout simplement parce que je n'ai jamais une journée entière à moi.

— On peut faire ça, dit Calhoun. Quatre heures, plus ou moins. Une demi-sortie. Je ne chronomètre pas. Une demi-marée. Le mieux, c'est de prendre les deux heures avant et les deux heures après une marée haute. Vous voulez faire ça quand ?

— Vendredi, dit-elle. Je peux sortir de la clinique vers trois heures, je pourrais vous retrouver vers quatre heures ? Ça irait ?

Calhoun fit un rapide calcul.

— En mer vers quatre heures et demie. Ça sera le changement de marée. Pas l'idéal pour attraper du poisson, mais je connais quelques trucs. Ça nous laisse quelques heures avant le coucher du soleil, mais si vous êtes partante et si le temps le permet, on continuera dans l'obscurité. Parfois, ça s'anime vraiment quand il n'y a plus de soleil sur l'eau.

— On pourrait y rester toute la nuit, dit-elle, ça serait drôlement sympa.

— Restons-en à la demi-journée, dit Calhoun. Considérez que le rendez-vous est pris. Retrouvez-moi à la boutique vendredi après-midi. J'aurai amené mon bateau et je serai prêt à partir.

— Oh, très bien, dit-elle. Qu'est-ce que je dois apporter ?

— Manches longues, pantalon long, chapeau à larges bords, lunettes de soleil. Un vêtement chaud à mettre après le coucher du soleil, un vêtement imperméable au cas où il pleuvrait. Pour tout le reste, j'ai ce qu'il faut.

Il y eut un silence.

— Hé, Stoney ? dit-elle.

— Ouaip ?

— J'ai pêché à la mouche, disons, peut-être cinq fois dans ma vie. Je sais que c'est très sympa, mais je ne suis pas si bonne que ça.

— Y a pas de problème.

— Je voulais juste que vous sachiez, si on n'attrape pas une tonne de poisson, je ne vous en voudrai pas. Et même, ça me sera égal. C'est pas le fait d'attraper du poisson qui m'intéresse le plus.

— C'est quand même mieux d'en attraper.

Elle se mit à rire.

— C'est toujours mieux d'en attraper que de ne pas en attraper. Les poissons, comme tout ce qui vous intéresse.

— On verra ce qu'on peut faire, dit-il, tout en se demandant ce qu'elle pouvait bien essayer de lui faire comprendre.

— OK, dit-elle. À vendredi.

Après avoir dit au revoir au Dr Sam Surry, il appuya sur le bouton rouge et remit le téléphone dans sa poche.

Il finit de mélanger le repas de Ralph et le posa dehors, sur la terrasse. Puis il regarda dans le frigo, cherchant de quoi se faire un sandwich, et il trouva un morceau de cheddar du Vermont extra-fort. Il mit le fromage sur une planche à découper, prit un couteau, un morceau de pain italien bien croustillant et une canette de Coca, puis il emporta le tout sur la terrasse pour dîner avec Ralph.

Donc, le Dr Sam Surry avait envie d'aller à la pêche. D'après ce qu'elle avait dit, elle se contenterait d'une jolie promenade bien tranquille en bateau dans la baie. Pour une personne aussi occupée, avec tant de responsabilités, sortir en mer un vendredi après-midi, après une longue semaine de travail, serait la manière idéale de se détendre. Il pourrait lui montrer quelques-unes des îles et lui raconter quelques histoires. Peut-être qu'ils verraient des phoques étendus sur les rochers. S'il ne pleuvait pas, ils regarderaient le soleil se coucher derrière la ville et la lune se lever au-dessus de la baie, et avec un peu de chance, ils repéreraient une nuée d'oiseaux attirés par une furieuse mêlée sanglante de petits poissons et de prédateurs, et Sam Surry se retrouverait avec un tassergal ou un bar en train de plier sa canne, et peut-être que ça, ça lui apprendrait la différence qu'il y a entre attraper du poisson et ne pas en attraper.

Calhoun se versait une tasse de café pour le voyage quand il entendit le grondement de l'Explorer du shérif sur le chemin. Il remplit une seconde tasse de café et sortit sur la terrasse.

Ralph fila en bas des marches pour accueillir le shérif à la descente de son véhicule. Le shérif se pencha, frictionna les oreilles du chien, puis leva les yeux vers Calhoun.

— Faudrait qu'on y aille, Stoney. Pourquoi tu descends pas ?

— J'ai du café pour toi, dit Calhoun.

— Génial.

Calhoun prit les deux tasses et descendit l'escalier pour en donner une au shérif.

— Merci, monsieur l'adjoint, dit le shérif. Tu conduis, je fais le copilote, ça te va ?

— L'adjoint doit se charger de la conduite et de toutes les autres tâches subalternes, dit Calhoun. (Il fit le tour de l'Explorer, ouvrit la portière côté passager et fit une courbette.) Si Monsieur veut bien se donner la peine.

Le shérif roula les yeux et s'installa, murmurant :

— Qu'il est con !

Calhoun ferma la portière, refit le tour, ouvrit du côté conducteur et claqua des doigts pour Ralph.

Ralph regardait Calhoun, son petit bout de queue tout frétillant.

— Tu viens ? demanda Calhoun.

Ralph s'assit sur le sol.

— Allez, monte.

Ralph ne bougea pas.

— On dirait qu'il ne veut pas venir, dit le shérif à l'intérieur du camion.

— Moi je veux qu'il vienne, dit Calhoun, et je suis censé être le boss.

— Il sera bien ici.

— La dernière fois que je l'ai laissé ici, il s'est enfui.

— Probable qu'il avait une bonne raison de s'enfuir, dit le shérif. De toute façon, il est revenu. Faut que tu lui fasses confiance.

— J'ai cru qu'il était parti pour de bon, dit Calhoun. C'était terrible.

Il alla jusqu'à Ralph et s'accroupit.

— Si tu veux rester, t'as intérêt à être ici quand je rentrerai.

Ralph lui donna un coup de langue sur la main.

Après lui avoir gratté le museau, Calhoun grimpa dans l'Explorer du shérif. Il fit demi-tour et prit le chemin de terre. Dans le rétroviseur, il vit Ralph se mettre debout et se diriger tranquillement vers la terrasse.

Il ne savait pas ce qu'il ferait sans ce chien.

Après s'être engagé sur la route à deux voies en direction du sud-est, vers Biddeford, Calhoun se tourna vers le shérif pour lui demander :

— Alors, mon numéro de téléphone, tu l'as donné à qui d'autre ?

— Comment ça, qui d'autre ?

— Le Dr Surry m'a appelé sur ce putain de téléphone portable il n'y a pas longtemps.

Calhoun gardait les yeux fixés sur la route, mais il sentit que le shérif souriait.

— Affaire de police, je présume ? dit le shérif.

Calhoun haussa les épaules.

— En fait, dit le shérif, c'est mon téléphone que je t'ai demandé de garder sur toi pour faciliter notre travail à tous les deux. Aujourd'hui, j'ai expliqué à tout le monde à la réunion que tu étais partie prenante dans cette affaire et que tu travaillais en étroite collaboration avec moi. Ils ont tous le numéro. Au cas où ils voudraient te contacter pour les besoins de l'enquête.

— Ton téléphone, dit Calhoun. Dans mon pantalon.

— Je demanderai au Dr Surry de ne pas te harceler, si tu veux.

— Elle m'a demandé de l'emmener à la pêche.

— Ça, dit le shérif, ça ne me semble pas être en rapport avec les besoins de l'enquête. Je vais lui dire deux mots.

— C'est un peu tard, maintenant, dit Calhoun. Je m'en occuperai.

— Elle est plutôt mignonne, dit le shérif.

Calhoun émit un grognement.

— Alors, grande réunion, aujourd'hui ?

— Gilsum, Enfield, le Dr Surry, moi, deux inspecteurs de Portland. On a échangé nos impressions.

— Du neuf sur Paul Vecchio ?

Le shérif poussa un profond soupir.

— Pas vraiment. Ils ont interrogé des gens qui le connaissaient, principalement au collège universitaire où il enseignait. La seule chose qui ne fasse guère de doute, c'est qu'il avait bien un ordinateur chez lui et qu'il l'utilisait pour tout écrire, et qu'il a disparu.

— Celui qui a tué Vecchio l'a volé, dit Calhoun.

— Fort probable. (Le shérif prit le temps d'avaler une gorgée de café.) Il est décrit comme un homme tranquille et comme un professeur respecté, pas de scandale dans son passé. Marié une fois, divorcé il y a des années, son ex-femme est remariée et vit en Arizona. Vecchio vivait seul, plutôt solitaire. Pas de maîtresse actuellement, pas d'amant non plus, d'ailleurs. Aucune liaison connue. Pas d'amis proches, apparemment. Plongé dans l'écriture et dans son travail d'enseignant. Le prof typique, en quelque sorte.

— Personne n'est typique, dit Calhoun. Il travaillait sur une histoire ?

— Si c'est le cas, il la gardait pour lui. Personne ne semble savoir quoi que ce soit à ce sujet.

— En d'autres termes, cette enquête ne mène nulle part.

— Gilsum a mis des gens dessus, dit le shérif. Nous pensons que c'est lié à l'affaire Watson. On avance un peu plus sur celle-là.

— J'aurais jamais osé dire qu'on avançait, dit Calhoun.

— Eh bien, dit le shérif, le légiste à Augusta estime que Watson était mort depuis neuf ou dix jours quand on l'a trouvé. Ça réduit la fourchette à quarante-huit heures pour la date de la mort. C'est déjà ça.

Calhoun réfléchit un instant.

— On l'a trouvé mardi dernier dans la matinée. Aujourd'hui, on est lundi. Ça remonterait à… deux semaines ce dernier week-end. Ça a dû arriver pendant le week-end.

— C'est tout à fait ça, dit le shérif. Samedi, ça ferait dix jours, dimanche neuf, et à partir de là, on peut préciser la date de la mort encore davantage, parce que Watson a fait sa journée normale à la scierie ce samedi-là. Il devait travailler le lundi matin, mais il n'est pas venu.

— C'est donc à un moment quelconque dans la nuit du samedi, ou le dimanche, ou dans la nuit du dimanche.

Le shérif poussa un grognement.

— Ils n'ont trouvé personne qui l'aurait vu le samedi après le travail. Aucun voisin ne se souvient l'avoir vu ce dimanche-là.

— Est-ce qu'ils l'auraient vu indépendamment de ça ? dit Calhoun.

— Pas nécessairement, dit le shérif. De toute façon, en l'absence de renseignement plus précis, je me dis que c'est arrivé dans la nuit du samedi. La dernière fois qu'il a été vu vivant, pour autant que l'on sache, c'était samedi aux alentours de six heures de l'après-midi.

— Il y a eu des plaintes contre lui depuis sa sortie de prison ? dit Calhoun.

— Gilsum a vérifié cette question, précisément. La réponse est non. Pas de plainte enregistrée, en tout cas, si on ne prend pas en compte celle de Mme Perkins au sujet du chien. Ça veut pas dire qu'il s'est bien comporté, mais personne ne l'a signalé, et personne parmi les gens interrogés par les flics n'en a parlé. (Le shérif se tut un instant.) J'ai quelque chose que tu vas trouver intéressant, je crois. (Il se retourna pour prendre sur le siège arrière une mallette qu'il posa sur ses genoux. Il l'ouvrit et en sortit un dossier en papier kraft.) Transcription du procès Watson.

— Oui, dit Calhoun. Ça m'intéresse.

Le shérif feuilleta le dossier.

— OK, dit-il au bout d'un moment. Allons-y. Les personnages. M. Acworth – plus précisément, feu M. Acworth –, décédé dans un accident de jet-ski. C'est l'adjoint du District Attorney en charge de l'accusation, il interroge son témoin, M. Dunbar, le père de la victime présumée, Bonnie Dunbar. M. Maxner, bien sûr, c'est notre ami l'avocat commis d'office. Le juge Roper, c'est, bon, le juge à qui nous avons parlé. T'as tout pigé ?

— Pigé.

Calhoun roulait à vitesse réduite. Ce que le shérif avait à dire l'intéressait, mais il essayait de se concentrer sur sa conduite, et il restait prudent sur la route étroite. Une route qui serpentait dans une campagne vallonnée, traversant des marécages et des bois, des prairies et des champs de maïs, en direction de Biddeford, sur la côte, juste au sud de Portland. L'obscurité tombait sur le paysage, et il voulait rester vigilant – un cerf pouvait sauter devant le véhicule, ou alors une moufette, un lapin de garenne ou un raton laveur pouvait rester figé au milieu de la route, ébloui par les phares. Il n'avait aucune envie d'écraser d'innocentes créatures, et faire un écart pour éviter un cerf – ou le heurter, d'ailleurs – pouvait très bien leur coûter la vie, à lui et au shérif. Par conséquent, il conduisait attentivement.

— OK, dit le shérif. Donc, Franklin Dunbar, le père, est à la barre. Acworth, l'adjoint du District Attorney, dit – je lis – : "Monsieur, dites à la cour, s'il vous plaît, comment va votre fille depuis cet incident." Et Dunbar répond : "Elle a perdu du poids. Elle ne mange presque plus. Elle ne veut plus aller à l'école. Elle ne veut même plus sortir. Quand je suis à la maison, elle s'enferme dans sa chambre, parce qu'elle ne supporte plus de me voir, encore moins de me parler ou… de me laisser la serrer contre moi. Je suis son père, mais le simple fait de me voir la rend malade. Physiquement malade, je veux dire. Je comprends tout ça. Son psy m'a expliqué, et ma femme n'arrête pas de me le dire. Ce n'est pas moi. C'est n'importe quel homme. Tous les hommes. Alors, je suis censé ne pas me sentir personnellement visé. Je suis censé être patient et espérer que l'état de ma petite Bonnie va s'améliorer. Tout ça, à cause de ce que cet homme lui a fait. Cet homme qui est là. Il a gâché sa vie. Elle ne sera plus jamais la même. C'est comme si – comme s'il l'avait tuée. Il a tué la petite fille qu'elle était, vous voyez ce que je veux dire ? Elle est pratiquement morte. Son esprit est mort.

Tu comprends, espèce de salopard ? Tu entends ce que je dis ? Oui, toi. Regarde-moi, espèce de salaud. Voilà ce que tu as fait. Tu as détruit l'esprit de ma petite fille. C'est comme si tu lui avais tiré dessus, ou poignardée. C'était une enfant douce et confiante, elle chantait tout le temps. Elle aimait les animaux. Elle aimait les gens. Elle leur faisait confiance. Ce n'était qu'une enfant innocente. Elle voulait être médecin pour soigner les enfants malades. Et maintenant… je n'imagine même pas qu'elle puisse avoir un petit ami, se marier. Avoir une vie normale, quoi. Toi. Je t'ai dit de me regarder. Tu mérites la mort. Tu n'es qu'une bête, immonde et écœurante. Tu es le mal. Tu devrais brûler en enfer à tout jamais. Je prie pour cela. On devrait te couper ce… ce pénis maléfique avec un couteau émoussé. Quelqu'un devrait le taillader très lentement, et …" Et là, un peu tardivement, je dirais, notre ami Otis Maxner, l'avocat commis d'office, dit : "Objection" et le juge Roper retient son objection, et Acworth, l'adjoint du District Attorney, certainement très satisfait de la déposition de son témoin, dit : "Pas d'autres questions." Et le juge dit : "Le témoin est à vous, M. Maxner." Et Maxner dit : "Je n'ai pas de question, votre Honneur."

— Ça, c'est du sérieux, dit Calhoun. Et pour la lecture, tu t'es drôlement bien débrouillé.

— Donc, ce Dunbar, dit le shérif, c'est celui à qui on va rendre une petite visite, ça va être intéressant de voir ce qu'il a à nous dire maintenant, six ou sept ans plus tard.

— Brûler en enfer, dit Calhoun. Quand on a parlé avec Maxner, il a mentionné cette partie sur le pénis maléfique qui devrait être coupé, mais il n'a rien dit sur la partie "brûler en enfer".

— J'ai remarqué, dit le shérif. Brûler en enfer et se faire taillader son organe, qu'il a dit. Très exactement ce qui est arrivé à Errol Watson.

— Ça ne m'a pas l'air d'être une coïncidence, ce qui lui est arrivé, dit Calhoun. Je me demande combien de gens ont entendu Dunbar dire ça, ou l'ont lu.

— Qui sait ? dit le shérif. En plus des gens présents à l'audience, ils ont dû en parler à la télé et dans les journaux. Peut-être que Dunbar a donné des interviews.

— Quand on y pense, dit Calhoun, c'est assez évident. Lui couper la quéquette, et puis le faire brûler.

— Une fichue bonne idée, remarqua le shérif.

— Mais pas si originale que ça. N'importe qui aurait pu y penser.

— C'est vrai, répondit le shérif. Sauf que Dunbar, lui, il l'a vraiment dit.

12

La nuit tombait sur cette banlieue de Biddeford, et la lumière orangée des lampadaires éclairait la rue bordée d'arbres. Les maisons de style colonial et de style Cape Cod avec leurs lucarnes étaient construites en retrait du trottoir sur des parcelles d'un demi-hectare, selon Calhoun. Des voitures récentes, de gros 4 × 4 cubiques pour la plupart, stationnaient devant les garages. Pelouses et jardins avaient l'air d'être bien entretenus. Les érables et les bouleaux commençaient tout juste à jaunir.

Calhoun roulait lentement. Le shérif essayait de lire les numéros des maisons sur les boîtes à lettres et les encadrements de portes.

L'horloge du tableau de bord de l'Explorer indiquait sept heures treize lorsque le shérif lança :

— C'est ici. Gare-toi là.

Calhoun s'arrêta devant une imposante maison blanche de style colonial, encadrée par deux grands érables. Quand ils s'engagèrent à pied dans l'allée, un projecteur sur le toit du garage qui fonctionnait apparemment avec un détecteur de présence s'alluma, illuminant toute la zone. Un panier de basket-ball fixé sur un poteau en acier était installé sur le côté de la partie dallée. Le garage comportait quatre portes et était presque aussi grand que la maison.

Le shérif s'approcha du garage et regarda par les fenêtres. Puis il prit sa torche et éclaira l'intérieur.

— Viens voir, Stoney.

Calhoun alla jeter un coup d'œil. Il y avait quatre places. L'une était occupée par un canoë posé à l'envers sur des chevalets. Les trois autres places étaient occupées par des voitures. Une Subaru Legacy bleue, une Honda Accord noire et une berline Saab rouge foncé. Les trois véhicules avaient l'air presque neufs.

— La Saab, dit Calhoun. Rouge foncé.

— Bordeaux, dit le shérif. Avec un toit ouvrant. Comme disait Sherlock Holmes : “Ha-ha.”

— Je ne crois pas que Sherlock Holmes ait jamais dit “Ha-ha”, fit Calhoun. Il aurait pu dire “Diantre”, ou “Ventrebleu”, ou “Il y a anguille sous roche”.

— Oui, ben c’est pas mieux, à mon avis, répondit le shérif. Allons dire un mot aux Dunbar.

Ils se dirigèrent vers la porte d’entrée. Le shérif appuya sur la sonnette.

La lampe au-dessus de la porte s’alluma, puis la porte intérieure s’ouvrit. Un jeune garçon apparut derrière la moustiquaire. Il devait avoir seize ou dix-sept ans, se dit Calhoun. Grand et dégingandé. C’était un beau garçon aux cheveux bruns bouclés.

— Mes parents ne veulent pas voir de représentants, ni de missionnaires mormons, dit-il.

— On n’est pas des représentants, et on n’est pas des missionnaires non plus, dit le shérif en montrant son insigne. Je suis shérif, et voici mon adjoint.

Le garçon plissa les yeux en regardant l’insigne et dit :

— Attendez un moment, puis il disparut.

Un instant plus tard un homme apparut. Il avait une serviette de table à la main. Il avait retroussé les poignets de sa chemise blanche et desserré sa cravate.

— Que puis-je pour vous ? demanda-t-il.

— Shérif Dickman, dit le shérif. Voici mon adjoint, Calhoun. Nous aimerions vous parler.

— À moi ?

— Vous êtes bien Franklin Dunbar ?

— Oui, mais…

— Votre femme s’appelle bien Meredith, et votre fille Bonnie ? Et le jeune homme qui est venu nous ouvrir est votre fils ?

— C’est Benjie, dit-il. Oui. C’est à quel sujet ?

— Pouvons-nous entrer ? demanda le shérif.

— On finit de dîner, dit Dunbar. Ce n’est vraiment pas le bon moment. Ça ne peut pas attendre ?

— Non, répondit le shérif.

Dunbar fronça les sourcils un instant, puis il s'essuya la bouche avec sa serviette et déverrouilla la porte grillagée.

— Bon, très bien. Alors, je vous en prie.

Le shérif et Calhoun se retrouvèrent dans une petite entrée avec du carrelage au sol, et Dunbar les conduisit jusqu'à la salle de séjour. Il y avait un tapis oriental sur un parquet de pin aux lames larges, des meubles carrés, une table basse en verre et en acier, un grand écran TV extra-plat fixé au mur, une immense peinture abstraite à l'huile sur l'autre mur, et une cheminée en briques. Les lumières étaient encastrées dans le plafond voûté, à l'exception d'une rampe de spots qui illuminait le tableau.

Calhoun remarqua l'absence de photos de famille, ainsi, d'ailleurs, que de tout souvenir personnel dans la pièce. Elle semblait avoir été décorée par un professionnel en vue d'une séance de photos pour un magazine.

Dunbar désigna un canapé en L.

— Asseyez-vous, dit-il.

Calhoun et le shérif s'assirent.

Dunbar resta debout. Il était plus grand que ce qu'il avait paru être d'abord. Il avait des cheveux bruns et bouclés, comme son fils, Benjie, sauf que ceux de Franklin Dunbar grisonnaient.

— Alors, que voulez-vous ? demanda-t-il.

— Je boirais volontiers un verre d'eau, dit le shérif. Et vous, monsieur l'adjoint ?

— Je ne refuserais pas un peu d'eau, dit Calhoun.

Une femme entra dans la pièce. Elle lança un regard au shérif et à Calhoun et dit :

— Mais qu'est-ce qui se passe, Franklin ? J'allais servir le dessert.

— C'est le shérif Dickman et son adjoint Calhoun, dit Dunbar. Ils n'ont pas encore dit ce qu'ils voulaient.

Aussitôt, un sourire apparut sur le visage de la femme. Calhoun se dit qu'elle faisait partie de ces gens capables de sourire à la demande, indépendamment de ce qu'ils peuvent ressentir. Elle fit un pas en avant et tendit la main.

— Meredith Dunbar. Est-ce que Franklin vous a proposé du café ?

— Il nous a proposé de l'eau, dit le shérif, et nous avons accepté.

Dunbar quitta la pièce. Le shérif et Calhoun serrèrent la main de Meredith Dunbar. Puis elle s'assit en face d'eux. Elle portait un chemisier blanc et un pantalon noir ajusté. Elle était mince, presque maigre. Ses cheveux, méchés de blond, étaient coupés courts et droits. Un maquillage habile autour de ses yeux les faisait paraître plus grands et plus espacés qu'ils ne l'étaient. Calhoun se dit qu'elle devait avoir dans les cinquante ans. Il donnait quelques années de moins à son mari.

Franklin Dunbar revint avec une cruche pleine d'eau et quatre verres sur un plateau, qu'il posa sur la table basse. Puis il s'assit à côté de sa femme.

— OK, dit-il. Voilà de l'eau. Servez-vous. Désolé si j'ai été impoli. J'ai passé toute la journée sur la route, et je commençais à me détendre pendant le dîner en famille, et…

— Et nous vous avons interrompus, dit le shérif. (Calhoun remarqua qu'il ne s'excusait pas.) Nous voulons vous parler au sujet d'Errol Watson.

— Qui ça ? demanda Dunbar en fronçant les sourcils.

Presque en même temps, sa femme s'écria :

— Oh, mon Dieu. Qu'est-ce que ce monstre a encore fait ?

Dunbar se tourna vers elle et fronça les sourcils. Puis il dit :

— Ah, lui. (Et, s'adressant à nouveau au shérif.) Qu'est-ce qui se passe ?

Le shérif lui demanda :

— Vous ne vous souveniez plus de son nom ?

— Bien sûr que si, je m'en souviens, dit Dunbar. Je n'aime pas y repenser, c'est tout.

— Avez-vous vu Errol Watson récemment ?

Dunbar ouvrit la bouche et la referma. Il tendit le bras vers la cruche, se versa un peu d'eau, prit le verre et but une gorgée.

— Watson est en prison, non ?

— Ça fait plus d'un an qu'il est sorti, dit le shérif.

Calhoun observait la femme. Elle regardait son mari en plissant les yeux.

— Vous, madame, lui dit-il, vous saviez qu'il était sorti, n'est-ce pas ?

Elle acquiesça.

— Nous en avons entendu parler. En tout et pour tout, il a fait quatre ans et demi. C'est ridicule, après ce qu'il a fait. Je suppose qu'il a recommencé à... agresser sexuellement d'autres enfants.

— Vous saviez qu'il était sorti, dit le shérif à Dunbar.

— Je crois bien.

— Pourquoi ce mensonge ?

Dunbar haussa les épaules.

— C'était une dénégation, pas un mensonge. C'est un sujet très désagréable.

— Vous avez dit que vous ne l'aviez pas revu ?

— C'est ça. Pourquoi le reverrais-je ?

— Lequel de vous deux conduit la Saab ?

— Moi, dit Dunbar.

— Votre voiture a été aperçue près de chez Watson, il y a quelques semaines, dit le shérif.

Dunbar ouvrit la bouche et voulut dire quelque chose, mais sa femme posa une main sur sa jambe et dit :

— Franklin, tu n'as pas fait ça !

Il la regarda.

— Quoi ? Et alors, et même si je l'ai fait ?

— Vous y étiez, donc, dit le shérif.

— Écoutez, dit Dunbar. Très bien. Je ne peux pas vous dire à quel point je hais cet homme. Il hante mes pensées en permanence. Il a gâché notre vie. Il a détruit ma pauvre petite fille. Mon couple est... (Il jeta un coup d'œil à sa femme, qui détourna le regard.) Ce n'est plus comme avant. Ça ne le sera jamais plus. Plus rien ne sera comme avant. Vous comprenez à quel point cet individu malfaisant a pu empoisonner la vie de toute une famille innocente ?

— Alors, vous avez fait quoi ? demanda le shérif.

— Ce que j'ai fait ?

— Quand vous êtes allé chez Watson ?

— Je voulais le voir. Je voulais voir s'il avait changé. Je voulais savoir s'il s'était... repenti. Au tribunal, il n'a jamais rien dit, il ne nous a jamais regardés, jamais exprimé une émotion quelconque. Je voulais lui donner l'occasion de dire qu'il était désolé, qu'il regrettait ce qu'il avait fait.

— Pourquoi ?

— Pourquoi ? (Dunbar poussa un profond soupir.) Je ne sais pas. Je croyais que cela m'aiderait à me sentir mieux.

— Qu'est-ce qui s'est passé ? demanda le shérif.

— Rien. Il n'a pas voulu me parler. Il n'a pas voulu me laisser entrer.

— Alors, qu'est-ce que vous avez fait ?

Dunbar eut un haussement d'épaules.

— Je suis parti.

— C'est la seule fois où vous êtes allé là-bas ?

Il hocha la tête.

— Oui. Juste cette fois-là.

— Réfléchissez bien, dit le shérif.

Dunbar cligna des yeux, jeta un regard à sa femme et dit :

— OK. J'y suis retourné. Quelques jours plus tard. Mais je n'ai fait que passer devant chez lui. Je ne savais pas quoi faire. J'étais en colère, je me sentais frustré.

— Et alors, qu'avez-vous fait ?

— Ce que j'ai fait ? Je n'ai rien fait. J'ai continué mon chemin, c'est tout. Et je suis rentré chez moi.

— Et les autres fois ?

— Il n'y a eu que – que voulez-vous dire ?

Meredith Dunbar prit la main de son mari entre les siennes.

— Pourquoi tu ne leur dis pas simplement la vérité ? dit-elle.

— Quelle vérité ? demanda-t-il. La vérité sur la façon dont il nous a détruits ? La vérité sur la façon dont on lui a à peine tapé sur les doigts au tribunal ? La vérité sur la façon dont il a été libéré pour qu'il puisse gâcher la vie d'autres familles ?

— Dis-leur simplement ce que tu as fait, lui dit-elle doucement.

Dunbar regarda le shérif.

— Je n'ai rien fait. À ma grande honte. Quel genre d'homme suis-je ? Je suis incapable de prendre soin de ma famille, de réparer le mal qui a été fait à ma fille, le mal qui nous a été fait. Pourquoi suis-je incapable de faire ce que je veux faire ?

— Que voulez-vous faire ? dit le shérif.

— Ce que je veux faire ? Je veux remonter le temps, me retrouver juste avant le moment où Errol Watson a attiré ma petite fille chez lui pour lui montrer ses petits chiots, et je veux tuer cet homme juste à ce moment-là, avant qu'il ne puisse faire ce qu'il a fait. (Dunbar prit une profonde inspiration. Calhoun remarqua que ses yeux brillaient.) Mais je ne peux pas faire ça, hein ? C'est trop tard, vous ne pensez pas ? Et maintenant ? Maintenant, tout ce que je veux, c'est qu'il meure. Je veux qu'il souffre. Je veux savoir qu'il brûle en enfer.

Calhoun regardait la femme de Dunbar. Difficile de lire en elle. Elle avait les yeux fixés sur le visage de son mari pendant qu'il parlait, et elle remuait légèrement les lèvres, comme si elle essayait de parler pour lui.

— Vous vous êtes rendu chez lui pour le tuer, dit le shérif à Dunbar.

C'était une affirmation, pas une question.

— Non, non. (Dunbar secoua la tête.) Je ne sais pas pourquoi je suis allé là-bas. Mais pas pour le tuer. Je ne pense pas que j'en serais capable.

— Qu'est-ce que vous nous voulez, au juste ? demanda Meredith Dunbar. Qu'est-ce qui est arrivé à cet homme ?

— Pourquoi pensez-vous qu'il lui est arrivé quelque chose ? dit le shérif.

— Pourquoi seriez-vous ici, sinon ?

Le shérif se tourna vers Dunbar.

— Où étiez-vous samedi soir, il y a deux semaines ?

Dunbar fronça les sourcils.

— Je n'en sais rien. C'était quelle date ?

— Le 31 août.

— Nous sommes restés à la maison tout le week-end, dit Meredith Dunbar. C'était juste après le départ de Bonnie. Elle est dans un collège universitaire en Californie. Un petit établissement catholique, pour filles. Très strict. Une discipline rigoureuse. C'est ce qui lui faut. Elle va un peu mieux. Son psy est optimiste. Nous espérons qu'elle va se remettre complètement.

— Oui, dit le shérif. Bon. Alors, ce samedi soir ? Où étiez-vous ?

— Ici.

— Juste vous deux ?

— Oui, dit-elle. Benjie était absent pour le week-end. C'était le week-end juste avant la rentrée des classes. Le week-end de Labor Day. Il était au lac. Un de ses amis, Charles – enfin, les parents de Charles –, ils ont une maison au bord de Long Lake. Ils font beaucoup de ski nautique. Il est rentré le lundi après-midi.

— Vous avez eu des invités, des visites, ce soir-là ?

— Ce samedi soir-là, vous voulez dire ?

Le shérif se contenta de la regarder.

— Non, dit-elle. Rien que nous deux.

— Qu'est-ce que vous avez fait ?

— Je ne sais plus, dit-elle. C'était un samedi soir comme les autres. Nous avons regardé la télévision, je suppose. Nous ne faisons plus grand-chose. Nous ne sortons plus. Nous n'avons plus d'amis. Franklin va travailler. Il passe beaucoup de temps sur la route. Je travaille à la bibliothèque, comme bénévole. J'y passe le plus de temps possible. Nous essayons de nous occuper. Nous n'avons aucune distraction.

Le shérif dit :

— Depuis...

Elle acquiesça.

— Oui, depuis que c'est arrivé. (Elle inclina la tête pour le regarder.) Errol Watson a été assassiné, n'est-ce pas ?

— Qu'est-ce qui vous fait dire ça ? demanda le shérif.

— Pourquoi seriez-vous ici, à nous poser toutes ces questions, sinon ? Nous – je veux dire Franklin –, il est votre meilleur suspect. Il a menacé Watson en plein tribunal et on l'a vu près de chez Watson. (Elle sourit.) Vous ne connaissez pas mon mari. Il ne pourrait pas faire ça. Il a – il a du mal à faire quoi que ce soit. Il réfléchit, il se tourmente, il médite, il envisage les choses sous tous les angles possibles, et finalement il ne fait rien du tout.

— Et vous, demanda le shérif.

— Moi, je pourrais le faire, dit-elle. Je ne l'ai pas fait, mais je pourrais. Je sais faire la différence entre le bien et le mal. Tuer Errol Watson ne serait pas mal faire. Si quelqu'un l'a tué, il a fait ce qu'il fallait faire. Si c'est mon mari, je retire tout ce que j'ai dit de mal sur lui ces sept dernières années. (Elle se tourna vers Dunbar.) Est-ce que c'est toi, Franklin ?

Il secoua la tête.

— Non.

Elle sourit.

— Eh bien, s'il est mort, peut-être que la famille va pouvoir commencer à guérir de ses blessures. Peut-être que, finalement, cela va nous aider à clore ce chapitre. (Elle plissa les yeux pour regarder le shérif.) Est-ce qu'il est mort ?

Le shérif opina.

— Oui, il est mort.

Meredith Dunbar hocha la tête.

— Bon. Je suis désolée de vous dire que ce n'est pas nous. Vous avez d'autres questions à nous poser, shérif ?

Le shérif lança un coup d'œil à Calhoun, qui secoua la tête.

— Non, je pense que c'est tout pour l'instant.

Il se leva puis tira de sa poche une carte de visite. Il la tendit à Franklin Dunbar.

— Si vous repensez à quelque chose que vous avez oublié de nous dire, appelez-moi, s'il vous plaît.

Dunbar fit glisser son pouce sur la carte du shérif et la rangea dans la poche de sa chemise.

— Oui, dit-il. Bien sûr.

Ils regagnèrent l'entrée. Dunbar leur ouvrit la porte.

— Vous aimez la pêche ? demanda Calhoun.

— La pêche ? dit Dunbar. Oui, je crois. Avant, j'aimais la pêche.

— Vous avez un bateau ?

Dunbar acquiesça.

— Bien sûr. Tout le monde ici a un bateau. Avoir un bateau, passer du temps en mer, c'est bien pour ça que les gens dans le Maine choisissent de vivre près de la côte, non ?

Calhoun opina.

— Quel genre de bateau ?

— Le nôtre ? demanda Dunbar. Un Boston Whaler. C'est juste un petit canot de dix-huit pieds équipé d'un moteur quarante chevaux. Rien d'extraordinaire. Je l'ai acheté avant... ce qui est arrivé. Je pensais que ça serait bien d'emmener la famille en bateau, vous voyez, passer un peu de temps en mer, aller pique-niquer sur les îles, remonter les rivières, chercher des palourdes, faire des balades. (Il secoua la tête.) Depuis... eh bien on a pratiquement arrêté de faire des sorties en famille. C'est surtout Benjie qui utilise le bateau, maintenant.

— Vous le laissez où ?

— À la marina. La Saco Marina, juste là, sur la rivière. (Il fronça les sourcils.) Pourquoi ces questions sur mon bateau ?

Calhoun sourit.

— Je m'intéresse aux bateaux, c'est tout.

— Eh bien, dit Dunbar, je le revendrais, ce bateau, s'il n'y avait pas Benjie. Vous savez combien ça coûte de louer un anneau dans une marina ? Il n'arrête pas de dire qu'il pourrait avoir envie d'essayer la pêche au homard, et je pense que ça lui ferait du bien, c'est une bonne chose pour un garçon, s'il arrivait à bouger son derrière.

Calhoun hocha la tête et ouvrit la moustiquaire. De l'extérieur lui parvint un bruit sourd, rythmé, qu'il identifia comme étant celui d'un ballon qui rebondit sur le trottoir.

Le shérif se tourna vers Meredith Dunbar et dit :

— Est-ce que je pourrais utiliser vos toilettes ?

— Bien sûr, dit-elle, et elle lui montra le chemin dans la maison.

Calhoun sortit. Benjie Dunbar faisait des lancers sur le côté de l'allée. Il se donnait à fond. Il lançait de loin, en sautant, et se précipitait pour attraper le ballon avant qu'il ne touche le sol, et il lançait à nouveau. Puis il attrapait le ballon, repartait en dribblant, faisait quelques feintes, quelques rotations, et il lançait au panier.

Il ne ratait presque jamais.

Au bout d'un moment, Calhoun dit :

— T'es dans l'équipe ?

Le garçon s'arrêta tout d'un coup et se retourna.

— Ça alors, dit-il, vous m'avez fichu une sacrée trouille.

— Désolé. Je te regardais. T'es vraiment bon.

— Ouais, dit Benjie. J'espère être dans le cinq de départ cette année. J'sais pas. Faut que j'travaille ma main gauche.

Tout à coup, il fit une passe appuyée à Calhoun.

Calhoun leva le bras, bloqua le ballon d'une main et le fit rebondir, pour voir. La sensation lui parut familière, et il sut qu'il avait déjà manié un ballon de basket auparavant. Sans même y penser, il leva le ballon au-dessus de sa tête et, d'un geste facile et fluide qu'il sentait parfaitement naturel, le lança en direction de l'arceau, et il comprit que ses muscles avaient répété ce geste des centaines de fois.

Son tir toucha l'avant de l'arceau. Trop court.

Benjie attrapa la balle au rebond et la déposa dans le cercle.

— Faut accompagner, dit-il.

Il leva le bras et fit basculer sa main en avant d'un coup de poignet.

Calhoun frappa dans ses mains. Benjie lui passa le ballon. Il essaya à nouveau, cette fois-ci en accompagnant le tir avec la main et le poignet, et le ballon traversa le filet sans toucher le cercle.

— Et voilà, dit Benjie. C'est pas mal.

Il récupéra le ballon et le passa à Calhoun.

Qui tira à nouveau. Impeccable.

Benjie prit le ballon et repartit en dribblant jusqu'à Calhoun, et le lui tendit.

— Allez, dit-il, montrez-moi ce que vous savez faire.

Et il plia les genoux, les bras ballants de chaque côté.

Calhoun se dit que s'il essayait de réfléchir, il trébucherait tout seul, alors il fit le vide dans sa tête et, avant même de s'en rendre compte, il s'était déhanché en faisant plonger une épaule, puis il se balança de l'autre côté et contourna Benjie d'une grande enjambée avec changement de main, dribbla jusqu'au panier, se propulsa en l'air tout en pivotant et fit retomber le ballon dans le cercle.

Benjie rattrapa le ballon à sa sortie du filet et le lança sèchement à Calhoun.

— Essayez encore.

Calhoun leva la main.

— Je suis un vieil homme. Tu veux que je fasse une crise cardiaque ?

— J'étais pas prêt, dit Benjie. Je peux vous bloquer.

— Bien sûr, dit Calhoun. Je sais que tu peux.

Il fit rebondir le ballon en direction du garçon.

Benjie le saisit, fit une feinte de passe à Calhoun, puis il fit une rotation et marqua d'un tir en sautant en arrière. Il récupéra le ballon et le lança à Calhoun violemment.

Calhoun bloqua en faisant retomber le ballon, puis s'en saisit.

— T'es fâché contre moi, ou quoi ?

— Vous m'avez une fois, et puis vous arrêtez ? Vous pouvez pas faire ça.

— Bien sûr que je peux.

— Allez, dit Benjie. Essayez de me bloquer.

— OK, dit Calhoun, allons-y.

Ils reculèrent à six ou sept mètres du panier. Calhoun fit une passe en rebond à Benjie, puis se baissa en position défensive.

Benjie prit le ballon entre ses deux mains, coudes écartés, genoux fléchis, balançant la tête de droite à gauche, et Calhoun comprit qu'il allait feinter à gauche, hésiter, faire un pas rapide pour le fixer, puis partir à droite.

C'est ce que fit Benjie et Calhoun fit semblant de marcher dans la feinte, et Benjie s'enfonça pour un lay-up par-dessus l'épaule un peu prétentieux.

Calhoun le suivit et attrapa le ballon qui retombait du filet.

— Super, ta feinte. Je suis resté scotché sur place.

— On recommence ?

Calhoun poussa un soupir.

— Non. J'ai eu de la chance une fois. Restons-en là.

Il tendit le ballon à Benjie.

Benjie l'observa.

— Un mouvement comme ça, c'est pas de la chance. Vous avez joué à la fac, hein ? J'veux dire, vous êtes drôlement bon pour quelqu'un de votre âge. Vous avez joué où ?

Calhoun haussa les épaules. Où et quand il avait joué au basket, il n'en avait pas la moindre idée. C'était l'une des innombrables choses qui s'étaient passées avant que la foudre ne lui efface la mémoire. Pourtant, il était évident qu'il y avait déjà joué, et le souvenir qu'il en avait était bien vivant dans ses muscles, à défaut de l'être dans son cerveau.

Benjie posa le ballon sur l'asphalte et s'assit dessus.

Calhoun s'accroupit à côté de lui, haletant.

— Ouah, dit-il, j'ai plus la forme.

— Alors quelqu'un a tué ce salaud qui a violé ma sœur, hein ? dit Benjie.

— Je suis censé ne pas en parler.

Benjie s'esclaffa.

— Ouais, moi non plus. C'est la grande honte de la famille, notre terrible secret. Vous ne le diriez pas, comme ça, mais avant, mon père, c'était un mec super. Il nous emmenait pêcher et camper, il jouait au ballon avec moi, racontait des blagues. Il n'a plus fait de paniers avec moi depuis. Pas une seule fois.

Calhoun jeta un coup d'œil à Benjie et vit des larmes briller dans les yeux du garçon. Il se leva et regarda en arrière, vers la maison, pour que Benjie ne voie pas qu'il l'avait remarqué.

Attendant au bord de l'allée, le shérif les regardait, les bras croisés sur sa poitrine.

— Écoute, dit Calhoun à Benjie, il faut que j'y aille. Si t'as envie de parler à quelqu'un, un jour, appelle-moi. (Il sortit une carte de la boutique de son portefeuille.) Appelle-moi là. C'est là que je travaille quand je ne joue pas au shérif-adjoint. Si je ne suis pas là, laisse un message. Je l'aurai plus tard. Peut-être qu'on pourrait aller à la pêche, un de ces jours.

Benjie se passa le poignet sur les yeux, prit la carte et la regarda.

— Calhoun, hein ?

— Stoney. C'est comme ça qu'on m'appelle.

Il lui tendit la main.

Benjie la serra.

— Merci. Peut-être que j'le ferai.

Il mit la carte dans sa poche, ramassa le ballon et le tendit à Calhoun.

— Essayez une autre feinte.

Calhoun leva les deux mains.

— C'était la seule feinte que je connaisse. Ça ne marche qu'une fois. Vaut mieux arrêter pendant que je suis devant. T'en fais pas trop.

En souriant, Benjie répondit :

— Vous non plus.

Calhoun lui tourna le dos et rejoignit le shérif qui l'attendait.

— Prêt à partir ?

Le shérif secouait la tête.

— Tu n'arrêtes pas de me surprendre, Stoney Calhoun.

— Je me surprends moi-même.

Une fois dans l'Explorer, alors qu'ils roulaient en direction de chez Calhoun, le shérif demanda :

— Alors, monsieur l'adjoint, qu'est-ce que vous en pensez ?

— Ce que Watson a fait a détruit cette famille, dit-il. Bonnie n'a pas été la seule victime. Ils sont tous perturbés. Difficile de regretter ce qui est arrivé à ce salopard. Il n'a eu que ce qu'il méritait.

— Quelqu'un l'a assassiné, dit le shérif. Faut pas perdre ça de vue.

— Je sais. N'empêche, celui à qui je pense, c'est Paul Vecchio. Je ne serais pas ici avec toi, à faire ce qu'on est en train de faire s'il n'y avait eu que la mort de Watson.

— J'imagine que si nous trouvons qui a tué Watson, dit le shérif, nous aurons aussi celui qui a tué Vecchio.

— Je crois bien, répondit Calhoun. Tu penses que Dunbar fait un bon suspect ?

— Il en avait les moyens, le mobile et l'occasion, dit le shérif. Il fait un très bon suspect. Au fait, Stoney, c'était astucieux de lui poser ces questions sur son bateau. Ça prouve que Dunbar avait les moyens d'emmener Watson sur Quarantine Island.

— J'imagine que sa femme aurait pu l'aider.

— Ou son fils, ajouta le shérif.

Calhoun hocha la tête.

— Ce gosse, il faudrait qu'il arrive à sortir tout ce qu'il a sur le cœur. Il n'aime pas beaucoup son père. Il était prêt à m'arracher la tête, au basket. Il a pas supporté que je le batte au un contre un.

Le shérif souriait.

— C'était une feinte géniale.

— Ne me demande pas d'où ça venait. (Calhoun secoua la tête.) C'est difficile d'imaginer ces gens en train de faire ce qui est arrivé à Watson.

— C'est toujours difficile. (Le shérif eut un petit rire.) C'est difficile de t'imaginer en star du basket. Tu veux qu'on s'arrête pour prendre un café ?

— Non, dit Calhoun. Je veux rentrer chez moi.

— Inquiet au sujet de Ralph ?

— J'crois bien, oui.

Ils roulèrent en silence pendant quelques minutes. Puis Calhoun dit :

— Bon, maintenant, qu'est-ce qui se passe ?

— Maintenant, dit le shérif, je vais faire un rapport pour le lieutenant Gilsum. Je vais lui rappeler que ce que Dunbar a dit au tribunal s'est réalisé. Avant de brûler Watson, on lui a coupé la bite, juste comme Dunbar l'avait dit. Je vais écrire dans mon rapport que la Saab bordeaux de Dunbar a été vue près de la maison de Watson, et qu'il a admis y être allé, et qu'il a d'abord menti sur ce point. Je vais aussi dire qu'il a menti en disant qu'il ne savait pas que Watson était sorti de prison, et qu'en fait il a essayé de mentir sur plusieurs points, mais qu'il n'est pas très bon à ce jeu-là. Je vais dire qu'il n'a pas d'alibi pour le samedi soir où Watson a probablement été tué. Je vais dire que nous ne trouverons jamais personne qui ait un meilleur mobile que Dunbar.

— Et ensuite ?

— Ensuite ? (Le shérif poussa un soupir.) Ça dépend de Gilsum. Je serais bien surpris s'il n'agrafait pas Dunbar pour le mettre sur la sellette. Sa femme aussi, peut-être. Pour les interroger séparément. Nous, on a été plutôt gentils avec eux.

Calhoun secouait la tête.

— Malgré tout ça, je ne vois pas Dunbar en train de faire ça.

— Pas le genre ? C'est ça que tu penses ?

Calhoun acquiesça.

— Ouais, peut-être. Il me semble trop… passif. C'est un homme brisé. Vaincu. Plein de regrets et de tristesse. Il a dépassé le stade de la colère et de la vengeance. Je ne le sens pas capable de faire grand-chose. Tu vois ce que je veux dire ?

— Les gens mentent, répliqua le shérif. Tout le monde ment. Tout le monde a quelque chose à cacher. La plupart des gens ne sont pas doués pour le mensonge, mais certains, si. Ils mentent et dissimulent, et la seule façon de s'en apercevoir, c'est d'arriver à savoir ce qui s'est passé exactement. Dans ce métier, il faut partir du principe qu'ils mentent.

— Je sais, dit Calhoun.

— Le genre qu'ils ont, ça ne veut rien dire, affirma le shérif. N'importe qui est capable de faire n'importe quoi.

13

LORSQUE CALHOUN, AU VOLANT DE L'EXPLORER DU SHÉRIF, entra dans la clairière, Ralph sortit de l'obscurité en bondissant. Calhoun descendit et s'accroupit pour que le chien puisse lui sauter dessus et lui lécher le visage. Il se rendit compte que pendant tout le temps où il avait été parti, l'idée que Ralph pourrait ne pas être là à son retour n'avait cessé de le tracasser.

Le shérif descendit aussi et fit le tour pour se mettre au volant.

— Tu veux du café ou quelque chose ? demanda Calhoun.

Le shérif secoua la tête.

— Vaut mieux pas. Jane m'attend.

— C'est bien, ça, dit Calhoun, avoir une femme qui t'attend à la maison et qui se demande où tu es allé.

— Tu as un chien, toi, répondit le shérif. Tu remarqueras que lui, il n'a pas regardé sa montre, il n'a pas tapé du pied, et il ne t'a pas dit qu'il s'était inquiété.

Après le départ du shérif, Calhoun entra chez lui. Il prit un biscuit pour chien dans le placard et un Coca dans le frigo, et ressortit sur la terrasse avec. Il donna le biscuit à Ralph et prit une longue gorgée de Coca. Il voulait faire passer le goût amer qu'il avait dans la bouche. Mettre une famille anéantie sur la sellette au sujet du meurtre de l'homme qui a détruit leur vie n'avait rien d'agréable.

Il pouvait le faire, et il en comprenait la nécessité, mais il n'aimait pas cela.

Il lui était difficile de ne pas être d'accord avec le shérif. Objectivement, Franklin Dunbar faisait un suspect vraisemblable. Il pouvait aussi imaginer la femme de Dunbar, cette femme aux yeux glacés, en train de faire ça, ou même son fils impétueux. Il pouvait imaginer qu'ils l'avaient fait ensemble, tous les trois.

Il y avait une chose qu'il ne pouvait imaginer : les punir pour cela. Quatre ans et demi de prison était un châtiment ridicule pour ce qu'Errol Watson leur avait fait. Se faire couper la bite, se la faire enfoncer dans la gorge et être la proie des flammes, c'était déjà un peu plus sérieux. Il était difficile d'avoir de la peine à ce sujet.

Si Franklin Dunbar avait tué l'homme qui avait démoli sa famille, il méritait d'être applaudi bien fort.

Ça serait une toute autre affaire si Dunbar avait tué Watson et puis en était venu à abattre Paul Vecchio.

Comme l'avait dit le shérif, n'importe qui peut faire n'importe quoi. On ne peut pas savoir ce qui se passe dans la tête d'une autre personne. Un homme faible et brisé en apparence, comme Franklin Dunbar, pouvait très bien avoir au plus profond de lui-même quelque chose de froid et d'inébranlable. Calhoun savait qu'en théorie le shérif avait raison, mais dans ce cas précis, il ne croyait pas Franklin Dunbar – ni sa femme, ni leur fils – capable d'assassiner un homme comme Paul Vecchio.

Et donc, Calhoun se retrouvait confronté à une énigme. Errol Watson et Paul Vecchio avaient été assassinés. Compte tenu du moment où ça s'était passé, et du fait que Vecchio avait découvert le corps de Watson peu de temps avant d'être lui-même tué – et compte tenu du fait qu'il existait aussi un lien entre les deux meurtres et Calhoun –, il s'ensuivait logiquement que les deux hommes avaient été assassinés par la même personne.

Franklin Dunbar était le meilleur suspect pour le meurtre de Watson, mais il n'avait aucun mobile apparent pour tuer Vecchio.

Peut-être que les deux meurtres n'avaient rien à voir l'un avec l'autre et que les liens étaient tous fortuits. Ou peut-être que Franklin Dunbar n'avait tué ni l'un ni l'autre. Ou peut-être qu'il avait tué Watson et Vecchio, auquel cas il leur fallait trouver le lien qui l'unissait à Vecchio.

Ils ne s'y prenaient pas de la bonne façon. Ils recherchaient l'assassin de Watson parce que c'était plus facile. Watson était un homme mauvais, le genre d'homme qui se fait des tas d'ennemis et qui n'a aucun ami. On pouvait comprendre pourquoi quelqu'un aurait eu envie de le tuer. Toute personne connaissant cet individu faisait un bon suspect. Il y avait donc beaucoup d'assassins possibles avec un mobile plausible, et on pouvait passer son temps à les rechercher, à les interroger et avoir l'impression de faire du bon boulot.

Mais quelle importance, tout ça ? Watson était mort, il n'avait eu que ce qu'il méritait, et ce n'était pas faire acte de justice que de punir son meurtrier.

Calhoun ne voulait plus y participer, tout simplement. Il se fichait pas mal d'attraper le meurtrier de Watson. En fait, il espérait même plutôt le contraire. Il ne voyait pas pourquoi il faudrait punir Franklin Dunbar, si c'était lui. On devrait lui donner une médaille.

Il était assis dans son fauteuil, la tête rejetée en arrière, regardant les étoiles et prêtant l'oreille aux hiboux. Il savait ce qu'il voulait faire. Il voulait abandonner cette affaire répugnante. Son instinct ne l'avait pas trompé la première fois. Il n'aurait jamais dû se retrouver impliqué là-dedans.

Il prit la décision. Il allait tout plaquer. Il le dirait au shérif dès le lendemain matin. Il lui rendrait l'insigne et ce fichu téléphone portable, lui souhaiterait bonne chance en lui disant qu'il espérait sincèrement rester son ami. Puis il se remettrait à guider des pêcheurs, à monter des mouches, à fendre du bois et à travailler à la boutique. Merde, la vie était trop courte et pleine d'incertitudes pour continuer à faire des choses qui ne lui semblaient pas justes et auxquelles il ne croyait pas.

Dès qu'il eut pris cette décision, il se sentit mieux.

Il se leva, et Ralph, qui était resté étendu près de lui sur la terrasse, fit de même, et ils rentrèrent dans la cabane. Calhoun sortit de sa poche l'insigne d'adjoint et le téléphone du shérif et les posa sur la table. Puis il remplit la cafetière automatique, s'assura que le bol d'eau de Ralph était plein, et, après s'être brossé les dents, il alla se coucher.

Abandonner cette affaire lui procurait une sensation de pureté et de propreté, et il s'endormit presque instantanément.

Calhoun se réveilla en pensant à Vecchio. Par la fenêtre de sa chambre, il pouvait voir le ciel noir parsemé d'étoiles brillantes et les branches des pins qui se balançaient dans la brise. D'après son horloge interne, il était cinq heures quarante du matin.

Il se sentait tracassé et déchiré à nouveau, exactement comme il s'était senti juste avant de décider d'arrêter de travailler avec le shérif.

Il avait fait un rêve, bien sûr, mais il n'en avait gardé aucun souvenir précis. Il savait juste que Vecchio était dedans. Ça faisait partie de la tension qu'il sentait en lui. Ses rêves lui faisaient toujours cet effet-là.

Calhoun avait passé assez de temps avec Vecchio pour savoir qu'il l'aimait bien. On partage son bateau avec quelqu'un, on attrape des poissons, il ne faut pas longtemps pour se faire une assez bonne idée du genre d'individu auquel on a affaire. Vecchio était un homme solide. Il était intelligent, réservé. Il ne se prenait pas trop au sérieux. Il aimait l'océan et la pêche.

Cela n'avait pas duré assez longtemps pour dire qu'ils étaient amis, mais suffisamment tout de même pour penser que Vecchio et lui auraient pu devenir amis. S'il n'avait pas été assassiné.

Calhoun avait décidé de laisser tomber son travail avec le shérif. Mais ça n'était pas aussi simple que ça. Il ne pouvait pas laisser tomber Vecchio.

Avec le meurtre de Vecchio, contrairement à celui de Watson, on démarrait avec une absence de mobile. Vecchio semblait n'avoir aucun ennemi. Ce n'était pas un dealer, ni un pornographe, ni un violeur. Calhoun était certain qu'il n'était pas différent de ce qu'il avait l'air d'être, un inoffensif professeur de collège universitaire. Rien de ce que les inspecteurs de Gilsum avaient appris ne remettait cela en cause. Avec Vecchio, on ne savait pas où commencer. Sans mobile, pas de suspects, et donc rien pour se lancer à leur poursuite.

Apparemment, celui qui avait tué Vecchio l'avait suivi jusqu'à la cabane de Calhoun dans les bois. C'était un bon endroit pour commettre un meurtre, désert, et cela en faisait une affaire personnelle pour Calhoun.

Sans parler du fait que lorsque le meurtrier était venu pour tuer Vecchio, Ralph s'était enfui et avait tardé à revenir. Ralph n'aurait pas fait ça si le type ne lui avait pas tiré dessus ou essayé de lui donner un coup de pied. Ce qui en faisait une affaire encore plus personnelle.

La question était : Pourquoi Paul Vecchio était-il venu chez Calhoun deux jours après leur sortie en mer ?

Calhoun était allongé dans le noir, et il se repassa le film de ce matin-là, dans le bateau avec Vecchio, en commençant par le moment où, pour la première fois, il avait posé les yeux sur lui, deux heures avant le lever du jour, sous la lumière orangée du parking près du ponton d'East End. Ils s'étaient serré la main. Vecchio avait deux étuis de canne à pêche à la main et son sac noir L.L. Bean accroché à l'épaule. Calhoun lui avait dit qu'il n'avait pas besoin de ses cannes à mouche, puis, en montrant le sac, il lui avait fait son petit discours sur les gadgets électroniques interdits sur son bateau. Vecchio était retourné à son Subaru pour y laisser les cannes et son téléphone portable. Puis ils étaient descendus au bateau. Vecchio avait caressé Ralph, rangé son sac dans le compartiment étanche sous le siège, et…

Calhoun fit une avance rapide jusqu'au moment où le shérif avait dit à Vecchio qu'il ne pouvait pas retourner à Quarantine Island avec eux. Vecchio était descendu du bateau à contrecœur et était resté là à les regarder partir, déçu, peut-être un peu en rogne, sans leur faire signe.

Calhoun étudia cette image dans sa mémoire. Il voyait clairement que Vecchio n'avait pas son sac L.L. Bean à la main, ni à l'épaule, ni posé par terre à côté de lui.

Il se souvint que, juste avant qu'ils n'arrivent à Quarantine Island, Vecchio avait sorti le sac du compartiment étanche sous le siège central. Assis sur le siège avant et tournant le dos à Calhoun, il avait mis le sac sur ses genoux et avait fouillé dedans. Deux minutes plus tard, il se passait de l'écran solaire sur le visage. Puis il avait refermé le sac, s'était retourné et l'avait remis sous le siège central.

Écran solaire. Il y avait ce flacon d'écran solaire sur la terrasse, près du cadavre de Vecchio, comme s'il avait été en train de s'en mettre quand il avait été abattu.

Sauf qu'on ne se met pas d'écran solaire à la fin de la journée, et c'était à ce moment-là que Vecchio était allé chez Calhoun. Donc, il l'avait laissé là pour une autre raison. C'était un message pour Calhoun de la part d'un homme qui savait qu'il allait se faire tuer.

Le sac. Voilà ce qui n'avait cessé de se manifester aux confins de la mémoire de Calhoun ces derniers jours. Paul Vecchio avait oublié son sac dans le bateau, ce jour-là.

C'était sans doute la raison pour laquelle il était venu chez Calhoun. Il voulait récupérer son sac L.L. Bean qui était toujours sur le bateau, le bateau qui était là, sur sa remorque, dans la cour.

Et c'est à ce moment-là qu'il s'était fait tuer.

Mais alors, pourquoi n'avait-il pas appelé Calhoun à la boutique, ou chez lui, pour lui dire qu'il avait oublié son sac et lui demander de le lui rapporter ? Pourquoi avait-il fait tout ce chemin jusqu'à la cabane de Calhoun à Dublin ? Qu'y avait-il de si important dans ce sac pour qu'il veuille le récupérer sans attendre ?

Il rembobina et se repassa la scène. Il entendit Vecchio lui dire ce qu'il avait dans son sac : coupe-vent, appareil photo, pince, couteau à poisson, boîtes à mouches, chaussettes de rechange, écran solaire, crème antimoustiques.

Il avait sorti l'appareil photo avant de ranger le sac dans le compartiment sous le siège. Il avait utilisé l'écran solaire sur le bateau.

Si le meurtrier s'intéressait au sac, alors Vecchio n'avait pas tout dit à Calhoun, parce qu'on ne commet pas un meurtre pour une paire de chaussettes ou une boîte à mouches.

Bien, si le sac n'était plus dans le bateau maintenant, cela signifiait que le meurtrier l'avait pris.

S'il était encore dans le compartiment étanche sous le siège central, Calhoun allait l'ouvrir pour voir s'il contenait quelque chose d'une valeur particulière et inhabituelle pour Vecchio, et pour son assassin.

Mais le sac n'avait peut-être rien à voir avec le meurtre. La venue de Vecchio pour le récupérer avait simplement offert au meurtrier une opportunité bien commode.

Non. Vecchio avait laissé tomber ce flacon d'écran solaire pour que Calhoun pense au sac.

Calhoun alluma la lumière près de son lit, se leva et enfila son pantalon.

Ralph, qui était couché en rond sur le sol au pied du lit, leva la tête et cligna des yeux.

— Rendors-toi, lui dit Calhoun. Je reviens tout de suite.

Il alluma les projecteurs, sortit et alla à son bateau. Il souleva le couvercle du siège central. Le sac L.L. Bean de Vecchio était bien là.

Il le prit et l'emporta à l'intérieur. Il le posa sur la table de la cuisine, l'ouvrit et mit tout ce qu'il contenait sur la table.

Chaussettes, boîtes à mouches, écran solaire, antimoustiques, coupe-vent roulé, pince, couteau à poisson.

Il prit chaque objet, le regarda sous tous les angles et le reposa sur la table.

Quand il déroula le coupe-vent, il trouva une feuille de calepin froissée glissée à l'intérieur.

Il défroissa le papier sur la table. Il portait une inscription : *Keelhaul Albie 6/9 9:00.*

Les lettres, écrites au feutre noir, étaient un peu floues, comme si elles avaient été exposées à l'humidité, mais elles restaient parfaitement lisibles.

Il retourna la feuille. Au dos, il y avait un schéma abstrait, gribouillé au crayon. C'était un gros *U* inversé, comme un bol à l'envers, ou un parapluie, avec une douzaine au moins de gouttes rondes grossièrement dessinées et de tailles variables, éparpillées sur la feuille, comme si elles étaient tombées du bol. Un *X* avait été tracé à l'intérieur de quatre des petites gouttes.

Calhoun regarda le dessin. Pour lui, ça ne signifiait rien. Rien qu'un gros *U* à l'envers, avec un tas de ronds mal formés.

Il se dit que cela signifiait probablement quelque chose pour Paul Vecchio. Il retourna le papier à nouveau. Il n'y avait que les mots *Keelhaul Albie*, avec ce qui avait l'air d'être une date et une heure – *6/9 9:00.* Certainement le 6 septembre à neuf heures. Il calcula. Le 6 était le samedi avant sa sortie en mer avec Vecchio. Exactement une semaine après le meurtre de Watson, selon le légiste.

Calhoun se rappelait que Vecchio avait appelé à la boutique le dimanche après-midi, le 7, pour prendre rendez-vous pour leur partie de pêche, et c'est Kate qu'il avait eue. Calhoun se souvint que Kate lui avait parlé de sa conversation avec ce nouveau client. Il lui avait dit qu'il était très impatient, qu'il espérait sortir en mer le jour même, si possible, ou le lundi, ça irait aussi. Ça lui était égal d'y aller avec Kate ou Calhoun. Kate lui avait expliqué que c'était trop tard pour y aller le dimanche, et qu'ils étaient fermés le lundi, donc qu'il n'y aurait pas de guide disponible avant le mardi, et que c'était le tour de Calhoun.

Peut-être ce bout de papier n'avait-il aucun rapport avec ce qui était arrivé à Vecchio, mais c'était ce qui se rapprochait le plus d'un indice qui ait été trouvé jusqu'à présent.

Est-ce que c'était pour venir chercher ce bout de papier que Vecchio avait fait tout le chemin jusqu'à la maison de Calhoun ? Est-ce que c'était pour ça qu'on l'avait tué ?

Keelhaul Albie ?

Est-ce que la partie de pêche avec Vecchio le mardi 9 était due au fait que quelqu'un du nom d'Albie avait été passé sous une quille de bateau le samedi 6, à 9 heures ?

"Keelhaul" était un terme qui faisait référence à un châtiment traditionnel dans la marine, beaucoup plus cruel qu'attacher un marin indiscipliné au mât et le fouetter. Cela consistait à attacher de longues cordes aux jambes et aux bras du condamné, à le faire descendre dans l'eau devant la proue, puis des marins tiraient sur les cordes pour que le supplicié ait les bras et les jambes écartés, et ils rejoignaient la poupe tout en tirant le pauvre bougre écartelé sous le navire et en le faisant frotter sur la quille.

Les victimes de ce châtiment qui ne se noyaient pas d'abord mouraient généralement de leurs blessures, leur chair étant arrachée par les coquillages fixés à la quille.

Peut-être que "keelhaul" devait être pris au sens figuré. Peut-être que cela signifiait simplement : Punir Albie sévèrement et cruellement. Ou peut-être que cela voulait dire tuer. Ce châtiment était souvent fatal.

Alors, qui était Albie ? Est-ce qu'on l'avait passé sous une quille – ou puni d'une quelconque manière, ou tué – le samedi 6 septembre, à 9 heures ?

Et quel était le rapport, s'il y en avait un, avec la partie de pêche du mardi ?

Errol Watson avait été cruellement et sévèrement puni, mais être brûlé et être passé sous une quille étaient deux supplices bien différents.

Bon, mais Vecchio était un universitaire. Il aimait certainement les métaphores et le langage figuré.

Autre chose : "Albie" désignait ce que les pêcheurs appellent aussi le faux germon, le petit thon qui vit en bancs et fréquente occasionnellement les côtes du Maine et, plus abondamment, les zones autour de Cape Cod et Martha's Vineyard. Les "albies" – et leurs cousins les bonites – étaient très appréciés des pêcheurs à la mouche.

Mais passer un poisson sous la quille ? Ça n'avait aucun sens.

Calhoun attendit 8 h 30 pour appeler le shérif. Il ne voulait pas le déranger pendant le petit déjeuner, et il espérait l'avoir au téléphone après que son ami soit passé aux toilettes.

C'est Jane qui répondit et lui dit que ce bougre de bourreau de travail qu'elle avait en guise de mari, qui était rentré après minuit la veille, était déjà reparti à son bureau, tu pourras probablement l'avoir sur son portable.

Alors Calhoun prit son portable et appuya sur le bouton sur le côté et dit "Dickman". Après deux sonneries, le shérif répondit :

— Stoney ? Qu'est-ce qui se passe ?

— J'ai quelque chose à te montrer.

— Quelque chose de quel genre ?

— Un morceau de papier que j'ai trouvé dans le sac de Vecchio, il l'avait oublié dans mon bateau. Il y a quelque chose d'écrit d'un côté et un genre de dessin abstrait de l'autre, et je me dis que c'est pour le récupérer qu'il est venu chez moi, et je pense qu'il a laissé tomber ce flacon d'écran solaire pour me faire penser à son sac, et ça pourrait avoir un lien avec son meurtre.

— Un morceau de papier, tu dis ?

— Une feuille de calepin, oui.

— Un indice, hein, Sherlock ?

— T'es pas obligé d'être sarcastique, dit Calhoun.

— Excuse-moi, Stoney. Mais c'est bien ça que tu te dis, non ? Ce morceau de papier est une sorte d'indice ?

— Ouaip. C'est ce que je me suis dit.

— T'as raison. Ça se pourrait bien. (Le shérif hésita un instant.) OK, écoute. J'arrive à l'instant sur le parking du QG de la police de l'État. Grosse réunion avec le lieutenant Gilsum et son équipe. Enfield, l'adjoint du D.A., va être là, lui aussi. Ils veulent mon rapport sur notre rencontre avec Franklin Dunbar. On doit tous échanger nos impressions, revoir l'organisation et la coordination. Je sais pas combien de temps ça va prendre. Gilsum aime ces fichues réunions, et il va sûrement faire son cinéma devant Enfield. Qu'est-ce que tu peux me dire sur ce morceau de papier ?

Calhoun lui dit ce qui était écrit et essaya de décrire le dessin avec le *U* à l'envers et les ronds grossièrement formés, avec les *X* à l'intérieur pour certains.

— Hmm, dit le shérif au bout d'un moment. Intéressant. Je parie que tu y as déjà réfléchi et j'aimerais bien t'entendre. Moi, je peux pas y penser maintenant. Tu seras à la boutique aujourd'hui ?

— De 10 heures à 4 heures, dit Calhoun. On est mardi.

— Je t'y retrouverai. Faut que j'y aille.

Calhoun appuya sur le bouton ARRÊT, hésita, puis remit le téléphone dans sa poche. Il reprit l'insigne d'adjoint, le fit sauter dans la paume de sa main un instant, et le remit aussi dans sa poche. Il n'était plus certain d'abandonner. Tout dépendait de savoir s'il allait pouvoir se concentrer sur l'affaire Vecchio ou pas.

Il plia le morceau de papier et le fourra dans sa poche de chemise. Il se versa une tasse de café pour le trajet puis, emportant aussi le sac de Vecchio, il alla à son camion. Il mit le sac à l'arrière, et après avoir accroché son bateau, il ouvrit la portière côté conducteur pour Ralph et prit la direction de la boutique, à Portland.

Il voulait avoir son bateau sous la main, près de l'eau. Il avait cette partie de pêche avec le Dr Sam Surry prévue pour le vendredi, et peut-être qu'il y en aurait une autre avant cela. Peut-être qu'ils auraient un appel de quelqu'un voulant y aller aujourd'hui même. En garant le bateau sur le parking près de la boutique, il serait prêt.

Il arriva un peu avant dix heures. Kate avait déjà ouvert le magasin. Elle était au téléphone, assise à son bureau dans l'arrière-boutique, quand Calhoun entra. Elle haussa les sourcils, lui fit signe avec les doigts en même temps qu'un sourire rapide, puis baissa les yeux vers quelque chose qu'elle était en train de lire sur son bureau.

Calhoun ressentit un petit picotement familier. C'était bien agréable de voir Kate sourire, même brièvement. Elle n'avait pas beaucoup souri ces derniers temps.

Ralph alla s'étendre tout près d'elle. Elle se baissa pour lui gratter l'épaule.

Calhoun se versa du café et regagna le comptoir avec sa tasse. Il ouvrit le registre des sorties et y inscrivit le nom du Dr Surry pour quatre heures, vendredi. Il n'y avait pas d'autre sortie programmée, ni avant, ni après.

Il montait quelques mouches en plumes pour la pêche au saumon de rivière lorsque Kate sortit de son bureau. Elle s'arrêta près de l'établi, observa Calhoun un moment, puis dit :

— On a failli être à court de tes Deceiver et de tes lançons, cette année, tu sais. Ils ont du succès. Tu ne pourrais pas en faire un peu plus pour la saison prochaine ?

Il leva les yeux vers elle.

— Tu veux dire que je ne devrais pas monter ces mouches de rivière pour les gars de Boston ?

— J'ai pas dit ça du tout, dit-elle.

Il haussa les épaules.

— Excuse-moi, je croyais.

— Tu me sembles à cran ce matin, Stoney. T'es sûr que ça va ?

Il avait envie de lui répondre : non, ça ne va pas. Je n'aime pas faire comme si tout allait bien entre nous. Je n'aime pas ne pas pouvoir espérer que tu passes me voir chez moi un de ces soirs. Je n'aime pas penser que nous deux c'est fini.

Mais il lui répondit :

— Je vais bien. Le boulot que je fais avec le shérif est un peu stressant, c'est tout.

— Ça avance ?

— Je sais pas.

Elle posa la main sur son épaule un instant, puis alla derrière le comptoir.

Il ressentit un picotement à l'épaule, là où elle l'avait touché.

Quelques minutes plus tard, Kate lui dit, de derrière le comptoir :

— Je vois que tu t'es programmé une sortie.

— Vendredi après-midi, dit-il. Une demi-journée.

— Le Dr Sam Surry. C'est cette jolie rousse, hein ?

Il leva le regard vers elle. Il ne savait pas comment répondre à ça. S'il disait oui, est-ce que ça voudrait dire qu'il pensait effectivement que le Dr Surry était jolie ?

Les coudes sur le comptoir, le menton appuyé sur ses mains, Kate le regardait, sans sourire, sans froncer les sourcils.

— C'est chacun son tour, Stoney, dit-elle. Tu sais bien, c'est notre règle. Tu as fait la dernière sortie. Celle-ci devrait être pour moi.

— Le Dr Surry m'a demandé à moi, précisément, de l'emmener, dit Calhoun. Que fallait-il que je lui dise ?

— On en a déjà parlé, dit-elle. Y a pas de raison que tu emmènes qui tu veux et que tu refuses d'emmener qui tu ne veux pas. C'est pas professionnel. Ce n'est pas ce dont nous étions convenus.

— C'est elle qui a demandé à faire cette partie de pêche avec moi, dit-il. Pas l'inverse.

— Difficile de lui en vouloir, une charmante canaille comme toi. (Kate ne souriait pas.) Elle s'amusera beaucoup plus avec toi, c'est sûr.

— Tu veux que je lui dise que c'est toi, et pas moi, qui vas l'emmener ? dit-il. Je peux, tu sais.

Elle sourit brièvement.

— Oh, nous ne voudrions pas décevoir cette cliente. Je parie que c'est une de tes grandes admiratrices.

— C'est pas comme si on avait toute une liste de sorties prévues, dit Calhoun.

Kate le regarda en plissant les yeux.

— Je te le fais pas dire.

Elle referma violemment le registre des sorties, et, l'air digne, retourna à son bureau dans l'arrière-boutique et claqua la porte d'un coup de pied.

Calhoun était au téléphone derrière le comptoir central, écoutant ce que le représentant Simms avait à lui dire sur la prochaine collection de waders microporeuses, lorsque Kate émergea de son bureau où elle était restée terrée toute la matinée. Elle attendit, faisant semblant de remettre de l'ordre dans le rayon des vêtements imperméables jusqu'à ce que Calhoun raccroche. Puis elle dit :

— Tu veux un sandwich ou autre chose ?

— Bien sûr. Au thon, ça serait super. Oignons et laitue. Pain complet.

Elle sourit.

— Je pense être bien placée pour savoir ce que tu prends sur tes sandwichs au thon.

Il eut envie de lui dire : tu en sais autant sur moi que moi-même. Tu connais chaque centimètre carré de ma peau. Tu sais comment fonctionne mon foutu cerveau. Je n'ai aucun secret pour toi.

Au lieu de cela, il lui dit :

— Tu veux pas emmener Ralph avec toi ? Il est resté enfermé toute la matinée.

Elle lui fit un petit sourire qui ne remonta pas tout à fait jusqu'à ses yeux.

— Je suis désolée, Stoney. Pour mon comportement. C'est moi, pas toi. C'est moi qui suis à cran.

— T'inquiète pas pour ça, dit-il. Comment va Walter ?

Elle secoua vivement la tête.

— Un peu plus mal chaque jour.

— Dis-lui bonjour de ma part.

— Oui, dit-elle. Je n'y manquerai pas.

Calhoun et Kate, assis sur les marches devant le magasin, finissaient leur sandwich et leur Coca tout en profitant du soleil de midi de ce mois de septembre lorsque l'Explorer du shérif se gara sur le parking.

Ralph, qui était resté allongé près d'eux, à l'affût de la moindre miette de sandwich, se releva et trottina jusqu'à l'Explorer.

Le shérif descendit, se pencha pour le caresser et se dirigea vers l'endroit où Calhoun et Kate étaient assis. Il porta la main au bord de son chapeau, dit "M'dame" en faisant un signe de tête à l'intention de Kate et se tourna vers Calhoun :

— Monsieur l'adjoint, vous serez libre aujourd'hui vers 5 heures ?

— On ferme à 4 heures, dit Calhoun. Après ça, c'est quand tu veux.

— Je ferai mon possible pour que ce soit plus tôt, dit le shérif, mais ça sera probablement après 5 heures.

— Je serai là, dit Calhoun. Sauf si tu veux que je t'aide à interroger des gens dont la fille a été violée et agressée, auquel cas tu me trouveras chez moi en train de couper du bois, et c'est pas la peine de venir me chercher.

Le shérif lança un coup d'œil à Kate qui semblait les observer en esquissant un petit sourire amusé. Puis il se tourna à nouveau vers Calhoun et hocha la tête.

— Je te comprends, Stoney.

— Je m'intéresse à ce qui est arrivé à Vecchio, dit Calhoun, mais j'ai perdu tout intérêt pour ce qui est arrivé à Watson. J'ai décidé que je n'allais plus travailler sur cette affaire. Je veux que tu le saches.

— Watson était un sale type, c'est sûr, dit le shérif. C'est pas pour ça que c'était bien de le tuer.

Calhoun haussa les épaules.

— De toute façon, poursuivit le shérif, tu es dégagé de toute obligation. Le lieutenant Gilsum pense qu'il a tout ce qu'il faut pour clore cette affaire. Il m'a demandé de te dire qu'il apprécie le travail que tu as fait.

— Franklin Dunbar ?

Le shérif regarda sa montre.

— À l'heure où je te parle, avec la bénédiction de Enfield, l'adjoint du D.A. lui-même, Gilsum est en train de mettre le grappin sur Dunbar, sa femme et son fils, pour les interroger, il est en train de leur lire leurs droits et d'obtenir des mandats pour perquisitionner leur maison, en prêtant une attention toute particulière à leur ordinateur. Ainsi qu'à leur bateau et leur voiture.

Calhoun secoua la tête.

— Tu sais aussi bien que moi que Dunbar n'a pas pu faire une chose comme ça.

— Non, je ne le sais pas. (Et le shérif poursuivit avec un petit sourire.) En tout cas, pour moi, c'est bien la meilleure raison pour que tu ne me laisses pas tomber.

14

VERS 4 HEURES, Kate lui annonça qu'elle partait rendre visite à Walter. Calhoun était assis à son établi, toujours occupé à monter des mouches pour les types de Boston. Il lui rappela de dire bonjour à Walter pour lui.

Elle le regarda un instant avant de hocher la tête et de lui faire un tout petit sourire. Elle s'accroupit pour caresser Ralph, se redressa et sortit en faisant un signe de la main.

Calhoun se leva, mit la radio sur la station de musique classique et continua de monter ses mouches. Quelque temps plus tard, il sentit quelque chose vibrer contre sa jambe. Il sortit le téléphone portable, le porta à son oreille et dit :

— Shérif ? C'est toi ? Tout va bien ?

— Je quitte à l'instant cette putain de réunion, dit le shérif. Désolé que ça ait duré si longtemps. Je suis là dans quinze minutes. Bouge pas.

— Mais il est quelle heure ? demanda Calhoun.

— Passé 6 heures.

— Qu'est-ce…

— Pose pas de questions.

Quand le shérif arriva, il dit :

— Je boirais bien quelque chose.

Il avait réussi à se changer et, au lieu de son uniforme, portait une chemise de flanelle à carreaux rouges et noirs, un jean large, un coupe-vent noir, et il n'avait plus de chapeau sur son crâne dégarni.

— J'ai du Coca, dit Calhoun. Et le café est encore chaud.

— C'est pas à ça que je pensais, dit le shérif, mais je prendrai un Coca.

Calhoun alla dans l'arrière-boutique, prit deux canettes de Coca dans le frigo et les rapporta. Le shérif avait tiré une chaise près de l'établi. Il regardait les mouches que Calhoun avait montées. Elles étaient soigneusement alignées, plantées dans la bande de mousse sur le bord de l'établi en attendant que leur tête laquée sèche.

— Jolies mouches, Stoney. Du beau boulot. Elle s'appelle comment, celle-là ?

— Ça, c'est une Warden's Worry. Une mouche de rivière traditionnelle du Maine. Celle-là, c'est une Gray Ghost, on a aussi quelques Black Ghost et des Green Ghost. Là, et là, dit Calhoun en montrant les différentes mouches.

Le shérif les observait, apparemment fasciné.

— Bon, tu me dis ce qui s'est passé, demanda Calhoun, dans ces réunions jusqu'à 6 heures ?

Le shérif leva les yeux.

— Ils gardent Franklin Dunbar.

— Affaire réglée, hein ? T'as pas vraiment l'air de pavoiser.

— Ça ne me plaît pas, dit le shérif. On n'a pas de témoin, ni de preuve matérielle, déjà, pour commencer. Gilsum pense que le mobile est suffisant à ce stade, plus le fait que Dunbar n'a pas d'alibi. Il est persuadé qu'ils vont trouver quelque chose.

— Et toi ?

Le shérif haussa les épaules.

— J'imagine que je ne serais pas surpris si c'était Dunbar qui l'avait fait. À sa place, moi je l'aurais probablement fait. Mais je me sens mal à l'aise. Mal à l'aise avec Gilsum, en fait. Il est bien trop pressé d'arrêter quelqu'un, de boucler son affaire. Tu l'aurais vu mettre le pauvre Dunbar sur la sellette.

— Il n'a pas avoué, hein ?

— Ç'aurait été trop beau, dit le shérif.

— Et le meurtre de Vecchio ? demanda Calhoun.

— J'imagine que ça pourrait être Dunbar aussi, même si c'est plus difficile à expliquer. Il n'a pas d'alibi pour cette nuit-là. Il dit qu'il était sur la route, qu'il n'a pas la moindre idée de qui est Vecchio. Gilsum va vérifier le téléphone de Dunbar et les enregistrements de ses e-mails, pour essayer de le prendre, là aussi, en plein mensonge.

Le shérif secoua la tête, puis il but une longue gorgée de Coca.

— Tu as ce morceau de papier dont tu m'as parlé ?

Calhoun le sortit de sa poche et le déplia sur la table.

— Tu as dit que Vecchio avait ça dans son sac ?

Calhoun acquiesça.

— Quand on était en mer, il a sorti le sac du compartiment sous le siège et a fait semblant de fouiller dedans pour trouver son écran solaire. J'essayais de repérer du poisson, je faisais attention où j'allais, et je ne m'occupais pas beaucoup de Vecchio, mais je le vois dans ma tête, lui avec son sac sur les genoux, me tournant le dos, penché et en train de chercher quelque chose.

— Tu penses qu'il regardait ce morceau de papier ?

— Ce que je vois dans mon souvenir, c'est pas clair. Comme je t'ai dit, il me tourne le dos, mais il regarde quelque chose, et ça pourrait bien être ce morceau de papier. Un instant plus tard, il le range, trouve son écran solaire et s'en met, et il fait tout un cinéma pour que je le remarque.

— Hmm, dit le shérif. Intéressant.

Il observa les mots écrits en plissant les yeux : *Keelhaul Albie 6/9 9:00.* Puis il retourna le papier et regarda le dessin. Il leva les yeux vers Calhoun et pointa son index sur le papier.

— Ça te dit quelque chose, Stoney ?

Calhoun secoua la tête.

— Rien qu'un ensemble de formes.

Le shérif retourna le papier une nouvelle fois et désigna les mots et les chiffres inscrits dessus.

— Et ça ?

— J'y ai réfléchi. J'ai pas grand-chose à suggérer. Je pense pas qu'ils passent encore les marins sous la quille, hein ?

Le shérif sourit.

— Le 6 septembre était un samedi, non ? Exactement une semaine après la mort de Watson, d'après le légiste ?

Calhoun hocha la tête.

— C'est ça.

— Je pense à quelque chose, dit le shérif. Ça m'est revenu ce matin, après notre discussion au téléphone, quand tu me l'as lu. Il y a un endroit qui s'appelle le Keelhaul Cafe dans une ruelle qui donne sur Wharf Street, dans le quartier du vieux port. Tu connais ?

— Jamais entendu parler, dit Calhoun. Je pense que sinon j'aurais fait le rapprochement moi-même.

— J'en doute pas, dit le shérif. Tu n'oublies jamais rien. Le Keelhaul, c'est ce que tu appellerais un bouge. J'y ai fait une arrestation dans une affaire de drogue, l'hiver dernier, je crois bien. Des pêcheurs pour la plupart, pêcheurs de homards, marins, de temps en temps une pute, une indépendante, voilà ce qu'on y trouve.

— Peut-être qu'on y trouve aussi un type qui s'appelle Albie, dit Calhoun.

Le shérif finit son Coca, écrasa la canette dans sa main et la jeta dans la poubelle, puis il se leva.

— Exactement ce que je pensais, dit-il. Pourquoi ne pas y aller voir ?

À ces mots, Ralph, qui était étendu aux pieds de Calhoun, bâilla, se leva et trottina jusqu'à la porte.

— Ce chien, il comprend tout ? demanda le shérif.

— Seulement si c'est de l'anglais, dit Calhoun.

Il faisait presque nuit quand le shérif gara son Explorer dans la ruelle sombre près de Wharf Street. L'entrée du Keelhaul Cafe était située sur la gauche. Quelques poubelles étaient alignées le long du mur nu sur la droite. À part l'énorme porte en chêne, surmontée d'une enseigne en bois ainsi que d'une lampe émettant une lumière blafarde, les deux murs étaient hauts, lisses et nus.

Calhoun et le shérif descendirent du camion. Ralph resta pelotonné sur le siège arrière.

Quand ils mirent le pied à l'intérieur, Calhoun fut frappé par l'odeur aigre de décennies d'alcool renversé, de toilettes bouchées et de cigarettes écrasées. Une chanteuse de country chantonnait un air où il était question d'un serpent, et Calhoun supposa qu'elle parlait d'un homme.

Le bar courait le long du mur du fond, dans une salle rectangulaire et basse de plafond. Sur la gauche, il y avait une demi-douzaine de tables en bois carrées. Sur un écran géant de télévision, fixé au mur et dont le son était coupé, on pouvait voir un match de base-ball.

Le côté droit de la salle était occupé par un billard. Un type jeune portant une queue-de-cheval faisait une partie avec une fille blonde serrée dans un jean taille basse et un débardeur coupé haut. Au bar, quatre ou cinq hommes d'âge mûr se tordaient le cou pour regarder la partie de billard. Pour mater la fille, se dit Calhoun. La façon dont elle se penchait au-dessus de la table, relevait les fesses et tortillait son derrière quand elle visait, exhibait la partie de son corps entre le haut du jean et le bas du maillot, tout indiquait qu'elle se donnait en spectacle pour eux, et à voir comment le type à la queue-de-cheval riait en jetant des coups d'œil aux hommes du bar, il était évident que l'attention qu'elle provoquait ne lui déplaisait pas.

Le shérif se jucha sur un tabouret du bar. Calhoun grimpa sur celui d'à côté. Le barman était à l'autre bout, occupé à parler aux quatre types.

Calhoun regarda tout autour. Des filets de pêche aux murs, des bouées à homards accrochées aux poutres, les murs et le sol en planches vieillies. Il y avait six faux hublots alignés derrière le bar. Les six gros encadrements circulaires avaient l'air tout à fait authentiques, mais à travers le verre on ne voyait que la peinture bleue sur le mur écaillé.

Quelques minutes s'étaient écoulées, le barman était toujours à l'autre bout, occupé à bavarder avec les autres types, et Calhoun comprit qu'il les ignorait délibérément. Il se laissa glisser de son tabouret, alla à l'autre bout du bar, se plaça entre deux des types sur des tabourets et fit face au barman.

— Hé, lui dit-il.

Le barman le regarda, puis il tourna la tête et dit quelque chose à l'un de ceux avec qui il s'entretenait.

— Vous, là, monsieur le barman. Vous avez l'intention de vous occuper de nous ? Mon ami et moi, nous voulons boire quelque chose.

Le barman jeta un coup d'œil au shérif, puis regarda Calhoun. Il avait des bras massifs, un visage creusé de rides profondes et des cheveux gris bouclés.

— Si cet homme-là est votre ami, vous avez de bien mauvaises fréquentations.

— Vous savez qui il est ?

Le barman sourit.

Calhoun se pencha au-dessus du bar et lui fit signe du doigt.

— Venez ici, dit-il, j'ai quelque chose à vous dire.

Le barman se pencha vers Calhoun.

Calhoun mit sa main sur la nuque du type et, serrant très fort, le força à se mettre sur la pointe des pieds.

— Bordel de merde, gargouilla le barman, qu'est-ce qui vous prend ?

Calhoun approcha son visage de celui du barman.

— Ces mauvaises fréquentations, là-bas, c'est le shérif du comté, l'homme qui veille à ta sécurité et à celle de ta famille, et si tu bouges pas tes grosses fesses pour aller lui demander poliment ce qu'il veut boire, tu vas te retrouver avec une de ces queues de billard dans le cul. Pigé ?

Le type fit oui de la tête.

— Je sais qui c'est, dit-il. J'voulais juste le faire chier un peu. J'arrive tout de suite, d'accord ?

— Merci, dit Calhoun en lui lâchant le cou.

Il donna une petite claque sur la joue du barman, puis retourna s'asseoir près du shérif qui affichait un sourire perplexe.

— C'était vraiment nécessaire, Stoney ?

— Je ne sais pas. J'ai une grande tolérance pour toutes sortes de comportements, mais la grossièreté délibérée, ça m'agace.

Un instant plus tard, le barman arriva et donna un coup de torchon sur le bar, devant le shérif et Calhoun.

— Shérif, dit-il, comment allez-vous ?

— Pas trop mal, Leon, répondit le shérif. Et toi ? Tu te tiens comme il faut ?

Leon haussa les épaules.

— J'essaie. Qu'est-ce que je vous sers ?

— Une bière pression, pour moi.

— Café, dit Calhoun. Noir.

Leon repartit chercher leur boisson. Le shérif se pencha vers Calhoun.

— J'ai un peu embêté quelques clients de Leon qui vendaient de la drogue dans cet établissement, l'hiver dernier, dit-il. Il l'a mal pris.

Leon revint avec une tasse de café et un verre de bière. Il les posa devant Calhoun et le shérif.

— Alors, qu'est-ce qui se passe ? demanda-t-il. J'pense pas que vous êtes venus ici pour l'ambiance.

— L'ambiance, répéta le shérif.

Leon sourit.

— Tu connais quelqu'un qui s'appelle Albie ?

— Le vieux pêcheur ? Celui qui vit sur son bateau près de l'embouchure de la Stroudwater ?

— Ça m'a l'air d'être ça, répondit le shérif. Son nom de famille, c'est quoi ?

— Wazlewski ? P'têt pas tout à fait ça, mais quelque chose comme ça. Un nom polak, ça commence par W et ça finit en "ski". C'est de lui que vous parlez ?

— Il était là, le 6 à 9 heures ?

Leon fronça les sourcils.

— Le 6…

— Y a une semaine, samedi soir. T'étais là ?

— J'suis toujours là, dit Leon.

Il regarda le plafond un instant, puis hocha la tête.

— Ouais, Albie était bien là ce soir-là.

— Tu t'en souviens précisément ?

— Ben, oui, dit Leon. Qu'est-ce que vous voulez savoir ?

— Dis-moi ce dont tu te souviens, dit le shérif.

— Le samedi, dit Leon. C'est toujours plein. Albie, il aime cette table, là, dans le coin. (Il montra une des tables du doigt.) Il peut regarder la télé, prendre une soupe, manger un morceau de pain, boire une bière. Quand c'est plein, je lui dis de s'asseoir au bar. Pour pas avoir toute une table occupée par une seule personne, voyez ? La raison que j'me souviens de ce soir-là particulièrement, c'est qu'Albie, il était avec quelqu'un. J'veux dire, y a des habitués qui allaient s'asseoir avec lui de temps en temps, discuter le bout de gras un moment, mais là, c'était un type que j'avais jamais vu avant. Pas du tout le genre de monsieur qui vient normalement dans un trou comme ici, et pas du tout le genre de type que vous vous attendez à voir converser avec Albie.

— Il était comment, cet étranger ? demanda le shérif.

— Grand, une barbe poivre et sel. Fin de la quarantaine, début de la cinquantaine, à peu près. Veste en tweed, pantalon à plis, chaussures cirées, voyez ?

— T'avais jamais vu cet homme avant ?

— Nan, dit Leon en secouant la tête.

— T'es sûr ?

— Ouaip. J'm'en serais souvenu.

— T'as une bonne mémoire pour ça, dit le shérif. Y a une raison pour que tu te souviennes si bien de cet homme ?

— J'me souviens de tout le monde. On a toujours les mêmes clients. Des habitués. C'est ça, le Keelhaul. Une nouvelle tête, on s'en souvient. (Leon haussa les épaules.) Alors, ce type bien habillé, qu'on verrait plutôt dans un resto chic avec une blonde classe à son bras, et qui s'met dans un coin avec le vieil Albie ? C'est un truc qu'on n'oublie pas, ça. Ça collait pas, voyez ?

— Bien sûr, dit le shérif. Et y parlaient d'quoi dans le coin, t'as une idée ?

Leon secoua la tête.

— Sais pas. Mais j'me rappelle qu'y avait un morceau de papier sur la table entre eux. Albie, il montrait quelque chose dessus, et il écrivait aussi. Mais j'l'ai pas vu.

— Il écrivait avec un stylo ou un crayon ? demanda Calhoun.

Leon décocha un regard peu amène à Calhoun.

— Comment voulez-vous qu'je sache. J'suis ici, et eux, y sont assis là-bas, voyez ?

— T'as entendu le nom du type ? demanda Calhoun.

Leon secoua la tête.

— T'as entendu quelque chose de ce qu'ils disaient ? demanda le shérif.

— C'est Joanie qui servait ce soir-là. P'têt qu'elle, elle a entendu quelque chose. (Il regarda Calhoun.) P'têt qu'elle a entendu un nom, ou vu si c'était un stylo ou un crayon.

— Joanie, dit le shérif. Elle vient ce soir ?

— Elle travaille juste le vendredi et le samedi.

— J'aurais besoin de son nom complet, son adresse et son numéro de téléphone.

— Joanie McMurphy. Attendez une minute, j'vais vous chercher tout ça.

— Un instant, dit le shérif. Tu as dit qu'Albie vient toujours. Il va venir ce soir ?

— J'ai dit qu'il venait tout le temps, avant. Ça fait un moment que j'l'ai pas vu. (Il se tut un instant.) Peut-être pas depuis ce soir-là. J'suis pas sûr.

— Ce samedi-là. Le 6.

— C'est ça, dit Leon.

— Le soir où tu l'as vu dans un coin avec le type à la barbe.

Leon fronça les sourcils.

— Peut-être qu'il est venu le lendemain soir. Ça fait un bout d'temps, quand même.

— Essaie de te souvenir, la dernière fois que tu l'as vu, dit le shérif.

— J'me souviens pas. Une semaine ? Pas récemment. Hé ! cria Leon à l'adresse des types à l'autre bout du bar. La dernière fois que vous avez vu Albie, c'était quand ?

Les types grommelèrent entre eux un instant. Puis l'un d'eux dit :

— Ça doit faire une semaine. J'dirais dimanche ?

Un autre hocha la tête.

— Ouais. Ça fait au moins une semaine que j'l'ai pas vu. J'me souviens de ce dimanche. Albie, il était là.

Leon regarda le shérif.

— Dimanche, donc.

— Qu'est-ce que tu peux me dire sur Albie ? demanda le shérif.

Leon haussa les épaules.

— Un pêcheur. Avant, il faisait des sorties en mer, c'était un Blue Water Charter. Il a arrêté, j'sais pas, ça fait six ou huit ans. J'sais pas pourquoi exactement. J'imagine que ça n'a pas marché. En plus, il se plaint toujours de son arthrite, de ses genoux. Il a pas bien entretenu son bateau, il a trouvé personne pour travailler avec lui. Y avait de la concurrence. La pêche sportive, ça coûte cher. Je suppose qu'Albie, il a pas pu suivre. Un type sympa, pourtant. Il connaît tout un tas d'histoires, même si au bout d'un moment, on a l'impression qu'il répète toujours les mêmes.

— Tu as dit qu'il vivait sur son bateau ?

Leon acquiesça.

— Il en parle tout le temps. Il a eu des problèmes d'argent il y a quelques années. Il vivait avec sa mère, à Stroudwater. Elle a été malade un bon moment. Il a eu des gros frais médicaux à payer. Finalement quand elle est morte, Albie a vendu la maison, tout l'argent a servi à payer les factures et il a réussi à garder son bateau. C'est tout ce qui lui est resté. Ce bateau. C'était sa décision. Garder le bateau et vendre la maison de sa mère. D'après lui, le choix n'a pas été difficile. Il est ancré dans la Fore River, pas loin de là où se jette la Stroudwater. Il descend avec en Caroline du Sud pour l'hiver. Il va sûrement partir bientôt. Il aime bien attendre la fin de la saison des ouragans. (Leon fronça les sourcils.) Comment il s'appelle ? Impossible de me rappeler le nom de ce fichu bateau. (Il fit signe aux types à l'autre bout du bar.) Qui est-ce qui se souvient du nom du bateau d'Albie ?

L'un d'entre eux répondit :

— C'est quoi, c'est un jeu ?

Un autre leva la main et s'écria :

— Je sais, je sais !

— Nom de Dieu, marmonna Leon. Alors, c'est quoi ?

— *Friendly Fire**, dit le type. C'est peint sur le tableau arrière. C'est un vieux rafiot, tout moche, blanc avec des bandes rouges et noires.

— *Friendly Fire*, dit Calhoun. Drôle de nom pour un bateau.

— Oui, c'est vrai, dit Leon. Albie est un drôle de type. Il a fait le Viêt Nam. Il en parle pas beaucoup, mais on voit bien que ça le hante. J'suppose que c'est de là que vient le nom de son bateau.

Un autre type intervint.

— Non, c'est pas ça. Albie m'a dit qu'il a choisi ce nom en pensant à sa mère. J'imagine qu'elle était sans arrêt sur son dos.

Calhoun se tourna vers le shérif.

* En jargon militaire "friendly fire" signifie "feu allié".

— Je crois que je sais où il est ancré. Peut-être qu'on devrait aller dire un mot à Albie.

— J'imagine que c'est pas une mauvaise idée. (Le shérif regarda Leon.) Comment je le reconnaîtrai, Albie ?

Leon leva les yeux au plafond un instant.

— Ben, il est petit. Pas très grand, plutôt maigre. Mais pas commode, l'oiseau. On n'a pas envie de le provoquer. Cheveux gris, enfin, ce qui lui reste. Des lunettes. Des tatouages partout sur les bras, du temps où il était au Viêt Nam. Proche de la soixantaine, j'dirais. Ça vous va ?

— Bien sûr. Merci. (Le shérif sortit son portefeuille et posa un billet de cinq dollars sur le bar.) C'est suffisant, un café et une bière ?

Leon repoussa le billet.

— C'est la maison qui offre. Pour me faire pardonner mon manque de courtoisie. C'est le moins que je puisse faire.

— Garde-le, dit le shérif. On n'a pas le droit d'accepter des cadeaux. Tu sais bien.

Leon laissa le billet sur le bar.

— T'as autre chose à nous dire sur Albie ? demanda le shérif.

— Peut-être que si vous me disiez pourquoi vous posez ces questions sur lui…

Le shérif se contenta de sourire.

— Ben, dit Leon, y a bien un truc.

— C'est quoi ?

— Albie, il avait du fric à dépenser, ces derniers temps. D'habitude, il est fauché, juste deux ou trois billets d'un dollar, tout froissés, qu'il gagne en vendant quelques homards, un boisseau de petites palourdes, ou quelques tassergals, et je le fais payer en fonction de ce qu'il a, ce qui veut dire qu'il finit par payer sa bière et qu'il a un bol de soupe et un petit pain gratuits. Mais ces derniers temps, il commande du poulet rôti, une côte de porc, comme ça, et il paie avec des beaux billets de dix ou de vingt tout neufs. Je lui demande, j'dis "Dis donc, Albie, t'as un oncle plein aux as qu'est mort ou quoi, t'as hérité ?" Albie, il me regarde seulement, d'un air de dire "C'est un secret, mon gars".

— Ça a commencé quand ? demanda le shérif. Albie et son argent ?

— Oh, juste ces derniers temps. Pas longtemps. Quelques semaines, peut-être. J'sais pas exactement.

— Avant le samedi soir en question ? Le 6 ?

— Oh, ouais, une semaine ou deux avant ça. J'imagine que si Albie a eu une rentrée d'argent, il a dû se trouver un troquet plus classe que le Keelhaul, c'est peut-être pour ça que j'l'ai pas vu récemment. Attendez. J'vais vous chercher ce renseignement au sujet de Joanie.

Leon disparut par une porte derrière le bar. Il revint un instant plus tard, une fiche à la main, et la tendit au shérif.

— Joanie, c'est une brave fille. J'espère que vous n'allez pas trop l'embêter.

— Je n'embête personne. (Le shérif mit la carte dans sa poche de chemise.) Pas moi. (Il glissa de son tabouret et tendit la main par-dessus le bar.) Merci, Leon.

Leon serra la main tendue.

— Sans rancune, OK ?

Le shérif donna un coup de menton en direction de Calhoun.

— Dis ça à mon adjoint.

Leon tendit la main à Calhoun.

— Désolé d'avoir été impoli.

Calhoun lui serra la main.

— Faut toujours être gentil avec son shérif.

Ils quittèrent le Keelhaul et grimpèrent dans l'Explorer. Ralph leva la tête sur le siège arrière et, voyant que c'étaient eux, replongea le museau sous son moignon de queue.

— Bon alors, tu veux aller parler à Albie ? demanda Calhoun.

— Et comment ! dit le shérif. Qu'est-ce qu'on attend ? Tu dis que tu sais où son bateau est ancré ?

Calhoun hocha la tête.

— Je connais le coin. Il n'y a pas de marina, là-bas, ni de ponton. Il y a quelques bateaux ancrés en eau profonde, au milieu de l'anse, et si on veut aller frapper à la porte d'Albie et lui parler de sa rencontre avec Vecchio, il faut qu'on aille chercher mon bateau.

Ils retournèrent à la boutique et accrochèrent le bateau de Calhoun à son pick-up. Le shérif prit ses vêtements imperméables dans son camion, ainsi que sa grosse torche, pendant que Ralph levait la patte. Puis ils prirent la direction du ponton de East End.

Calhoun demanda à Ralph s'il préférait rester bien au chaud et au sec dans le camion. Ralph prit son air qui voulait dire *Tu plaisantes ?* et sauta dans le bateau.

Ils lancèrent le moteur et sortirent du port à vitesse réduite, puis ils suivirent la côte vers le sud. À part les lumières de la ville, rendues floues par le brouillard à l'ouest, la nuit était noire, et le vent d'est qui se rafraîchissait était chargé d'humidité.

Le shérif s'arc-bouta à l'avant du bateau et Calhoun resta debout à l'arrière pour s'occuper du moteur. La ville de Portland s'étalait à tribord, et plus loin, à bâbord, c'était Cape Elizabeth. Au bout d'un moment, ils mirent le cap plein ouest et passèrent sous le Veterans Memorial Bridge, puis sous le pont de la Route 295, où Long Creek se jette dans la Fore River.

Calhoun réduisit les gaz.

— Ça devrait être là, droit devant, dit-il au shérif. Sors ta torche.

Quelques bateaux épars étaient à l'ancre sur la rivière, et surgissaient du brouillard, fantomatiques, dans le faisceau de la lampe du shérif. Calhoun serpentait parmi eux tandis que le shérif braquait sa lumière sur leur tableau arrière.

— On y est, dit le shérif au bout de quelques minutes.

Sa lampe éclairait les mots *Friendly Fire* sur le tableau arrière d'un bateau de pêche sportive, avec une tour pour le thon, des outriggers repliés et des bandes rouges et noires.

Calhoun mit au point mort. À part le gargouillis régulier du moteur, on entendait le cliquetis du gréement, accompagné du clapotis des vagues sur la coque du bateau d'Albie, et le chuintement humide des camions qui franchissaient le pont derrière eux. Le shérif inspecta les environs avec sa grosse torche. Quatre ou cinq autres bateaux étaient ancrés dans le coin, mais aucun très près de celui d'Albie, et aucun n'était éclairé.

— Éclaire encore le *Friendly Fire*, dit Calhoun.

Le shérif dirigea sa lampe sur le bateau.

— Hmm, fit Calhoun.

— Dis-moi ce que tu en penses, lui dit le shérif.

— Albie n'a pas l'air d'être à bord, dit Calhoun.

— Oui, ça semble complètement désert.

— C'est pas ça que j'voulais dire, dit Calhoun. Ce que je voulais dire, c'est que je ne vois ni barque, ni canot pneumatique attaché nulle part.

— Donc, comment pourrait-il être ici, dit le shérif, c'est ça que tu veux dire ?

— Ouaip. J'pense pas qu'il soit venu à la nage. Il a dû tout fermer, aller à terre à la rame et laisser son canot là-bas.

— Hé ! cria le shérif. Hé, Albie ? Y a quelqu'un ?

Aucune lumière ne s'alluma, il n'y eut aucun bruit de mouvement, aucun frottement, aucune réaction perceptible à l'intérieur du bateau.

— Bon, dit le shérif, il n'est pas là, voilà tout. On peut pas monter à bord si on n'est pas invités. Un bateau, c'est comme une maison. Merde alors, vraiment désolé d'avoir gâché ta soirée, Stoney, sans parler du demi-réservoir d'essence pour ton bateau. J'te revaudrai ça.

— Moi, je peux monter à bord, dit Calhoun.

— Déconne pas. Tu es mon adjoint, et moi je te dis, on ne monte pas à bord.

Caloun prit son insigne dans sa poche et le posa sur le siège.

— Bon, alors je démissionne. Maintenant que j'suis plus ton adjoint, je peux faire tout ce que je veux. Et je veux monter sur ce putain de bateau.

Le shérif se retourna et braqua sa lampe sur Calhoun un instant. Puis il dit :

— Oh, et puis merde ! Ramasse ton insigne, bordel. Allez, on va voir ce qu'il y a sur le bateau d'Albie.

Calhoun empocha son insigne, puis il embraya et avança lentement le long du *Friendly Fire*. Le shérif s'agrippa à l'échelle. Calhoun arrêta son moteur.

— Amarre-nous, dit Calhoun. Y a une corde dans le casier à l'avant.

Le shérif sortit la corde, l'enroula autour du taquet sur la proue et attacha l'autre bout à l'échelle du bateau d'Albie. Puis il grimpa à bord.

Ralph, qui était dans le fond du bateau, se leva. Il alla à l'avant et, regardant le bateau d'Albie, se mit à faire un petit bruit de gorge aigu.

— Qu'est-ce que tu as ? demanda Calhoun.

Ralph fit demi-tour, revint à l'arrière du bateau et s'assit aux pieds de Calhoun en continuant à gémir.

Calhoun lui caressa la tête.

— Tu peux rester ici. Je vais pas te faire grimper cette échelle. On revient tout de suite.

Il enjamba Ralph, rejoignit l'avant, vérifia les nœuds du shérif, puis grimpa l'échelle et le suivit sur le *Friendly Fire*.

Ralph resta assis à l'arrière du bateau de Calhoun, gémissant faiblement.

Le shérif inspectait le bateau d'Albie avec sa torche. Il y avait trois ou quatre pots à homards moussus empilés dans un coin, avec du cordage mal enroulé. Le plancher était parsemé d'algues, d'appât séché et de crottes de mouettes écrasées.

— Y a personne à la maison, dit le shérif. On dirait que ça fait longtemps qu'il est pas venu à bord.

Calhoun alla à la cabine, qui était fermée. Il essaya d'ouvrir et la poignée tourna dans sa main.

— Il a oublié de fermer à clé quand il est parti, dit-il.

Il poussa la porte qui desservait la cuisine, les couchettes et les toilettes. La puanteur lui explosa littéralement au visage, et il fit trois pas en arrière.

— Nom de Dieu, dit le shérif. J'espère que c'est pas ce à quoi je pense.

— J'en ai bien peur, dit Calhoun. (Il plaqua sa veste sur son nez et sa bouche.) Un cadavre, marmonna-t-il. On n'oublie jamais cette odeur, même quand on ne se souvient pas où on l'a sentie. Tu ferais mieux d'éclairer par ici, à l'intérieur.

15

L'HOMME ÉTAIT AFFALÉ SUR LE SOL, presque assis, le dos calé dans le coin à l'avant, là où se rejoignaient les deux couchettes du bas. Sa poitrine et ses bras étaient nus et recouverts de croûtes de sang noir séché. Le menton reposait sur la poitrine. Ses poignets et ses chevilles étaient attachés avec du ruban adhésif.

C'était un homme de petite taille, musclé, avec des cheveux gris clairsemés. Des tatouages s'étalaient sur ses deux bras.

— On dirait bien qu'on a trouvé Albie, dit Calhoun.

Dans la lumière blanche de la torche du shérif, la peau d'Albie était bouffie et violacée. Elle semblait chatoyer et trembler. Il fallut une minute à Calhoun pour comprendre qu'elle grouillait de bestioles et d'asticots. C'était répugnant, mais il se força à regarder, pour voir que cette chose horrible en décomposition avait été un être humain vivant. Un homme qui s'appelait Albie.

— Nom de Dieu, murmura le shérif.

— Je dirais qu'il est mort depuis un certain temps, dit Calhoun.

— Tout ce sang. (Le shérif serra le bras de Calhoun.) Il faut le signaler.

Calhoun se retourna pour sortir de la cabine. C'est alors que quelque chose attira son regard. Il s'immobilisa.

— Éclaire par ici, dit-il au shérif. Sur l'étagère, là, près de cette couchette.

La lampe du shérif se déplaça et s'arrêta sur un livre. C'était l'un de ces livres brochés grand format. Les pages s'étaient recourbées sous l'effet de l'humidité. Sur la couverture on pouvait voir la photographie en noir et blanc d'un sous-marin dans le brouillard avec, en arrière-plan, une côte rocheuse. Il était intitulé : *U-Boats dans Casco Bay : Les sous-marins allemands sur la côte du Maine pendant la guerre.* Sous le titre, s'étalait la mention : “Le livre qui a inspiré la minisérie sur PBS”.

Le livre dont Paul Vecchio était l'auteur.

— Le voilà ton lien, dit Calhoun. C'est comme ça qu'Albie a connu Vecchio.

Le shérif hocha la tête.

— Il a lu son livre et lui a passé un coup de fil, peut-être. (Il poussa un soupir.) Viens, Stoney. Faut qu'on sorte d'ici, sinon j'vais gerber.

— J'ai rien contre.

Ils s'éloignèrent de la porte. Le shérif redonna un coup de torche un peu partout sur le bateau d'Albie, puis ils redescendirent dans le bateau de Calhoun par l'échelle.

Calhoun alla s'asseoir à l'arrière. Ralph, allongé sur le plancher, le regarda. Calhoun lui gratta le museau.

— Encore un cadavre, tu te rends compte, lui dit-il. Tu l'avais senti, hein ?

Le shérif s'assit à l'avant, prit son téléphone portable et passa un appel. Calhoun n'entendit pas ce qu'il disait.

Au bout d'un moment, le shérif replia son téléphone et le rangea dans sa poche de pantalon.

— Ils sont en route. Ils nous demandent d'attendre ici. Désolé, Stoney. Ça va peut-être prendre un peu de temps.

— Pas de problème, dit Calhoun. J'ai pas de rendez-vous. Je regrette seulement qu'on n'ait pas apporté de café.

Le brouillard s'était épaissi pour former une brume humide. Calhoun et le shérif enfilèrent leur ciré. Bientôt la brume se transforma en pluie. Ils se recroquevillèrent tous les trois sur le bateau en aluminium de Calhoun attaché au *Friendly Fire* en attendant la cavalerie. Le shérif était assis à l'avant et tournait le dos à Calhoun. Ils ne parlaient pas. Il n'y avait pas grand-chose à dire.

Au bout d'un petit moment, Ralph vint se hisser sur le siège près de Calhoun. Il resta assis là un instant, puis tourna sur lui-même deux ou trois fois et s'affala, le museau reposant sur la cuisse de Calhoun.

Cela ne dura sûrement pas plus d'une heure, mais l'attente leur parut beaucoup plus longue, jusqu'à ce que le bateau des Coast Guards, qui descendait la rivière, n'arrive dans un bruit de glouglous, tous feux allumés perçant la brume et la pluie, son projecteur balayant la rivière.

— T'as appelé les garde-côtes ? demanda Calhoun.

— Ouaip, dit le shérif. Meurtre sur un bateau en mer, y compris les parties des rivières soumises aux marées, c'est leur juridiction. Ces îles dans la baie, où tu as trouvé Watson, elles font partie de Portland. C'est Gilsum que j'ai appelé. Et lui, il a appelé les garde-côtes. Va y avoir des flics du comté et des flics de l'État, en plus des fédéraux. Côté pagaille, on va être servis.

Quelqu'un appela dans un porte-voix.

— Shérif Dickman. Vous êtes là ? C'est vous ?

Le shérif plissa les yeux dans la lumière du projecteur et leva le bras.

— Montez à bord du *Friendly Fire* et attendez-nous. Laissez votre adjoint là où il est.

Le shérif fit signe de la main, puis se retourna sur son siège.

— Ça te va, Stoney ?

— Je m'en fiche, dit Calhoun. Fais ton boulot. Je t'attends.

Le shérif reprit l'échelle pour grimper sur le bateau d'Albie. Un instant plus tard, le bateau des garde-côtes vint se ranger tout contre le *Friendly Fire*. Calhoun vit le shérif tendre la main pour aider quelqu'un. L'homme portait un ciré avec l'inscription USCG dans le dos. Calhoun connaissait quelques types chez les garde-côtes, mais celui-ci ne lui disait rien. Puis le lieutenant Gilsum monta à bord, et, avec le garde-côte, ils inspectèrent le bateau d'Albie avec leur torche, ils regardèrent aussi par l'écoutille dans la cabine où se trouvait le corps. Ils eurent une conversation qui dura un moment avec le shérif.

Ensuite, pendant que Calhoun attendait sous la pluie avec Ralph grelottant à côté de lui, plusieurs autres personnes passèrent par-dessus les plats-bords du bateau des garde-côtes pour sauter sur celui d'Albie. Parmi eux se trouvait le Dr Surry, portant un ciré jaune trop grand, la capuche couvrant sa tête rousse. Elle avait avec elle son vieux sac de cuir noir.

Il s'ensuivit une confusion de lumières, d'éclats de voix et de flashs d'appareils photo sur le *Friendly Fire*.

Au bout d'un petit moment, le shérif se pencha par-dessus le bord du bateau d'Albie et l'appela :

— Hé, Stoney.

— Je suis ici, dit Calhoun. J'attends bien sagement.

— Tu peux rentrer. J'ai quelqu'un pour me ramener.

Calhoun haussa les épaules.

— Je suis pas suspect ? Ils veulent pas m'interroger ?

Cela fit rire le shérif.

— Non. Pas maintenant, en tout cas. Rentre chez toi, bien au sec, et donne à manger à Ralph. Je te mettrai au courant demain.

— OK. Je vais pas te contredire.

Le shérif lui fit signe et se retira du bord du bateau.

Calhoun alla à l'avant, détacha la corde de l'échelle et s'éloigna du *Friendly Fire*. Juste au moment où il se retournait pour rejoindre l'arrière et mettre le moteur en marche, une voix pleine de douceur se fit entendre au-dessus de sa tête.

— Hé, Stoney.

Il leva les yeux. C'était le Dr Surry qui lui souriait.

Calhoun agrippa l'échelle d'Albie pour que la marée ne l'emporte pas au loin et dit :

— Salut, docteur.

— Comme on se rencontre, dit-elle.

— Ouaip. Un autre cadavre.

— J'attends vendredi avec impatience.

Calhoun dut réfléchir un instant. Ah, oui. Leur demi-journée de pêche. Quatre heures de l'après-midi, vendredi.

— Moi aussi, dit-il. Espérons qu'il ne pleuvra pas.

— J'ai entendu dire que ça mordait mieux par temps de pluie.

— Ce n'est qu'un mythe, dit Calhoun. Les poissons dans l'eau ne savent pas ce qui se passe à la surface. La seule chose de bien avec la pluie, c'est que ça décourage les autres pêcheurs.

— Pluie ou pas, dit-elle, ça sera marrant, et je suis très impatiente. Bon, allez vous mettre au chaud. À vendredi.

Elle lui fit un petit signe de la main et se retourna.

Calhoun lâcha l'échelle d'Albie, alla s'asseoir à l'arrière, mit le moteur en marche, fit faire demi-tour à son bateau et, toujours sous la pluie, mit le cap sur le ponton d'East End.

Le temps d'y arriver, de reculer la remorque, d'y attacher le bateau et de reprendre la direction de Dublin avec son camion, il estima qu'il était 11 heures passées. Une longue journée, et ni lui ni Ralph n'avaient dîné.

À chaque fois qu'ils passaient devant un champ, une prairie ou toute autre étendue à découvert, la pluie balayait la route en biais. Parfois elle tombait tellement dru qu'elle martelait le toit du camion comme une volée de chevrotines. Les routes à deux voies qui serpentaient en direction de l'ouest, entre Portland et Dublin, étaient glissantes et luisantes dans la lumière des phares, et elles étaient jonchées de branches de pins cassées et de feuilles humides emportées par le vent.

C'était une tempête en provenance du nord-est, tout ce qu'il y avait de plus classique à l'automne, en Nouvelle-Angleterre. Elle serait suivie d'un front de hautes pressions qui donnerait des journées fraîches, mais sans pluie, et des nuits froides. Les ornières seraient gelées le matin. Le givre glacerait les citrouilles dans les champs et noircirait les fleurs annuelles. Les feuilles tomberaient des érables, des peupliers et des chênes. Les bars rayés et les tassergals hâteraient leur migration vers le sud, et les oies du Canada feraient de même, ainsi que les canards noirs, et bientôt, ce serait l'hiver.

Ralph était pelotonné sur le siège du passager. Calhoun tendit la main et lui caressa le dos. Son poil était humide. Calhoun remonta le chauffage dans la cabine et mit en marche le ventilateur.

Quand il quitta la route pour prendre le chemin, il estima qu'il était passé minuit.

Alors qu'il s'engageait dans le long chemin de terre en pente qui aboutissait à sa cabane, il remarqua des traces de pneus fraîches dans les ornières boueuses. Il s'arrêta, mit le frein à main et descendit, laissant la portière ouverte. Dans la lumière des phares, il s'accroupit pour examiner les traces. Elles avaient été faites par un petit camion, pas une voiture, ce qui excluait l'Homme au Costume, qui avait une berline Audi. L'eau de pluie terreuse avait commencé à s'infiltrer dans les sillons creusés dans la boue par les sculptures des pneus, mais les bords étaient encore nets. Ils avaient été faits moins d'une heure auparavant.

Il se releva et observa la portion de chemin qu'il pouvait voir à la lumière de ses phares. Il n'y avait que deux traces. Celui qui était venu, quel qu'il soit, n'était pas reparti.

Il retourna à son camion. Ralph s'était redressé et regardait tout autour de lui.

— Mieux vaut que tu viennes, lui dit-il. Je veux que tu restes derrière moi.

Ralph se leva sur le siège, s'étira, bâilla, puis se laissa glisser hors de la cabine.

Calhoun tendit la main derrière le siège et attrapa sa Winchester. Il fit passer une cartouche dans la chambre. Il éteignit les lumières du camion, coupa le contact, enleva les clés et ferma la portière tout doucement, sans faire de bruit.

Il resta immobile quelques instants, attendant que ses yeux s'adaptent à l'obscurité. En l'absence de lune et d'étoiles il ne percevait que différents tons de noir, mais progressivement, il put sentir, à défaut de les voir véritablement, les sinuosités du chemin qui descendait à travers les bois.

— OK, allons-y, souffla-t-il à Ralph. On a un autre visiteur, et, bordel de merde, j'espère que celui-là n'est pas mort. Et t'as intérêt à rester derrière. J'ai pas envie qu'il t'arrive encore quelque chose.

D'un pas lent, Ralph se mit à suivre le talon gauche de Calhoun à quelques pas de distance, et tous deux descendirent le chemin. Calhoun restait sur le côté droit, en dehors des ornières boueuses, là où les herbes recourbées lui permettaient de garder son équilibre.

Il sut qu'ils approchaient de la clairière où se tenait sa cabane quand il constata que la pente du chemin était de moins en moins marquée, et une minute plus tard il perçut une nouvelle nuance de noir, plus claire, correspondant à la clairière qui lui servait de cour et de parking.

Puis il vit quelque chose d'autre, et ce fut si rapide et si soudain qu'il se demanda s'il l'avait vraiment vu. Une étincelle de lumière orange, à l'endroit où d'habitude il garait son camion.

— Whaoo, murmura-t-il à Ralph.

Ils attendirent tous deux un instant sans bouger. Calhoun scrutait le coin où il avait vu la lumière. Puis il la vit à nouveau, et cette fois l'étincelle dura un peu plus longtemps.

— Bouge pas, dit-il à Ralph.

Il ne prit même pas la peine de vérifier. Il savait que Ralph resterait là, assis par terre, cinq minutes ou une heure, aussi longtemps que Calhoun ne lui dirait pas de bouger.

Il avait le doigt sur la détente de sa carabine de chasse à canon court. Il la portait à deux mains, prêt à faire feu à hauteur de hanche, si nécessaire.

Il s'approcha lentement de l'endroit où il avait vu l'éclair de lumière orange.

Puis il identifia la silhouette grise d'un pick-up. Une autre étincelle orange. Elle venait de l'intérieur du camion, et il la voyait par la vitre arrière.

Il était à peine à trois mètres du pick-up quand il se figea, poussa un long soupir et se mit à sourire.

Il alla du côté du conducteur et tapa sur la vitre avec le canon de sa Winchester.

Un instant plus tard la vitre descendit, et l'œil menaçant d'un pistolet se fixa sur son visage.

— Ne tire pas, chérie, dit-il.

— Nom de Dieu, Stoney Calhoun, dit Kate. (Elle baissa son pistolet.) Ça se fait pas, s'approcher d'une femme comme ça, sans bruit. Où est ton camion ? Et pourquoi tu braques cette carabine de chasse sur moi ? Et puis, t'étais où ? J'étais à moitié morte d'inquiétude, moi.

— C'est une longue histoire, dit Calhoun. Tout de même, tu ne devrais pas non plus te cacher près de la maison d'un homme, comme ça, dans le noir le plus complet après minuit.

— Je ne me cachais pas, j'attendais.

Il se rendit compte qu'il était en train de sourire dans l'obscurité.

— Bon, alors, qu'est-ce que tu fous ici ? Tu brûles des allumettes ?

Elle lui montra la cigarette entre ses doigts, à moitié consumée.

— Tu ne fumes pas, dit-il.

— Y a des tas de choses que tu sais pas.

— Je te connais comme si je t'avais faite, dit-il. Je t'ai jamais vue fumer. J'ai jamais senti la fumée sur toi.

— Les choses changent, Stoney, dit-elle. Tu m'invites pas à entrer ?

— Je me demande pourquoi tu n'es pas entrée directement. Tu sais bien que c'est pas fermé à clé. Tu sais bien que t'as pas besoin d'invitation.

— J'ai l'impression que si, dit-elle doucement. Depuis que j'ai…

Elle détourna le regard.

— Allez, dit-il. Ralph et moi, on est trempés, on a froid et on a faim. Entrons. (Il se tourna vers l'endroit où Ralph était resté assis.) OK, mon vieux. Viens. Allons manger un morceau.

Ralph était assis sur le sol humide. Ses oreilles se dressèrent en entendant le mot "manger".

Kate écrasa sa cigarette dans le cendrier de son camion, ouvrit sa portière et se glissa dehors. Ralph se leva et trottina jusqu'à elle. Elle se pencha pour lui caresser la tête, puis se redressa.

Calhoun remarqua qu'elle portait un jean, des bottes de travail et une veste imperméable qui s'arrêtait aux hanches – rien à voir avec les tenues élégantes qu'elle mettait avant, quand elle venait passer la nuit. Il s'arrêta un instant sur la façon dont il réagissait à cette constatation, et se rendit compte qu'il n'éprouvait aucune déception. Il avait cru qu'elle ne reviendrait plus jamais chez lui la nuit, or elle était là, et pour l'instant, cela suffisait à son bonheur.

Calhoun lui tendit la main, elle la saisit et, après avoir marché dans la boue, puis monté les marches main dans la main, ils entrèrent dans la maison.

Kate alla directement au placard, au-dessus du frigo, où elle rangeait sa bouteille de bourbon. Elle s'en versa un doigt dans un verre et s'assit à la table de la cuisine. Elle secoua son paquet de cigarettes pour en faire sortir une et l'alluma.

— Qu'est-ce que je peux prendre comme cendrier ? demanda-t-elle à Calhoun.

Il mit de l'eau dans une tasse et la posa près d'elle.

— Comment ça se fait que tu fumes ? dit-il.

— Tu désapprouves ?

— Eh bien, pour commencer, ce que tu fais, c'est pas mes affaires, et ensuite, cette fumée sent tellement bon que je me dis que, peut-être, moi-même je fumais avant.

— Peut-être, dit-elle. Avant que la foudre ne te frappe. C'est une méthode plutôt radicale pour arrêter de fumer, mais on dirait que ça a marché.

— Et toi, raconte. Pourquoi tu t'es mise à fumer ?

Ce n'était pas vraiment le fait de voir Kate fumer qui l'intéressait, mais il se disait que c'était en rapport avec son état d'esprit et la raison pour laquelle elle était venue chez lui, et ça, ça l'intéressait beaucoup.

Elle tira longuement sur sa cigarette et souffla un panache de fumée en direction du plafond, les volutes tournoyèrent autour de la lampe. Puis elle prit une gorgée de bourbon.

— J'ai arrêté il y a neuf ans, dit-elle. Quand le diagnostic est tombé pour Walter. Le sachant atteint de cette maladie, ça me semblait tellement stupide de faire quelque chose de nocif pour ma santé. Donc, on ne peut pas dire que je me suis mise à fumer. J'ai recommencé. J'imagine que c'est ma façon à moi de dire "Oh, et puis merde".

Calhoun était en train de préparer le repas de Ralph, sur le bar. Il dit :

— Je suis désolé que tu sois dans cet état d'esprit. Tu veux en parler ? C'est pour ça que tu es venue ici ce soir ?

— Je ne sais pas pourquoi je suis venue ici, dit Kate en haussant les épaules. J'avais juste envie d'aller quelque part, et c'est le seul endroit auquel j'ai pensé.

Il posa le plat de Ralph par terre. Ralph était assis tout près.

— OK, dit Calhoun.

Ralph se leva et se mit à avaler son repas.

Calhoun alla au frigo et en sortit des tranches de jambon, de l'emmenthal, du pain et un pot de moutarde. Il étala le tout sur la table.

— Tu veux un sandwich ? demanda-t-il à Kate.

Elle secoua la tête.

Il s'assit, se fit un sandwich et en prit une bouchée.

— J'ai pas mangé depuis le petit déjeuner, dit-il.

— Walter pense que nous devrions divorcer, dit Kate.

Calhoun la regarda. Il ne répondit pas.

Elle laissa tomber sa cigarette dans la tasse à moitié pleine d'eau.

— Il dit que si nous restons mariés, nous allons droit à la faillite, à cause des frais médicaux. Il dit que s'il est seul, il y a des façons de s'en sortir. Me demande pas d'explications, je n'y comprends rien. Mais il en a parlé à un comptable.

Calhoun prit une autre bouchée de son sandwich.

— Je lui ai dit non, dit Kate.

— Je te comprends, dit-il en hochant la tête.

— Je suis pas sûre, dit-elle.

— T'as probablement raison, dit-il en haussant les épaules. Je suis pas toi. Comment pourrais-je comprendre ?

— Je crois qu'il essaie juste de me rendre ma liberté, de me donner la permission d'être heureuse.

— Tu crois qu'il ment au sujet du comptable ?

— Je sais pas, dit Kate. (Elle prit une gorgée de bourbon.) J'arrive pas à y voir clair. Si t'étais pas là…

— Qu'est-ce que tu ferais si je n'étais pas là ?

— Eh bien, je ne sais pas. Le problème, c'est qu'il y a toi, et je ne peux pas imaginer qu'il n'y ait pas toi. Mais, tu sais, quand j'ai vu comment cette satanée rousse te regardait, et toi, après tu me dis que tu l'emmènes à la pêche…

— Le Dr Surry, dit Calhoun. C'est une cliente.

— Bien sûr, dit Kate en souriant.

— Jalouse ou quoi ?

— C'est beaucoup plus compliqué que ça, Stoney.

— Parce que si c'est le cas, tu n'as aucune raison de l'être.

— Elle est très séduisante. Et sexy, et intelligente et…

— C'est toi que j'aime, dit Calhoun.

Elle le regarda par-dessus le bord de son verre de bourbon. Puis elle cligna des yeux, prit une gorgée et reposa son verre.

— Je sais, dit-elle. Mais ça ne change rien à ce que j'ai ressenti en constatant qu'elle avait un énorme béguin pour toi. Je suis venue ici ce soir parce que je voulais dormir avec toi cette nuit.

— Ça prouverait quoi ? dit Calhoun.

— Tu me repousses ?

— C'était juste une question.

Kate tourna la tête. Elle essayait de sortir une autre cigarette. Quand elle eut réussi à l'allumer, elle le regarda. Elle avait les larmes aux yeux.

— Qu'est-ce que je dois faire, Stoney ?

— Je suis la dernière personne à consulter sur ce sujet.

— Non, dit-elle. Tu es la première personne. C'est une affaire qui nous concerne toi et moi, c'est comme ça que je vois les choses. Nous deux. Pas seulement moi.

— Bien, dit-il, je vais te dire. Je n'apprécie pas du tout l'idée qu'on ne soit plus ensemble. Je n'aime pas ça quand on essaie d'avoir des rapports strictement professionnels et bien polis. Mais j'ai beaucoup de patience. Je peux attendre que tu aies décidé ce que tu as à décider et que tu aies fait ce que tu as à faire.

— Ce que je te demande, c'est de m'aider à décider, dit-elle.

— Il se pourrait que ce qui est souhaitable et ce que je veux ne soient pas la même chose.

Elle hocha la tête rapidement.

— Nom de Dieu, je le sais bien. Alors dis-moi. Qu'est-ce que tu veux ?

— C'est simple, dit-il. Je te veux ici avec moi tout le temps. Je veux dormir avec toi et me réveiller avec toi. Je veux prendre ma douche avec toi, prendre mon petit déjeuner avec toi, aller à la pêche, aller marcher dans la neige avec des raquettes et me baigner à poil avec toi. (Il fit un geste de la main.) Tu sais déjà tout ça.

Elle sourit.

— Ça clarifie les choses de te l'entendre dire.

Ralph avait fini son dîner et se tenait près de la porte. Calhoun se leva de table et lui ouvrit. Quand il revint à la table, Kate s'était levée.

— Je crois que je ferais mieux de partir maintenant, dit-elle.

— Où ?

— Chez moi.

— Chérie, dit-il, il est plus de minuit et il fait un temps pourri dehors. Reste ici.

Elle secoua la tête.

— Je ne pense pas être prête à…

— Je comprends, dit-il. Je dormirai sur le canapé. Prends le lit avec Ralph.

Elle lui lança un regard en coin.

— On peut faire ça ?

— Moi je peux, dit-il.

Lorsque Calhoun se réveilla en sursaut, ses pieds nus reposaient sur le bras du canapé et la couverture était tombée de ses épaules. Il était complètement transi et il avait des picotements dans un bras.

L'obscurité dans la maison était totale. Il estima qu'il n'avait pas dormi plus d'une heure.

Il tira sur la couverture, roula sur le côté, se tortilla, ajusta son oreiller en essayant de trouver une position confortable.

Puis il repensa à Kate, qui fumait des cigarettes et buvait du bourbon. Pourquoi ? Pour se donner du courage ?

OK, avait-elle fini par dire. *Tu as certainement raison. Je vais dormir ici. Mais c'est seulement parce qu'il est tard et que les routes sont dangereuses.*

Elle l'avait serré contre elle, brièvement – sans l'embrasser –, et elle s'était retirée dans la chambre. Ralph l'avait suivie et elle avait fermé la porte.

Et maintenant, il était sur le canapé et elle dormait dans son lit. Il imagina qu'il pourrait la rejoindre, se glisser sous les couvertures près d'elle, se blottir contre elle. Il imagina la façon dont elle grognerait, se serrerait contre lui, à moitié endormie, réagissant sans être vraiment consciente. Il s'imagina en train d'enfouir son nez dans ses cheveux, de goûter sa peau, de parcourir du bout des doigts l'intérieur de ses cuisses. Il imagina qu'il pourrait l'embrasser dans le cou, et elle murmurerait "Oh" d'une voix rauque, et elle lui passerait ses doigts dans les cheveux, et elle cambrerait le dos pour venir à sa rencontre…

Bien sûr, il ne le ferait pas. Mais il aimait l'imaginer.

Il constata qu'il n'avait pas eu l'occasion de lui dire qu'il était parti avec le shérif et qu'ils étaient tombés sur un autre cadavre.

Il n'avait toujours pas bien compris pourquoi elle était venue chez lui.

Quand il se réveilla à nouveau, les rayons orangés du soleil entraient de biais dans la pièce. Il était étendu sur le côté, les genoux relevés pour être calé entre les bras du canapé, et Ralph s'était niché en rond dans le creux de ses jambes.

Il s'assit et se mit à bâiller. Ralph leva la tête, jeta un regard circulaire dans la pièce, s'étira, puis se glissa hors du lit.

Calhoun enfila son pantalon et alla à la cuisine. Il se versa une tasse de café et sortit sur la terrasse. Ralph le suivit et descendit les marches avec précaution.

Quand Calhoun regarda par-dessus la balustrade, il vit que le camion de Kate n'était plus là. À la place, il y avait son propre camion avec son bateau sur la remorque.

Il imagina Kate en train de quitter la maison sans bruit dans l'obscurité, remonter le chemin dans son camion et tomber sur celui de Calhoun lui barrant le passage, être obligée de faire marche arrière jusqu'à la clairière. Elle avait dû remonter les marches, aller chercher les clés dans la poche de son pantalon, se rendre à pied jusqu'au bout du chemin, revenir avec le camion et le bateau, manœuvrer pour que tout soit bien garé, remettre les clés à leur place, monter dans son camion à elle et partir. Elle devait être bien impatiente de s'éloigner de lui pour se donner tout ce mal. Sinon elle aurait pu se contenter d'attendre qu'il se réveille pour qu'il lui donne un coup de main.

Il s'assit à la table et but son café jusqu'au retour de Ralph.

Quand ils rentrèrent pour prendre leur petit déjeuner, il vit le mot de Kate sur la table de la cuisine : *Il fallait que je parte. Désolée. Je m'occuperai de la boutique aujourd'hui. Ne viens pas. Il te faut du repos. Tu as ton jeudi, OK ? Je prendrai mon vendredi. xxoo K.*

Pas de “je t'aime”. Rien que deux *X* et deux *O*. Pas même son nom. Rien que K.

Mais il y avait tout de même ces *X* et ces *O*.

Elle ne voulait pas qu'il aille au magasin parce qu'elle ne voulait pas se retrouver en face de lui.

Il ne savait pas quoi penser. Il était heureux qu'elle soit venue chez lui. Déçu qu'ils n'aient pas dormi dans le même lit. Perplexe qu'elle soit partie si tôt, sans dire au revoir. À part ce petit mot.

Ne viens pas. Il te faut du repos. En clair : Reste hors de ma vue. En d'autres termes : Cela me met mal à l'aise d'être près de toi.

Il ferait ce qu'elle voulait, bien sûr. Il ne connaissait pas d'autre façon de faire avec Kate.

Il supposait que tout cela se réglerait tout seul, d'une manière ou d'une autre. Elle connaissait les sentiments de Calhoun. Maintenant, elle n'avait plus qu'une chose à faire, mettre de l'ordre dans ses sentiments à elle. C'était déjà un progrès.

Il fendait du bois un peu à l'écart quand il entendit l'Explorer du shérif Dickman s'approcher en cahotant sur le chemin, puis s'arrêter en glissant dans la boue devant la maison. Il jeta un coup d'œil au soleil et se dit qu'il devait être dans les 11 heures.

Le temps qu'il arrive en haut des marches de la terrasse, le shérif était déjà assis et en pleine conversation avec Ralph.

Il alla remplir deux tasses de café et ressortit s'asseoir.

— Tu connais bien les femmes, toi ? demanda-t-il.

— Moi ? dit le shérif en souriant. De moins en moins bien chaque jour qui passe.

Calhoun hocha la tête.

— Je crois que ça répond bien à ma question.

Le shérif but une gorgée de café, puis laissa échapper un soupir.

— T'as réussi à dormir, Stoney ?

— Un peu.

— Pas moi, dit le shérif. J'ai passé toute la nuit avec Albert Wolinski, c'est le vrai nom de notre cadavre. Albie. Je veux que tu saches tout ce que je sais, parce que, en ce qui me concerne, tu es avec moi à fond dans cette histoire.

— J'en suis pas si sûr, dit Calhoun, mais vas-y, je t'écoute.

— Ce Dr Surry, elle a oublié d'être bête, dit le shérif. Elle a des couilles, aussi, si on peut dire. La seule femme dans l'équipe, mais elle mène tout son monde par le bout du nez, Gilsum, les garde-côtes, tu les entendrais, "Oui, m'dame, non, m'dame". Bon, donc, elle a remarqué que ce pauvre vieil Albie est mort la gorge tranchée. Bien sûr, pas besoin d'être diplômé en criminologie pour s'en apercevoir, mais ça explique en grande partie tout ce sang qui avait coulé sur lui. Il y avait un couteau à découper sur les lieux, et ça pourrait bien être l'arme du crime. On n'espère pas trop qu'il y ait des empreintes dessus, mais Gilsum l'a envoyé au labo, à Augusta.

— Un instant, l'interrompit Calhoun. Tu as dit en grande partie ? Tu veux dire que le sang qu'on a vu ne venait pas que de sa gorge ? Me dis pas…

Le shérif secouait la tête.

— Son pénis était intact. Mais il avait une douzaine de perforations sur la poitrine et le ventre.

— Des perforations, répéta Calhoun.

— Le Dr Surry a estimé que la forme des perforations correspondait à la pointe du couteau à découper. Elle suppose que ces blessures lui ont été infligées lentement. Certaines sont très profondes. Tu imagines ça, Stoney. Piquer la peau de cet homme avec la pointe du couteau, puis l'enfoncer tout doucement. Ça a dû être atrocement douloureux. Elle pense que ces perforations ont été faites pour torturer ce type.

— S'il a été torturé…

Le shérif hocha la tête.

— On torture quelqu'un pour obtenir des informations.

— Et une fois obtenues, on lui tranche la gorge.

— On peut aussi lui trancher la gorge quand on pense qu'il ne sait rien, dit le shérif.

— Ou quand on se rend compte qu'il est tellement coriace qu'il ne dira jamais rien, ajouta Calhoun.

Le shérif acquiesça.

— Pourquoi torturer Albert Wolinski ?

— On croit qu'il sait quelque chose qu'on veut savoir, dit le shérif.

— Errol Watson a été torturé ?

Le shérif fronça les sourcils un instant, puis secoua la tête.

— Non. Il n'y avait rien à ce sujet dans le rapport du légiste.

— Mais on a torturé Albie.

— Ouaip.

— Quel genre d'information pouvait-il bien détenir qui vaille qu'on le torture ?

— Très bonne question, dit le shérif. Le fait est que quelqu'un a torturé et assassiné notre Albert Wolinski, quelle qu'en soit la raison, après qu'il eut rencontré ton ami Paul Vecchio, qui lui-même a été assassiné juste ici sur ta terrasse peu après…

— … après qu'il eut découvert le corps de Watson, là-bas sur Quarantine Island, dit Calhoun.

— Exact.

— Gorge tranchée, dit Calhoun. Poings et pieds liés avec du gros ruban adhésif.

Le shérif hocha la tête.

— Ouaip. Comme Watson. Et peut-être que le labo à Augusta pourra nous dire si le ruban adhésif est le même, et peut-être qu'ils pourront comparer les blessures faites par le couteau. (Il but une petite gorgée de café et son regard se porta sur des corneilles qui croassaient tout en haut d'un gros chêne.) Ça donne à réfléchir, Stoney. Albie Wolinski rencontre Paul Vecchio au Keelhaul Cafe, il y a eu une semaine samedi. Le mardi suivant tu emmènes Paul Vecchio à la pêche. Deux jours plus tard, jeudi, tu trouves son corps ici sur ta terrasse. D'accord jusqu'ici ?

— OK, dit Calhoun en hochant la tête.

— Hier soir, poursuivit le shérif, le Dr Surry a estimé qu'Albie était mort depuis une semaine, à vingt-quatre heures près. Hier soir, c'était mardi. Tu vois où je veux en venir ?

— Le vieil Albie a été torturé, puis tué, après avoir rencontré Paul Vecchio et avant que Vecchio se fasse lui-même tuer, dit Calhoun.

Le shérif hocha la tête.

— Attends, dit Calhoun. Tu ne penses pas que Vecchio a tué Albie ?

— Les dates correspondent, c'est tout ce que je me dis. Ils se rencontrent, ça ne se passe pas bien, Vecchio se rend à bord du bateau d'Albie et…

— Mais alors, qui a tué Vecchio ?

Le shérif écarta les mains.

— Je ne sais pas.

— Et Watson ?

— Je ne sais pas non plus. Vecchio aurait pu le tuer, puis tuer Albie. J'imagine que Franklin Dunbar aurait pu les tuer tous, mais j'ai pas encore de scénario plausible pour ça.

— C'est ce que Gilsum pense, non ? demanda Calhoun.

Le shérif hocha la tête. Il prit une gorgée de café, puis se mit debout et alla s'accouder sur la balustrade. Il regarda en bas, là où Bitch Creek gargouillait autour des butées de l'ancien pont.

Calhoun alla le rejoindre et s'accouda près de lui. C'était une matinée sans nuages. L'air qu'il respirait était vif et sec. Pour la première fois depuis un an, presque, il reconnaissait l'odeur de l'automne.

— C'était notre tempête d'équinoxe, la nuit dernière, dit le shérif au bout d'un moment.

— Ouaip, dit Calhoun. Hier, c'était l'été. Aujourd'hui c'est l'automne.

Ils burent leur café en regardant au loin.

— Kate s'est remise à fumer, dit Calhoun. Qu'est-ce que tu penses de ça ?

— Je pense que Kate est le genre de femme qui devrait vraiment avoir un défaut, quel qu'il soit.

Cela fit sourire Calhoun.

— Oui, maintenant que tu le dis, elle est parfaite, en quelque sorte.

— Ça me manque encore.

— Hein ?

— Fumer, dit le shérif. Les cigarettes.

Quelques minutes plus tard, il reprit :

— Tu sais pas, ce matin, je suis allé voir cette serveuse.

— Joanie, dit Calhoun.

— Joanie McMurphy. Elle était encore en peignoir quand je suis arrivé. Je l'ai interrogée au sujet d'Albie Wolinski et Paul Vecchio ce soir-là.

Calhoun hocha la tête.

— T'es un vrai chien terrier, tu sais.

Le shérif haussa les épaules.

— Faut pas lâcher. On ne sait jamais. Bon, enfin, tout ce qu'elle a pu me dire qu'on ne savait pas déjà, c'est qu'Albie dessinait sur un morceau de papier avec un crayon, et il semble qu'il utilisait le dessin pour essayer d'illustrer quelque chose pour Vecchio.

— Elle a pas entendu de quoi ils parlaient ?

Le shérif secoua la tête.

— Tu as encore ce morceau de papier que tu as trouvé dans le sac de Vecchio ?

— Celui qui nous a conduits jusqu'au Keelhaul et à Albie, tu veux dire ?

— Celui-là, oui, dit le shérif.

— Tu crois que c'est sur ce papier qu'Albie écrivait ?

— Il y avait un côté écrit au crayon, non ?

Calhoun hocha la tête.

— Je crois qu'il est encore dans la chemise que je portais hier.

— Jetons-y encore un coup d'œil, dit le shérif.

16

CALHOUN TROUVA LE MORCEAU DE PAPIER dans la poche de la chemise qu'il avait jetée par terre, derrière le canapé, quand il s'était endormi. Normalement, il accrochait sa chemise dans la penderie de sa chambre, mais Kate était allée se coucher seule et lui avait fermé la porte au nez.

Il retourna sur la terrasse, tira une chaise pour s'asseoir près du shérif et déplia le papier du côté qui portait l'inscription *Keelhaul Albie 6/9 9:00.*

Le shérif y jeta un regard et le retourna, si bien qu'ils regardaient le côté avec le *U* renversé et les formes irrégulières et les *X* tracés dans certaines d'entre elles. Sauf que, de la façon dont le shérif le tenait, le *U* était maintenant en bas, pas en haut. Vu comme ça, ça ressemblait à un bol posé à l'endroit, pas à l'envers.

Un singe avec un crayon n'aurait pas fait plus mal.

— Ceci, dit le shérif en tapotant sur les gribouillages dénués de sens, c'est le dessin que Wolinski a fait pour Vecchio ce soir-là, au Keelhaul. C'est à peu près ce que Joanie m'a décrit. Voilà comment je vois les choses. Vecchio est allé là-bas muni de ses instructions écrites sur une face du papier. Albie était la personne qu'il devait rencontrer, au Keelhaul Cafe, et il y avait la date et l'heure. Quand il est arrivé, pour une raison qu'on ignore, Albie a voulu lui dessiner quelque chose. Alors Vecchio a sorti le morceau de papier qui portait ses instructions, et Albie a utilisé l'autre face pour faire son schéma. Et ça – le shérif pointa son index sur le papier – c'est ce qu'il a dessiné.

Calhoun regardait le papier d'où il était, près du coude du shérif. Il tendit la main et mit le papier devant lui.

— Regarde-le de cette façon, dit-il, en faisant tourner le papier de quatre-vingt-dix degrés, transformant le *U* en *C*. Ça te dit rien ?

Le shérif fixa le papier en fronçant les sourcils, puis haussa les épaules.

— Désolé, Stoney. Peut-être que t'es meilleur que moi pour les figures dans l'espace. Tu vois quelque chose que je ne vois pas ?

— C'est Casco Bay, dit Calhoun.

Le shérif se pencha plus près. Puis il tourna la tête et regarda Calhoun.

— Tu as tout à fait raison. Merde alors. Le dessin est grossier, il est pas à l'échelle et il manque la plupart des détails. Mais c'est exactement comme ça qu'on ferait un schéma de la baie. (Il traça la ligne du *C* avec son index.) Ça, c'est la côte, ici Falmouth, ici Portland et là Cape Elizabeth. Et là – il mit le doigt sur l'un des dessins informes, puis un autre – ce sont des îles. Non ? Tu connais la baie mieux que moi. C'est bien ça ?

Calhoun acquiesça.

— Ici, c'est Mackworth. (Il déplaça son doigt sur la carte de la baie dessinée par Albie Wolinski.) Great Diamond. Long. Great Chebeague, d'accord ? Voici Hope, et Cliff, et Jewel, et…

— Merde alors, dit le shérif. Ici, ça doit être Quarantine Island. Avec un gros *X* dedans.

— Tu penses ce que je pense ? demanda Calhoun.

Le shérif hocha lentement la tête.

— Albie a tracé un *X* sur Quarantine Island pour Paul Vecchio. Le *X* marque l'endroit. Pour lui indiquer où se trouvait le corps de Watson. Tu vois, Albie avait le livre de Vecchio, il savait que c'était un écrivain, il savait qu'il vivait à Sheepscot et s'intéressait aux histoires sur le Maine. Le vieil Albie s'est dit que Vecchio le paierait pour une histoire croustillante. Il l'a contacté, pris rendez-vous avec lui au Keelhaul. Tu te souviens, Leon a dit qu'Albie semblait avoir de l'argent à dépenser, tout d'un coup ? Donc, il a dessiné cette carte pour Vecchio, avec les *X*. Ensuite Vecchio a loué tes services pour aller à la pêche, mais en fait il voulait faire une sortie en bateau pour pouvoir fouiner sur Quarantine Island, et voir si Albie disait la vérité. Une fois en mer, il s'est débrouillé, disant qu'il devait pisser un coup et se dégourdir les jambes, tout ça pour que tu le déposes sur l'île sans avoir à te dire qu'il recherchait un cadavre carbonisé.

— Vecchio était déjà au courant de ce qui était arrivé à Watson, dit Calhoun, car Albie le lui avait dit. Je l'ai emmené là-bas pour qu'il en ait la confirmation.

— Et c'est pour ça, dit le shérif, qu'il a été tué.

— Alors, regarde, dit Calhoun, déplaçant son index sur la carte dessinée au crayon. Il y a trois autres îles marquées d'un *X*. Tu crois que…

Le shérif se redressa, s'écarta de la table pour se caler dans son fauteuil et se tourna vers Calhoun.

— Tu crois que tu peux suivre cette carte, Stoney ?

— En tâtonnant un peu, dit Calhoun en hochant la tête. Y a un putain de paquet de petites îles dans la baie. Mais c'est sûr, je peux trouver celles qui sont marquées d'un *X*, si c'est ce que tu veux dire.

Le shérif gonfla ses joues et laissa échapper un long soupir. Ensuite, il recula son fauteuil et se leva.

— On va y jeter un œil. Ça ne te dérange pas si on prend ton bateau ?

Comme Calhoun s'y attendait, la tempête de la nuit avait apporté un anticyclone dans son sillage. Il n'y avait pas le moindre nuage dans le ciel bleu, et le soleil brillait d'un tel éclat qu'il fallait plisser les yeux. Alors qu'ils traversaient Casco Bay à pleine vitesse, une brise fraîche faisait moutonner la baie et projetait des embruns salés sur leur visage.

La première île sur la carte d'Albie n'était qu'un amas de rochers couvrant un quart d'hectare environ, avec des broussailles rabougries et, au milieu, quelques chênes courbés par le vent. Calhoun se dit que si l'idée venait aux dieux du temps de conspirer pour envoyer un ouragan balayer la baie d'est en ouest par une nuit de pleine lune et de marée haute, la petite île serait entièrement recouverte par la mer.

Ce n'est qu'après en avoir fait deux fois le tour qu'il repéra un bout de plage parmi les blocs de granit, où il pouvait atteindre le rivage sans érafler la coque. Le shérif descendit et coinça l'ancre entre deux rochers. Ralph sauta derrière lui et partit explorer l'île.

Calhoun les suivit.

— S'il y a un cadavre ici, Ralph le trouvera, dit-il.

Une minute plus tard, Ralph se mit à aboyer.

Ils le trouvèrent assis sur le sol, les oreilles aplaties, un gémissement sortant de sa gorge, alors qu'il fixait le corps noirci, adossé contre un rocher faisant face à l'est. Le cadavre était entièrement calciné. Il n'avait plus de visage. Seules des boursouflures marquaient l'emplacement du nez, des oreilles et des doigts. Tout comme Errol Watson.

— Oh, c'est pas vrai, dit le shérif en secouant la tête, puis il répéta : Oh, c'est pas vrai. (Il poussa un long soupir.) Bon, il faut que je le signale. (Il sortit son portable de sa poche.) Cette île, elle a un nom ? Tu le sais, par hasard ?

Calhoun fit non de la tête.

— Je suppose qu'elle en a un, mais je ne le connais pas. (Il pointa l'index.) On est au plein sud de Bangs, là, à un kilomètre, peut-être. (Il pointa à nouveau l'index.) Là-bas, c'est Bailey et Orr's.

Le shérif hocha la tête.

— C'est bon, ça ira.

Pendant que Calhoun regardait, le shérif s'éloigna, choisit un rocher en bordure de la petite île et s'assit dessus. Il pianota sur son téléphone, le porta à son oreille, tournant le dos au cadavre et fixant l'horizon vers l'ouest. Calhoun entendit le shérif murmurer, mais de l'endroit où il se tenait, il ne pouvait comprendre ce qu'il disait.

Au bout de quelques minutes, le shérif se leva, remit son portable dans sa poche de pantalon et revint à l'endroit où Calhoun et Ralph attendaient.

— T'es toujours avec moi, Stoney ?

— J'suis ton adjoint, dit Calhoun en hochant la tête, n'oublie pas. À tes ordres.

— On a encore deux îles avec un *X*. J'espère que tu vas pouvoir les localiser.

— On va les trouver, dit Calhoun.

Il y avait un corps calciné et non identifiable sur chacune des deux autres îles figurant sur la carte d'Albie Wolinski. Les deux corps avaient été adossés à un rocher et tournés vers l'est. Ils n'avaient plus que des boursouflures à la place des doigts et des oreilles. Calhoun était pratiquement certain qu'ils avaient leur pénis enfoncé dans la bouche, mais ils ne prirent pas la peine de vérifier.

En comptant Watson, cela faisait quatre corps brûlés, un sur chacune des quatre petites îles de Casco Bay qu'Albie Wolinski avait marquées d'un *X*.

Après la découverte du dernier corps, le shérif parla un long moment au téléphone. Puis il revint auprès de Calhoun et dit :

— Ça risque d'être long, Stoney. Ça ne te fait rien ?

— Kate m'a donné ma journée, répondit Calhoun.

— J'ai dit à Gilsum qu'on l'attendrait là où on a trouvé le premier corps. Il va s'amener avec tout un détachement, c'est sûr, et une véritable armada. Va falloir qu'on leur montre les deux autres cadavres.

— Comme tu veux.

Un peu plus d'une heure plus tard, une flottille de bateaux divers surgit de derrière l'une des grosses îles et se dirigea vers eux. Il y en avait sept en tout, et chacun réussit à trouver un petit bout de plage pour aborder. En un rien de temps, la petite île fut noire de monde.

Le Dr Surry était là, portant des baskets, un pantalon kaki et un coupe-vent bleu pâle. Elle avait noué ses cheveux roux en une queue-de-cheval qui dépassait de sa casquette des Red Sox. Elle trimballait son sac de docteur noir. En sautant du bateau, elle s'arrêta pour regarder à droite et à gauche, puis vint tout droit vers le rocher où Calhoun et Ralph attendaient. Elle s'accroupit, gratta le dos de Ralph et leva les yeux sur Calhoun.

— Faut vraiment qu'on arrête de se rencontrer dans de telles conditions, dit-elle.

— C'est mieux que ne pas se rencontrer du tout, dit Calhoun en haussant les épaules.

Ce qui la fit sourire.

— Jamais plus je ne pourrai voir Casco Bay avec les mêmes yeux.

— Ça veut dire que vous ne voulez plus aller à la pêche vendredi ?

— Ça ne va pas, non ? J'attends ça avec impatience. Mais on ne s'arrêtera sur aucune île, d'accord ? (Elle lui fit un petit signe.) Faut que j'y aille. Le boulot.

Elle s'éloigna en direction du corps autour duquel les autres s'étaient regroupés.

Un moment plus tard, le shérif rejoignit Calhoun et lui demanda de les guider au second cadavre. Alors, il repartit dans son bateau en compagnie de Ralph, et toutes les autres embarcations, sauf deux, les suivirent. Calhoun leur indiqua où aborder, puis il mit pied à terre avec Ralph, et les mena où le corps était adossé au rocher, tourné vers l'est.

Après bien des palabres, les diverses personnalités officielles décidèrent qui allait rester sur place et qui allait se rendre sur la troisième île. Calhoun guida ensuite deux des bateaux là où se trouvait le dernier corps calciné.

Arrivés à la troisième île, Calhoun et Ralph restèrent assis dans le bateau, attendant d'autres instructions. Au bout d'un moment, il se dit qu'ils l'avaient complètement oublié. Il avait fait son boulot. Ils n'avaient plus besoin de lui.

Le shérif et le Dr Surry étaient restés sur la première île. Calhoun supposa qu'il leur faudrait examiner les deux autres corps avant d'en avoir terminé.

Ça allait prendre un bon moment. Et passer son temps à attendre les gens, c'était pas son truc.

Il se souvint qu'il avait un téléphone portable. De temps en temps, il était content de l'avoir. Il le sortit de sa poche de pantalon, appuya sur le bouton sur le côté, prononça le mot "Dickman" et le mit à son oreille valide.

Il entendit sonner, puis la voix du shérif :

— Stoney, c'est toi ?

— Oui, monsieur.

— Qu'est-ce qu'il y a ? On est plutôt occupés ici.

— T'as encore besoin de moi ?

Le shérif hésita un instant.

— Eh bien, en fait, dit-il, je crois que non.

— Je peux rester si tu veux, mais…

— Non. C'est pas la peine, Stoney. On a plein de bateaux ici, et dix fois plus d'experts qu'il nous en faut. Tu peux rentrer chez toi avec

Ralph. Vous avez fait du bon boulot aujourd'hui, tous les deux. Je te mets au courant plus tard.

— Toute cette affaire m'intéresse, tu sais.

— Évidemment, dit le shérif. Je te raconterai tout, promis. Dès que je saurai quelque chose, tu le sauras aussi. Rentrez chez vous, monsieur l'adjoint. C'est un ordre.

— À vos ordres. (Calhoun tapota sur le crâne de Ralph.) OK, mon vieux. On fout le camp d'ici.

Quand ils eurent rejoint le ponton et remonté le bateau, Calhoun se dit qu'il était presque deux heures de l'après-midi. Il pensa qu'il pourrait s'arrêter à la boutique pour dire un petit bonjour à Kate, voir comment elle allait. Mais le mot qu'elle avait écrit laissait clairement entendre qu'elle n'avait pas envie de le voir. Alors il rentra directement chez lui, à Dublin.

Il passa le reste de l'après-midi à fendre du bois et à l'empiler dans l'appentis, à côté de la maison. Ce travail dur et rythmé était bon pour lui. Fendre un morceau de chêne sec aux veines bien droites nécessitait adresse et précision et ça lui plaisait. Il était fier de laisser retomber sa hache au bon endroit et de voir les deux moitiés de la bûche voler de part et d'autre du billot. Fendre du bois exigeait une forme de concentration qui laissait un certain niveau de son esprit libre de vagabonder, et tout en regardant grandir le tas de bûches fendues, il laissait ce niveau à demi conscient méditer sur les trois cadavres brûlés, trouvés sur de petites îles inhabitées de Casco Bay.

Albie Wolinski avait dessiné sa carte grossière pour montrer à Paul Vecchio où étaient les cadavres, ce qui signifiait, bien sûr, qu'Albie connaissait déjà leur emplacement.

C'était peut-être Albie qui les avait conduits là-bas, qui leur avait ouvert la gorge et leur avait fourré le pénis dans la bouche après l'avoir tranché et qui les avait brûlés.

Restait la question de savoir qui avait tué Albie.

Peut-être Paul Vecchio.

Restait la question de savoir qui l'avait tué, lui.

Calhoun finit par se dire qu'une seule personne commettait tous ces meurtres. D'abord les quatre types sur les îles de Casco Bay. Puis Albie. Puis Vecchio.

À moins que ce ne soit Franklin Dunbar, ce dont il doutait, le qui et le pourquoi lui échappaient complètement.

Il n'arrêta de fendre des bûches que lorsque l'obscurité commença à sortir des bois pour se répandre partout. Il raccrocha sa hache, siffla Ralph, qui avait passé l'après-midi à fouiner dans la cour, puis rentra. Il prit une longue douche, se délectant des mille aiguilles que l'eau chaude faisait pénétrer dans ses épaules endolories, et il s'attarda un bon moment, ses réflexions sur les cadavres se mêlant étrangement à ses réflexions sur Kate.

Il espérait qu'elle allait bien.

Le lendemain matin, jeudi, Calhoun et Ralph arrivèrent à la boutique vers 9 h 30. Calhoun décrocha son bateau et le laissa dans le coin du parking, paré pour la sortie avec Sam Surry le lendemain. Puis ils entrèrent dans le magasin. Ralph fila dans son coin, fit trois tours sur lui-même, s'allongea sur le vieux sweat-shirt de Calhoun, se fourra le museau sous la queue et s'endormit. Calhoun retourna la pancarte du côté marqué OUVERT, remplit la fontaine à café et vérifia s'il y avait des messages téléphoniques.

Il n'y avait rien.

Rien non plus qui ressemblât à un mot de Kate accompagnant un rapport sur la journée précédente, ou une demande, ou une instruction, ou disant simplement salut avec un smiley et quelques *X* et quelques *O*.

Il regarda les recettes faites la veille par Kate. Elle avait vendu quatre chemises à moitié prix, deux livres de poche de Nick Lyons, une vidéo de Mel Krieger sur la pêche à la mouche. Elle avait expédié la canne cassée d'un client à la société et demandé qu'elle soit remplacée, et elle avait enregistré la commande d'un veinard qui avait en vue une partie de pêche dans les flats du Belize en avril – quatre douzaines de mouches pour bonefish, deux douzaines de mouches pour tarpon, et deux douzaines d'imitations de crabes pour le carangue.

C'était tout. Une autre journée de fin de saison à perte pour le magasin d'accessoires.

Il passa dans le bureau de l'arrière-boutique, alluma l'ordinateur pour voir s'ils avaient des messages ou des commandes sur leur site. Il n'y avait ni l'un ni l'autre.

Il se versa une tasse de café, alluma la radio, la régla sur la station de musique classique, et après avoir pris le téléphone sans fil, il alla s'installer à l'établi. Il fouilla dans les placards et les tiroirs, et étala tout le matériel pour monter les mouches crabes – des mouches tarabiscotées : fil fauve taille 3, hameçons en inox taille 1, poils de chevreuil, plumes de cou, Krystalflash, pattes en caoutchouc, yeux plats en plomb. Monter un grand nombre de mouches identiques nécessitait le même genre d'attention que fendre du bois. Un premier niveau de l'esprit se concentre sur le travail à effectuer, un autre perçoit la musique à la radio, laissant un troisième niveau, moins conscient celui-là, errer sans contrainte.

Calhoun pensait à des corps calcinés sur des îles désertes. Il pensait à un pêcheur assassiné, et à un professeur, assassiné, lui aussi.

Sans parvenir à la moindre conclusion.

Il fut interrompu dans son travail une fois, par deux types qui cherchaient des tuyaux sur un endroit où ils pourraient trouver des bars en train de dévorer des petits poissons. Dans l'après-midi, quelques clients entrèrent, jetèrent un coup d'œil à la marchandise, observèrent Calhoun monter des mouches, puis ressortirent. Le téléphone sonna trois ou quatre fois. Il y eut le représentant régional de chez Sage, et puis des clients qui passaient une commande.

Aucune nouvelle de Kate, ni du shérif.

À 4 heures, Calhoun avait monté deux douzaines de mouches crabes identiques, ainsi qu'un assortiment de Gotcha et de Crazy Charlie pour le bonefish. Il les avait toutes alignées sur l'établi en attendant que leur tête en ciment durcisse. Il aimait bien les regarder en se disant que c'était lui qui les avait créées. Il les trouvait belles, symétriques, résistantes. Il était fier de son travail. Les mouches crabes ressemblaient vraiment à de petits crabes. Les mouches à bonefish, elles, suggéraient des crevettes plus qu'elles ne les imitaient.

Il était content de sa journée.

Il se leva, s'étira, rangea son matériel à mouches, vida, puis nettoya la fontaine à café, ensuite il éteignit l'ordinateur et, après avoir retourné la pancarte du côté FERMÉ, il claqua des doigts pour appeler Ralph et sortit.

En trottinant, Ralph tourna au coin du bâtiment où, comme le savait Calhoun, se trouvaient quelques buissons sur lesquels il faisait bon lever la patte.

Calhoun marcha tranquillement jusqu'à l'endroit où il avait garé sa remorque avec le bateau. Il sentit une odeur de pluie dans l'air, alors il décida de couvrir le bateau. Il tenait à ce qu'il soit sec et propre pour sa sortie du lendemain avec le Dr Surry.

Il était en train de tendre la bâche sur la proue et de fixer une attache lorsqu'il sentit, plus qu'il n'entendit, un déplacement dans son dos. Cela aurait pu être la torsion d'une semelle de basket sur la terre, ou le souffle d'une inspiration ténue, ou rien de plus que le déplacement d'air que provoque un corps en mouvement.

Ce ne fut pas une pensée réfléchie ou consciente, mais une réaction immédiate, quelque chose appris depuis fort longtemps et profondément enfoui dans les recoins inaccessibles de la mémoire subconsciente de Stoney Calhoun, qui le fit esquiver, pivoter et attaquer.

Son coude gauche s'enfonça dans les côtes tandis que sa hanche effectuait une rotation et que sa main droite se refermait sur un poignet osseux. Il le tordit et fit basculer son agresseur sur le dos.

Celui-ci tomba avec un bruit sourd. Il expulsa l'air de ses poumons violemment et poussa un gémissement.

Calhoun lui mit aussitôt un genou sur l'estomac. Il leva le poing, prêt à écraser la gorge de l'homme. L'envie de le faire était forte. Il visualisa le coup qu'il allait donner. Il savait quelle sensation cela provoquerait sur ses phalanges, l'enfoncement flasque et l'écrasement des artères, des nerfs, du larynx et du pharynx, des muscles et des os. Le coup écraserait tous les tissus reliant la tête au tronc, aussi rapidement, aussi efficacement et aussi sûrement que la hache qui s'abat sur le morceau de chêne aux veines bien droites. La mort serait instantanée, et Stoney Calhoun se rendit compte, dans l'instant compris entre le moment où son poing s'était élevé et celui où il allait s'abattre, qu'il avait déjà fait cela et que ça ne l'avait pas empêché de dormir, et qu'il était tout à fait prêt à le refaire tout de suite.

Mais quelque chose retint son poing et figea son geste. Il serrait toujours le poignet de son agresseur. C'est alors qu'il vit que la main au bout du poignet tenait un démonte-pneu.

Au lieu d'écraser la gorge de l'individu, Calhoun lui tordit le poignet.

L'individu marmonna "Aïe, non !" et lâcha le démonte-pneu.

Puis Calhoun regarda son visage.

C'était un jeune garçon, pas un homme. Grand, musclé, avec de gros os, mais un jeune garçon tout de même. Benjie Dunbar, vu précédemment quelques jours plus tôt en train de faire du basket dans son allée à Biddeford, le fils de Franklin, suspect numéro un dans le meurtre d'Errol Watson, l'homme qui avait fait de la prison pour avoir agressé sexuellement Bonnie, la sœur de Benjie.

Il s'en était fallu d'un cheveu que Calhoun le tue.

Ralph arriva en trottinant. Il resta près de Calhoun, un grondement roulant dans sa gorge, les babines retroussées sur ses dents, les oreilles plaquées contre son crâne, regardant Benjie Dunbar méchamment.

Calhoun posa la main sur le front de Ralph et dit :

— C'est bon, vieux. Assis.

Ralph s'assit.

Calhoun se leva et tendit la main à Benjie qui l'écarta d'un geste vif et se remit debout tout seul. Il tenait son poignet droit plaqué contre son ventre avec sa main gauche.

— Si vous m'avez cassé le poignet…

— Il n'est pas cassé, dit Calhoun. Mais j'aurais pu. Je ne voudrais pas briser ta carrière de basketteur.

— Je suppose que vous auriez pu me casser les côtes, mais que vous avez décidé de ne pas le faire non plus.

— C'est presque ça, dit Calhoun. Et je suppose que tu avais l'intention de me fracasser le crâne avec ton démonte-pneu.

Furieux, Benjie fusillait Calhoun du regard.

— Exact. Je voulais vous tuer.

Calhoun hocha la tête.

— Un Coca ?

Benjie le regarda un instant, puis il se décida à accepter.

— Je dis pas non.

Calhoun retourna à la boutique. Il alla chercher deux canettes de Coca dans le frigo de l'arrière-boutique et les rapporta.

Assis sur les marches, Benjie se massait le poignet. Ralph restait devant lui. Ses oreilles étaient toujours couchées, mais il avait cessé de grogner.

Calhoun s'assit à côté de Benjie et lui tendit un Coca.

— Va te coucher, dit-il à Ralph. Tout va bien.

Ralph regarda Calhoun un moment, puis il eut l'air de hausser les épaules. Il grimpa sous la véranda et s'allongea.

Benjie arracha la languette de la canette et avala une gorgée de Coca. Il se tourna vers Calhoun.

— Comment vous avez fait ?

— Fait quoi ?

— Vous savez bien. Ce que vous m'avez fait. J'ai cru que vous alliez me tuer.

— Tu l'aurais mérité, dit Calhoun. C'est pas ce que tu voulais me faire ?

Benjie opina.

— Peut-être, oui. Je ne sais pas. Je suis dingue, en ce moment. Ma vie est comme… (Il but une autre gorgée, puis secoua la tête.) Tout le monde croit que mon père a tué ce type.

— Tout le monde ? Et toi ?

— Je ne sais pas. Non. Il pourrait pas. Vous ne le connaissez pas. Mais même ma mère…

— Alors, pourquoi tu te jettes sur moi avec un démonte-pneu ? Tu aurais pu être gravement blessé.

Benjie haussa les épaules.

— C'est votre faute. Vous et le shérif. Venir chez nous comme ça, en plein milieu du dîner, et ensuite les autres flics qui sont venus et qui ont embarqué mon père pour l'interroger toute la journée, et qui nous ont interrogés aussi, ma mère et moi. Ça allait déjà assez mal comme ça, ma sœur complètement perturbée, mes parents qui ne se parlent plus, les gens qui me regardent avec un drôle d'air, comme si avoir une sœur qui se fait violer était quelque chose dont il fallait avoir honte. Et maintenant tout le monde pense que mon père a assassiné quelqu'un. C'est vous le responsable.

— Je ne pense pas que ton père ait tué qui que ce soit, dit Calhoun.

— Ah bon ? (Benjie serrait, puis desserrait les poings.) Alors, pourquoi vous êtes venus chez nous comme ça, merde ?

— Écoute, dit Calhoun, la vérité, c'est que je me fiche pas mal de qui a tué Watson. Il a eu ce qu'il méritait.

— Je pensais que vous enquêtiez sur ce meurtre ?

Calhoun secoua la tête.

— D'autres personnes ont été tuées. Et elles, je m'en fiche pas. Watson, si. Ça ne m'intéresse pas de trouver le coupable.

— Attendez, dit Benjie. Vous pouvez pas faire ça. Vous pouvez pas nous laisser dans la merde comme ça. Vous comprenez pas ? Si vous ne trouvez pas le type qui a fait ça, mon père va aller en prison.

— C'est pas comme ça que ça fonctionne, dit Calhoun. Il n'ira pas en prison, sauf si c'est lui le coupable.

Benjie poussa un bref soupir ironique.

— Vous débarquez de quelle planète, vous ? Des innocents envoyés en prison, ça arrive tout le temps. Ce flic, là, Gilsum, il est sûr d'avoir tout compris. Mon père, il a dû prendre un avocat, et il dit qu'il va peut-être être obligé de vendre notre bateau pour le payer, et ma mère me dit que ça va être dur de payer mes études à la fac, et…

— Ça suffit. (Calhoun posa la main sur le bras de Benjie.). On n'en est pas encore là. Il se passe des tas de choses en ce moment. Tout va s'arranger.

— Quelles choses ?

— Je peux pas te le dire, mais fais-moi confiance.

Benjie eut un petit rire.

— Pourquoi je devrais vous faire confiance ?

— Parce que j'aurais pu te tuer, dit Calhoun. J'en avais le droit. J'aurais été en état de légitime défense. Ç'aurait été facile. Il s'en est fallu d'un rien.

— Et alors ?

— Alors, je l'ai pas fait. Tu es en vie parce que j'ai décidé de te laisser vivre. Tu m'es redevable pour cela. Donc, quand je te dis “Fais-moi confiances”, tu pourrais me faire confiance, non ?

Benjie fronça les sourcils un moment. Puis il sourit.

— Ça me semble dingue, mais, bon, d'accord, je vais peut-être vous faire confiance. Vous trouvez le type qui a tué Watson, pour que mon père soit libéré, et là, je vous ferai confiance pour toujours.

Calhoun lui tendit la main.

— Tope là.

Benjie hésita, puis il prit la main de Calhoun et la serra.

— Désolé d'avoir essayé de vous fracasser le crâne, dit Benjie.

Calhoun haussa les épaules.

— T'inquiète pas. Tu n'y serais pas arrivé. T'es pas très bon quand il s'agit de prendre les gens par surprise, en plus, tu as hésité avant de lever ton démonte-pneu. Si tu avais su y faire, je serais étendu par terre, la tête dans une mare de sang. Et maintenant, tu te sentirais comment ?

— J'crois que je suis bien content que vous m'ayez arrêté, dit Benjie.

— Ce fut un plaisir, dit Calhoun.

17

AU LEVER DU JOUR, LE LENDEMAIN, Calhoun et Ralph étaient assis sur les rochers près du plan d'eau, en aval du pont calciné. Tour à tour, ils prenaient une gorgée de café dans la tasse de Calhoun, en regardant les courants de Bitch Creek contourner les vieilles butées de granit. Des feuilles de peuplier jaunes et des feuilles d'érable pourpres virevoltaient dans les tourbillons comme des voiliers privés de gouvernail. Une brume cotonneuse commençait à tout envelopper et les bruits de la forêt – des corbeaux coassant au loin, un pic-vert, pas très proche non plus, qui martelait un tronc creux, des mésanges et des sittelles, piaulant et pépiant, le ruisseau qui gargouillait, les branches des pins et les feuilles mortes, bruissant dans la brise –, tout résonnait de façon assourdie.

Calhoun éprouvait un sentiment d'isolement, de solitude et de plénitude. À cet instant précis, il avait l'esprit libre de toute pensée compliquée et stressante.

Difficile de dire quel sentiment Ralph éprouvait. Il était assis sur un rocher plat, les oreilles dressées, le museau frémissant, et il observait les bois. L'automne était arrivé dans le Maine, ce qui signifiait que c'était la saison du gibier à plume, et Calhoun soupçonnait Ralph de le savoir, une boucle de son ADN devait lui envoyer des signaux à cette époque de l'année pour lui rappeler que la migration de la bécasse avait commencé, et que c'était son boulot – son destin de chien de chasse – de renifler les aulnaies, les versants plantés de bouleaux, les vergers à pommiers, déserts à l'automne, et de tomber en arrêt quand sa truffe détectait la trace excitante d'une bécasse ou d'une grouse pour que son partenaire, le chasseur, puisse les débusquer et tirer.

Pour la centième fois, Calhoun se dit que, rien que pour Ralph, il devrait vraiment se mettre à chasser le gibier à plume.

Sa tasse était vide, et il songeait à remonter à la maison s'en verser une autre et préparer le repas de Ralph, quand le claquement d'une portière lui parvint, étouffé dans la brume.

Calhoun reconnut ce bruit de portière particulier.

— Allez, mon vieux, dit-il à Ralph. Le shérif vient d'arriver.

Ils grimpèrent la colline et trouvèrent le shérif Dickman dans son uniforme kaki, appuyé sur l'Explorer portant l'insigne du comté, en grande conversation téléphonique. Le shérif leva la main en manière de salutation, puis il se retourna et dit quelque chose à son correspondant. Il écouta un instant, hocha la tête et remit son portable dans la poche de sa chemise.

— J'ai essayé de t'appeler il y a un petit moment, dit-il à Calhoun. Pour être sûr que t'étais debout.

— Ça fait un moment que je suis debout. Café ?

— Bien sûr. (Le shérif secoua la tête.) J'aimerais bien que tu aies toujours ton portable sur toi.

— Je sais, dit Calhoun.

Ils montèrent les marches de la terrasse et allèrent à la cuisine. Calhoun remplit sa tasse, puis une autre pour le shérif. Il posa les deux tasses sur la table, versa un peu d'Alpo et une tasse de croquettes dans l'écuelle de Ralph, la posa par terre et s'assit en face du shérif.

— T'es ici pour le boulot ?

Le shérif acquiesça. Son chapeau était sur la table, devant lui.

— T'es tombé de ton lit, c'est ça ? dit Calhoun. Il est quoi, 7 h 15 ?

Le shérif jeta un coup d'œil à sa montre.

— Sept heures dix-sept, pour être précis, dit-il avec un sourire. Merde, comment tu fais ?

— Pour toujours savoir quelle heure il est ? (Calhoun haussa les épaules.) Je suis pas sûr que ça me serve à grand-chose.

— J'ai des infos, dit le shérif. Et un boulot pour toi. Si je me souviens bien, tu as dit que Kate s'occupait de la boutique aujourd'hui ?

Calhoun fit oui de la tête.

— J'ai une sortie en mer à 4 heures. C'est tout.

Le shérif but une gorgée de café, avant de sortir un petit carnet de sa poche. Il l'ouvrit, le regarda en fronçant les sourcils, et leva les yeux vers Calhoun.

— Les trois cadavres qu'on a trouvés l'autre jour ? Je t'apprends rien, j'imagine, ils avaient tous la gorge tranchée et leur organe coupé et fourré dans la bouche. Pieds et mains attachés avec du ruban adhésif renforcé. Date de la mort, entre une et trois semaines, pour autant que le Dr Surry ait pu le dire, visage et mains brûlés, rendant toute identification impossible. Mais on avait une petite idée sur la façon de les identifier.

— Le fichier des délinquants sexuels, dit Calhoun.

— Exact. Gilsum a demandé à son équipe de rechercher tous les hommes figurant sur le fichier de Portland, cent vingt-six en tout. Il y en avait plusieurs qui avaient déménagé ou qui avaient changé de boulot, etc., mais ça ne leur a pas pris longtemps pour identifier les trois qui avaient disparu. Ils avaient tous fait de la prison, bien sûr, donc on avait leur dossier dentaire. (Le shérif jeta un coup d'œil à son carnet.) Leslie Miller, cinquante et un ans, viol et agression sur une infirmière à domicile. Condamné à seize ans, il en a fait neuf, il est sorti il y a trois ans. Howard LaBranche, trente et un ans, trafiquait dans la pornographie à caractère pédophile. Condamné à cinq ans, libéré il y a deux ans, après en avoir fait trois. Anthony Boselli, cinquante-neuf ans, contact sexuel avec des garçons mineurs, condamné à dix ans, libéré au bout de quatre et demi. Il est sorti en février dernier. Les détails sont superflus.

— J'ai pas besoin de ces putains de détails, dit Calhoun. C'est une bonne chose qu'ils soient morts.

— Il faut encore que je vous fasse un laïus sur la justice et la loi, monsieur l'adjoint ?

— Non. J'imagine que celui qui a tué ces sales types a également tué Wolinski et Vecchio, et ça, ça me choque. Alors, qu'est-ce que tu attends de moi ?

— Que tu me dises qui les a assassinés.

Calhoun regarda le shérif, attendant un sourire qui ne vint qu'un moment plus tard.

— OK, dit le shérif, si tu peux pas faire ça, tu peux au moins avoir une petite conversation avec Otis Maxner. Il en a défendu deux, LaBranche et Boselli.

— Maxner, dit Calhoun. L'avocat spécialisé dans l'immobilier qu'on a déjà vu ? Celui qui a son bureau à Westbrook et qui a été commis d'office par le passé ?

— C'est ça, dit le shérif.

— Et le troisième type ?

— Leslie Miller. L'affaire a été jugée à Augusta. Viol. Crime plus grave, plus grosse affaire, plus longue condamnation. Miller avait un vrai avocat. De toute façon, son procès s'est tenu il y a douze ans, Maxner devait être encore étudiant à la fac.

— Donc tu veux simplement que j'aille parler à Maxner ? demanda Calhoun. C'est tout ?

— Pour l'instant, dit le shérif. Moi, je déjeune avec le juge Roper. Il a dirigé les débats pour les procès de LaBranche et Boselli. Gilsum a envoyé son équipe interroger les familles de ces types, leurs voisins, collègues et tout et tout. Puisque toi et moi nous avons déjà parlé à Maxner et au juge, on s'occupe du suivi en ce qui les concerne.

— Gilsum pense toujours que Franklin Dunbar est son coupable ?

Le shérif haussa les épaules.

— Je ne sais pas au juste ce que pense Gilsum. Il m'a semblé un peu déçu de voir son affaire se compliquer au fil du temps.

— J'ai rencontré Benjie Dunbar hier.

— Benjie ?

Le shérif fronça les sourcils.

— Le garçon. Qui jouait au basket.

— Qu'est-ce que tu veux dire, tu l'as rencontré ?

— Il est passé à la boutique. Il avait envie de parler.

Le shérif sourit.

— C'est chouette qu'il t'ait choisi pour parler.

Calhoun hocha la tête.

— Sûr. Ça fait plaisir.

Il décida de ne pas dire au shérif que Benjie était venu le voir avec un démonte-pneu, ni qu'il avait levé le poing pour tuer le jeune garçon. Il ne voyait pas à quoi cela pourrait servir.

— Je lui avais donné ma carte l'autre soir. Il voulait m'expliquer que son père ne pouvait pas avoir tué qui que ce soit, et que toute cette histoire détruisait sa famille. C'était déjà moche que sa sœur se fasse agresser, mais maintenant Gilsum harcèle son père…

— Eh bien, dit le shérif, si vraiment c'est pas Dunbar, il nous appartient de trouver qui l'a fait.

— C'est à peu près ce que j'ai dit à Benjie, dit Calhoun. Qu'il nous appartenait de trouver le véritable tueur.

Le shérif sourit.

— Otis Maxner va peut-être nous apprendre quelque chose.

— Ou le juge Roper.

— Ou les deux, dit le shérif. Roper m'invite à déjeuner à son yacht-club. Qu'est-ce que t'en dis ?

— Toi, tu vas boire des bloody mary et manger des sandwichs à l'avocat et à la chair de crabe avec le juge, dit Calhoun, et moi, j'ai droit à une tasse de café réchauffé dans le bureau de l'avocat.

— Toi, tu n'es que l'adjoint, dit le shérif, tandis que moi, je suis le shérif. C'est comme ça que ça marche.

Il jeta un coup d'œil à sa montre, puis finit sa tasse de café, il remit son chapeau et se leva.

— Faut que j'y aille. J'ai une semaine de paperasserie à éponger avant le déjeuner au club nautique.

— Ne laisse pas le juge t'emberlificoter avec ses club sandwichs, dit Calhoun.

— Ah, dit le shérif, dès que tu as vu Maxner, appelle-moi.

— Qu'est-ce que je dois lui demander ? dit Calhoun. Comment tu veux que je m'y prenne ?

Le shérif le regarda.

— Stoney, dit-il, tu es au moins aussi bon que moi, même si tu ne le sais pas. Suis ton instinct. On échangera nos impressions après, on va voir ce que les types de Gilsum nous ramènent, et on avisera pour la suite.

Calhoun attendit qu'il soit 9 heures passées de quelques minutes pour appeler le cabinet d'Otis Maxner à Westbrook. Il eut la secrétaire, qui lui dit que M. Maxner serait à Augusta toute la matinée pour étudier un titre de propriété. Elle ne pouvait pas lui dire quand il serait de retour exactement, mais il avait un rendez-vous à 14 heures, donc il serait là à ce moment-là.

Calhoun lui dit de lui réserver ce créneau de 14 heures.

Elle lui dit qu'elle ne pouvait pas faire ça. M. Maxner avait déjà un rendez-vous à 14 heures.

Il lui rappela qu'il était shérif-adjoint, qu'il agissait dans le cadre d'une enquête, et que M. Maxner, en tant qu'auxiliaire de la justice, était tenu de lui apporter son entière collaboration.

Elle soupira, puis dit :

— Quatorze heures, donc, monsieur Calhoun. Mais j'espère vraiment que ça ne sera pas trop long.

— Moi aussi, dit Calhoun.

— Puis-je dire à M. Maxner à quel sujet vous voulez lui parler ?

— Non, dit Calhoun. Je lui dirai moi-même.

Il passa le restant de la matinée à monter des mouches, faire des bas de lignes, nettoyer les lignes, remettre de l'ordre dans les cannes, les moulinets et les autres accessoires, ensuite il remplit la glacière de bouteilles d'eau fraîche, de sodas et de petits trucs à grignoter pour sa partie de pêche avec le Dr Surry, puis il chargea le tout dans son camion.

Sam Surry devait le retrouver à la boutique vers 4 heures. Il se dit que si sa discussion avec Otis Maxner lui prenait une heure – et il ne voyait pas pourquoi ça serait aussi long –, même avec la circulation du vendredi après-midi, il aurait largement le temps de revenir de Westbrook à la boutique et être là quand elle arriverait. Pour une raison qu'il avait du mal à préciser, il ne tenait pas à ce qu'elle arrive la première et doive attendre dans la boutique avec Kate. La façon dont Kate s'était comportée lui laissait entendre que cela pourrait la contrarier. Ces derniers temps, il était difficile de prévoir ce qui pouvait contrarier Kate.

Deux messieurs d'âge mur, en costume, étaient assis dans la salle d'attente d'Otis Maxner quand Calhoun entra. Ils feuilletaient des magazines, s'ignorant mutuellement.

La secrétaire de Maxner, penchée sur son ordinateur, releva la tête.

— Monsieur Calhoun, dit-elle. M. Maxner n'est pas encore rentré. Vous désirez un café ?

— Quelle heure est-il ?

— Pas encore deux heures. Café ?

— Certainement. Noir.

Elle indiqua du pouce une cafetière électrique en inox sur une table, dans un coin de la pièce.

— Servez-vous.

Calhoun se versa du café, puis s'assit sur l'une des chaises en bois inconfortables qui étaient alignées contre le mur en face des deux hommes. Il prit un vieux numéro de *Yankee* dans la pile de magazines sur la table basse et se mit à le feuilleter.

Quelques minutes plus tard, Otis Maxner entra dans la pièce, l'air décontracté. Il regarda les deux hommes en costume de ville et dit :

— Charles, Frederick, je vous vois tout de suite.

Puis il sembla remarquer Calhoun. Il fronça les sourcils.

— Je suis désolé, monsieur…

— Je m'appelle Stonewall Calhoun, dit-il. L'adjoint du shérif Dickman. Nous sommes passés vous voir ici, lundi dernier. J'ai rendez-vous à 2 heures avec vous, et vous avez cinq minutes de retard.

Maxner jeta un coup d'œil à sa secrétaire, qui lui fit oui de la tête.

— Bien, d'accord, monsieur Calhoun. Entrez. (Il se tourna vers les deux autres hommes.) J'en ai pour une minute.

Calhoun suivit Maxner.

Maxner s'assit derrière son bureau et, du revers de la main, désigna l'un des deux fauteuils destinés aux clients.

— Asseyez-vous. J'espère qu'il n'y en a pas pour longtemps. Ces deux messieurs qui attendent sont des clients importants. Ils ont un gros projet immobilier en préparation. (Il gonfla ses joues et poussa un long soupir.) Alors, dites-moi ce que je peux faire pour vous.

Calhoun s'assit.

— Je vais vous citer quelques noms. (Il marqua un temps d'arrêt avant de poursuivre.) Leslie Miller. Howard LaBranche. Anthony Boselli.

Maxner regarda par la fenêtre un moment. Puis ses yeux revinrent se poser sur Calhoun.

— Leslie Miller, ça ne me dit rien, mais Boselli et LaBranche ont été des clients à moi, quand j'étais avocat commis d'office. Est-ce que c'est en rapport avec les questions que le shérif et vous êtes venus me poser sur Errol Watson l'autre jour ?

— Que pouvez-vous me dire sur Boselli et LaBranche ?

— Ils étaient tous deux coupables de crimes sexuels, dit Maxner. Ils n'avaient pas les moyens de se payer un avocat, c'est moi qui ai été chargé de leur affaire. Le juge Roper a présidé les débats dans les deux cas. Il n'y avait rien de particulièrement inhabituel en ce qui concernait ces deux hommes, ou leur affaire. Les délinquants sexuels sont ce qu'ils sont. J'ai fait de mon mieux pour les défendre, c'était mon travail, mais ils étaient coupables, sans aucun doute, et ils ont été condamnés. Je suppose qu'ils sont sortis, aujourd'hui, et qu'ils ont à nouveau commis des crimes ignobles ? C'est bien de cela qu'il s'agit ?

— Je voudrais savoir si vous avez entendu parler d'Errol Watson, dit Calhoun. Depuis que le shérif et moi sommes passés ici lundi, je veux dire.

Maxner hocha la tête.

— J'ai appris qu'il avait été assassiné. Je… Oh ! Vous êtes en train de me dire que Boselli et LaBranche ont eux aussi été assassinés ?

— Exact, dit Calhoun. Et ce Leslie Miller aussi. Tous des délinquants sexuels et – y compris Watson et à l'exception de Miller – tous défendus par vous dans un procès présidé par le juge Roper.

— Et vous voulez que je vous aide à trouver qui tue ces hommes, c'est ça ?

Calhoun écarta les mains.

— Une idée ?

— Toute la paperasse de cette époque quand j'étais commis d'office est rangée, dit Maxner. Je pense que je peux ressortir ces dossiers pour vous, mais ça pourrait prendre un moment.

Calhoun hocha la tête.

— Je veux bien. Un moment, c'est combien de temps ?

— Deux jours ? Ce n'est pas sur l'ordinateur. Ces dossiers sont dans des boîtes, dans mon grenier. (Il sourit.) Je n'ai jamais imaginé que je pourrais avoir besoin de tout ça, mais je garde tout.

— Bien, dit Calhoun en hochant la tête.

— Je rechercherai ça ce week-end. Je vous appellerai, OK ? Autre chose ?

Maxner fit mine de se lever de son siège, une façon de faire comprendre à Calhoun qu'il était temps de partir.

Calhoun resta assis.

— Dites-moi ce dont vous vous souvenez au sujet de ces deux affaires ? Des points communs avec celle d'Errol Watson, par exemple ?

Maxner fronça les sourcils.

— Ces affaires datent de plusieurs années, monsieur Calhoun. Et j'en ai eu des tas, pendant que j'étais commis d'office.

Calhoun hocha la tête.

— Eh bien, je me souviens, dit Maxner lentement, que l'affaire Watson a eu lieu avant LaBranche et Boselli. Le procès Watson m'a marqué à cause de la famille de la victime, ce témoignage bouleversant du père. On en a parlé l'autre fois.

— Oui, Franklin Dunbar.

— Il y a bien une chose, dit Maxner en levant l'index. Maintenant que j'y repense. Quelque chose d'intéressant, d'ailleurs. Je l'avais relevé à l'époque, mais sans m'y attarder vraiment. Mais maintenant que j'y repense…

— C'est quoi ? demanda Calhoun.

— Normalement, dit Maxner, les gens qui viennent assister à un procès se répartissent en trois catégories. La première, les amis et la famille. De la victime et de l'accusé. La deuxième, quelques habitués, ceux qui pensent que les procès, c'est du théâtre, en mieux, et qui viennent tous les jours. Des retraités, pour la plupart. Des gens qui ont beaucoup de temps libre. La troisième, les journalistes. Les journaux locaux qui couvrent les affaires judiciaires. (Otis Maxner leva la main, puis la laissa retomber sur son bureau.) Donc, je l'ai remarqué. Dunbar.

Le père de la victime de Watson, qui avait lancé, comment diriez-vous ? cette menace ? pendant son témoignage au procès de Watson.

— Vous l'avez remarqué ?

— Il était là, monsieur Calhoun. Aux procès de Boselli et de LaBranche. Il était là tous les jours. Assis au fond de la salle d'audience. Il était là, à observer. Je me souviens avoir jeté un coup d'œil dans sa direction à l'occasion, et j'ai vu qu'il avait les yeux fixés sur mes clients. À chaque fois que je l'ai regardé, il était en train de fixer mes clients.

— Vous n'avez pas pensé que c'était étrange ?

— Bien sûr, dit Maxner. À ce moment-là, c'est exactement ce que je me suis dit. C'était étrange, limite bizarre même. Mais tout le monde a le droit de s'asseoir dans un tribunal, et je me suis juste dit, le pauvre bougre, il est fasciné par les crimes et les délinquants sexuels. C'est pas difficile à comprendre. Bon, enfin… (Maxner s'interrompit soudainement, cligna des yeux deux ou trois fois avant de reprendre :) Mon Dieu.

— Quoi ? demanda Calhoun.

— Quelqu'un est en train de tuer des délinquants sexuels condamnés ? On dirait bien que c'est ça qui se passe, non ?

— On dirait, dit Calhoun.

— Franklin Dunbar, dit Maxner.

— Il assistait à ces procès, alors ?

— Chaque jour. Il n'a pas manqué un seul témoignage.

— Vous pensez que c'est Dunbar qui fait ça ?

— Oh, je ne pourrais pas l'affirmer, dit Maxner. Je ne pourrais pas m'avancer à ce point. Qu'est-ce que j'en sais ? Mais il y a tout de même là une coïncidence intéressante, non ?

— Ça ne fait guère de doute, dit Calhoun. Vous pensez à d'autres points communs ?

Maxner secoua la tête.

— Cette autre affaire que vous avez mentionnée… Miller ? C'était bien ça ?

— Leslie Miller, oui.

— Ça ne bousille pas un peu votre hypothèse ?

— Je n'ai pas d'hypothèse.

— Je veux dire, les trois autres, tous des clients à moi, tous condamnés par le juge Roper, Franklin Dunbar qui assiste aux trois procès ?

— Ça, c'est pas une hypothèse, dit Calhoun. Ce ne sont que des points communs.

— Bien, dit Maxner, s'il n'y avait que ces trois-là, ça vous ferait quand même une jolie hypothèse faisant de ce pauvre M. Dunbar le meurtrier de ces trois types, non ?

— Ça serait un début de piste, dit Calhoun.

Maxner secoua la tête.

— Bon, quoi qu'il en soit, je ne vois pas d'autres points communs. Mes clients, le tribunal du juge Roper et Franklin Dunbar. Reste Miller.

— OK, dit Calhoun. Je vous remercie. Vous me sortirez ces dossiers ?

Maxner se leva.

— Pas de problème. Je vous appelle lundi. (Il fit le tour de son bureau.) Bien…, dit-il en tendant la main.

Calhoun se leva et serra la main de Maxner.

— Merci de votre aide précieuse.

Ils se dirigèrent vers la porte et Maxner allait l'ouvrir quand Calhoun dit :

— Oh, un instant. Autre chose.

Maxner sourit.

— J'ai deux clients très importants là, monsieur Calhoun. Vous avez usurpé leur rendez-vous de 2 heures, vous savez ?

— Usurpé, répéta Calhoun en souriant. C'est vrai. Désolé. Les noms de Paul Vecchio et Albert Wolinski signifient-ils quelque chose pour vous ?

Maxner regarda le plafond un instant, puis haussa les épaules.

— Non, je ne pense pas. Ils auraient pu être des clients à moi ? Des délinquants sexuels ? Des parents de victimes ?

Calhoun haussa les épaules.

— Oh, c'était juste au hasard… (Il fit signe de la main.) N'y pensez plus.

Maxner fronçait les sourcils.

— J'essaie de me souvenir.

— Oubliez ça, dit Calhoun. Merci de votre aide.

Maxner hocha la tête, ouvrit la porte de son bureau pour Calhoun qui passa dans la salle d'attente.

Maxner fit un pas et dit :

— Charles ? Frederick ? Désolé de vous avoir fait attendre. Entrez.

Les deux hommes en costume de ville se levèrent et passèrent devant Maxner pour entrer dans son bureau. Maxner leur donna une tape sur l'épaule au passage, fit un signe de tête à Calhoun et referma la porte derrière lui.

Calhoun resta là un instant.

La secrétaire lui dit :

— Je peux faire quelque chose pour vous, monsieur Calhoun ?

— J'ai oublié de demander quelque chose à M. Maxner, dit-il en se tournant vers elle. Quelqu'un du pays, un certain Albert Wolinski, il a vendu sa maison dans le quartier de Stroudwater il y a deux ans. Ce n'était pas un client de M. Maxner, par hasard ?

— Je ne peux rien dire sur nos clients, vous savez, dit-elle en le regardant. C'est l'un des avantages du secret professionnel pour les clients.

— On ne parle que de la vente d'une maison, bon sang, dit Calhoun.

Elle secoua la tête.

— Je me demandais si c'était un client de M. Maxner. C'est tout. Ce n'est pas un secret d'État.

— Désolée, dit-elle en haussant les épaules.

Calhoun lui fit un sourire.

— OK, merci quand même.

Dehors, le brouillard humide semblait s'épaissir. Calhoun pensa à sa partie de pêche avec Sam Surry. Il espérait qu'elle n'oublierait pas d'apporter des vêtements imperméables.

Bon, mais elle pourrait aussi annuler. Ça n'allait pas être un après-midi idéal pour une sortie en mer.

Mais ça n'empêchait pas que la pêche pourrait être bonne. Il décida que si elle appelait, il l'encouragerait à tenter le coup. Il lui mettrait une canne à mouche entre les mains, il lui ferait attraper un tassergal ou un bar, même un petit, et sûrement qu'elle passerait un bon moment.

Il fit sortir Ralph du camion. Le chien alla renifler les buissons humides le long du trottoir.

Calhoun sortit son téléphone portable de sa poche, appuya sur le bouton sur le côté et dit : "Dickman". La sonnerie retentit plusieurs fois et puis la voix enregistrée du shérif l'invita à laisser un message.

— C'est ton fidèle adjoint, dit Calhoun. Je viens de parler avec Otis Maxner. Deux choses à méditer. D'abord, il a dit que Franklin Dunbar était présent dans la salle d'audience pour les procès d'Anthony Boselli et de Howard LaBranche. Ils ont tous deux été jugés par le juge Roper, alors tu pourrais lui demander s'il se souvient de ça aussi. Ensuite, je me demande si c'est Maxner qui s'est chargé de la vente de la maison d'Albie Wolinski. Le nom d'Albie n'évoquait rien pour Maxner. Sa secrétaire n'a rien voulu me dire. Juste une idée. OK. C'est tout. Je pars à la pêche.

Il rangea le téléphone dans sa poche et siffla Ralph.

— Une balade en bateau, ça te dit ?

Ralph sauta dans le camion et s'assit sur le siège passager, les oreilles dressées. Prêt à y aller.

Calhoun rentra à la boutique, à Portland, dans un brouillard qui s'épaississait à mesure qu'il s'approchait de la côte. Il n'était pas encore 4 heures de l'après-midi – le soleil ne se coucherait pas avant trois heures encore –, les voitures roulaient sous la vitesse limite, et tous les véhicules avaient leurs phares allumés.

Il se demanda si le brouillard allait effrayer Sam Surry. Dans Casco Bay, la visibilité serait inférieure à trente mètres.

D'après lui, il devait être environ 3 h 50 quand il s'arrêta sur le parking du magasin. Le pick-up de Kate était à côté de son bateau sur la remorque. Il y avait un petit 4 × 4 Honda noir près de la porte.

Calhoun se gara à côté du camion de Kate, puis il sortit avec Ralph. Ralph s'occupa dans les buissons pendant quelques instants. Calhoun attendit qu'il ait fini, avant de claquer des doigts. Ralph le rejoignit et le regarda.

Quand Calhoun ouvrit la porte de la boutique, il remarqua que Kate avait mis la radio sur une station de Portland qui passait de vieux succès. Parfois, il aimait bien écouter ces airs de rock'n'roll du bon vieux temps. Il s'apercevait qu'il pouvait chanter les paroles de chansons qu'il aurait juré ne jamais avoir entendues de sa vie. Évidemment, il y avait toute cette vie dont il n'avait aucun souvenir. Peut-être que les chansons restaient gravées quelque part dans la tête.

À cet instant, il se trouva donc dans l'encadrement de la porte, en train d'articuler silencieusement "Yackity-yack, don't talk back" : l'air jouait dans sa tête, et son cerveau faisait resurgir les paroles stupides en même temps que la musique en provenance de la radio.

Kate était assise devant l'établi à mouches, et Sam Surry avait approché une chaise pour s'asseoir près d'elle. Elles ne l'avaient pas vu entrer, apparemment, car elles ne levèrent même pas la tête. Il y avait une mouche à moitié montée dans l'étau – Calhoun eut l'impression que c'était une mouche de rivière en plumes, peut-être bien une Gray Ghost, celle qu'il montait quand le Dr Surry était passée à la boutique l'autre fois –, et Kate était concentrée, enroulant la soie de sa main droite et tenant les matériaux de la main gauche tout en parlant au Dr Surry.

La tête du Dr Surry était inclinée vers Kate, et elle se penchait légèrement en avant, observant les doigts de Kate s'agiter sur la mouche en cours de fabrication.

Le Dr Surry dit quelque chose et Kate releva la tête pour la regarder, et elle sourit, et ensuite le Dr Surry se mit à rire.

C'est à ce moment-là qu'elles semblèrent enfin remarquer Calhoun. Kate leva les yeux sa bouche forma un O de surprise, et Calhoun eut le sentiment que leur conversation n'avait rien à voir avec le montage de mouches.

Il dit "OK" à Ralph, qui était assis sur le sol derrière lui, et Ralph alla rejoindre Kate en frétillant de l'arrière-train pour qu'elle lui fasse une caresse.

La chanson à la radio se termina, et la voix familièrement rauque de ce type exécrable qui possédait le garage Ford de South Portland se mit à hurler pour annoncer des affaires en or sur les camions Ford, neufs ou d'occasion.

Calhoun alla éteindre la radio sur l'étagère. Puis il dit, en regardant Kate et Sam Surry :

— Je supporte pas ce type.

Toutes deux lui firent un sourire, comme si elles étaient au courant de quelque secret qu'elles n'allaient sûrement pas partager avec lui.

Il supposa qu'elles étaient en train de parler de lui et, à sa grande surprise, cela ne le mit pas mal à l'aise. En fait, l'idée ne lui déplaisait pas tant que ça.

Il regarda Sam Surry et dit :

— Prête pour la partie de pêche ?

Kate demanda :

— Dans ce brouillard ?

— Je vais pas me perdre, répondit-il dans un haussement d'épaules, si c'est ça qui t'inquiète.

Kate se tourna vers le Dr Surry.

— Il a raison. Il sait toujours où il se trouve. C'est dingue. (Elle leva le regard vers lui.) Je vais quand même m'inquiéter, tu sais. Je n'aime pas ce brouillard-là. Tu pourrais heurter un rocher. Un tanker pourrait te faire chavirer, ou un adolescent ivre dans un hors-bord. Et si ton moteur tombe en panne ?

Il sourit à Kate, puis tourna le regard vers le Dr Surry et haussa les sourcils.

— À vous de décider, m'dame.

— Allons-y, dit-elle en hochant la tête.

— J'espère que tu as ton portable avec toi, dit Kate (Puis, s'adressant au Dr Surry :) Il refuse d'utiliser un GPS, et il dit que sa radio de bord est cassée. Il déteste avoir de l'électronique à bord quand il va à la pêche.

— J'ai ce satané téléphone, dit Calhoun en tapotant sur sa poche.

— S'il te plaît, ne l'oublie pas dans ton camion, dit Kate.

— Bien, dit-il. Comme ça, si je me perds, je peux appeler et dire “À l'aide, je suis perdu”. Et la personne me répondra “Où es-tu ?” Et je dirai “Comment le saurais-je ? Si je le savais, je ne serais pas perdu, non ?”.

— S'il te plaît, emporte le téléphone, dit Kate.

— Le téléphone, c'est contre les règles sur mon bateau.

— Pour une fois, dit-elle. Tu peux enfreindre ta fichue règle. Juste pour me rassurer.

Le Dr Surry se tourna vers Kate.

— J'ai un téléphone, dit-elle en faisant comme si elle parlait à voix basse. Je l'emporterai clandestinement.

Voilà qu'elles se liguaient toutes les deux contre lui. Il se demanda ce que Kate avait bien pu dire à son sujet.

18

IL N'Y AVAIT AUCUN VÉHICULE garé sur le parking au ponton d'East End. Une couverture de brouillard grisâtre et humide s'étendait sur Casco Bay. Du ponton, on pouvait distinguer quelques formes sombres au loin, des îles qui, en temps normal, étaient totalement visibles avec tous leurs détails pittoresques.

Calhoun s'arrêta en haut de la rampe et, avec l'aide du Dr Surry, il transféra tout l'équipement de l'arrière du camion sur le bateau, tandis que Ralph pataugeait au bord de l'eau, reniflant les algues et les morceaux de bois flotté, levant fréquemment la patte.

Après avoir chargé le bateau, Calhoun remonta dans le camion. En marche arrière il fit entrer le bateau sur la remorque dans l'eau, serra le frein à main et descendit. Il fit le tour, ouvrit le crochet de sécurité et débrancha le câble pour les feux de la remorque. Ensuite il desserra la chaîne à la manivelle, décrocha le bateau, attrapa la bouline et poussa le bateau, tenant bien la corde tandis qu'il s'éloignait de la remorque.

Il donna la bouline au Dr Surry.

— Tenez ça pendant que je gare le camion.

Elle prit la corde. Elle portait un ensemble imperméable Simms qui avait l'air neuf. Il était bleu pâle et ça lui allait bien. Elle avait belle allure. Il remarqua que le bleu faisait paraître ses yeux plus grands. Il se demanda si c'était Kate qui le lui avait vendu.

Il aurait peut-être l'occasion de lui demander si elles avaient parlé de lui. Elle pourrait éventuellement lui apprendre quelque chose sur l'état d'esprit de Kate. Il était convaincu qu'une femme pouvait en comprendre une autre comme jamais un homme ne le pourrait.

Ou est-ce que Kate n'avait fait que lui montrer comment monter une mouche ?

— Je reviens, dit-il à Sam Surry, et elle lui sourit en montrant qu'elle tenait bien la bouline.

Il grimpa dans le camion et Ralph sauta à l'intérieur avec lui. Il remonta la rampe et se gara sur le parking. Il descendit et, jetant un regard vers l'arrière, il vit que son bateau et Sam Surry n'étaient plus que des silhouettes en noir et blanc aux contours flous dans le brouillard.

Il pensa laisser son téléphone dans le camion, mais Kate voulait qu'il l'emporte, et il décida que cela ne pouvait pas faire de mal. Peut-être même qu'il lui passerait un coup de fil quand ils seraient en mer pour lui parler des bars qu'ils attrapaient, histoire de la rassurer.

Une règle n'a de sens que s'il y a des circonstances où l'on est amené à l'enfreindre.

Il retourna au bateau, Ralph trottinant à ses côtés. Ils avaient à peine entamé la descente de la rampe que Ralph s'arrêta et un grognement monta de sa poitrine.

— Ce n'est que le Dr Surry, dit Calhoun. Qu'est-ce qui te…

Il s'interrompit net. Il y avait quelqu'un avec elle, une autre forme humaine.

Ralph restait là, les pattes raidies, faisant entendre un grondement sourd et menaçant.

— Assis, lui dit Calhoun. Reste ici.

Ralph s'assit et continua à grogner.

Calhoun descendit la rampe. Le Dr Surry tenait la bouline à deux mains. À la façon dont elle avait le cou et les épaules rentrés, il pensa qu'elle était peut-être en train de pleurer.

L'autre silhouette était un homme. Il portait un blouson imperméable couleur camouflage et il avait mis la capuche sur sa tête.

En s'approchant, Calhoun vit qu'il s'agissait d'Otis Maxner, l'avocat spécialisé dans l'immobilier, qui pointait un pistolet semi-automatique sur le Dr Surry. La forme en était très reconnaissable, c'était un vieux Colt Woodsman, calibre .22, semblable à celui que Calhoun avait dans le tiroir de sa cuisine.

À ce moment-là, tout devint parfaitement clair.

— Monsieur Maxner, dit Calhoun en s'avançant vers eux, que se passe-t-il ?

— Je viens avec vous, dit Maxner.

— Je ne savais pas que vous étiez pêcheur.

— Je ne le suis pas.

— Juste un meurtrier alors, c'est ça ?

— Le malheur, pour vous, c'est que vous êtes trop malin, monsieur Calhoun. J'espère seulement que vous n'envisagez pas de faire de bêtise, je n'aimerais pas être obligé de tirer sur cette jolie dame.

— C'est vous qui tenez le flingue, dit Calhoun. Que voulez-vous ?

— Montez dans le bateau. À l'arrière.

— Ça s'appelle la poupe, dit Calhoun.

— Faites ce que je vous dis.

Calhoun monta sur le bateau.

Maxner s'adressa au Dr Surry.

— Vous, lâchez cette corde et asseyez-vous sur le siège du milieu.

Elle monta et s'assit face à la poupe, les bras croisés. Elle regarda Calhoun attentivement, et il vit dans ses yeux qu'il s'était trompé. Elle ne pleurait pas. Elle n'était pas effrayée. Elle était furieuse.

Maxner monta et s'assit à l'avant, faisant face à l'arrière. Il gardait son Woodsman pointé sur le dos du Dr Surry pendant qu'il sortait un rouleau de ruban adhésif renforcé de l'intérieur de son ciré, puis il le lança à Calhoun.

— Attachez-lui les poignets.

— Vous êtes plutôt stupide, même pour un avocat, dit Calhoun.

Il glissa une main dans sa poche de pantalon et appuya sur le petit bouton sur le côté de son portable.

— Le shérif Dickman vous a déjà percé à jour. (Il appuya particulièrement sur le mot "Dickman".) Faites attention où vous pointez votre arme, voulez-vous ?

— Ligotez-la avec ce ruban, dit Maxner.

— Vous voulez que je vous fasse faire une promenade en bateau ? demanda Calhoun. Pour revoir les scènes de vos crimes ?

— Oh, dit Sam Surry. Je comprends. C'est lui.

— Oui, m'dame, dit Calhoun.

— Vous parlez beaucoup trop, dit Maxner. Contentez-vous de faire ce que je vous dis.

Calhoun s'agenouilla devant Sam Surry.

— Ça va aller, lui dit-il.

— Je sais, dit-elle avec un sourire crispé.

Pendant qu'il entourait les poignets du Dr Surry de ruban adhésif, Calhoun leva les yeux vers Maxner.

— Alors, pourquoi tous ces meurtres ? lui demanda-t-il. Vous vous sentez coupable, ou frustré, ou moralement déchiré, ou quoi, parce que vous avez été obligé de défendre ces horribles délinquants sexuels au tribunal ? C'est ça ? Vous vous êtes dit que vous alliez débarrasser le monde de ces gens-là tout seul ? Otis Maxner, dit-il en prononçant le nom très fort et clairement à l'intention du téléphone dans sa poche, avocat dans l'immobilier au comportement irréprochable la journée et une sorte de Spiderman vengeur la nuit ?

Il disait tout cela à l'intention du shérif en espérant qu'il était à l'écoute. Sinon, sa boîte vocale enregistrerait tout.

— Vous avez tort de vous moquer de moi, dit Maxner.

— Ouaip, dit Calhoun. On peut dire que c'est du sérieux. Ça valait la peine de torturer ce pauvre vieil Albie Wolinski, et puis de flinguer Vecchio. Qu'est-ce qui s'est passé ? Albie vous a trahi ? Il a vendu votre secret à l'écrivain ? C'est ça qui s'est passé ?

— Je lui avais donné beaucoup d'argent, dit Maxner.

— Pour vous aider à charger ces hommes sur son bateau, hein ? Et vous conduire sur ces îles pour que vous puissiez les brûler ? (Il finit d'attacher les poignets de Sam Surry et déchira le ruban adhésif.) Ça va ? demanda-t-il à Maxner. Prêt à partir ?

— Dites au chien de monter dans le bateau, dit Maxner.

— Laissez le chien en dehors de ça, dit Calhoun.

Maxner secoua la tête.

— J'ai pas envie qu'il se promène partout. (Il toucha la nuque du Dr Surry avec son arme. Il était assis derrière elle, tout près.) Faites ce que je dis, sinon je tire.

— Ralph, dit Calhoun. Dans le bateau.

Ralph était resté assis, attendant des instructions. Il se leva, s'approcha tranquillement du bateau et sauta à l'intérieur. Il s'assit devant Calhoun et regarda fixement Otis Maxner.

— Il fait un faux mouvement et je l'abats, dit Maxner.

— Ralph n'a jamais fait un faux mouvement de sa vie, dit Calhoun. Il ne fait que de vrais mouvements. Il vous aime pas, vous savez ? Vous lui avez tiré dessus le soir où vous avez tué Vecchio ?

— Poussez pour nous éloigner du bord, dit Maxner. Démarrez le moteur et allons-y.

— On va où ?

— Direction Quarantine Island.

— Quarantine Island ? dit Calhoun en criant pratiquement à l'intention du shérif. Je suis pas sûr de pouvoir trouver Quarantine dans ce brouillard.

— Oh, vous la trouverez, dit Maxner en souriant. J'en sais long sur vous. Vous vous êtes fait une réputation. Stoney Calhoun, le meilleur guide de Casco Bay, j'arrête pas d'entendre ça. Il connaît la baie comme sa poche. Alors, allons-y. Et n'essayez pas de jouer au plus malin. Faites l'imbécile avec moi et je tire. D'abord le chien. Ensuite la dame.

— Reçu cinq sur cinq, dit Calhoun. C'est parti pour Quarantine. Pas la peine de tirer sur qui que ce soit.

Calhoun éloigna le bateau du bord avec une rame, démarra le moteur, embraya, et ils quittèrent le port dans un bruit de halètement. À petite vitesse, le moteur bourdonnait, et même avec une seule oreille valide, Calhoun entendait quelques mouettes pousser leurs cris rauques et l'eau clapoter contre la coque en aluminium du bateau.

— Dites-lui d'arrêter de me regarder comme ça, dit Maxner.

Calhoun tourna les yeux vers lui.

— De qui diable parlez-vous ?

— Votre chien. Il n'arrête pas de me fixer. Je vous jure, je vais lui tirer dessus.

— Il ne bougera pas tant que je ne lui dirai rien, dit Calhoun, mais je peux pas lui interdire de regarder où il veut.

Maxner secoua la tête et rentra les épaules dans son épais ciré couleur camouflage, comme s'il avait froid.

Calhoun se dit que la boîte vocale du shérif devait être coupée depuis un bon moment maintenant, mais juste au cas où, il essayait de continuer à faire parler Maxner. Si ça tournait mal, il voulait que le shérif ait le maximum d'informations.

— Alors, dites-moi, demanda-t-il à Maxner, qu'est-ce qui a fait que vous soyez venu vous en prendre à moi ? Vous vous êtes trahi, en quelque sorte, vous savez ?

— Albie Wolinski, dit Maxner. Quand vous m'avez posé votre question, j'ai été pris au dépourvu. Sinon je n'aurais pas menti. Je me suis occupé de la vente de sa maison. C'est comme ça que je l'ai connu. Mais quand vous m'avez interrogé, j'ai menti. Je l'ai tout de suite regretté. Je me suis dit que vous alliez vérifier. Dans les archives publiques, vous auriez trouvé la preuve qu'il était mon client. (Il haussa les épaules.) Et donc vous seriez revenu me voir, cette fois, avec le shérif, probablement, et là, il aurait été trop tard. Maintenant, il n'est pas trop tard.

— Bien sûr que si, il est trop tard, dit Calhoun en souriant. Vous êtes cuit.

— Nous verrons cela. (Il regarda tout autour de lui.) Au cas où vous essaieriez de m'embrouiller, je connais très bien la baie, moi aussi. Je sais où nous sommes. Et je sais où se trouve Quarantine.

Calhoun avait remarqué que plus ils s'éloignaient du rivage, plus le brouillard se dissipait. Il y avait une clarté dans le ciel qui laissait présager une percée du soleil dans l'après-midi, et les îles lointaines apparaissaient plus distinctement.

— Je vais pas essayer de vous embrouiller, dit Calhoun. Vous l'êtes déjà bien assez, à mon avis. Vous mettre à tuer des gens comme ça…

— Vous feriez mieux d'arrêter de parler maintenant, dit Maxner en haussant les épaules. Vous commencez à m'énerver. Augmentez la vitesse.

Calhoun accéléra et le bateau se mit à glisser sur l'eau en faisant des ricochets. Calhoun jeta un regard vers Sam Surry. Elle était assise là, les poignets attachés avec le ruban adhésif posés sur ses genoux, et elle l'observait. Un petit sourire jouait sur son visage, comme si elle pensait que Calhoun avait la situation bien en main. Ce n'était pas vraiment l'impression qu'il avait, mais il lui fit tout de même un rapide sourire accompagné d'un clin d'œil.

Bientôt, la silhouette basse de Quarantine Island apparut à l'horizon. Calhoun se dit que Maxner avait l'intention de les abattre tous les trois et de les laisser sur l'île. Il rentrerait sur le continent avec le bateau de Calhoun, il aborderait à un endroit où personne ne le remarquerait et laisserait la marée emporter le bateau. Maxner savait que les gens du coin croyaient que l'île était hantée. C'était l'automne, l'hiver approchait, et il n'y aurait pas beaucoup de bateaux dans la baie. Il pouvait s'écouler des mois avant que quelqu'un ne mette les pieds sur Quarantine Island. Leur corps pourrait très bien ne pas être découvert avant le mois d'avril.

Alors qu'ils approchaient de Quarantine, Calhoun coupa les gaz. L'anse où il avait débarqué avec Paul Vecchio était parsemée de rochers aux arêtes saillantes dont certains affleuraient à peine.

Maxner jeta un coup d'œil par-dessus son épaule. Son arme restait pointée en permanence sur le dos du Dr Surry.

— OK, bien, dit-il. On y est. Trouvez une place pour aborder.

Calhoun se leva, manœuvrant le gouvernail avec sa jambe.

— Que faites-vous ? demanda Maxner. Asseyez-vous.

— Faut bien que je voie où sont les rochers. Vous ne voudriez pas qu'on coule.

Calhoun enregistra l'image de la petite anse et se rassit.

Il attira l'attention de Sam Surry et lui fit un signe de tête à peine perceptible. Puis tout à coup il mit pleins gaz.

Le bateau fit un bond en avant, et Sam Surry et Otis Maxner furent brutalement déséquilibrés sur leur siège par la brève accélération.

Puis tout sembla se produire en même temps.

Calhoun attrapa Sam Surry par la jambe et la tira sur le fond du bateau.

La proue heurta le rocher immergé que Calhoun avait visé et le bateau s'arrêta net.

Otis Maxner fut projeté en arrière.

Calhoun sauta par-dessus Sam Surry et atterrit sur Maxner.

Ralph fit de même.

Une explosion partit du pistolet de Maxner.

Calhoun sentit une brûlure sur son côté gauche, comme si quelqu'un avait plaqué un fer rouge sur ses côtes.

Il se saisit du poignet droit de Maxner – celui qui tenait l'arme – de sa main gauche, et empoigna le haut du bras de sa main droite. Il poussa le poignet dans une direction et le bras dans une autre en faisant levier.

Le craquement dans l'épaule de Maxner fit autant de bruit que le coup de feu.

Maxner hurla.

Ralph grognait sourdement. Il secouait la tête d'avant en arrière et Calhoun vit que les mâchoires du chien s'étaient refermées sur l'entrejambe d'Otis Maxner.

Maxner poussa un autre hurlement.

Calhoun lui tordit à nouveau le bras et le Colt Woodsman tomba dans le fond du bateau.

Calhoun essaya d'atteindre l'arme, mais son bras gauche était soudain devenu complètement engourdi et refusait de bouger. Il pendait immobile le long de son corps. Il pivota, prit le pistolet de la main droite et se rassit sur le siège central.

Ralph secouait toujours l'entrejambe de Maxner.

— OK, mon vieux, dit Calhoun. Lâche-le.

Ralph le lâcha. Puis il s'assit sur place, regardant Maxner méchamment.

Maxner était étendu sur le dos et gémissait, tenant son bras droit contre son corps. Calhoun lui avait démis l'épaule, arraché les tendons et les ligaments, cassé quelques os et déchiré quelques muscles.

Il se demanda où il avait appris à faire ça.

Calhoun restait affalé sur le siège, essayant de garder le calibre .22 pointé sur Maxner. Il respira à fond plusieurs fois. Il avait une impression de vertige et de nausée. Il avala sa salive pour lutter contre l'envie de vomir.

Sam Surry vint s'asseoir près de lui.

— Ça va ? demanda-t-elle.

Calhoun essaya de hausser les épaules, mais c'était douloureux.

— Il m'a tiré dans le côté. Ça commence à faire mal. Mon bras est tout engourdi.

— Vous pouvez me couper ce ruban adhésif ?

Il lança un regard à Maxner et jugea qu'il ne représentait aucun danger. De toute façon, il y avait Ralph, assis là, n'attendant qu'un seul mot pour se remettre à mâchonner les testicules de l'individu.

Calhoun posa l'arme sur le siège et chercha son couteau de pêcheur dans sa poche. Fouiller dans sa poche gauche avec la main droite n'était pas commode et se contorsionner le faisait terriblement souffrir, mais il parvint à sortir son couteau, l'ouvrit avec ses dents et trancha le ruban adhésif entre les poignets de Sam Surry.

— Laissez-moi vous examiner, dit-elle après avoir décollé les morceaux de ruban.

Elle ouvrit la veste, puis la chemise de Calhoun, mettant sa poitrine à nu.

Calhoun ferma les yeux et respira profondément plusieurs fois pour lutter contre la douleur.

Le Dr Surry fit claquer sa langue.

— Ça saigne beaucoup. D'un côté, c'est bien. Ça nettoie. On dirait que la balle a ripé sur les côtes et n'a pas pénétré. C'est bien aussi. (Elle eut un rire bref.) Quelle ironie. Je ne vais nulle part sans mon sac noir, mais je n'en ai jamais eu besoin pour examiner les cadavres. Maintenant j'en ai besoin, mais il est resté dans ma voiture. J'espère que vous avez une trousse de secours dans ce bateau.

— Sous le siège arrière, marmonna Calhoun.

Elle se retourna, souleva le siège et sortit la grosse boîte en métal. Elle prit une compresse pour essuyer le sang, et Calhoun vit que la balle l'avait atteint juste sous le sein gauche et avait creusé une rainure sur le côté de sa cage thoracique, en remontant vers l'aisselle. Il se dit qu'à trois centimètres près, la balle aurait pu passer entre ses côtes et lui perforer le cœur.

Le Dr Surry prit une autre compresse qu'elle imbiba de teinture d'iode. Quand elle tamponna sa blessure, il ne sentit rien pendant deux secondes. Puis ça lui fit encore plus mal que la balle.

— Ça va aller ? demanda-t-elle en levant les yeux vers lui.

Il hocha la tête et essaya de sourire. Sans oser parler.

Elle banda sa blessure et l'aida à boutonner sa chemise et à remonter la fermeture de son coupe-vent.

— Ne vous agitez pas trop, sinon, ça va se remettre à saigner, dit-elle.

— J'suis pas sûr de pouvoir m'agiter beaucoup, dit-il.

La sensation de vertige et de nausée était passée. Il se sentait un peu faible, rien de plus.

— J'ai un téléphone dans ma poche. Essayez de le sortir pour moi.

Elle se pencha tout contre lui et lui tapota les jambes sur le côté. Elle sentit le téléphone et glissa la main dans sa poche. Elle saisit le téléphone et marqua un temps d'arrêt en laissant sa main dans la poche de Calhoun.

— Je m'excuse pour cette, hmm, cette intimité, dit-elle.

Il la regarda. Elle souriait.

— Heureusement que Kate n'est pas là, dit-il.

Elle plissa les yeux, puis sourit en hochant la tête et sortit le téléphone.

— Ah, ça va pas nous servir à grand-chose, dit-elle en le portant à hauteur de ses yeux.

— Qu'est-ce qu'il y a ?

— La batterie est vide.

Tant pis pour son astucieux appel et le message pour la boîte vocale. Le shérif lui avait bien donné un chargeur. Calhoun l'avait utilisé une fois, et il avait cessé d'y penser.

— Va falloir me dire comment piloter ce bateau pour rentrer, dit-elle.

— Il s'agit pas de tripatouiller dans le ventre d'une fusée, dit-il. Ce n'est qu'un fichu bateau.

— Tripatouiller dans le ventre d'une fusée, répéta-t-elle en souriant.

— Vous voulez pas jeter un coup d'œil à l'épaule de cet homme, Doc ?

Elle leva l'index et le pointa vers lui.

— Ne m'appelez pas Doc, s'il vous plaît. Ça me donne l'impression d'être un vieux type un peu alcoolo qui boîte. Tout le monde m'appelle Sam, sauf vous.

— Désolé, dit Calhoun.

Elle regarda derrière Calhoun, là où Otis Maxner était affalé, sur la proue du bateau.

— C'est pas son épaule qui va le faire mourir, dit-elle. Je ne vois pas pourquoi je m'approcherais davantage de cet individu.

— Très bien. Alors, allez vous asseoir à l'arrière et ramenez-nous. Je suis impatient de remettre cet homme au shérif.

— Et de faire examiner cette blessure par balle, dit Sam Surry.

Calhoun se retourna vers Maxner qui était recroquevillé en position fœtale sur le fond du bateau. Il tenait délicatement son bras droit abîmé contre lui et geignait doucement.

— Bougez pas, lui dit Calhoun. On va rentrer maintenant. Au cas où vous auriez l'idée de bouger, je vous préviens que Ralph a pris goût à vos couilles, comme ces tigres mangeurs d'homme, et rien ne lui ferait plus plaisir que de les mâchouiller encore un peu. Il suffit que je lui dise OK. Compris ?

Maxner ouvrit les yeux, hocha imperceptiblement la tête et referma les yeux.

Ralph resta assis, l'air méchant.

Grâce aux instructions de Calhoun, Sam Surry réussit à les dégager des rochers submergés et à remettre le bateau dans la direction du ponton. Quand Calhoun vit qu'elle manœuvrait comme un loup de mer, il se laissa aller, s'affala sur le siège et ferma les yeux.

Il se sentit partir à la dérive, et de très loin lui parvinrent les voix des religieuses de Quarantine Island, les vieux fantômes gris dans leurs habits gonflés par le vent, faisant entendre leur lamento funèbre et leurs plaintes. Il se demanda si c'était sa mort qu'elles pleuraient. Il ouvrit les yeux. Le soleil était couché et l'obscurité s'étendait sur toute la baie, alors que le brouillard s'épaississait à nouveau.

Sam Surry était concentrée sur le pilotage, et Ralph avait toujours les yeux fixés sur l'entrejambe d'Otis Maxner. Apparemment, personne n'avait entendu les religieuses. Calhoun se dit que sa blessure lui avait un peu dérangé l'esprit.

Quand il ferma les yeux à nouveau, il n'entendit plus les fantômes gris.

Un moment plus tard, Sam Surry accosta au ponton. Lorsqu'il sentit le choc du bateau, il ouvrit les yeux et se redressa. Le shérif Dickman maintenait la proue du bateau et le lieutenant Gilsum était là aussi, ainsi que trois ou quatre flics en uniforme.

Ralph sauta à terre immédiatement et se mit à explorer les environs.

Pendant que le shérif tenait le bateau, le lieutenant Gilsum aidait Sam Surry à descendre.

— Il est blessé, fit-elle en désignant Calhoun.

Deux flics donnèrent un coup de main à Calhoun pour sortir du bateau. Puis, en l'encadrant, ils lui firent franchir quelques gros rochers et l'aidèrent à s'asseoir. Ralph le rejoignit et posa son menton sur le genou de son maître. Calhoun le caressa de sa main valide.

Il les observa tirer Otis Maxner du bateau avec difficulté. Ils durent pratiquement le porter pour le faire monter sur le ponton, et ils le fourrèrent à l'arrière d'une voiture de police qui démarra et quitta le parking immédiatement.

Le shérif et Gilsum s'approchèrent de Calhoun.

— J'ai deux messages de toi sur mon portable, dit le shérif. Le premier au sujet d'Albert Wolinski, j'ai vérifié et, effectivement, c'est bien Otis Maxner qui s'est occupé de sa transaction immobilière. C'est à partir de là que les choses ont commencé à s'éclaircir. Mais le deuxième message, pour te dire la vérité, j'ai rien compris du tout. Le son était lointain et assourdi, et au bout d'un moment ça s'est arrêté complètement. Comme j'ai vu que ça venait de toi, j'ai appelé Kate, elle m'a dit que tu étais parti à la pêche. J'me suis dit qu'il valait mieux en avoir le cœur net, et à la réflexion, j'ai aussi appelé le lieutenant Gilsum. Mais je vois que t'avais pas vraiment besoin d'aide. Ça va ?

Calhoun fit oui de la tête.

— La balle a juste éraflé les côtes. Un petit calibre .22. Je crois que j'aurais pu perdre pas mal de sang, mais je suis solide.

— On pourra en parler plus tard, dit le shérif, mais juste pour que je comprenne bien, c'est Otis Maxner qui a commis tous les meurtres ?

— C'est bien lui.

— Et toi, tu avais tout compris ?

— Non, dit Calhoun en secouant la tête et en esquissant un sourire. Pas tout. Mais j'y serais arrivé. (Il baissa la tête entre ses genoux.) Désolé, mais c'est pas la grande forme.

Tout devint confus. Des images tourbillonnaient dans son cerveau, et il ne pouvait faire appel à l'énergie nécessaire pour les fixer. Il avait conscience que des gens s'agitaient autour de lui. Quelqu'un dit “le choc”, quelqu'un d'autre prononça le mot “hôpital”, et il sentit qu'on le prenait par les bras et qu'on le faisait entrer dans un véhicule.

Il perdait contact avec la réalité, puis il recouvrait ses esprits. Il y avait des visages flous – Kate, Sam Surry, le shérif, des docteurs, masque vert sur le nez, l'œil noir et grave, d'autres visages qui semblaient venir d'une autre époque de sa vie, des enfants, des gens âgés qui parlaient des langues qu'il ne comprenait pas, tout tourbillonnait dans sa tête. Il y avait des lumières brillantes, des odeurs d'antiseptique, des voix basses, des appareils qui ronronnaient.

Au bout d'un moment, il s'endormit.

Il se réveilla dans une lumière grise, les yeux fixés sur le plafond de sa propre chambre. Il lui était impossible d'avaler. Il avait l'impression d'avoir un morceau de laine d'acier enfoncé dans la gorge.

Il essaya de lever la tête de son oreiller, et quelqu'un entreprit de lui enfoncer une pointe de métal dans le front à coups de marteau.

Le visage de Kate apparut.

— Je peux t'apporter quelque chose ? demanda-t-elle.

Il essaya de sourire. Ça faisait mal.

— De l'eau, répondit-il d'une voix rauque.

Un verre apparut dans la main de Kate. D'une main, elle le porta aux lèvres de Calhoun, de l'autre elle lui souleva la nuque.

— Juste une gorgée, dit-elle.

Il but une petite quantité d'eau qui glissa délicieusement dans sa gorge et tomba dans son estomac comme une grosse pierre. Il réprima une forte envie de vomir.

Kate lui reposa la tête sur l'oreiller.

— Tu es là, dit Calhoun.

— Pas de conclusion hâtive, dit-elle. Sam et moi, on a tiré à pile ou face. Moi j'ai eu ce soir. Demain ce sera elle.

— Sam, reprit Calhoun.

— Le Dr Surry.

Il hocha la tête. Sam.

— Essaie de dormir, Stoney. Tout est sous contrôle.

Il ferma les yeux. Il avait des pensées qu'il n'arrivait pas à maîtriser.

— Chérie ? dit-il.

Elle lui caressa la joue de sa main douce.

— Je suis là, Stoney.

— Tu vas encore m'abandonner ?

Elle posa le bout des doigts sur les paupières de Calhoun.

— Essaie de dormir maintenant.

— Où est Ralph ?

— Il est là, en train de ronfler et de se tortiller sur son tapis.

— Tu lui as donné à manger ?

— Je te l'ai dit. Tout est sous contrôle. (Elle se pencha au-dessus de lui et l'embrassa sur le front.) Détends-toi, mon chou. Détends-toi.

Alors il s'endormit.

Calhoun insista pour se lever le lendemain matin. Kate essaya de lui faire avaler un comprimé.

— Pour la douleur, dit-elle.

— La douleur n'est pas si terrible, dit-il en secouant la tête.

Elle ne discuta pas. Elle l'aida à aller jusque sur la terrasse. Il avait des élancements dans tout le côté gauche, de l'aisselle à la hanche. Chaque battement de cœur lui envoyait une pointe de douleur aiguë dans la tête. Il avait l'impression d'avoir été renversé par un autobus.

Tout de même, c'était supportable. Et il avait bien l'intention de le supporter.

Les rayons chauds du soleil filtraient à travers l'imposant érable qui surplombait la maison. Kate lui apporta une tranche de pain grillé. Il se hasarda à en prendre une bouchée et, voyant que cela ne le faisait pas vomir, il mangea tout.

Il somnola sur la terrasse la plus grande partie de la journée, avec Kate assise en face de lui, en train de lire un livre, et Ralph étendu tout près. Kate le réveilla deux ou trois fois pour qu'il avale des antibiotiques.

Dans l'après-midi, Sam Surry arriva dans son petit 4 × 4 Honda. Kate alla à sa rencontre, l'embrassa et discuta un peu avec elle. Puis elles remontèrent toutes deux sur la terrasse.

Sam fit un sourire à Calhoun et entra dans la cabane.

Kate s'assit en face de Calhoun.

— Je reviendrai demain, dit-elle. Et je continuerai à venir jusqu'à ce que tu ailles mieux. Mais je ne veux pas que tu t'imagines qu'il y a quelque chose de changé.

Il fit oui de la tête. Elle pensait à Walter.

— Un de ces jours, reprit-elle, tout sera différent.

— Je sais, dit-il en hochant la tête.

— En attendant, essaie s'il te plaît de ne pas te faire tirer dessus.

— T'en fais pas pour moi, chérie, répondit-il. Je ne vais nulle part.

Kate le regarda un long moment. Puis elle fit le tour de la table, s'agenouilla près de lui et posa la joue sur sa jambe.

Il tendit sa main valide et caressa ses cheveux.

Quand elle leva la tête vers lui, il vit des larmes briller dans ses yeux.

— Tu es un homme bon, Stoney Calhoun, lui dit-elle dans un murmure. Je vais t'aimer, t'aimer jusqu'à la fin des temps, et ne t'avise surtout pas d'oublier ça.

Calhoun sentit des larmes lui picoter les yeux aussi.

Le shérif vint l'après-midi suivant. Calhoun et Sam Surry étaient assis sur la terrasse et sirotaient un Coca tout en observant les mésanges et les bouvreuils dans les mangeoires. Le shérif grimpa sur la terrasse et s'assit avec eux.

Sam lui demanda s'il voulait un Coca, et il répondit que c'était pas de refus. Elle se leva, lui en apporta un et repartit à l'intérieur.

Le shérif demanda à Calhoun comment ça allait. Calhoun répondit qu'il n'avait pas à se plaindre, et le sujet fut épuisé.

Le shérif lui raconta qu'Otis Maxner avait tout avoué. Il avait été commis d'office pour défendre des délinquants sexuels devant le tribunal, et ça avait fini par le convaincre que sa mission sacrée était de débarrasser le monde de ces gens-là. Son intention était de faire tout le fichier de la ville de Portland et ensuite il aurait enchaîné avec les villes des environs, et qui pouvait dire où et quand il se serait arrêté ? À long terme, son but était de déposer un cadavre sur chacune des Calendar Islands de Casco Bay, toutes les trois cent soixante-cinq, plus ou moins. Il voulait couper la bite maléfique de chacun d'entre eux et la lui fourrer dans la bouche. Puis il voulait lui trancher la gorge et le brûler. Justice immanente. Maxner se considérait comme un héros.

Il avait engagé Albie Wolinski pour qu'il lui donne un coup de main. Il lui avait donné un gros paquet d'argent. Mais Albie était devenu gourmand, ou peut-être avait-il eu des remords. Il avait contacté Paul Vecchio, qui lui avait promis de le payer pour son histoire. Ils s'étaient rencontrés au Keelhaul Cafe. Albie avait dessiné une carte de la baie, montrant à Vecchio où se trouvaient les cadavres. Ensuite Vecchio avait engagé Calhoun pour une partie de pêche – essentiellement pour pouvoir explorer une des îles sur la carte d'Albie et voir s'il avait dit la vérité.

Maxner avait eu vent de la trahison d'Albie. Il l'avait torturé, puis il l'avait tué, et ensuite il avait suivi Vecchio chez Calhoun et il l'avait tué aussi.

— Voilà toute l'histoire, donc, dit Calhoun.

Le shérif acquiesça.

— Bon, très bien, poursuivit Calhoun.

Il fouilla dans sa poche de pantalon et en sortit son insigne d'adjoint et le téléphone portable. Il les posa sur la table.

— Garde-les, dit le shérif.

Calhoun poussa l'insigne et le portable vers le shérif.

— Je suis guide de pêche.

— Oui, et un guide hors pair, même. (Le shérif repoussa l'insigne et le portable vers Calhoun.) J'apprécierais que tu les gardes, Stoney. Je pourrais avoir envie de m'entretenir avec toi, parfois, et ce serait ton devoir civique de t'y plier.

Calhoun haussa les épaules.

— Je garde l'insigne si tu veux, mais tu reprends cette saleté de téléphone.

— Marché conclu, dit le shérif.

Ils se serrèrent la main.

Sam Surry retira les fils de Calhoun le samedi matin. Cela faisait une semaine et un jour qu'il avait été recousu. Elle lui dit qu'il était en bonne forme pour un homme blessé par balle au côté et, en tant que médecin, elle estimait qu'il n'avait plus besoin d'infirmières particulières.

— Il est grand temps, dit Calhoun.

— On s'est dit que c'était aussi ce que vous pensiez, dit-elle.

À 5 heures de l'après-midi, le vendredi suivant, qui était d'ailleurs le dernier vendredi de septembre, Calhoun était appuyé contre un pilier du ponton d'East End. Son bateau était sur l'eau, ses cannes à mouches étaient fin prêtes, et Ralph était à côté de lui, suivant avec intérêt les bécasseaux sur la plage, qui se déplaçaient avec vivacité en sautillant sur leurs pattes légères.

Peu de temps après, une Saab bordeaux s'arrêta sur le parking et se gara près du camion de Calhoun. Benjie Dunbar s'approcha d'un pas léger. Il portait un sweat-shirt à capuche de l'Université de Cornell, une casquette de baseball de l'équipe des Sea Dogs de Portland, des baskets et un jean délavé.

Il rejoignit Calhoun et lui tendit la main.

— J'suis en retard, désolé, monsieur Calhoun. Il y avait une réunion après les cours et j'ai pas pu partir.

— Appelle-moi plutôt Stoney, dit Calhoun. On m'appelle M. Calhoun quand les gens pensent que je ne suis pas prêt à leur donner ce qu'ils vont me demander. (Il serra la main du jeune garçon.) T'en fais pas, t'es pas suffisamment en retard pour que ça fasse une différence. Ou bien il y aura du poisson, ou bien il n'y en aura pas. Probable qu'il n'y en aura pas. Allez, saute dans le bateau, on va aller voir.

Benjie monta à bord et s'installa sur le siège avant. Calhoun claqua des doigts et Ralph arriva à toute vitesse et s'étendit sur le fond du bateau.

— Vous êtes sûr que vous pouvez faire tout ça ? demanda Benjie.

Calhoun détacha la bouline.

— Pourquoi diable je pourrais pas ?

— Eh bien, vous avez été blessé, non ?

— Je suis suffisamment solide pour y aller, dit Calhoun.

— Quel effet ça fait ? Je veux dire, se faire tirer dessus ?

Calhoun défit la corde à l'arrière et grimpa sur le bateau.

— Ça vaut pas la peine d'en parler, dit-il. C'est embarrassant, c'est tout. Changeons de sujet.

Benjie fit un petit sourire.

— Désolé si c'est un sujet sensible, dit-il. Alors, vous me dites qu'on va à la pêche, mais qu'il n'y aura pas de poisson ?

— Si je me souviens bien, dit Calhoun, je t'ai demandé si tu voulais venir pêcher, pas si tu voulais venir attraper du poisson. Tu m'as dit, oui, bien sûr. Je ne me souviens pas que ni toi ni moi ayons parlé d'attraper du poisson. (Le fait de répéter cette vieille expression de pêcheur lui rappela Paul Vecchio. Vecchio avait dit la même chose.) Les bars sont déjà partis vers le sud. Les tassergals généralement suivent peu de temps après. Mais il pourrait encore y en avoir quelques bancs dans le coin. On verra bien.

Benjie hocha la tête en souriant.

— Super.

Calhoun poussa sur la rame pour s'éloigner de la rampe de mise à l'eau et mit le moteur en marche. Il manœuvra entre les balises flottantes et les bouées des casiers à homards pour gagner la baie. Le moteur glougloutait tranquillement. On entendait le clapotement rythmé de l'eau contre les flancs du bateau en aluminium.

— Alors ton père t'a laissé prendre la Saab, à ce que je vois, dit-il.

— Je crois qu'il essaie de se faire pardonner auprès de maman et de moi, dit Benjie en se retournant à moitié sur son siège. Comme s'il avait fait quelque chose de mal parce que ces flics ont cru qu'il avait tué des gens. Comme si c'était sa faute. Si vous n'aviez pas été là…

— Je n'ai rien fait, dit Calhoun. À mon avis, c'est ton père qui est un héros. Supporter tout ça, ce qui est arrivé à ta sœur, puis être suspecté de meurtre. Tenir bon. Parfois, rien que pour tenir bon, un homme doit faire preuve de tout le courage et de toute la force dont il est capable. J'espère que tu t'en rends compte.

— Bien sûr, dit Benjie. Il a vraiment tenu bon. Les choses vont mieux maintenant. Mes parents s'entendent mieux, et ma sœur, elle a même un petit ami.

— Et toi ? demanda Calhoun. Comment ça va ?

— J'suis drôlement content de pas vous avoir fracassé le crâne avec le démonte-pneu.

— Il n'y avait aucun risque que ça arrive, dit Calhoun. Moi, je suis content de ne pas t'avoir tué quand tu as essayé.

— Moi aussi, dit Benjie. Alors, vous croyez vraiment que tous les poissons sont partis ?

— C'est ce qu'ils font à cette époque de l'année, dit Calhoun. C'est la migration. Mais c'est aussi ça qui rend la pêche intéressante. Le fait de ne jamais savoir. (Il prit ses jumelles.) Tiens, dit-il, occupe-toi de ça. Rends-toi utile.

Benjie se tourna et prit les jumelles.

— Scrute bien la surface, dit Calhoun. Et vois si tu peux repérer quelques poissons. Tu sais ce qu'il faut chercher ?

— Oui, m'sieur. Je sais.

Quand ils eurent passé les bouées marquant la sortie du port, Calhoun mit les gaz. Il n'avait pas de plan. À cette époque de l'année, les poissons se déplaçaient rapidement, et il était impossible de prédire où on allait en trouver. Il fallait chasser le poisson. Observer la surface pour détecter les éclaboussures, les bouillonnements, les tourbillons, et garder l'œil sur l'horizon pour apercevoir les nuées de mouettes.

Le soleil était bas à l'ouest et, rapidement, le ciel s'assombrissait et le brouillard du soir commençait à s'installer sur l'eau. Calhoun se rappela que l'équinoxe d'automne était déjà de l'histoire ancienne, ce qui signifiait que les jours comportaient plus d'heures d'obscurité que de soleil. La mer, dans Casco Bay, était plate et argentée, comme une feuille d'aluminium. Il n'y avait aucun autre bateau en vue. Il n'y avait qu'eux trois, en comptant Ralph. Calhoun comptait toujours Ralph.

Au bout d'un moment, il coupa le moteur. Et immédiatement, ce fut le silence.

Benjie se retourna.

— Qu'est-ce que je fais, je lance ?

— Non. Faut juste que tu sois vigilant. J'ai cru voir quelque chose là-bas, dit Calhoun en pointant le doigt vers l'horizon.

Benjie porta les jumelles à ses yeux pendant un instant. Puis il les abaissa.

— Il commence à y avoir du brouillard. Je vois rien.

— Moi non plus. Plus maintenant. J'ai pu me tromper. Sois patient et continue à ouvrir l'œil.

Assis dans le bateau qui dérivait, ils ne disaient pas un mot. C'était un silence agréable. Puis la cloche assourdie d'une bouée résonna dans le brouillard, ce qui rappela à Calhoun qu'ils n'étaient pas si loin que ça de Quarantine Island. Il tendit l'oreille, pour voir s'il entendait les gémissements et les lamentations des fantômes gris des religieuses dans leurs habits flottant au vent. Mais les religieuses ne pleuraient pas, ce soir. Il espérait que cela signifiait qu'elles avaient trouvé la paix, maintenant que les îles de Casco Bay avaient été débarrassées de ces corps calcinés.

— Hé ! s'écria Benjie.

— T'as vu du poisson ? demanda Calhoun.

— Des oiseaux. Là-bas. Regardez, dit-il en pointant son index.

À environ deux cents mètres, une volée d'oiseaux, des mouettes et des sternes, était apparue dans le brouillard humide là où, une minute auparavant, il n'y avait rien. Elles décrivaient des cercles, se regroupaient, puis plongeaient vers l'eau grise, et d'autres oiseaux s'approchaient à tire-d'aile, venant de toutes les directions. Leurs cris rauques et leurs piaillements remplissaient l'air et, juste au-dessous, Calhoun vit les éclaboussures et les remous provoqués par une centaine de féroces tassergals. Ils encerclaient un banc de petits poissons complètement paniqués, et les oiseaux s'étaient précipités pour récupérer les restes de chair ensanglantée. Là sous nos yeux, pensa Calhoun, c'est tout Darwin en condensé.

— Essayons d'en attraper, dit-il à Benjie. Prends une canne.

Benjie fit glisser une canne de son logement, se leva et s'arc-bouta, prêt à lancer.

Ralph se redressa et regarda autour de lui, puis il grimpa sur le siège central pour mieux voir. Son odorat était sensible à tout ce sang, toute cette chair déchiquetée et toute cette adrénaline dans l'air.

Stoney Calhoun sentit une poussée d'adrénaline de prédateur dans ses propres veines. Il mit le moteur en marche et dirigea le bateau à toute vitesse vers ce chaos primitif.

CATALOGUE

Collection Nature Writing

VINGT-CINQ ANS DE SOLITUDE
John Haines

Les Mémoires d'un des derniers trappeurs au cœur de l'Alaska sauvage. Un récit violent et saisissant par un écrivain et poète majeur, dans la lignée des écrits de Jack London.

ISBN 978-2-35178-001-5 *240 pages*

Il fallait un talent poétique hors du commun pour restituer le quart de siècle de solitude passé là-haut, entre élans et gloutons. John Haines, c'est Jack London au temps de Richard Nixon. [...] *Un ouvrage à couper le souffle !*

Jérôme Dupuis, LIRE

Un beau livre, dans le droit-fil du Walden *d'Henry David Thoreau et de l'*Almanach d'un comté des sables *d'Aldo Leopold.*

Bruno de Cessole, VALEURS ACTUELLES

ITINÉRAIRE D'UN PÊCHEUR À LA MOUCHE
John D. Voelker (Robert Traver)

Des récits drôles et sensibles sur la pêche à la mouche, mais aussi une réflexion sur la nature et l'amitié, par un ancien magistrat auteur de romans policiers à succès.

ISBN 978-2-35178-003-9 *224 pages*

D'Ernest Hemingway à Jim Harrison en passant par Norman Maclean, il existe aux États-Unis une tradition bien établie de romancier pêcheur. Itinéraire d'un pêcheur à la mouche, *livre culte aux États-Unis, s'inscrit dans cette lignée prestigieuse.*

Pierre-Antoine Delhommais, LE MONDE DES LIVRES

[Un livre] *où s'épanouissent un humour de bon aloi, une gaieté inventive, sans oublier une modestie de chroniqueur dans le récit de ses exploits de pêcheur – ou de ses fiascos, non moins savoureux* [...]. *Délectable.*

Frédéric Vitoux, LE NOUVEL OBSERVATEUR

COLLECTION NATURE WRITING (suite)

PETIT TRAITÉ DE PHILOSOPHIE NATURELLE
Kathleen Dean Moore

De courts et lumineux récits qui partent de l'observation de phénomènes naturels pour s'interroger sur les notions de distance et de séparation avec simplicité et émotion.

ISBN 978-2-35178-004-6 *192 pages*

Une littérature plus vraie que nature. Un enchantement pour les sens et l'esprit.
Astrid de Larminat, LE FIGARO LITTÉRAIRE

Le Petit traité de philosophie naturelle, *dans la tradition d'Annie Dillard et Louise Erdrich, offre des récits d'observation de la nature qui sont autant de méditations délicates sur le cours de l'existence.*
Tâm Van Thi, LE MAGAZINE LITTÉRAIRE

INDIAN CREEK
Pete Fromm

Un jeune homme insouciant passe un hiver coupé du monde au cœur des Rocheuses et découvre la beauté des grands espaces. Un récit à la fois drôle et émouvant.

ISBN 978-2-35178-005-3 *272 pages*

Un grand art de conteur – sans artifice – et de l'honnêteté : un beau livre.
Michel Polac, CHARLIE HEBDO

Une œuvre d'apprentissage d'une drôlerie irrésistible et d'un réalisme cruel. L'écriture, modeste et vivante, avance au rythme du marcheur, les yeux levés vers le ciel, les pieds enfoncés dans la neige épaisse.

Christine Ferniot, LIRE

Collection Nature Writing (suite)

Ma famille et autres animaux
Gerald Durrell

Le célèbre naturaliste nous conte son enfance sur l'île de Corfou et les déboires causés à sa famille par les divers animaux qu'il recueillait chez lui. La chronique hilarante d'un éveil à la nature.

ISBN 978-2-35178-008-4 *272 pages*

Les multiples scènes qui mettent aux prises les membres de la ménagerie de Gerry avec ceux de sa famille sont désopilantes. [...] *Lire Gerald Durrell, c'est renouer avec cette allégresse du vivant.*

Astrid de Larminat, LE FIGARO LITTÉRAIRE

Joyeux et poétique.

Stéphane Hoffman, MADAME FIGARO

Les Combattants de l'Arc-en-Ciel
Robert Hunter

Véritable boat-movie psychédélique, ce témoignage exceptionnel – entre journalisme gonzo et livre-manifeste – relate la première expédition de Greenpeace. Le mythe fondateur de la plus célèbre organisation écologiste au monde.

ISBN 978-2-35178-009-1 *256 pages*

Cousin écologiste du fameux Acid Test *de Tom Wolfe,* Les Combattants de l'Arc-en-Ciel *regorge de morceaux de bravoure. Hunter s'y montre un chroniqueur alerte qu'il convient d'écouter séance tenante.*

Alexandre Fillon, LIVRES HEBDO

La force du récit de Hunter tient justement à sa sincérité, jusque dans sa démesure. Délirant, lyrique, émouvant, le journaliste-activiste livre également une analyse lucide et ô combien actuelle sur l'état de notre planète.

Matthieu Durand, LCI.FR

COLLECTION NATURE WRITING (suite)

TESTAMENT D'UN PÊCHEUR À LA MOUCHE
John D. Voelker (Robert Traver)

Le célèbre magistrat dépeint sa passion pour la pêche à la mouche et la nature à travers des récits drôles et iconoclastes. Avec une délicatesse et un humour irrésistibles, il dresse le portrait d'une Amérique disparue.

ISBN 978-2-35178-010-7 *224 pages*

On aura rarement lu testament aussi joyeux. [...] *La petite vingtaine de nouvelles de ce* Testament *restitue avec une rare sensibilité ces moments passés au bord de l'eau, dans une Amérique encore inviolée.*

Jérôme Dupuis, LIRE

Un chef-d'œuvre de la littérature halieutique qui [va] *ravir les amateurs sans lasser les autres.*

Daniel Martin, LA MONTAGNE

LE LIVRE DE YAAK
Rick Bass

Un vibrant plaidoyer pour la vallée du Yaak, l'un des derniers espaces sauvages des États-Unis, et le récit d'un combat pour la survie d'une nature menacée.

ISBN 978-2-35178-012-1 *192 pages*

Le Livre de Yaak *nous touche en plein cœur et rappelle à quel point la nature demeure une absolue priorité.*

Veneranda Paladino, LES DERNIÈRES NOUVELLES D'ALSACE

Ce livre, tableau enchanteur d'une nature à l'état presque sauvage, est un vibrant plaidoyer pour l'écologie sincère – celle des actes, pas celle des mots.

Didier Jacob, LE NOUVEL OBSERVATEUR

Collection Nature Writing (suite)

Une guerre dans la tête
Doug Peacock

Des déserts de l'Ouest américain aux sommets de l'Himalaya, l'itinéraire exceptionnel d'un ancien combattant du Vietnam qui parviendra à trouver dans la nature et l'amitié de nouvelles raisons de vivre.

ISBN 978-2-35178-015-2 *256 pages*

Sans frime, Peacock met ses pas dans ceux de Thoreau, Muir, Audubon, et ses rangers dans celles d'Abbey. Avec ses amis Jim Harrison et Rick Bass, installés comme lui dans le Montana, Peacock a fait de la nature et de la vie sauvage une religion, une drogue, un second souffle.

Bruno Corty, LE FIGARO LITTÉRAIRE

Laissez-vous embarquer par Doug Peacock dans ce formidable voyage.

Bernard Poirette, RTL

L'Or des fous
Rob Schultheis

À travers le portrait d'une petite ville minière du Colorado et des paysages qui l'entourent, Rob Schultheis entraîne le lecteur dans un voyage inoubliable et lui fait entrevoir le visage changeant et méconnu de l'Ouest américain.

ISBN 978-2-35178-016-9 *248 pages*

Conteur-né, l'Américain enchante totalement en relatant son installation dans […] "le sanctuaire étincelant de la nature".

Alexandre Fillon, LIVRES HEBDO

Schultheis est un as. Il raconte comment il a tout quitté pour aller vivre dans les montagnes du Colorado, au rude climat. Il sait dire les paysages et les vieux chercheurs d'or, la faune et la flore, l'homme qui a vu l'ours ou le léopard et en tremble encore. Schultheis écrit bien, très simplement.

Daniel Martin, LA MONTAGNE

Collection Nature Writing (suite)

En vol
Alan Tennant

Les aventures extraordinaires de deux hommes qui s'acharnent à suivre la migration de faucons pèlerins aux commandes d'un vieux Cessna. Une fascinante épopée à travers l'Amérique.

ISBN 978-2-35178-017-6 *424 pages*

Tennant nous enferme dans un Cessna bringuebalant, piloté par un ancien cascadeur septuagénaire, et nous entraîne dans les airs pour partager sa quête obsessionnelle et écervelée, périlleuse et souvent illégale. [...] *Un conte enivrant, hilarant et édifiant.*
LOS ANGELES TIMES

*La vanité d'une aventure à la poursuite d'un animal est à l'origine de certains des plus beaux écrits de nature de notre temps, de Peter Matthiessen (*Le Léopard des neiges*) à Doug Peacock (*Mes années grizzlis*)* [...] En vol *mérite une place à côté de ces livres remarquables et devrait tout aussi bien résister aux assauts du temps.*
THE WASHINGTON POST'S BOOK WORLD

Collection Noire

Le Gang de la Clef à Molette

Edward Abbey (préface de Robert Redford)

Un polar culte et underground des années 1970 dans lequel quatre insoumis se lancent dans l'écosabotage afin de défendre le désert de l'Ouest américain contre la "Machine" industrielle. Un hymne à la désobéissance civile.

ISBN 978-2-35178-002-2 *496 pages*

De la bombe. Dans Le Gang de la Clef à Molette, *formidable grenade dégoupillée lancée à la figure du gouvernement américain, Abbey raconte l'odyssée hilarante de quatre durs à cuire qui inventent un nouveau concept : le terrorisme citoyen. Un pur délice.*

Didier Jacob, LE NOUVEL OBSERVATEUR

Un livre drôle et méchant comme au premier jour, flambant neuf, avec cette revigorante légèreté iconoclaste typique des seventies, qui conte les aventures épastrouillantes de quatre zigotos embringués dans une entreprise terroriste des plus réjouissantes…

Jean-Luc Porquet, LE CANARD ENCHAÎNÉ

Le Retour du Gang de la Clef à Molette

Edward Abbey

Où comment nos quatre héros reprennent du service face à la menace du super-excavateur géant GOLIATH qui s'apprête à défigurer les déserts de l'Ouest. Encore plus noir et déjanté que *Le Gang de la Clef à Molette*.

ISBN 978-2-35178-007-7 *416 pages*

[Une] *hilarante épopée contant les tribulations d'une poignée d'activistes écolos qui manient joyeusement l'explosif dans le désert de l'Utah. Ces deux volumes du* Gang de la Clef à Molette *sont des road-movies déjantés, parfois teintés d'une douce mélancolie, portés par un style d'une rare virtuosité.*

Jérôme Dupuis, L'EXPRESS

Un véritable manifeste qui a durablement influencé tous les écrivains de l'Ouest américain, et le premier polar écologique.

Gérard Meudal, LE MONDE DES LIVRES

COLLECTION NOIRE (suite)

LA RIVIÈRE DE SANG
Jim Tenuto

Un guide de pêche du Montana accusé de meurtre doit affronter des milices privées, des écologistes radicaux et des ranchers corrompus afin de démasquer le vrai coupable. Le premier volet des aventures de Dahlgren Wallace.

ISBN 978-2-35178-006-0 *320 pages*

Classique, efficace et bien mené, La Rivière de sang *tire avantageusement parti de son décor. Aux commandes, Jim Tenuto mène son affaire de main de maître.*

Alexandre Fillon, LIRE

Un bon polar qui s'adresse aussi bien aux amateurs de pêche à la mouche qu'aux lecteurs amoureux de Au milieu coule une rivière. *Et, dans un Montana pas exotique pour un sou, une certaine Amérique pleine de sang et de fureur.*

Josiane Guéguen, OUEST FRANCE

LA SANCTION
Trevanian

Tueur spécialisé dans l'assassinat d'agents ennemis pour le compte d'une organisation secrète, Hemlock doit exécuter une "sanction" lors de l'ascension de l'Eiger. Seul problème : il ignore lequel de ses trois compagnons de cordée est l'homme à abattre.

ISBN 978-2-35178-013-8 *352 pages*

La Sanction *est une parodie de roman d'espionnage mâtiné de polar et de western. Tous les ingrédients sont là pour exciter la lecture* [...] *Autre raison pour succomber au suspense diabolique de ce roman : son auteur, Trevanian, est une légende et un mystère. Il a décidément tout pour plaire.*

Martine Laval, TÉLÉRAMA

J'en sors ébloui et ravi. [...] *C'est formidablement construit, mené, et surtout écrit. Style brillant et humour noir : que demander de plus ?*

Bernard Poirette, RTL

COLLECTION NOIRE (suite)

LE FEU SUR LA MONTAGNE
Edward Abbey

Dans le désert du Nouveau-Mexique, un vieil homme irascible menacé d'expulsion par l'armée américaine décide de sauver son ranch. Il se battra jusqu'au bout.

ISBN 978-2-35178-014-5 *224 pages*

Une fable émouvante, dans le genre du Vieil Homme et la Mer, *où la pêche au gros serait remplacée par un bras de fer avec l'armée.*

Gérard Meudal, LE MONDE DES LIVRES

Un livre somptueux, d'une puissance d'évocation rare, et dont les images vous hantent bien après sa lecture.

Christophe Dupuis, BIBLIOBS

DÉRIVE SANGLANTE
William G. Tapply

À la suite d'un mystérieux accident, Stoney Calhoun a tout oublié de son passé et s'est peu à peu reconstruit une existence paisible dans le Maine. Le jour où un de ses amis est assassiné, il doit affronter ses fantômes.

ISBN 978-2-35178-011-4 *272 pages*

Ce roman est un vrai petit bijou. Suspense et dépaysement garantis avec cette histoire qui se déroule dans le Maine.

Pascale Frey, ELLE

Le charme de ce roman tient autant à l'intrigue, admirablement ficelée, qu'à l'humanité des personnages. [...] *Sans oublier la nature de l'État du Maine, omniprésente, et l'art subtil de la pêche à la mouche.*

Emmanuel Romer, LA CROIX

COLLECTION NOIRE (suite)

CASCO BAY
William G. Tapply

Au cours d'une partie de pêche, Stoney Calhoun découvre un cadavre carbonisé sur une île de Casco Bay. Lorsque son client est assassiné à son tour, il renonce une nouvelle fois à sa paisible existence.

ISBN 978-2-35178-018-3 *304 pages*

Éditions Gallmeister
30, rue de Fleurus
75006 Paris
www.gallmeister.fr

Cet ouvrage a été imprimé sur du papier
dont les fibres de bois proviennent
de forêts durablement gérées

COMPOSÉ PAR ATLANT'COMMUNICATION
AUX SABLES-D'OLONNE (VENDÉE)
ET ACHEVÉ D'IMPRIMER
PAR L'IMPRIMERIE FLOCH À MAYENNE
EN MARS 2010
POUR LE COMPTE DES ÉDITIONS GALLMEISTER
30, RUE DE FLEURUS
PARIS 6e

DÉPÔT LÉGAL : MAI 2008
6e ÉDITION
N° D'IMPRESSION : 76128
IMPRIMÉ EN FRANCE